Dinah Jefferies
DIE VERMISSTE SCHWESTER

Weitere Titel der Autorin

Bis wir uns wiedersehen
Die Frau des Teehändlers
Die Tochter des Seidenhändlers
Die englische Fotografin
Die Saphirtochter

Dinah Jefferies

DIE VERMISSTE SCHWESTER

Roman

Übersetzung aus dem Englischen
von Angela Koonen

lübbe

Dieser Titel ist auch als E-Book erschienen

Titel der englischen Originalausgabe:
»The Missing Sister«

Für die Originalausgabe:
Copyright © Dinah Jefferies, 2019

Für die deutschsprachige Ausgabe:
Copyright © 2020 by Bastei Lübbe AG, Köln
Umschlaggestaltung: Johannes Wiebel | punchdesign, München
unter Verwendung von Illustrationen von © shutterstock:
David M. Schrader | BigganVi | manjik | COLOA Studio;
© arcangel.com: Alexia Feltser
Satz: Dörlemann Satz, Lemförde
Gesetzt aus der Bembo
Druck und Einband: GGP Media GmbH, Pößneck
Printed in Germany
ISBN 978-3-7857-2708-9

5 4 3 2 1

Sie finden uns im Internet unter luebbe.de
Bitte beachten Sie auch: lesejury.de

1

Rangun 1936

Belle straffte die Schultern und warf die langen rotblonden Haare zurück. Freudig erregt schaute sie dem Hafen von Rangun entgegen, dem sich das Schiff nun langsam näherte. Erstaunlich. Die Stadt der Träume, bislang nur eine geheimnisvolle Silhouette in der Ferne, trat allmählich aus dem Dunst hervor. Der Himmel schien mit seinem verblüffend lebhaften Blau weiter und höher als jeder andere zu sein, und das Meer, fast dunkelblau in seinen Tiefen, lag spiegelglatt da und glänzte wie flüssiger Lack, sodass man sich fast darin sehen konnte. Selbst die Luft funkelte, als hätte die Sonne aus der Feuchte über dem Wasser winzige Kristalle gebildet. Die lang gestreckte Bucht war gesprenkelt von Booten. Belle lachte über die Seevögel, die kreischend herabstießen und sich zankten. Die schrillen Laute störten sie nicht, vielmehr trugen sie zu dem Empfinden bei, dass diese Welt aufregend anders war. Sie hatte sich lange nach der Freiheit zu reisen gesehnt, und nun reiste sie tatsächlich.

Das Stimmengewirr der Passagiere in den Ohren, atmete sie tief ein, wie um den herrlichen Moment ganz und gar einzusaugen, und schloss ein Weilchen die Augen. Als sie wieder hinsah, keuchte sie vor Staunen. Aber nicht wegen des geschäftigen Betriebs im Hafen mit seinen hohen Kränen, den Teakholz-Frachtern, den schwerfälligen Öltankern, den Dampfern und kleinen Fischerbooten, die sich im Schatten der großen Schiffe sammelten. Auch nicht wegen der imposanten weißen Kolonialbauten, die ins Blickfeld kamen, sondern wegen des riesigen goldenen Bauwerks, das hinter alldem über der Stadt schwebte. Ja, es schwebte, so als hätte sich ein Teil eines unvorstellbaren Paradieses zur Erde herabgesenkt.

Wie gebannt vom Anblick des schimmernden Goldes vor dem kobaltblauen Himmel, konnte Belle nicht wegsehen. Konnte es etwas Faszinierenderes geben? Ohne den Hauch eines Zweifels wusste sie, sie würde sich in Burma verlieben. Es herrschte jedoch eine drückende Hitze, keine trockene, sondern eine feuchte, die an den Kleidern haftete. Auch das war etwas ganz Neues, aber sie würde sich daran gewöhnen, und an die Luft, die salzig und verbrannt roch und sich im Rachen niederschlug. Sie hörte ihren Namen und drehte den Kopf zur Seite. Gloria, die sie zu Beginn der Reise an Bord kennengelernt hatte, lehnte an der Reling mit einem breitkrempigen rosa Sonnenhut auf dem Kopf. Belle wollte sich gerade abwenden, als Gloria sie erneut rief. Sie hob eine weiß behandschuhte Hand und kam zu ihr.

»Nun, wie gefällt Ihnen die Shwedagon-Pagode?« Glorias glasklare Stimme machte Belles träumerischer Stimmung ein Ende. »Beeindruckend, oder?«

Belle nickte.

»Mit echtem Gold überzogen«, sagte Gloria. »Ein ulkiges Volk, die Burmesen. Im ganzen Land trifft man überall auf Tempel und goldene Pagoden. Wo man geht und steht, fällt man über einen Mönch.«

»Sie müssen brillant sein, um etwas so Wunderbares zu erschaffen.«

»Wie gesagt, Pagoden stehen überall. Mein Chauffeur wartet am Kai. Ich werde Sie zu unserem schönen *Strand Hotel* mitnehmen. Es steht unmittelbar am Fluss.«

Belle blickte auf die Haut rings um ihre tief liegenden dunklen Augen und fragte sich nicht zum ersten Mal, wie alt Gloria wohl war. Trotz der vielen Fältchen sah sie gut aus, eher bemerkenswert als schön. Sie hatte eine kräftige römische Nase, markante Wangenknochen, einen langen Hals und glatte dunkle Haare mit eleganter Außenlocke im Nacken. Wie alt sie war, konnte man nur raten. Vermutlich über fünfzig.

Gloria redete, als gehörte ihr die Stadt. Eine Frau mit einem Ruf, der gewahrt werden musste, ebenso wie ihr Gesicht. Belle fragte sich, wie sie wohl ohne die gekonnt aufgetragene Make-up-Schicht und ohne die sorgfältig nachgezogenen Brauen und Filmstar-Lippen aussah. Würde die viele Schminke nicht in der Hitze zerlaufen?

»Wenn es abends spät geworden ist, übernachte ich häufig im *Strand Hotel*, obwohl ich ein Haus im Golden Valley habe«, sagte Gloria.

»Golden Valley?« Belle konnte ihre Neugier nicht verbergen.

»Ja. Haben Sie davon gehört?«

Belle schüttelte den Kopf, und nach kurzem Zögern beschloss sie, nichts zu sagen. Es war ja nicht so, als würde sie es wirklich kennen, nicht wahr? Sie war nicht gewillt, mit einer flüchtigen Bekannten über Persönliches zu sprechen. »Nein. Überhaupt nicht. Ich finde nur den Namen interessant.«

Gloria schaute sie neugierig an, und Belle dachte an früher, obwohl sie entschlossen gewesen war, das nicht zu tun. Ein Jahr war seit dem Tod ihres Vaters vergangen, und sie hatte es schwer gehabt. Arbeit hatte sie nur in der Buchhandlung eines Freundes bekommen. Aber sie hatte sich jede Woche sofort nach Erscheinen in die neueste Ausgabe der *Stage* vertieft. Und dann, welche Freude, war ihr die Anzeige ins Auge gesprungen: Für angesehene Hotels in Singapur, Colombo und Rangun wurden Interpreten gesucht. Das Vorsingen hatte in London stattgefunden, wo sie zwei strapaziöse Tage verbracht und gespannt gewartet hatte, bis sie etwas hörte.

Belle hatte sich vor der Reise über Rangun informiert. Seit 1852 stand es unter britischer Herrschaft und hatte sich von einem Dorf aus schilfgedeckten Hütten zu einer Großstadt mit florierendem Hafen entwickelt, zu der sie nun gehören würde. Während Gloria sie auf imposante Regierungsgebäude, Privathäuser und Geschäfte aufmerksam machte, fühlte Belle die stickige Hitze im Auto und freute sich darauf, auszusteigen und die Luft an der Haut zu spüren. Gloria hatte recht gehabt.

Die Mönche in ihren safranfarbenen Roben sah man überall unter den Passanten und auch einige Frauen, die von Kopf bis Fuß in blasses Rosa gekleidet waren.

»Nonnen«, erklärte Gloria unbeeindruckt. »Buddhistische Mönche und Nonnen. Letztere sind allerdings selten.«

Das Viertel rings um das *Strand* sei von den Briten als Erstes entwickelt worden, erzählte Gloria weiter, und außer dem Häuserblock an der Phayre Street sei das die beste Geschäftsadresse. Belle interessierte das nicht sonderlich. Später wäre noch Zeit genug, sich damit zu beschäftigen. Im Augenblick wollte sie nur etwas Kaltes trinken und festen Boden unter den Füßen spüren.

»Die Phayre Street wird Ihnen gefallen«, meinte Gloria. »Sie ist nach dem ersten Generalkommissar von Burma benannt. Geht am Fluss entlang, wo sich auch das *Strand* befindet. Am Straßenrand stehen die schönen Regenbäume, und vor allem gibt es da viele Juweliere und Seidengeschäfte.«

Belle bemerkte nichts dazu, sondern wischte sich die Schweißperlen von der Stirn, die vom Haaransatz herunterliefen.

»Da sind wir«, sagte Gloria, als der Chauffeur vor einem eleganten Portikus hielt, vor dem zu beiden Seiten eine große Palme stand. »Aber, allmächtiger Himmel, begeben wir uns schleunigst unter einen Ventilator!«

Zwei Hotelpagen nahmen ihnen wortlos die Koffer ab, und an den schweren Glastüren verbeugte sich ein Portier mit Turban und hielt sie ihnen auf. Drinnen im hohen Foyer war es erfrischend kühl.

»Ich liebe diesen Anblick gegenüber, wie der Fluss durch den hohen Bambus schimmert«, sagte Gloria, als sie sich zur Tür umdrehte. »Sehen Sie nur.«

Belle schaute.

»Ich nehme an, Sie sind in einem der kleinen Zimmer in dem neuen Anbau oder im Dachgeschoss untergebracht. Wie man hört, sollen der Pool abgerissen und mehr Zimmer gebaut werden, wissen Sie, aber da tut sich noch nichts, und ich hoffe, es wird dabei bleiben.«

Sie nahm ein Päckchen Lambert & Butler aus ihrer Krokodilledertasche und bot Belle eine Zigarette an.

Belle fasste sich an den Hals. »Ich darf nicht. Wegen meiner Stimme.«

»Natürlich. Wie dumm von mir.« Gloria zögerte einen Moment. »Ich möchte Sie warnen. Gehen Sie nicht in den Hafen und meiden Sie die schmalen Seitenstraßen am Flussufer, besonders wenn es dunkel ist. Dort leben die Chinesen in einem fürchterlichen Labyrinth von Gassen. Da ist es extrem gefährlich.«

Ein kleiner, stämmiger und diensteifrig wirkender Mann mit Menjoubärtchen und rötlichem Teint eilte heran, um Gloria zu begrüßen.

»Mrs de Clemente«, sagte er mit einer servilen Verbeugung und irgendeinem nördlichen Akzent, den er zu unterdrücken versuchte. »Und Ihre schöne Begleiterin. Ich bitte um Verzeihung, wenn ich mich einmische, aber wenn Ihre Begleiterin Hilfe benötigt, kann ich sofort für sie buchen.« Lächelnd wandte er sich an Belle.

»Oh nein«, widersprach sie, um seine irrige Annahme zu korrigieren. »Ich bin kein Hotelgast, sondern werde hier auftreten. Als Sängerin.«

Seine Miene verhärtete sich, und ohne Belle noch einmal anzusehen, sprach er mit Gloria. »Wie Sie sicherlich wissen, Mrs de Clemente, gibt es einen separaten Personaleingang. Ich möchte Ihre Begleiterin höflich bitten, ihn zu benutzen.«

Gloria zog die Brauen hoch und bedachte ihn mit einem gnädigen, aber eisigen Lächeln. »Mr Fowler, Miss Hatton gehört nicht zum Personal. Als Künstlerin, und als meine Freundin, möchte ich hinzufügen, hat sie gewisse Rechte. Ich erwarte, dass man die berücksichtigt.« Sie drehte sich auf dem Absatz um und ging an die Rezeption.

Fowler war noch röter geworden und zischte Belle böse zu, sie möge ihm folgen.

»Es tut mir leid«, flüsterte sie und dachte sich schon, dass der kurze Wortwechsel nicht hilfreich sein würde.

Nachdem er sie aus dem Foyer geführt hatte, blieb er stehen und baute sich vor ihr auf. »Ich bin sicher, Sie werden eine Möglichkeit finden, das bei mir wiedergutzumachen. Bedenken Sie, ich bin der Direktionsassistent und als solcher Ihnen gegenüber weisungsbefugt.«

Während er das sagte, nahm Belle sich zusammen, um nicht über seine ungemein beweglichen Brauen zu schmunzeln, die jeden Moment ein Eigenleben entwickeln und davonkriechen mochten. Ihr war klar, dass er es nicht freundlich aufnähme, wenn man sich über ihn lustig machte, und es gelang ihr, ernst zu bleiben.

Er lächelte verkniffen. »Ich habe es mir zur Aufgabe gemacht, Augen im Hinterkopf zu haben. Mir entgeht nichts. Und Sie scheinen mir nicht der Typ für unser Unterhaltungsprogramm zu sein, wenn ich so sagen darf.«

Sie zuckte mit den Schultern.

»Woher kommen Sie? Aus welcher Gegend?«

»Cheltenham.«

»Auch nicht typisch. Nun, ich weiß nicht, wie Sie mit den anderen zurechtkommen werden. Die meisten stammen aus dem Londoner East End. Ich hoffe, Sie halten sich nicht für etwas Besseres.«

Sie runzelte die Stirn. »Den anderen?«

»Den Tänzerinnen.« Er zog die Brauen hoch und blickte sie vielsagend an. »Mit Staralüren kommen Sie hier nicht weit.«

»Ich werde mich schon einfügen.« Sie wollte, dass er sie endlich in Ruhe ließ, und war froh, als er sich zum Gehen wandte.

»Nun, ich kann mich nicht noch länger damit aufhalten«, murmelte er, und damit bog er um eine Ecke und führte sie über eine schmale Personaltreppe in den dritten Stock hinauf, wo er in einem dunklen Gang vor der ersten von vier weiß gestrichenen Türen anhielt. »Hier wohnen Sie.« Er gab ihr einen Schlüssel. »Sie teilen sich das Zimmer mit Rebecca.«

Teilen? Belles gute Stimmung ließ ein wenig nach. Aber vielleicht kann das auch ganz lustig werden, dachte sie.

2

Erst am nächsten Morgen lernte Belle ihre Zimmergefährtin kennen. Am Abend hatte sie sich ins Bett gelegt und auf sie gewartet, war aber erschöpft eingeschlafen, um schließlich hochzuschrecken, weil es laut summte. Begierig, ihr neues Leben zu beginnen, setzte sie sich auf und schaute zum Fenster, wo zwei große Fliegen – sie hielt sie zumindest dafür – beharrlich gegen die Scheibe sausten. Ohne Bedenken warf sie die dünne Decke zurück, schwang die Füße auf den Boden und beugte sich über das andere Bett zum Fenster, um es zu öffnen.

Das Dachzimmer war weiß gestrichen und mit zwei schmalen Betten ausgestattet. Das unter dem kleinen Fenster hatte ihre Mitbewohnerin belegt, sodass Belle in dem anderen geschlafen hatte. Außerdem standen eine Kommode, ein kleiner Schreibtisch und ein Kleiderschrank im Zimmer. Als sie den öffnete, um ihre Kleider hineinzuhängen, stellte sie fest, dass er bereits vollgestopft war.

Sie wusch sich das Gesicht an dem Waschbecken in der Ecke und hoffte, die brutale burmesische Sonne würde ihre helle Haut nicht mit Sommersprossen überziehen. Sie hatte ein paar bezwingende Merkmale – blaugrüne Augen, ovales Gesicht, breiter Mund und gerade Nase –, durch die sie aus der Masse hervorstach und die ihr genützt hatten, als sie für dieses Engagement vorgesungen hatte. Noch im Nachthemd, bürstete sie sich die Haare, vermutlich das Schönste an ihr, und dachte an das Haar ihrer Mutter, das ein wenig dunkler gewesen war. Allerdings konnte sie nicht sagen, wie zuverlässig diese Erinnerung war. Es war sehr lange her.

Da ihre Mitbewohnerin noch nicht da war, öffnete sie erneut den Schrank und fragte sich, ob die Kleidung darin wohl etwas über ihren Charakter verriet. Da gab es schrecklich viel rote Seide, und sie zog ein knappes Kleidchen heraus, um es sich näher anzusehen.

Die Tür flog auf.

Belle drehte sich um. Eine blonde junge Frau war einen Schritt ins Zimmer getreten, die Hände in die Hüften gestemmt, und sah sie böse an.

»Gefällt dir, ja?«

»Ja. Es ist ganz nett«, antwortete Belle, und da sie entschlossen war, sich von dem feindseligen Benehmen nicht abschrecken zu lassen, lächelte sie sie breit an.

»Ganz nett? Es ist wahnsinnig schön. Hab einen ganzen Monat lang dafür gespart. Also ist es mir lieber, wenn du die Pfoten davon lässt, wenn ich bitten darf.«

Belle zögerte. »Entschuldigung. Ich ...«

Ihre Zimmergefährtin kniff die Augen zusammen. »Am besten stellen wir gleich zu Anfang ein paar Dinge klar.«

»Ja, natürlich. Ich habe mich nur gefragt, wo ich meine Sachen aufhänge.«

Die junge Frau blickte zu Belles riesigem Koffer. »Mein lieber Schwan, hast du den ganzen Haushalt mitgebracht?«

Belle zuckte mit den Schultern. »Von meinem Vater«, murmelte sie sinnloserweise.

»Rebecca.« Sie streckte ihr die Hand hin.

Belle nahm sie. »Annabelle ... alle nennen mich Belle.«

»Ich bin Tänzerin«, erklärte Rebecca. »Wir sind zu viert.«

Belle nickte und musterte die derangierte Erscheinung – das verschmierte Make-up rings um die großen blauen Augen, die Stupsnase, die rot geschminkten vollen Lippen und das enge Baumwollkleid, das nicht dazu angetan war, ihre üppige Figur zu verbergen.

»Du musst die neue Sängerin sein. Ich hoffe, du kannst überhaupt singen. Die letzte war ein Reinfall, hat ständig geheult, war todunglücklich und außerdem ein Langfinger. Ist auf und davon mit meinen Lieblingsohrringen.«

»Hatte sie Heimweh?«

»Woher soll ich das wissen? Und was geht's mich an? Hoffe, du bist nicht auch so eine jammernde Mimose.« Sie forschte in Belles Gesicht nach Anzeichen dafür. »Zum ersten Mal von zu Hause weg?«

»Nein. Ich habe schon in Paris und London gelebt.«

Rebecca nickte. »Woher stammst du denn?«

»Südwesten. Cheltenham.«

»Nobel.«

Belle seufzte. Würde es immer so sein? Vielleicht hätte sie lügen und sagen sollen, sie käme aus Birmingham. Sie hatte dort für kurze Zeit gearbeitet.

»Hast du Familie?«, fragte Rebecca.

Belle schüttelte den Kopf.

»Du Glückliche. Bei uns zu Hause wimmelt es von Kindern, und ich bin die Älteste. Natürlich liebe ich sie alle, aber ich konnte es nicht erwarten, von da wegzukommen.«

»Vielleicht besuchen sie dich mal?«

Rebecca lachte. »Unwahrscheinlich. Haben nicht die Kohle dafür. Sind arm wie Kirchenmäuse.«

»Ach so.«

»Na, Hauptsache du mischst dich nicht in mein Leben ein. Deine Vorgängerin kam aus Solihull, hielt sich für was Besseres. Also, wenn ich eins nicht ausstehen kann … Wie auch immer, ich brauche jetzt eine Mütze voll Schlaf. Du gehst gerade?«

»Ich hatte eigentlich gehofft, ich könnte meinen Koffer auspacken.«

»Eigentlich gehofft, hm?« Sie ahmte Belles Tonfall nach. »Na, fantastisch. Lass mich ein, zwei Stunden schlafen und tu's hinterher.«

»Na gut, aber ich muss mich waschen und anziehen, bevor ich ausgehen kann.«

Die junge Frau zuckte nur mit den Schultern.

»Ich bin gestern Abend aufgeblieben und habe auf dich gewartet«, sagte Belle. »Es erschien mir ein bisschen unhöflich, schlafen zu gehen, ohne dass wir uns miteinander bekannt gemacht haben. Wo warst du denn?«

Rebecca tippte sich an die Nase. »Je weniger du weißt, desto weniger kannst du verraten.«

»Ach, du meine Güte …«

»Also keine Petze?«

»Selbstverständlich nicht«, antwortete Belle gereizt.

»Wir werden sehen. Das Bad ist gegenüber. Du musst möglichst früh hinein. Wir teilen es uns zu fünft, und das heiße Wasser ist schnell verbraucht.«

Belle holte erschrocken Luft, weil eine Echse mit schlängelndem Schwanz die Wand hinauflief und hinter dem Schrank verschwand, wo sie unmenschliche Laute von sich gab.

Rebecca lachte. »Die leben im Haus und halten dich nachts wach. Man sieht hier auch Insekten, die viel größer sind als die zu Hause, und ab und zu ein Eichhörnchen.«

»Im Zimmer?«

Rebecca zog sich das Kleid aus, ließ es auf dem Boden liegen und schlüpfte in Unterwäsche ins Bett. Einen Moment später wollte Belle ins Bad gehen, als Rebecca noch mal den Kopf hob.

»Verdammt schöne Haare hast du, und ich wette, die sind nicht gefärbt.« Dann drehte sie sich zur Wand.

Belle lächelte. Vielleicht war es doch nicht so übel, sich mit Rebecca das Zimmer zu teilen.

Am Tag zuvor, kurz nach ihrer Ankunft, unternahm Mr Fowler, der vor Wichtigkeit platzte, mit ihr einen Rundgang durchs Haus. Von dem großen verspiegelten Foyer mit den dunklen Ledersofas, Glastischen und dem blanken Parkett führte er sie durch die vornehmen Speiseräume. Lampen mit hellrosa Seidenschirmen standen überall, und Ansichten von Burma hingen an den Wänden, dazwischen Porträts von ehrwürdigen Herren und ihren schmuckbehängten Gattinnen. Die Tische waren schon mit gestärktem Damast gedeckt.

Leise, aber wortreich gab Belle ihrer Bewunderung Ausdruck, um ihn zufriedenzustellen, und sie war auch ehrlich beeindruckt und überglücklich über ihr Engagement. Er erzählte, das Hotel sei 1927 gründlich renoviert worden. »Natürlich war ich zu der Zeit noch nicht hier.«

»Wie lange arbeiten Sie hier schon?«

»Nicht lange.« Damit wischte er ihre Frage beiseite und fuhr fort: »Wir sind das komfortabelste, modernste Hotel in Rangun – wir haben sogar ein eigenes Postamt und ein Juweliergeschäft, eine Filiale von Hamid & Co., im Haus.«

Ein hübsch hergerichteter Raum folgte, in dem sowohl das Frühstück als auch später der Nachmittagstee eingenommen wurde, wie Mr Fowler erklärte. Belle betrachtete die Korbsessel und die zierlichen Gedecke. Es ist hübsch, dachte sie, nicht so steif wie der große Speisesaal. Das Haus sei berühmt für seinen Nachmittagstee, sagte er hörbar stolz.

»Manchmal bleibt Kuchen übrig fürs Personal«, fügte er großmütig lächelnd hinzu, als wäre der seine persönliche Spende.

Anschließend gingen sie durch die Lagerräume, dann durch eine große Küche mit hoher Decke und von dort in einen kleinen Raum, wo das Personal seine Mahlzeiten einnahm, und schließlich in den Konzertsaal des *Strand* hinter dem Anbau, zu dem ein Umkleideraum und ein kleiner Garten gehörten.

»Bisher haben wir uns auf Gastorchester und ebensolche Tänzerinnen und Sängerinnen verlassen. Erst seit Kurzem vergeben wir Festengagements. Ob das vorteilhaft ist, wird sich noch zeigen.«

»Kommen nur Engländer hierher?«

Er nickte. »Nun ja, auch Schotten. Viele Schotten.«

»Und wie steht es mit den Angestellten? Sind die alle Briten?«

»Natürlich nicht. Wir haben indische Küchenjungen, und Sie haben den Portier gesehen.«

»Keine Burmesen?«

Er schüttelte den Kopf. »Die Burmesen – die unteren Klassen, meine ich – möchten nicht arbeiten.«

»Gar nicht?«

»Nicht für uns.«

»Oh.«

»Es gibt viele gebildete Burmesen in unseren Regierungsbehörden.«

Wieder im Foyer des Haupthauses angelangt, deutete sie auf die breite, mit dickem Teppich ausgelegte Treppe, die in einem Bogen zu den oberen Etagen führte, doch er schüttelte den Kopf.

»Die Zimmer, Suiten und Salons der Gäste«, sagte er. »Die brauchen Sie nicht zu sehen.« Und sofort wünschte sie sich, dort hinaufzugehen.

Während er ihren neugierigen Gesichtsausdruck betrachtete, stieß er eine Schwingtür auf, hinter der ein dunkler Gang lag. Kaum hindurch, nahm er ihre rechte Hand und fasste sie an der Schulter. Als er sie rückwärtsschieben wollte, entwand Belle sich seinen Händen. »Für das richtige Mädchen ist es möglich, von Zeit zu Zeit ein unbenutztes Gästezimmer zu sehen, zwischen zwei Belegungen, wenn Sie verstehen. Sind Sie solch ein Mädchen, Miss Hatton?«

Sie trat zwei Schritte von ihm weg. »Das bezweifle ich, Mr Fowler.«

Er nickte und sah sie prüfend an. »Nun, das werden wir noch sehen, nicht wahr?«

Sie war nicht beunruhigt. Mit solchen Männern hatte sie schon zu tun gehabt.

Da sie nun offenbar einen Tag zur freien Verfügung hatte, würde sie sich einrichten und dann die Umgebung erkunden. Erst für den nächsten Tag war eine lange Probe angesetzt. Beim Verlassen des Hotels nickte Belle dem Portier zu und musste blinzeln, weil ihr der Staubdunst in den Augen brannte. Sie ging am Büro eines Hafenspediteurs vorbei, dann am Postamt, einem stark verzierten roten Backsteinbau, und machte kehrt, um die entgegengesetzte Richtung einzuschlagen. Tief atmete sie die schwüle Luft ein, die von exotischen Gerüchen geschwängert war. Was riecht da so aromatisch?, fragte sie sich. Dann blieb sie stehen und lauschte, weil ringsumher Tempelglocken läuteten. Sie ging weiter und musste in einem fort Rikschas, Radfahrern, Automobilen und Fußgängern ausweichen. Nach den Sprachen zu urteilen, die sie heraushörte, lebte hier ein buntes Völkergemisch. Die Inder erschienen geschäftig und lebhaft, die Chinesen versuchten eifrig, ihre Waren an den Mann zu bringen. Von den Burmesen jedoch war sie besonders angetan. Die Männer rauchten Stumpen und neigten den Kopf, wenn sie vorbeiging, und die Frauen in ihren makellosen rosa Seidenkleidern waren klein und zierlich und von puppenhafter Schönheit. Sie trugen die Haare straff hochgesteckt und mit einer Blüte geschmückt, und das Gesicht pflegten sie mit einer gelben Paste zu bemalen, wie Belle überrascht sah. Bezaubert von ihrem lieblichen Lächeln, lächelte sie zurück. Es faszinierte sie, dass Männer wie Frauen lange Röcke und kurze Jacken trugen. Der Rock hieß Longyi, so viel hatte sie schon erfahren, aber der Frauenrock war an der Taille stärker gerafft. Ihr fiel auch auf, dass die Männer allgemein rosa Turbane trugen, während sich viele Frauen einen durchsichtigen Seidenschal um die Schultern legten.

Ein Stück weiter mischte sich schwacher Abwassergeruch mit den charakteristischen Gewürzaromen von den verschiedenen Essensständen und Lebensmittelläden. Sie stand an einer Kreuzung und hörte die eisenbeschlagenen Räder der Gharrys, altmodischer Pferdekutschen, die man mieten konnte, und staunte über das Nebeneinander von Vergangenheit und Gegenwart auf den Straßen. Nach ein paar Augenblicken bog sie nach links in die Merchant Street ein.

Entlang der Strand Road und darüber hinaus war das Stadtbild von britischen Bauten geprägt, aber Belle sehnte sich nach etwas Aufregenderem als den Monumenten des Kolonialismus. Sie wandte sich nach rechts, wo sie an dem Gericht vorbeikam, in dem ihr Vater gearbeitet haben musste. Dann bog sie erneut ab und holte staunend Luft, denn vor ihr lag, was sie gesucht hatte. Das musste die Sule-Pagode sein, die kleiner war als die Shwedagon-Pagode, die sie schon vom Schiff aus gesehen hatte. Entzückt, im Zentrum Ranguns auf diese goldschimmernde Erscheinung zu stoßen, mitten im lärmenden Getriebe des Alltags, blieb Belle stehen und schaute. Der Hotelangestellte an der Rezeption hatte gesagt, sie sei zweitausendzweihundert Jahre alt und immer Mittelpunkt des gesellschaftlichen Lebens gewesen.

Das Gold glänzte und schimmerte verlockend, aber ihr war bereits schwindlig von der sengenden Hitze, und deshalb sah sie sich um, ob sie irgendwo etwas trinken könnte. Sie hatte vergessen, einen Hut oder Schirm mitzunehmen. Während sie in einem fort Fliegen vor ihrem Gesicht wegschlug, musterte sie die Teestände am Straßenrand. Die kamen ihr nicht verlockend vor. Also wohin? Bei einem Blick über die Straße sah sie Gloria aus dem Rowe & Co. kommen, einem großen weiß-roten Kaufhaus mit einem Eckturm, geschwungenen Balkonen und verzierten Fenstern. Belle rief und winkte.

3

Cheltenham 1921

Endlich habe ich einen Brief von Simone bekommen. Ich freue mich so sehr, ich könnte durchs Zimmer tanzen. Ich sehe sie vor mir, ihre braunen Augen, ihre hellblonden Haare und die makellose Pfirsichhaut. Erinnere mich auch, was für einen Mordsspaß wir früher hatten. Die Frau meines Arztes und meine beste Freundin in Burma. Sie schreibt von ihrer Trauer, natürlich, denn ihr Mann Roger ist gestorben, aber auch, dass sie bald zurückkehrt und wieder in England leben will. Irgendwo in Oxfordshire, was nicht so weit weg ist. Ich laufe nach unten in den kleinen Flur an der Rückseite des Hauses, greife zu Gartenschere und Gartenkorb und springe kurz nach draußen, halte für einen Moment das Gesicht in die Sonne – ich spüre sie so gern auf der Haut – und schneide ein paar Rosen fürs Esszimmer ab.

Ich erinnere mich an die leuchtenden Blumen in Burma und mein Leben dort, *mein Leben!* Voller Aufregungen und guter Laune. Cocktail- und Dinnerpartys und diese nächtelangen verschwenderischen Gartenpartys. Die schiere Freude an einem Pariser Seidenkleid, das über meine Haut strich – und an meinen geliebten Mann, der mich so festhielt, dass ich mir vorkam, als wäre ich die Schönste. Dann nach zu viel Champagner die rosa und orangenen Laternen im Wind schaukeln sehen, während der Himmel kurz vor der Dämmerung indigoblau wurde.

Aber ach, der Garten mit den stark duftenden Blumen und den ausladenden Baumkronen, in denen sich die Affen von Ast zu Ast hangelten. Wir lachten immer, wenn wir sie sahen, Arm in Arm. Jung war ich damals noch und so sehr verliebt. Und unser einsamer Platz, wo niemand sehen konnte, was wir taten und wie sehr mein ernster, aufrechter Ehemann mich begehrte, so sehr, dass ihm der Atem stockte.

Schluss damit.

Denk nicht an den Garten.

4

Die Handtasche locker über dem Arm, überquerte Gloria breit lächelnd die Straße. Belle erwiderte das Lächeln, und Gloria hauchte ihr mit roten Filmstarlippen einen Kuss auf die Wange.

»Wie gefällt es unserem kleinen Singvogel in Rangun?«

»Hatte noch keine Zeit, mir viel anzusehen, doch so weit finde ich es sehr schön. Hier geht es so lebhaft zu.« Sie wischte sich über die Stirn. »Aber, du meine Güte, es ist unvorstellbar heiß! Ich habe gerade überlegt, wo ich wohl etwas trinken kann. Ich komme um vor Durst.«

»Ich wüsste etwas. Und da wir schon dabei sind, kaufen wir Ihnen auch gleich einen Hut. Im Rowe wird sich einer finden. Das ist genau das Richtige, denke ich. Sie müssen sich einen ihrer Kataloge mitnehmen. Man bekommt dort praktisch alles.«

»Das klingt grandios.«

»Und drinnen ist es sehr schön. Überall Ventilatoren, kühle schwarz-weiße Bodenfliesen und nur britische Bedienung. Das Harrods des Ostens, Liebes.«

Belle grinste. »Sie sind sehr freundlich.«

»Meine Liebe, da irren Sie sich. In Wirklichkeit finde ich Sie faszinierend. Wissen Sie, mir wird sehr schnell langweilig.« Wie zum Beweis gab sie einen langen, trägen Seufzer von sich. »Und mir scheint, als bräuchten Sie jemanden, der sich um Sie kümmert.«

Belle dachte, ihre Bekannte könnte sie als Spielzeug betrachten und nach kurzzeitigem Interesse plötzlich fallen lassen, und was das Kümmern betraf, so war sie es seit Langem gewohnt, diese Aufgabe selbst zu erfüllen. Aber wenn Gloria das annehmen wollte, bitte sehr. Sie passte sich deren Schritt an, und so durchquerten sie den Park des Fytche Square und kehrten auf die Merchant Road zurück.

»Was ist das gelbe Zeug, das sich die Frauen auf die Wangen schmieren?«, fragte Belle.

»Das ist Thanaka-Paste. Sie glauben, das sei gut für den Teint und schütze vor Sonnenbrand.«

»Es scheint die Haut schrecklich auszutrocknen. Haben Sie es mal ausprobiert?«

»Das ist nichts für mich, Liebes.«

Und Belle sah ihr an, dass ihre gemeißelten Wangen garantiert nie mit burmesischen Mitteln in Berührung kamen.

In der Bar bestellte Gloria zwei kalte Pimm's Cup.

»Oh, keinen Alkohol«, sagte Belle. Der war ihr unheimlich. Er veränderte das Benehmen, mitunter zum Besseren, aber eben auch zum Schlechteren. Sie war es seit ihrem achten Lebensjahr gewohnt abzulehnen. Damals war ihr nämlich klar geworden, dass sie mit ein wenig Selbstbeherrschung einen Riegel Schokolade länger strecken konnte als jeder andere. »Es ist … noch recht früh«, erklärte sie. »Könnte ich eine Kanne Tee bekommen?«

Gloria lachte. »Tee! Der schmeckt hier widerlich, es sei denn, Sie mögen Kondensmilch. Manche kommen ja damit zurecht.«

»Wieso Kondensmilch?«

»Die Burmesen finden es abscheulich, eine Kuh zu melken. Wie dem auch sei, Sie brauchen etwas zu trinken, und da gibt es für mich nur eins.«

Belle blickte sie entschlossen an. »Nur Limonade. Ehrlich.«

Gloria schüttelte den Kopf und betrachtete sie mit einem gespielt traurigen Blick. »Da entgeht Ihnen etwas. Der Pimm's Cup hier ist der beste in der Stadt. Aber egal, erzählen Sie mir, was Sie vorhatten.«

»Nicht viel. Ich wollte mich nur ein wenig mit der Umgebung vertraut machen.«

Gloria lächelte und wirkte dabei sehr mit sich zufrieden.

»Nun, dann kann ich Ihnen etwas empfehlen, das Sie sicherlich interessiert.«

»Nur zu.«

Am nächsten Abend vor ihrem ersten Auftritt ging Belle, während sie sich in der hell beleuchteten Garderobe vor dem Spiegel schminkte, in Gedanken die Reihenfolge der Auftritte durch. Sie legte einen weinroten Lippenstift auf, der das Rotgold ihrer Haare betonte. Wie sie sie frisieren sollte, hatte sie noch nicht entschieden. Offen tragen oder hochstecken? Hatte sie Lampenfieber? Ein bisschen. Aber sie hatte gelernt, es in Konzentration umzuwandeln. Noch wichtiger, sie verspürte ein wildes, neues Glücksgefühl und war absolut entschlossen, einen guten Eindruck zu machen. Sie würden loslegen mit einem ihrer Lieblingsstücke – ein gutes Omen. Sie mochte Billie Holiday natürlich, aber auch Bessie Smith, die »Kaiserin des Blues«. Alle Lieder von ihnen waren sichere Favoriten, doch Belle hatte sich für *Nobody Knows You When Your're Down and Out* und *Careless Love* entschieden.

Sie hatte die hereinkommenden Tänzerinnen gegrüßt, die sich in der anderen Hälfte der Garderobe umzogen, und sie dann nicht mehr beachtet, weil sie sich konzentrierte. Aber nun fiel ihr Name. Er wurde recht laut geflüstert, höchstwahrscheinlich, damit sie es mitbekam. Sie ließ sich nichts anmerken und schminkte sich weiter.

Das Geflüster hielt an, und Belle hörte heraus, sie habe die Stelle nur aufgrund ihrer Verbindung zu Gloria de Clemente bekommen. Belle drehte sich um und schaute in die mürrischen Gesichter der vier Tänzerinnen.

»Ich kenne sie kaum«, erklärte sie lächelnd und hoffte, die schlechte Stimmung zu zerstreuen. »Wirklich.«

»Das musst du ja sagen, nicht wahr?« Rebecca blickte sie herausfordernd an. »Eigentlich sollte Annie die Stelle kriegen, und dann tauchst du plötzlich auf und kommst mit demselben Schiff wie Mrs de Clemente.«

»Und ich habe dich gestern mit ihr in einer Bar gesehen«, rief besagte Annie. »Da schient ihr dick befreundet zu sein.«

»Ich bin Gloria auf dem Schiff zum ersten Mal begegnet.«

»Gloria, ja? Wir dürfen sie nicht so nennen.«

Belle wurde ärgerlich und stand auf. »Du meine Güte, das ist zu albern! Ich habe das Stellenangebot in der Zeitung gesehen und mich beworben wie jeder andere.«

»Natürlich, und ich bin der König von England«, erwiderte Rebecca.

Annie prustete vor Lachen, und Belle biss sich auf die Lippe, bevor sie sich ihr zuwandte. »Vielleicht hast du die Stelle nicht bekommen, weil du nicht gut genug bist. Schon mal daran gedacht?«

»Das kann man leicht behaupten. Deine Sorte kennen wir …«

»Meine Sorte? Ihr wisst nichts über mich. Gar nichts!« Belle spürte, dass ihre Wangen heiß wurden, und zwang sich zur Ruhe. »Und nun, wenn ihr nichts dagegen habt, muss ich mich auf meinen Auftritt vorbereiten.«

Steif setzte sie sich wieder hin, versuchte, sich ihren Ärger nicht anmerken zu lassen und sich von den anderen jungen Frauen zu lösen. Mit den Gedanken abzuschweifen war immer ihre Art gewesen, einem Konflikt zu entkommen, und sie konnte das gut. Doch sie hatte gehofft, sich mit ihrer Zimmergefährtin freundschaftlich zu stellen, und der unerfreuliche Wortwechsel beunruhigte sie. Nach einigen ruhigen Atemzügen war sie wieder vollkommen beherrscht, aber ihre Verstimmung mochte sich dennoch auf ihren Auftritt auswirken, und das machte sie nervös. Natürlich hatten die Tänzerinnen es genau darauf angelegt. Nun, sie hatte nicht die weite Reise unternommen, um sich jetzt von ein paar rachsüchtigen, neidischen Hüpfern alles verderben zu lassen. Sie würde die Bühne betreten, ins Publikum lächeln und sich die Seele aus dem Leib singen.

5

Cheltenham 1921

Während ich aus dem Fenster in den Pittville Park schaue und die Tauben beobachte – kleine schwarze Gestalten in einer Reihe auf einem Dachfirst auf der anderen Seite des weiten Parks –, höre ich meine Tochter nach ihrem Vater rufen. Sicherlich hat sie Hunger. Tatendrang erfüllt mich, und so werfe ich mir den Morgenmantel über und eile die drei Treppen hinunter. Ich werde ihr Toaststreifen und weich gekochtes Ei anbieten, das isst sie am liebsten. Aber als ich in die Küche stürme, vor lauter Vorfreude beinahe stolpere, empfängt mich der Geruch von Rindergulasch, und ich erkenne, dass ich störe, als ich sie neben unserer Haushälterin Mrs Wilkes an dem gescheuerten Kieferntisch sitzen sehe. Sie sitzen eng zusammen und blicken mich entgeistert an. Ich schaue genauso überrascht und möchte darauf hinweisen, dass ich hierhergehöre. Dass ich am längsten in dem Haus lebe.

Meine Gedanken schweifen zu den alten Zeiten, als das Haus noch meinem Vater gehörte und dann mir, nachdem meine Mutter an der schrecklichen Influenza gestorben war. Mein Vater zog darauf nach Bantham in Devonshire, wo unser Sommersitz lag, und dorthin hat er sich zurückgezogen. Er vermisst meine Mutter, und ich habe ihn besucht, bis das Reisen zu kompliziert wurde. Aber als ich noch ein Kind war, bin ich in dem alten Haus glücklich gewesen.

Zu gern würde ich das Fenster in die viel sicherere Vergangenheit noch länger offen lassen, doch Mrs Wilkes steht auf, und dadurch schlägt sie es zu und reißt mich in die Gegenwart zurück.

»Ich bin länger geblieben. Ich hoffe, Sie haben nichts dagegen, Madam, aber das Mädchen musste etwas essen.«

Ich nicke dazu, höre ihr jedoch an, dass sie mich verurteilt. »Liebling«, sage ich zu meiner Tochter. »Soll ich dir heute deine Gute-Nacht-Geschichte vorlesen?«

Sie hebt den Kopf und sieht mir in die Augen. »Nein, danke, Mummy. Daddy hat versprochen, es zu tun.«

Ich beiße mir auf die Lippe und schlucke. Dann drehe ich mich um und gehe zur Treppe. Meine Augen brennen von aufsteigenden Tränen.

Die Leute hier sehen mich besorgt an und sagen mir, das seien die Nerven. Einmal habe ich unsere Haushälterin mit dem Lieferjungen klatschen hören – mit dem Lieferjungen! »Sie leidet entsetzlich unter ihren Nerven.« Aber es sind nicht meine Nerven, ich fürchte die Stimme.

Wieder oben in meinem Zimmer höre ich den Regen gegen das Fenster schlagen, und der Park sieht düster aus, als die Dämmerung schwindet. Doch ich kann die Lichter in den Häusern gegenüber sehen wie ferne Leuchtfeuer, und die kleinen goldenen Rechtecke geben mir Hoffnung. Ich stelle mir dahinter glückliche Familien vor. Der Ehemann kommt von der Arbeit nach Hause, wirft den Hut an den Haken und umarmt seine Frau. Die Kinder, vielleicht drei, springen die Treppe hinunter und rufen: »Daddy, Daddy ist zu Hause!« Und die Frau scheucht sie ins Spielzimmer, damit Daddy in Ruhe seine frisch gebügelte Zeitung lesen und ein Glas Laphroaig genießen kann.

»Möchtest du etwas trinken, Liebling?«, wird sie fragen, ohne zu ahnen, wie zerbrechlich das Glück ist.

6

Am Abend ihres zweiten Auftritts, bevor die Tänzerinnen ihre beiden Tänze absolviert hatten und in die Garderobe zurückkamen, nahm Belle ihr Notizbuch aus der Tasche und zog die Zeitungsausschnitte zwischen den Seiten hervor. Beim ersten Lesen war sie äußerst neugierig gewesen, und sie musste zugeben, sie war es noch immer. Vor einem Jahr, nach dem Tod ihres Vaters, war ihr die nicht beneidenswerte Aufgabe zugefallen, seine große Bibliothek zusammenzupacken. Die vergilbten Zeitungsausschnitte hatten gut versteckt in einem staubigen Buch gelegen, und wenn sie nicht herausgerutscht wären, als sie mit Packen fertig wurde, hätte sie nie etwas von der Sache erfahren. Sie hatte die Ausschnitte dann erst einmal zwischen die letzten Blätter ihres Notizbuches gesteckt, und da waren sie geblieben. Als sie die beiden Meldungen jetzt wieder las, schüttelte sie den Kopf und fand es noch immer kaum zu glauben.

Rangoon Post, 10. Januar 1911
Säuglingsraub im Golden Valley
Mit großem Bedauern ist hier vom Verschwinden eines neugeborenen Mädchens zu berichten. Die gerade erst drei Wochen alte Elvira Hatton ist die Tochter unseres geschätzten Mitglieds der Justizbehörde, des Distriktrichters von Rangun, Mr Douglas Hatton, und seiner Gattin Diana. Der Säugling verschwand gestern aus dem Garten der Hattons im Golden Valley, wo er im Kinderwagen unter einem Tamarindenbaum schlief. Die Polizei ersucht etwaige Zeugen, sich umgehend zu melden, da der Fall von äußerster Dringlichkeit ist.

Als die Tänzerinnen sprühend vor Energie hereinkamen, sah Belle auf die Uhr und schob die Ausschnitte samt Notizbuch in die Handtasche zurück. Ihr blieben noch fünf Minuten Zeit. Sie entschied sich für das elfenbeinfarbene bodenlange Kleid aus Kunstseidenkrepp, das an Ausschnitt und Taille mit Perlen besetzt war, und schlüpfte rasch hinein. Prüfend sah sie in den Spiegel und bewertete ihre Erscheinung. Sie hatte eine Weile gebraucht, um sich daran zu gewöhnen, so viel Make-up aufzulegen. Da sie sich hier selbst schminken musste, tat sie es sehr dezent und erlaubte sich, die schulterlangen, von Natur aus welligen Haare offen zu tragen. Zu guter Letzt wählte sie einen glänzenden roten Lippenstift und steckte sich die Haare an den Seiten mit zwei Strassklammern fest.

Augenblicke später trat sie auf die Bühne. Belle zitterte vor Erregung und spürte einen harten Kloß im Magen, der sich aber rasch auflösen würde, sobald sie einmal sang, genau wie am Abend zuvor.

Die erste Nummer wurde begeistert aufgenommen, wenn auch von einem kleinen Publikum, wie sie enttäuscht feststellte. Aber es war nur ein Donnerstagabend, und hinterher an der Bar sagte Gloria, die schwarze Seide und einen echten Rubin an einer Halskette trug, das große Publikum sei nur an Wochenenden zu erwarten. Bei ihrem Zufallstreffen in der Stadt hatte sie ihren Bruder erwähnt, der einen hohen Posten in der britischen Regierung innehatte. Er werde eigens am Samstag kommen, um Belle singen zu hören. Und nun erzählte sie, was sie neulich nur angedeutet hatte: Ihr Bruder habe Kontakte im amerikanischen Showgeschäft. »Wenn Sie Ihre Trümpfe richtig ausspielen, nun ja, dann ist alles möglich«, hatte Gloria gesagt.

»Wirklich? Und wer sind diese Kontakte?« Belle konnte ihre Aufregung nicht verbergen und fragte sich, welche Trümpfe gemeint waren.

»Ich kann Ihnen keine Namen nennen, fürchte ich. Aber Sie waren wunderbar, Liebes. Diese Art, wie das gesamte Orchester mit einem Mal einsetzt, besonders die Trompete, und dann Ihre Stimme ... Ich schwöre, Ihre Stimme ist wie Honig, und wie sie schwingt! Fabelhaft. Da hielt es keinen mehr auf dem Sitz. Und sehen Sie sich nur an! Ihre Augen strahlen, Sie blühen geradezu. Sie haben Ihre Passion gefunden, würde ich meinen.«

Belle freute sich sehr, sagte aber nur, sie sei erleichtert, weil es so gut geklappt habe.

»Man braucht nur eines, um in dieser Welt voranzukommen: Man muss an sich selbst glauben, und wenn Sie das nicht können ... nun, dann glauben Sie eben mir.« Gloria lachte, und Belle fiel mit ein. Dabei bemerkte sie Rebecca, die sie mit hämischer Miene beobachtete. Belle lächelte ihr zu, aber ihre Zimmergenossin blickte sie böse an und wandte sich dann ab.

»Was war das?«, fragte Gloria, die das gesehen hatte.

Belle machte ein gleichgültiges Gesicht. »Ach, nichts. Die anderen sind nur ein bisschen schwierig.«

»Das gibt sich sicher noch.«

»Sie glauben, ich hätte die Stelle nur bekommen, weil ich Sie kenne.«

Gloria zog die Brauen hoch. »Vielleicht kann ich das richtigstellen?«

»Ehrlich gesagt, möchte ich lieber selbst damit fertigwerden.« Belle zögerte. »Tatsächlich gibt es etwas anderes, womit Sie mir helfen könnten.« Einen Versuch war es wert.

Gloria lächelte herzlich. »Nichts lieber als das. Schießen Sie los.«

»Es ist so: Meine Eltern haben früher in Burma gelebt. Ich habe überlegt, ob Sie mich mit jemandem bekannt machen könnten, der sie vielleicht gekannt hat.«

»Das haben Sie noch gar nicht erwähnt!«

»Nein.«

»Und wie heißen sie?«

»Hatton natürlich, wie ich.«

Glorias Augen wurden eine Spur schmaler. »Ah ja. Der Name kam mir irgendwie bekannt vor.«

»Douglas und Diana Hatton.«

Gloria wirkte betroffen. »Dann haben Sie hier auch schon einmal gelebt? Das wusste ich nicht.«

»Nein. Da war ich noch nicht geboren. Tatsächlich ist das eine sehr traurige Geschichte.« Unsicher, ob sie das erklären sollte, hielt sie inne, dann entschied sie sich dafür. »Sie haben ihr erstes Kind verloren.«

Gloria schaute sie verständnisvoll an. »Hier gibt es so viele ansteckende Krankheiten.«

»Nein. Es ist nicht gestorben. Es ist aus ihrem Garten verschwunden, hier in Rangun. 1911.«

»Gütiger Himmel, wie furchtbar!«

»Sie haben damals nicht davon gehört?«

Gloria geriet ins Stocken, als wäre sie plötzlich verunsichert, dann senkte sie den Kopf und kramte ein Weilchen in ihrer Handtasche, länger als nötig, fand Belle, aber schließlich brachte sie ihr Zigarettenetui und ein Feuerzeug zum Vorschein.

»Also«, sagte sie gedehnt, während sie sich die Zigarette anzündete. »Ich dürfte damals noch nicht hier gewesen sein, aber da klingelt etwas, wissen Sie? Habe es vielleicht in der Zeitung gelesen. Edward könnte sich daran erinnern. Sie fragen besser ihn.« Nach einem winzigen Schwanken der Stimme schwieg sie abrupt und sah Belle forschend an. »Oje, sind Sie deshalb hergekommen?«

»Nein. Es ging mir nur um das Engagement. Und was da vorgefallen ist, ist schon so lange her. Fünfundzwanzig Jahre. Deshalb dachte ich, es macht sicher nichts, wenn ich hier arbeite.«

Belle beschloss, nichts weiter über ihre Eltern zu erzählen, aber sie erinnerte sich unweigerlich daran, dass sie als Kind durch das riesige Haus getobt war und nur ihre Mutter und Mrs Wilkes als Gesellschaft gehabt hatte. Und an die Male, als sie ihre Mutter mit unbezähmbarer Wut gehasst und es immer schlimm geendet hatte. Einmal sagte sie sogar zu ihr, sie wünschte, sie wäre tot.

»Ich wüsste zu gern, was Sie jetzt denken«, bemerkte Gloria.

»Ach, nichts Besonderes. Erzählen Sie mir von sich.«

»Eines müssen Sie über mich wissen: Ich sage nie die Wahrheit, aus Prinzip nicht.«

Belle lachte.

»Und ich habe nur ein Ziel im Leben: gegen alle Regeln zu verstoßen.«

»Ich werde dabei immer erwischt, wie es scheint.«

Gloria, die Meisterin des blendenden Lächelns und der spöttisch gewölbten Braue, grinste sie an. »Oh, ich auch, Liebes. Immer. Der Trick ist, sich nichts daraus zu machen. Kühnheit, darauf kommt es an. Konventionen interessieren mich nicht die Bohne.«

Belle lachte wieder und dachte an ihre eigene Kühnheit, an die sie tatsächlich schon so gewöhnt war.

7

Am Samstagabend lernte Belle Edward kennen. Auf den ersten Blick schien er ein freundlicher Mann zu sein. Während Gloria sie miteinander bekannt machte, betrachtete er Belle mit dunklen, funkelnden Augen, dann streckte er ihr die Hand hin. Er war nicht groß – sie brauchte nicht den Kopf zu heben, um ihm ins Gesicht zu sehen –, dennoch fühlte sie sich eingeschüchtert. Sie hätte es nicht genau sagen können, aber er strahlte etwas aus, das ihr schon einmal begegnet war, eine gewisse altmodische Art, die sie an die höchst gewandten, höflichen Freunde ihres Vaters erinnerte. Gewöhnt an ein privilegiertes Leben, besaß Edward das daraus resultierende zuversichtliche Selbstbewusstsein und zudem vermutlich einen ausgeprägten Sinn für seine Anrechte. Durch seine rotbraunen Haare, die an den Schläfen grau wurden – was distinguiert wirkte –, sowie durch seine Gesichtsform und die dunkelbraunen Augen hatte er etwas von einem prächtigen Fuchs. Er war schätzungsweise Anfang fünfzig. Nachdem sie all das innerhalb eines Moments in sich aufgenommen hatte, fragte Belle sich, was er wohl an ihr sah, und hob eine Hand, um sich die widerspenstigen Haare glatt zu streichen.

»So«, sagte er. »Endlich habe ich die Ehre, den neusten Schützling meiner Schwester kennenzulernen. Ich bin entzückt.«

Belle spürte, dass ihr die Hitze in die Wangen stieg. Außer der Neigung zu Sommersprossen war dies der größte Nachteil ihres hellen Typs. »Sehr erfreut«, erwiderte sie und fächelte sich mit der Hand Luft zu. »Meine Güte, wie heiß es ist, nicht wahr?«

»Wir könnten versuchsweise in den Garten gehen. Oder

uns näher an den Ventilator stellen. Allerdings ist es dort lauter, weil er in der Nähe der Bar hängt.«

Sie nickte. »Ich habe nur eine halbe Stunde Pause, dann muss ich wieder auf die Bühne.«

»Gratuliere zu Ihrem Auftritt! Einfach brillant. Die Welt liegt Ihnen zu Füßen, meine Liebe.«

»Hab ich's dir nicht gesagt, Edward?«, warf Gloria ein.

Belle lächelte bescheiden.

Während er die Getränke bestellen ging – Whisky für Gloria und Limonade für Belle –, folgten ihm die beiden Frauen bis unter den Deckenventilator. Aber der Stimmenlärm in dem gut gefüllten Saal erreichte rings um die Bar seinen höchsten Pegel.

»Wenn ich's mir recht überlege«, rief Gloria an Belles Ohr, »würde ich lieber nach draußen gehen. Hier kann man sein eigenes Wort nicht verstehen.«

»Und Ihr Bruder?«

»Wird uns finden. Ich möchte Sie ohnehin kurz allein sprechen.«

»So?«

In dem begrünten Innenhof angekommen, sagte Gloria: »Ich habe mit Fowler wegen der Tänzerinnen gesprochen.«

Belle fasste sich erschrocken an den Mund. Das ist das Problem mit Gönnern, dachte sie. Wenn man nicht aufpasst, verhalten sie sich bald, als wäre man ihr Eigentum.

»Seien Sie nicht albern. Er wird lediglich ein Auge darauf haben, mehr nicht.«

»Wenn er sie zurechtweist, wird das die Situation nur verschlimmern.«

Gloria streckte gerade eine Hand nach ihrem Unterarm aus, als Edward mit einem Kellner zu ihnen kam. »Ich bedaure, die Damen bei ihrem wichtigen Gespräch zu unterbrechen.« Er hielt für eine Sekunde inne und lachte dann freundlich. »Nun, meine Liebe, Sie müssen meiner Schwester verbieten, sich einzumischen – denn das wird sie tun wollen, wissen Sie?«

Glorias Lächeln ließ kurz nach, und Belle fragte sich, ob sie da einen Anflug von Feindseligkeit zwischen den beiden gesehen hatte. Vielleicht kamen sie nicht immer gut miteinander aus, andererseits mochte das unter Geschwistern normal sein. Sie kannte sich da nicht aus.

»Komm, Schwester«, sagte Edward. »Trink etwas.«

Während sie mit ihren Gläsern zusammenstanden, beobachtete Belle die Geschwister und vor allem Edward. Er war von schlanker Statur, war aber mehr athletisch als hager und hatte elegante Hände. Er lächelte sie an – er lächelte viel –, doch hatte er ihre Gedanken gelesen? Seine Augen hatten auch etwas an sich. Sie wollten verführen, ihr Gegenüber näher an sich ziehen, als es wollte. Belle konnte sich sogar vorstellen, es zu wollen, obwohl er so viel älter war als sie. Oder, besser gesagt, sie konnte es sich *fast* vorstellen – eingedenk ihrer Affäre mit Nicholas Thornbury, dem Produzenten ihrer vorigen Show, der ebenfalls älter gewesen war. Edward nickte grüßend diversen Bekannten zu, auf die gleiche entschiedene Art wie Gloria.

»Sie scheinen jeden zu kennen«, bemerkte Belle.

»Das nehme ich an«, pflichtete er bei. »Aber da fällt mir ein, Gloria hat erzählt, Sie möchten mit Leuten zusammenkommen, die vielleicht Ihre Eltern gekannt haben.«

Belle nickte.

Er schaute über ihren Kopf hinweg ins Leere, dann sah er ihr in die Augen. Sie war verwirrt. Als sie Nicholas kennenlernte, hatte sie das Gleiche empfunden und dazu ein Kribbeln in der Magengrube. Fast ein Jahr waren sie zusammen gewesen, und sie hatte noch immer reisen und die Welt sehen wollen. Darum hatte sie abgelehnt, als er ihr vorgeschlagen hatte, ihn zu heiraten und häuslich zu werden. Die meisten jungen Frauen hätten wer weiß was dafür gegeben, aber ihr Vater hatte sie zu einem unabhängigen Geist erzogen, und das bedeutete ihr viel. Bei Nicholas hätte sie am Ende sein Denken und seine Überzeugungen übernommen. Doch wenn sie ehrlich zu sich selbst war, hatte sie nicht nur deshalb Nein gesagt, sondern auch weil sie ihn nicht genügend liebte. Als die Aufführungszeit seiner Show zu Ende war, verließ sie ihn. Hätte er ihr den Antrag ein wenig früher gemacht, hätte er sie nach ihrem Nein vielleicht aus der Truppe rausgeworfen.

»Gibt es eine Mrs de Clemente?« Die Frage rutschte ihr heraus, ehe sie sich eines Besseren besinnen konnte. O Gott, warum hatte sie das getan?

Einen Moment lang blinzelte er überrascht. »Nun, tatsächlich ja. Da wäre Gloria natürlich, die nach dem Ende ihrer Ehe ihren Mädchennamen wieder angenommen hat ...«

»Denn es stiftet reichlich Verwirrung, wie Sie sich denken können«, warf Gloria grinsend ein, »weil Neulinge mich für seine Frau halten.«

Edward zog die Brauen hoch, wie um zu sagen, dass Verwirrung zu stiften schon immer ihre Absicht gewesen sei. »Und da wäre meine Frau, die mit den Kindern in England lebt.«

Gloria schaute amüsiert, als Belle eine Floskel stammelte und rot wurde. »Lassen Sie sich von meinem Bruder nicht aus der Fassung bringen, Kindchen. Das tut er nur zu seinem Vergnügen.«

Edward schüttelte den Kopf. »Belle, meine Liebe, Sie werden noch bemerken, dass meine Schwester, die natürlich in vieler Hinsicht ein feiner Mensch ist, ein wenig überspannt sein kann.«

Gloria seufzte. »Glauben Sie nicht alles, was Sie hören.«

»Wie auch immer«, erwiderte er. »Worüber sprachen wir gerade?«

»Über Leute, die meine Eltern gekannt haben könnten«, sagte Belle.

»Ah ja, Gloria hat es erwähnt.«

»Meinen Sie denn, es gäbe hier jemanden?«

»Nun ja, es ist so lange her. Viele dürften in den Ruhestand gegangen und nach England zurückgekehrt sein.«

Sie schenkte ihm ein liebenswürdiges Lächeln. »Es würde mir viel bedeuten, wenn Sie jemanden finden könnten.«

Er nickte. »Ich tue mein Bestes.«

»Da fällt mir ein: Waren Sie 1911 vielleicht auch in Rangun?«

»Ich denke ja, aber möglicherweise erst seit Kurzem. Es dürfte eine absonderliche Aufregung gewesen sein. Ich hatte eine Beschäftigung in London, doch dann wurde mir hier ein Posten bei der Militärpolizei angeboten, den ich natürlich nicht ablehnen konnte.«

»Und Sie arbeiten noch für sie?«

Er verzog einen Mundwinkel. »Nicht ganz.«

»Genug«, unterbrach Gloria. »Was Sie brauchen, sind Freunde. Viele, viele Freunde. Im Schwimm-Club findet bald eine Party statt. Wie wär's, wenn Sie als mein Gast hinkommen, wenn Sie hier fertig sind?«

»Das würde mir gefallen«, sagte Belle. »Aber wird es dann nicht zu spät sein?«

Gloria lachte. »Wie alt sind Sie, Belle? Einundzwanzig? Zweiundzwanzig?«

»Dreiundzwanzig.«

»Nun, Sie haben noch viel zu lernen.«

»Meine Schwester will damit sagen, dass das gesellschaftliche Leben hier wegen der Hitze später beginnt – und länger dauert – als daheim.« Edward fasste ihr an den Arm. »Es wäre nett, Sie dort zu sehen.«

Als er und Gloria sich abwandten, um freudig einen Bekannten zu begrüßen, beobachtete Belle sie aus dem Augenwinkel, aber dann musste sie an ihren Vater denken, vielleicht weil sie von der Zeit gesprochen hatten, da ihre Eltern in Burma lebten. Sie sah ihn ganz klar vor sich: wie seine Augen aufleuchteten, wenn er sie erblickte, oder wie konzentriert er sich über ein Buch beugte. Er war ein guter Mensch gewesen, doch immer in gewisser Weise unflexibel, schon damals, und sie hatte lernen müssen, nicht zu streiten.

39

Sie bemerkte, dass Gloria sie neugierig anstarrte.

Belle nahm sich zusammen und setzte ein Lächeln auf. »Ich war in Erinnerungen versunken«, murmelte sie.

»Ich denke nie zurück. Absichtlich nicht. Man muss sein Leben genießen, und genau das tue ich.«

Belle lachte, wurde dann jedoch ernst. »Was ist aus Ihrem Mann geworden?«

»Wer sagt, dass ich mich erinnere?«

»Aber Sie wissen es?«

»Wie ich gerade sagte ...« Und dann lachte sie schallend, und ihre Augen funkelten boshaft. »Ich schlage Ihnen einen Handel vor: Sie versprechen, zur Pool-Party zu kommen, und ich verspreche, meine unerfreuliche Lebensgeschichte zu offenbaren.«

Belle lachte auch. »Wie könnte ich dazu Nein sagen?«

Später, allein in ihrem Zimmer, dachte sie noch immer an ihren Vater. Sie erinnerte sich an den Tag, als sie einmal an seine Arbeitszimmertür hatte klopfen wollen und laute Stimmen zu ihr nach draußen gedrungen waren. Bestürzt hatte sie dagestanden und den Streit ihrer Eltern mit angehört.

»Was sind Gefühle?«, sagte er. »Nur etwas, das du dir ausdenkst. Es gibt keinen Grund, so unbeherrscht zu sein.«

Darauf schleuderte ihre Mutter vermutlich etwas durch den Raum, denn Belle vernahm ein Krachen und dann Weinen.

Ihr Vater sprach darauf noch lauter. »Das ist ein Produkt deiner Fantasie, Diana. Warum kannst du das nicht erkennen?«

Belle glaubte nicht, dass er das aus Grausamkeit sagte. Das war nur eben seine Art, mit allem fertigzuwerden.

Sie ließ die Erinnerung verblassen und zog sich ihr Batistnachthemd von Liberty über, das sie so sehr mochte, um gleich ins Bett zu gehen. Rebecca war zuletzt an der Bar zusammen mit einem der Musiker zu sehen gewesen und ließ sich Zeit mit dem Heimkommen. Belle hatte zwar beschlossen, sich die Zeitungsausschnitte nicht wieder anzusehen, dennoch nutzte sie das Alleinsein und schlug ihr Notizbuch an der Stelle auf, wo sie den zweiten Ausschnitt hineingelegt hatte. Er fiel heraus und segelte auf den Boden. Er stammte ebenfalls aus der *Rangoon Post,* aber vom 15. Januar 1911. Sie starrte auf die Überschrift.

Fall des verschwundenen Säuglings
Mutter beschuldigt

In einer beispiellosen Aktion wurde Mrs Diana Hatton in Polizeigewahrsam genommen, um in Verbindung mit dem Verschwinden ihrer kleinen Tochter Elvira verhört zu werden. Darüber hinaus liegen der Redaktion Informationen vor, wonach Mrs Hatton sich vor dem Verschwinden ihres Kindes verdächtig verhalten haben soll. Nach unseren Quellen gibt es beunruhigende Hinweise darauf, dass sie in Kürze des Mordes angeklagt werden soll. Zweifellos werden bald mehr Einzelheiten ans Licht kommen, und unsere geschätzten Leser werden sie wie immer als Erste erfahren.

Belle wünschte, sie hätte die verflixten Zeitungsausschnitte nie gefunden, und ärgerte sich, weil sie sie mitgenommen hatte. Sie wollte nicht darüber nachdenken, warum ihre Eltern die Geschichte vor ihr verheimlicht hatten. Auch wollte sie sich nicht in ihre Mutter einfühlen. Das konnte sie schlichtweg nicht. Denn wenn sie das täte ... nun, dann müsste sie ihre ganze Kindheit mit anderen Augen betrachten. Sie schüttelte den Kopf. Das kam nicht infrage. Sie war nur aus einem einzige Grund in Rangun: um zu singen. Natürlich war sie neugierig. Wer wäre das nicht? Aber sie war absolut nicht gewillt, sich mit der Vergangenheit zu beschäftigen. Die Welt lag ihr zu Füßen, das hatte Edward gesagt, und sie würde das gehörig auskosten.

8

Cheltenham 1921

Als man mich anklagte, brach für mich die Welt zusammen, wie mit einem Axthieb zertrümmert. Am Tag des Brandes war ein Sturm aufgezogen. Ich war im Pavillon hinten im Garten eingeschlafen. Was immer es war, das Roger mir gegeben hatte, es hatte mich ruhiggestellt. Jedenfalls muss ich wohl versehentlich die Öllampe umgestoßen haben. Ich weiß nicht, wie es dazu gekommen ist. Aber ich erinnere mich noch, dass ich aufwachte und mich benommen fühlte und wieder einschlief. Vielleicht bin ich für einen Moment aufgestanden? Oder ich habe die Lampe danach umgestoßen? Ich weiß es nicht. Ich erinnere mich aber an den Rauch und daran, dass Douglas mich nach draußen zog. In letzter Minute, wie es heißt.

Simone hat hinterher bei mir gesessen.

Der Brand wurde mir zum Verhängnis. Die Polizei glaubte, ich hätte ihn gelegt, um die Leiche meines armen Kindes zu vernichten. Natürlich hatten sie den Pavillon zuvor schon durchsucht, aber nicht die Bodendielen herausgehoben. Da er restlos abbrannte, konnte nichts gefunden werden.

Ich wurde von Neuem verhört.

»Haben Sie an dem Tag, als Sie den Kinderwagen angeblich leer vorfanden, etwas Ungewöhnliches gesehen oder gehört?«, fragte der kahlköpfige Polizist mit dem scharfen Blick.

Ich schüttelte den Kopf. »Nein, und das habe ich Ihnen schon gesagt.« Ich blickte ihm in die Augen und hoffte, ein wenig Mitgefühl darin zu sehen, aber da war keins. Er machte ein nichtssagendes Gesicht, um zu verbergen, was er über mich dachte.

Mir kribbelte die Haut am ganzen Leib, und nicht nur,

weil es an dem Tag besonders heiß war. Obwohl ich mich zu bezwingen versuchte, sprang ich auf und wurde unsagbar wütend. »Warum suchen Sie nicht nach dem Entführer meines Kindes? Warum lassen Sie mich nicht in Ruhe?«

Er streckte die Hand aus, wie um mich auf den Stuhl zurückzustoßen, doch ich wich erschrocken aus, und er hielt inne.

»Aber, aber, Mrs Hatton … Diana, ich habe es Ihnen schon einmal gesagt: Aggressives Benehmen ist Ihrem Fall abträglich. Bitte setzen Sie sich hin.«

»Meinem Fall?«, flüsterte ich. »Klagen Sie mich etwa an?«

»Vorerst helfen Sie uns bei unserer Ermittlung. Um auf den fraglichen Tag zurückzukommen: Haben Sie das Gefühl gehabt, dass etwas passieren könnte? Sie waren auch an diesem Tag im Gartenhaus, nicht wahr? Und der Kinderwagen stand in Ihrem Blickfeld? Sicherlich haben Sie ihn im Auge behalten. Wollen Sie wirklich behaupten, Sie hätten nichts gehört oder gesehen?«

Benommen vor Erschöpfung schüttelte ich den Kopf.

Sie haben mich den ganzen Tag befragt. Immer wieder von Neuem. Um welche Zeit gingen Sie in den Garten? Wie lange war das Kind allein? Wen haben Sie im Garten gesehen? Warum haben Sie nicht sofort um Hilfe gerufen?

Man hüte sich vor der verborgenen Dunkelheit des Geistes. Der Gedanke war so laut in meinem Kopf, dass ich mir nicht sicher war, ob ich ihn ausgesprochen hatte. Doch der Polizist blickte mich hinterlistig an, mit einem Lächeln, das sich auf die Lippen beschränkte.

»Verraten Sie es mir, Mrs Hatton.« Er verschränkte feindselig die Arme vor der Brust und lächelte nicht mehr. »Gab es vor dem Vorfall Brüche in Ihrer Ehe?«

Ich wagte nicht, ihm in die Augen zu sehen.

Ich hatte geglaubt, alles zu haben … ein schönes Haus in Rangun, einen treu sorgenden Ehemann, mein Elternhaus in England und einen Garten, mit dem ich mich tagtäglich beschäftigte. Ich wusste nichts von Brüchen in unserer Ehe, bis auf den einen spürbar großen, aber ich war nicht bereit, gegenüber dem Polizisten indiskret zu werden.

»Mrs Hatton?«

»Ja?«

»Lieben Sie Ihren Mann?«

Das Schweigen dauerte einen Moment zu lange.

Die Hausangestellten mussten ihm gesagt haben, dass ich mich seit Elviras Geburt sonderbar benahm. Es fällt mir schwer, mich klar zu erinnern. Ich weiß nur, ich habe sie innig geliebt, und dennoch ... diese Weinkrämpfe, die ich nicht stillen konnte. Es zerriss mich. Ganz gleich, was ich tat, ich konnte Elvira nicht beruhigen, und ich hatte mich nicht in der Gewalt. Ich habe selbst in einem fort geweint und mich so sehr dafür geschämt, dass ich oft in den Pavillon ging, damit mich niemand sah.

Was mit Elvira passiert ist ... das weiß ich nicht.

9

Gloria hatte nicht erwähnt, dass es eine Mondscheinparty war, und Belle sah sich in Verlegenheit, als sie das Schild am Tor las, demzufolge man nur mit schriftlicher Einladung eingelassen wurde. Von der Rückseite des Gebäudes waren gedämpft die Stimmen der Gäste zu hören. Als sie das Tor aufdrückte, trat eine Chinesin aus einem düsteren Büro und streckte die Hand aus.

»Ich habe keine Einladungskarte«, sagte Belle, »bin aber eingeladen.«

Die Frau schüttelte den Kopf. »Nur mit Karte«, erklärte sie mit starkem Akzent.

Belle überlegte, was sie tun sollte. »Mrs de Clemente hat mich eingeladen. Könnten Sie vielleicht hineingehen und sie suchen?«

Die Frau zuckte mit den Schultern und rührte sich nicht vom Fleck.

Belle hatte einen ungemein anstrengenden Tag hinter sich und war müde. Sie war früh aufgewacht und hatte Rebecca eingeladen, sich mit ihr in einem Café zu treffen, war aber von ihr versetzt worden. Später hatte es lange Proben mit den Musikern und den Tänzerinnen gegeben. An den meisten Abenden gab es Tanznummern mit Orchesterbegleitung, doch für die Show-Abende studierten sie eine Choreografie ein, die zu Belles Liedern passte; sie musste mittanzen. Die Probe war hart gewesen. Die Tänzerinnen verhielten sich professionell, aber distanziert, und Belle hatte ein paar Momente lang panisch gefürchtet, sie könnten sie mit Absicht aus dem Takt bringen. Letztendlich war die Show dann gut gelaufen, und Belle war froh und erleichtert, sie hinter sich zu haben.

Aber sie war erschöpft, und da die Chinesin sich nun abwandte, beschloss sie, die Sache abzuhaken. Sie würde sich in ihr Zimmer begeben und gleich schlafen gehen.

Als sie sich umdrehte und schaute, ob zufällig eine Rikscha am Straßenrand stand, näherte sich ein stattlicher Mann dem Eingang. Im bläulichen Licht des Mondes war seine Haarfarbe schwer zu bestimmen, er hatte jedoch kantige Züge und ein breites Lächeln.

»Hallo«, sagte er. »Gehen Sie nicht hinein?«

Sie erzählte, wie es sich verhielt.

»Kein Problem. Ich kann Sie als meine Begleitung mit reinnehmen.«

»Sie meinen, das klappt?«

Er lächelte sie mit schräg gelegtem Kopf an. »Sicher. Ich heiße übrigens Oliver, Oliver Donohue.« Er gab ihr die Hand.

»Also dann, vielen Dank. Ich bin …«

Er ließ sie nicht ausreden. »Ich weiß, wer Sie sind, Miss Hatton. Ich habe Sie heute Abend auftreten sehen. Sogar mit Scat-Gesang. Das war mächtig beeindruckend.«

»Ah.«

»Also, wollen wir?« Kurz zeigte er seine Einladung vor, dann streckte er den Arm hinter Belle, als gehörte sie zu ihm, und führte sie hinein.

»Sie sind Amerikaner«, sagte sie, während sie um das Haus herum dem Stimmenlärm entgegengingen, der allmählich lauter wurde.

Sie hörte seine Erwiderung nicht, denn als sie um die Ecke bogen, blickte sie überrascht auf die Szenerie. Die war viel hübscher und festlicher als erwartet. Im Pool spiegelten sich die bunten Papierlaternen, die ringsherum an den Bäumen hingen. Auf der Terrasse beschienen Öllampen die lebhaften Gesichter von Leuten, die in Grüppchen zusammenstanden, und Lichterketten hingen über dem Eingang zum Badehaus. Als Belle die weiche Musik wahrnahm, fielen ihr auch einige Paare auf, die eng miteinander tanzten.

»Ich bin überrascht, wie schön es hier aussieht«, sagte sie.

»Die Briten knausern nicht.«

Sie blickte ihn an und fragte sich, ob sie einen Anflug von Kritik gehört hatte, doch er lächelte breit. Da das Licht nun besser war, konnte sie seine Augen sehen. Sie waren leuchtend blau und von unglaublich langen dunklen Wimpern gesäumt. Sie musste sich zusammennehmen, um sie nicht anzustarren. Er hatte eine starke, gerade Nase, drahtige hellbraune Haare, die leicht zerzaust wirkten, und eine dunkle Sonnenbräune. Er ist anders, dachte sie, als sie seine kaum verhohlene Belustigung bemerkte. Als wäre das Leben für ihn ein endloser Spaß.

Oliver ging zur Bar, um Getränke zu besorgen, und während sie allein war, entdeckte sie auf der anderen Seite des Pools Gloria und Edward, die über etwas lachten. Gloria winkte ihr und kam auch gleich zu ihr herüber. Dabei verspürte Belle einen Anflug von Enttäuschung und begriff, dass sie gehofft hatte, ein wenig mehr Zeit mit dem Amerikaner zu verbringen.

»Sie konnten es einrichten. Wie schön!«, sagte Gloria. »Wie war die Show?«

»Gut, danke.«

Oliver kam mit einem Glas Champagner für Belle und einem Bier für sich zurück. Sie zögerte abwägend, aber schließlich nahm sie das Glas.

»Oh«, bemerkte Gloria. »Wie ich sehe, haben Sie unseren amerikanischen Journalisten schon kennengelernt.«

Oliver verneigte sich spöttisch. »Auslandskorrespondent der *Washington Post,* zu Ihren Diensten.«

»Und einiger anderer«, fügte Gloria ein wenig sarkastisch hinzu.

Oliver zuckte mit den Schultern und erklärte Belle: »Mrs de Clemente spielt damit auf meine Kolumnen in der *Rangoon Gazette* an.«

»In denen wir nicht allzu gut wegkommen, könnte man sagen.«

»Wir?«, fragte Belle.

»Die Briten, Liebes. Sie und ich.« Sie deutete auf die anderen Gäste. »Wir alle. Seiner Ansicht nach sollte Burma den Burmesen gehören. Aber wie auch immer, ich muss mit ein paar Leuten sprechen.« Und zu Oliver gewandt: »Vereinnahmen Sie unseren neuen Engel nicht. Sie muss auch einige Leute kennenlernen.« Sie küsste Belle auf die Wange, nickte Oliver flüchtig zu und schlenderte davon.

»Es überrascht mich, dass sie Sie nicht von mir weggezerrt hat«, meinte er mit einem ironischen Blick.

»Anscheinend gehört sie nicht zu Ihren größten Bewunderern. Aber stimmt es, was sie sagt?«

Er lächelte sie an. »Sicher. Ich mache kein Geheimnis daraus, dass ich vom Stolz der Briten auf ihr Empire wenig halte. Sie sind blind für die moralische Fragwürdigkeit des Kolonialismus.«

»Ah. Und warum sind Sie dann hier, wenn ich fragen darf?«

»Tja, da haben Sie es – das ist die große Frage, nicht wahr?«

Nach einem stirnrunzelnden Blick in sein Gesicht schüttelte sie den Kopf. »Das ist keine Antwort.«

Er grinste, und dabei leuchteten seine Augen auf. »Vielleicht will ich Rom brennen sehen.«

»Wirklich?«

Er zuckte mit den Schultern. »Burma fasziniert mich. Hier gibt es die besten Rubine der Welt, außerdem Teakholz, Öl und Reis ohne Ende, wodurch die Briten wohlgemerkt kolossalen Reichtum erworben haben. Aber die Zeiten ändern sich, und das will ich hautnah miterleben.«

»Wie meinen Sie das?«

»Ich meine, die Tage der Briten sind gezählt.«

»Scheint mir nicht so.« Sie schaute um sich in die sorglosen Gesichter.

»Sie tragen Scheuklappen, allesamt. Doch geben Sie acht, Sie werden schon sehen. Der Studentenstreik vor sechzehn Jahren hat bereits darauf hingedeutet.«

»Ein Streik?«

»Der Ministerrat und die Verwaltung bestanden ausschließlich aus Briten, und die wurden zudem von der Regierung ernannt. Die Studenten fanden das nicht richtig.«

Sie wiegte den Kopf hin und her. »Das kann ich ihnen nicht verübeln.«

Er nickte. »Genau. Trotz Drohungen vonseiten der Regierung weitete sich der Streik aus und wurde nur teilweise beigelegt, als Veränderungen eingeleitet wurden.«

Als er sie anschaute, folgte eine lange Pause, und Belle fasste sich an die Wangen, da sie spürte, dass sie errötete. Wie direkt er sie ansah! Das war für einen Journalisten vielleicht nützlich.

»Und seitdem?«

»Die Burmesen, die im Regierungsgebäude arbeiten, werden viel schlechter bezahlt als ihre britischen Kollegen, und das ist ebenfalls eine Quelle der Unzufriedenheit.«

»Kann ich verstehen.«

»Wirklich?«

»Natürlich.«

»Da wären Sie eine von wenigen. Viele Briten glauben noch immer, dass sie die Autorität nur aufrechterhalten können, wenn sie die Burmesen als minderwertig behandeln. Und manche Briten, die fast ihr ganzes Leben hier verbracht haben, sprechen kein Wort Burmesisch.«

Sie schüttelte den Kopf. »Unfassbar.«

»So ist es«, sagte er. »Als ›pro-burmesisch‹ bezeichnet zu werden gilt als Beleidigung.«

»Und Sie sind pro-burmesisch?«

»Ich denke ja. Die Dinge ändern sich gerade, aber ich finde es unerträglich, dass manche Briten Burma behandeln, als wäre es Klein-England.« Er hielt inne, als überlegte er, ob er das weiter ausführen sollte.

»Und?«

»Nun, wenn Sie es wirklich wissen wollen …«

»Das tue ich.«

»Da wären die brutale Unterdrückung, die Ausbeutung, die Zwangsarbeit, das Leid der Enteigneten. Das ist Unrecht. Alles.« Er hielt wieder inne. »Aber lassen Sie mich gar nicht erst anfangen. Erzählen Sie mir lieber Ihre Geschichte.«

Einen Moment lang fühlte sie sich beunruhigt. Der Mann arbeitete immerhin für eine Zeitung, und ihr Vater hatte Journalisten immer misstraut. »Für Sie ist alles eine Geschichte?«, gab sie schließlich zurück.

Er lachte. »Entschuldigen Sie. Ich werde es anders ausdrücken. Erzählen Sie mir doch von sich.«

Sie brachte ihren Zweifel zum Verstummen, und während sie sich ein wenig über ihr jeweiliges Leben unterhielten, fühlte sie sich mehr und mehr zu ihm hingezogen. Er stammte aus New York, hatte aber nicht in das Handelsgeschäft seiner Familie einsteigen wollen und es sich stattdessen zur Aufgabe gemacht, die Welt zu sehen und darüber zu schreiben, sodass er dann später freischaffend für verschiedene Zeitungen arbeitete. Er habe Glück gehabt, sagte er, eine kleine Erbschaft habe ausgereicht, um die ersten zwei Jahre zu finanzieren, während er seine Laufbahn begann.

Sie erzählte ihm von Cheltenham und ihrer Gesangskarriere, und dann, ohne es beabsichtigt zu haben, sprach sie über ihre Eltern und ihre unbekannte Schwester. Er hörte sehr aufmerksam zu, als wären sie ganz allein miteinander, und das weckte in Belle den Wunsch, noch mehr dazu zu sagen. Sein ungeteiltes Interesse entlockte ihr die Worte, ohne dass er mit Fragen auf sie eindrang, und sie war glücklich, jemanden gefunden zu haben, den sie wirklich mochte und der sie zu mögen schien. Sie erzählte sogar, dass ihre Eltern früher im Golden Valley gelebt hatten.

Es wurde still zwischen ihnen. Er schien nachzudenken, und sie hoffte, nicht zu viel gesagt zu haben.

»Wenn Sie möchten, können wir einen Spaziergang durch das Viertel machen. Vielleicht sehen, ob sich jemand an etwas erinnert. Es wird Ihnen dort gefallen. Das Golden Valley ist der Garten Ranguns, und an manchen Stellen kann man sogar die Shwedagon-Pagode sehen.«

Berührt von seiner Freundlichkeit, nickte sie. »Das würde ich gern tun. Aber da ist noch etwas. Ich habe Ihnen nicht alles erzählt.«

»Das müssen Sie auch nicht.«

»Ich möchte es. Es ist so: Meine Mutter wurde im Lauf der Ermittlungen verhaftet. Ich habe dazu einen Zeitungsausschnitt.«

Er zog die Brauen hoch. »Ihre Eltern müssen jemanden verärgert haben, sonst wäre nicht darüber berichtet worden. Die Briten schließen die Reihen gemeinhin, besonders damals. Das kommt mir verdächtig vor. Ich könnte mich bei der Polizei erkundigen. Es wird eine Akte darüber geben, und ich kann Sie mit einem meiner Kontakte bekannt machen.«

»Wirklich?« Sie überlegte. »Um ehrlich zu sein, ich bin mir nicht sicher, wie viel ich darüber wissen möchte. Aber es wäre schön zu sehen, wo sie damals gewohnt haben.«

»Ich werde im Hotel eine Nachricht mit dem Namen für Sie hinterlegen. Welcher ist Ihr freier Tag?«

»Mittwoch.«

»Wie wär's, wenn wir dann einen Ausflug ins Golden Valley unternehmen?«

Sie schaute lächelnd zu ihm auf, doch er blickte gerade über sie hinweg.

»Früh?«, schlug sie vor.

»Sicher. Sehen Sie, Glorias Bruder kommt herüber. Er und ich … na ja, wir haben nichts füreinander übrig.« Kurz berührte er sie an der Hand, und seine Augen funkelten. »Wir sehen uns Mittwochmorgen. Passt Ihnen acht Uhr? Bevor es heiß wird.«

Sie nickte und war zufrieden mit sich.

»Und übrigens, ich weiß nicht, ob Sie jemand gewarnt hat, aber halten Sie sich von den Hunden fern. Manche haben

Tollwut. Und geben Sie acht bei den Bars am Hafen. In den meisten verbergen sich Opiumhöhlen und Bordelle.«

»Gütiger Himmel, das hat mir niemand gesagt!«

»Das hätte Ihnen jemand sagen müssen. Die Stadt stand ursprünglich auf Sumpfgelände, daher kam es jedes Jahr zu einer Cholera-Epidemie. Es ist nicht meine Art, jemandem zu raten, in den britischen Vierteln zu bleiben, doch ohne Begleiter sollten Sie das tun.«

Als Oliver sie allein ließ, kam Edward zu ihr. Er sah auf eine entspannte Art elegant aus. Er grüßte sie auf die gewohnte charmante Weise, doch sie hatte einen leicht sonderbaren Gesichtsausdruck bei ihm bemerkt, den er jetzt zu überspielen suchte. War da mehr als bloß Abneigung gegen Oliver im Spiel?

»So«, begann er, »freut mich, dass Sie hier sind. Ich wollte Sie wissen lassen, dass Sie im Pegu Club wahrscheinlich jemanden antreffen können, der zu Zeiten Ihrer Eltern schon hier gelebt hat. Der Club ist das Refugium der höheren Beamtenschaft. Sollen wir sagen, nächsten Sonntag zur Mittagszeit?«

»Sie sind sehr freundlich.«

»Ganz und gar nicht. Meine Schwester würde Sie gern sehen. Sie möchte Sie zum Gossip Point mitnehmen.«

Belle lachte. »Klingt abscheulich.«

»Ist tatsächlich ein herrlicher Fleck. Man sieht von dort über die Royal Lakes. Ein Treffpunkt der Frauen.« Er drückte ihren Arm, sein Ton war herzlich, und er schaute ihr in einem fort in die Augen. »Sehen Sie, ich verstehe, wie schwierig es sein muss, sich mit manchen Dingen abzufinden, aber man darf nicht in der Vergangenheit leben.«

Sie runzelte die Stirn. »Das ... tue ich nicht. Ich war nur neugierig, weiter nichts.«

»Nun, das ist gut.«

Sie blickte auf ihre Füße und schwieg.

»Gut«, sagte er noch einmal und klopfte ihr auf die Schulter. »Also dann, eine schöne Woche. Amüsieren Sie sich.«

»Werde ich.«

»Und nächsten Sonntag um zwölf hole ich Sie ab. Und nicht vergessen: Wenn Sie irgendetwas brauchen, können Sie mich jederzeit anrufen. Das Hotel gibt Ihnen meine Nummer.«

Sie dankte ihm. Aber was sie wirklich begeisterte, waren der amerikanische Journalist und sein Angebot, sie ins Golden Valley zu begleiten.

10

Cheltenham 1921

Unseren abgeschiedenen Garten im Golden Valley habe ich geliebt. Die Rosen im Juni und Juli, die großen Weihnachtssternbüsche mit den hellroten Blüten, die Flamingoblumen, die violetten Astern umgeben von Schwärmen hellblauer Schmetterlinge und die Orchideenbäume mit den herzförmigen Blättern und rosa oder weißen Blüten. Die Vögel auch, besonders die leuchtend grünen, und die Falken, die am klaren blauen Himmel kreisten über dem alten Padouk-Baum, der schon lange dort vor dem Haus gestanden hat.

Als wir einzogen, fragte ich den burmesischen Gärtner, wie der Padouk-Baum im Englischen heiße. Er antwortete mir, es gebe keinen englischen Namen, er gehöre aber zu den Schmetterlingsblütlern und gebe ein Hartholz ähnlich dem Palisander. Er bot an, ihn zu fällen, doch das lehnte ich ab. Ich bin sehr froh darüber, denn im April, wenn es furchtbar heiß und staubig war und ich glaubte einzugehen, fing er über Nacht zu blühen an und leuchtete goldgelb. Und wenn abends der elegante Duft in der Luft hing, setzten Simone und ich uns nach draußen. Wir mussten auf die Schlangen achtgeben, die in den Bäumen lebten, und immerzu Insekten wegschlagen. Aber wir tranken unseren Gin Tonic, lachten über die Marotten unserer Ehemänner, und manchmal waren wir am Ende ziemlich beschwipst. Damals standen wir um fünf Uhr morgens auf, um die Kühle zu genießen, und verschliefen dann den halben Tag.

Der Gärtner sagte mir auch, es sei Thingyan, das burmesische Neujahrsfest, auch »Wasserfest« genannt, weil jeder, der sich nach draußen wagt, mit einem Eimer Wasser übergossen wird. Keine schlechte Sache angesichts des Wetters, dachte ich, obwohl Douglas davor warnte, und es war nie klug, anderer Meinung zu sein als er.

Unser Haus war schön. Weiß gestrichen. Von der Veranda wehte der Wind, der ums Haus strich, in die luftigen Schlafzimmer, und ich lag nachmittags oft auf einer Chaiselongue im oberen Wohnzimmer, wo der Durchzug die Hitze ein wenig linderte. Die Hartholzböden waren dunkel und glänzten so sehr, dass man sich darin spiegelte, ohne Übertreibung. Die Holzläden, ursprünglich leuchtend grün, verblassten schnell zu hellgrün, was mir besser gefiel. Hohe Palmen beschatteten die Front des Hauses, und an der Seite säumten tropische Büsche und Stauden einen Teich.

Wir hatten auch einen Bodhi-Baum, eine Akazie und einen schattigen Tamarindenbaum, unter den die Kinderfrau stets den Kinderwagen mit meinem Liebling schob.

Nie werde ich den Tag vergessen, an dem sie meinen wunderbaren Garten umgruben und den Teich durchkämmten, sodass die Pflanzen und die Fische eingingen. Da gruben sie nach Leibeskräften in der sengenden Hitze, und was fanden sie?

11

Am frühen Montagmorgen begab sich Belle zum Polizeirevier, obwohl ihr die Vernunft davon abriet. Sie dachte an ihr Gespräch mit Oliver Donohue, und wenn sie dabei seine leuchtend blauen Augen vor sich sah, merkte sie, dass sie sich freute, ihn am Mittwoch wiederzusehen. Trotz seiner antikolonialen Haltung wirkte er wohlwollend, und deshalb vertraute sie ihm. Er hatte auch Wort gehalten und an der Rezeption einen Zettel mit dem Namen des Kontakts hinterlegt: *Norman Chubb*. Die unteren Dienstgrade waren mit Sikhs besetzt, die leitenden Posten aber mit Briten, wie sie bereits erfahren hatte, und Chubb war Detective, das war also gut.

Sie betrat das imposante Gebäude und schaute sich um. Im Eingangsflur gab es vier geschlossene, abweisend wirkende Türen. An der größten klopfte sie an in der Hoffnung, die sei die richtige. Stille. Belle wartete, dann klopfte sie erneut und hörte bestürzt eine wütende Stimme, die schrie, sie solle verschwinden. Ihr Herz klopfte schneller. Nicht gewillt, sich abschrecken zu lassen, klopfte sie und trat sofort ein. Sie stand in einem winzigen Büro, in dem ein großer Mann mit schütteren rotblonden Haaren zusammengesackt an einem riesigen Schreibtisch saß, vor sich hohe, erschütternd unordentliche Stapel von Akten.

»Herrgott noch«, sagte er, ohne aufzublicken. »Was ist jetzt wieder? Sehen Sie nicht, dass ich ein Nickerchen machen will?«

Sie räusperte sich. »Entschuldigen Sie.«

Er fuhr hoch, und da sie nun sein Gesicht sah, schätzte sie ihn auf Mitte fünfzig.

»Wer zum Teufel sind Sie?«, fragte er barsch.

»Annabelle Hatton. Ich möchte zu Mr Norman Chubb.«

»Was Sie nicht sagen. Und darf ich fragen, in welcher Beziehung Sie zu Detective Chubb stehen?«

»In keiner. Er wurde mir von einem Bekannten empfohlen.«

»Und wer soll das sein?«

»Oliver Donohue.«

»Ah, der amerikanische Journalist.«

»Sie kennen ihn?«

»Was glauben Sie denn?« Nach kurzem Schweigen fügte er hinzu: »Wir alle kennen Oliver Donohue.«

»Ist Detective Chubb da?«

»Nein.«

Belle zögerte. Ihr war heiß, und sie fühlte sich verschwitzt. Daher überlegte sie wiederzukommen, wenn Chubb da war, aber dann entschied sie, stattdessen mit diesem Mann zu sprechen. »Wäre es in Ordnung, wenn ich mich setze?«, fragte sie höflich und schenkte ihm ein hoffentlich gewinnendes Lächeln.

Statt zu antworten, zeigte er mit einem Finger auf einen Stuhl vor seinem Schreibtisch. Beim Hinsetzen strich sie sich nervös ihr feuchtes Kleid glatt und fühlte sich wie früher in der Schule, wenn man sie zu Mrs Richards geschickt hatte.

»Worum geht es?«

Sie betrachtete staunend seine hellroten Wangen und den struppigen Schnurrbart. Wie dick er ist!, dachte sie, und dazu diese Schweinsäuglein, eingebettet in faltige Lider. Sie strich noch um den heißen Brei herum und fragte zunächst, ob er sehr beschäftigt sei.

»Immer, Miss ... äh?«

»Hatton.«

»Ah ja. Also, Miss Hatton, ich bin immer sehr beschäftigt.«

»Es tut mir wirklich leid zu stören.« Sie überlegte kurz. »Würde es Ihnen etwas ausmachen, mir Ihren Namen zu nennen, bitte?«

Er setzte sich aufrechter, wobei er sich über die Stirn wischte und dann über die Haare strich. »Ich bin Inspector Johnson, Chubbs Vorgesetzter. Was Sie mit ihm besprechen wollen, können Sie auch mit mir bereden.«

»Es ist ein wenig delikat.«

»Nur heraus damit, Miss. Wie gesagt, ich bin sehr beschäftigt.«

Belle bezweifelte das, lächelte jedoch entschuldigend und kam zur Sache. Sie würde gern wissen, ob es Akten über den Fall eines verschollenen Säuglings gebe, der aus dem Garten eines Hauses im Golden Valley verschwunden sei, sagte sie.

Er beugte seinen massigen Oberkörper nach vorn und stöberte mit aller Gemächlichkeit in den Aktenstapeln. »Kann mich nicht erinnern. Ein jüngerer Fall?«

Sie schüttelte den Kopf. »Von 1911.«

Ihm sackte das Kinn herab, seine Wangen liefen dunkelrot an, und dann erstickte er fast vor Lachen. »Verstehe ich richtig?«, fragte er, nachdem er die Heiterkeit bezwungen hatte. »Sie erkundigen sich nach einem Fall, der sich vor fünfundzwanzig Jahren ereignet hat?«

»Ja.«

Er schürzte die Lippen. »Und warum interessieren Sie sich dafür?«

Sie schaute in den Sonnenschein, der durch das kleine Fenster hereinfiel. Es war vergittert, wie ihr jetzt auffiel. Dann sah sie den Inspector wieder an. Bei ihm sollte sie besser nicht zu scharf werden. Allerdings fiel es ihr schwer, diesen plumpen Mann ernst zu nehmen. »Die Eltern waren meine Eltern, und das Kind war meine ältere Schwester.«

»Ah, verstehe. Und warum wollen Sie einen Blick in die Akte werfen? Sind Ihre Eltern noch am Leben?«

»Nein. Mein Vater ist kürzlich verstorben. Aber ich habe mich gefragt, was hier passiert ist.«

»Tja, Miss ... Hatton, ich bin damals in Rangun gewesen und kann mich ein wenig an den Fall erinnern. Wenn ich mich recht entsinne, wurde er nicht gelöst, es gab nur Theorien. Und Gerüchte. Oh ja.«

»Und welche waren das?«

»Ich glaube, die überzeugendste war, dass ein Medizinmann der Kopfjägerstämme für die Entführung des Säuglings bezahlt hatte.«

»Aber warum?«

Er blähte die Backen. »Sind Sie sicher, dass Sie das hören wollen?«

Sie nickte.

»Man glaubt, er wollte die Organe für Heilzwecke haben.«

Sie schauderte.

»Nach einer anderen Theorie soll eine Verbrecherbande das Kind entführt haben, um es einer reichen siamesischen Familie zu verkaufen. Nichts Schlüssiges. Man munkelte auch, dass es ein Rachemord war von jemandem, den Ihr Vater verurteilt hatte.«

»Sie glauben, das Kind wurde getötet?«

»Ich fürchte ja.«

Vor ihrer nächsten Frage überlegte sie sich ihre Wortwahl genau. »Und meine Mutter?«

»Meiner Erinnerung nach wurde sie unter Hausarrest gestellt.«

»Erwies sie sich als unschuldig?«

Er verzog den Mund. »Die Sache war wirklich seltsam. Ich glaube, sie sollte angeklagt werden, aber dann verschwanden sie und Ihr Vater aus Rangun. Niemand wusste, wie und wohin. Angeblich. Aber irgendjemand muss etwas gewusst haben. Nur machte niemand den Mund auf.«

»Wenn das so ist, wäre es wohl möglich, die Ermittlungsakte einzusehen?«

Er blickte sie betrübt an. »Leider nicht. Sie wurde einige Jahre später bei einem Brand vernichtet. Das Revier musste praktisch neu gebaut werden.«

Einen Moment lang fragte sie sich, ob das der Wahrheit

entsprach, dann ließ sie den Gedanken fallen. Aus welchem Grund sollte er lügen? Sie blickte ihn wartend an, weil sie auf weitere Details hoffte. Doch mehr gab er nicht preis, sondern holte tief Luft, um sie dann geräuschvoll auszustoßen.

»War mir ein Vergnügen, Miss Hatton«, sagte er.

Sie verstand den Wink, und da sie seine Geduld nicht überstrapazieren wollte, stand sie auf.

Augenscheinlich beruhigt, weil sie so bereitwillig ging, wuchtete er sich aus seinem Schreibtischstuhl und brachte sie zur Tür.

Irritiert über das Gespräch mit dem Polizisten eilte Belle zum Hotel zurück. Er war hilfsbereit erschienen, aber sie wurde das Gefühl nicht los, dass er ihr einiges über den Vorfall verschwiegen hatte. Schließlich tat sie das schulterzuckend ab, und da sie gerade durch ein belebtes Geschäftsviertel ging, blieb sie stehen. Sie verspürte Lust, etwas zu erleben, das völlig unbritisch war. Oliver hatte sie zwar gewarnt, vorsichtig zu sein, aber sie befand sich immerhin mitten auf einer der Hauptstraßen. Da sollte sie doch sicher sein.

Die Straßenfront sah aus wie eine Reihe schäbiger Imbissstände, sodass sie zunächst nicht erkannte, dass es sich um den Eingang zu einem Basar handelte. Die dunklen Gassen darin, der Schmutz, der Lärm und das Gedränge hätten sie vielleicht abschrecken sollen. Aber die würzigen Gerüche, die ihr entgegenwehten, lockten sie hinein. Während sie sich durch die Leute schob und behutsam drängelte, sah sie, dass sich der Basar in einer riesigen Lagerhalle befand. Jeder Verkaufsstand entlang der Gassen war bis an die Grenzen des Möglichen mit Waren gefüllt, darunter auch die schönen Longyis, die burmesischen Wickelröcke, und Schals, ebenso Seiden und andere Stoffe. Die Seiden gefielen Belle besonders, aber wann immer sie einen Ballen befühlte, sprang der Standinhaber, zumeist ein weiß gekleideter Inder, ein wenig furchterregend von seiner Bank auf, auf der er gehockt hatte, und flehte sie an, etwas zu kaufen. Natürlich wusste sie eigentlich nicht, was er sagte, doch es erschien ihr nur logisch. Sie murmelte immer, sie werde später wiederkommen, und ging weiter auf der Suche nach der Quelle der würzigen Gerüche, die sie auf den Basar gelockt hatten.

Sie gelangte in eine Gasse, wo junge Burmesinnen in hübschen Longyis und kurzen Jacken hinter großen Säcken mit verschiedenen Getreiden saßen. Sie senkten sittsam den Kopf und kicherten hinter vorgehaltener Hand. Belle kannte die Getreidearten nicht, und als sie versuchte, den Weg zu den Gewürzen zu erfragen, kicherten die jungen Frauen noch mehr und zeigten, da sie sich uneins waren, in verschiedene Richtungen. Sie kam an Ständen vorbei, in denen Samen und Nüsse verkauft wurden, aber auch Holzstücke, aus denen Thanaka gemacht wurde, jene gelbe Paste, mit der sich die Burmesinnen das Gesicht bemalten.

Nachdem sie eine Weile den Gerüchen gefolgt war, stand sie plötzlich vor den Gewürzständen. Die großen Körbe mit Pulvern, die in verschiedensten Gelb- und Rottönen leuchteten, zogen ihre Blicke auf sich, ebenso die Säcke voller Chilischoten in allen Größen und Formen. Sonderbare braune Knollen lagen neben Wurzeln, und als Belle eine an die Nase hielt und schnupperte, fühlte sie sich an Ingwerplätzchen erinnert. Einige Stände boten auch Tigerfelle an und Schädel von Tieren und andere Skelettteile, die sie nicht zuordnen konnte.

Aber die berauschenden Gerüche begeisterten sie, weil sie ihr bewusst machten, dass sie in Burma war. Der Markt hatte ganz und gar nichts Britisches an sich. Sie kaufte ein Stückchen Ingwer und etwas von einem roten Pulver, das herrlich aromatisch roch, und sah sich dann nach dem Ausgang um. Aber die vielen ähnlichen Stände wirkten irreführend, und sie konnte nicht mehr ermitteln, woher sie gekommen war. Nach einem panischen Augenblick beschloss sie, konsequent in eine Richtung zu gehen, bis sie Tageslicht sähe, und irgendwann verriet ihr der Geruch von Holzkohlefeuer, dass sie einem

Ausgang nahe war. Dort angekommen, traf sie auf Stände, an denen allerhand Früchte und Gemüse verkauft wurden, die sie noch nie gesehen hatte. Sie kaufte eine Melone, um sie mit Rebecca zu teilen. Dann ging sie um eine bäurisch wirkende Frau herum, die nach Reiswein roch und schmutzig aussehende Rechtecke aus festem Reispudding anbot, und stand auf der Straße. Ein blauer Vogel mit großem orangefarbenem Schnabel saß auf dem Dach einer Rikscha und blickte sie von dort überheblich an. Stolz auf sich selbst winkte sie dem Fahrer und bat ihn, sie zu ihrem Hotel zu bringen.

In dem dunklen Gang vor ihrem Zimmer kam ihr ein großer Mann entgegen, nickte grüßend und entfernte sich eilig. Vielleicht jemand vom Personal, dachte sie, obwohl es ein wenig seltsam war, auf dem Frauenflur einen Mann anzutreffen, zumal einen Eurasier. Als Belle ihr Zimmer betrat, fand sie Rebecca im Schneidersitz am Boden vor, wie sie in ihrem Notizbuch las, in dem sie ab und zu ihre Gedanken niederschrieb und in das sie die Zeitungsausschnitte gelegt hatte. Wütend riss sie es ihr aus der Hand.

»Was fällt dir ein? Das ist persönlich.«

Rebecca blickte zu ihr hoch. »Jetzt reg dich mal nicht so auf. Es hat offen auf dem Boden gelegen. Tut mir leid. Ich dachte nicht, dass es dir was ausmachen würde.«

»Du lügst. Ich habe es nicht auf dem Boden liegen lassen.«

»Ich schwöre, es lag da.«

»Nein. Du bist vielleicht nicht die Hellste, aber man muss kein Genie sein, um zu erkennen, dass ein Notizbuch mit einem Namen darauf andere nichts angeht. Oder kann man da, wo du herkommst, keine Buchstaben lesen?«

Rebecca stand auf. »Du brauchst nicht grob zu werden. Ich sagte doch, dass es mir leidtut.«

Belle spürte, dass sie errötete, und dann liefen ihr ohne Vorwarnung Tränen über die Wangen. Zornig wischte sie sie weg, aber es flossen gleich neue.

Rebecca trat zu ihr, legte ihr eine Hand auf die Schulter und drückte sie sanft. »Na komm, reg dich nicht auf. Das ist nur ein Notizbuch.«

»Aber es ist ...« Belle schluchzte. Sie wollte nichts preisgeben. »Nur für mich bestimmt, und es gibt Dinge ...«

Rebecca lenkte sie zum Bett. »Na, nun setz dich mal. Ich besorge dir einen Brandy.«

»Aber ich möchte nichts ...«, begann sie und merkte dann, dass Rebecca schon hinaus war.

Sie konnte den Tränenstrom noch immer nicht stillen und versuchte, ihre wirren Gedanken zu ordnen. Was, wenn Rebecca die Meldung über die Anklage gelesen hatte? Sie wünschte, sie hätte die Zeitungsausschnitte in den Koffer gelegt, und schalt sich dafür. Was, wenn Rebecca nun alles wusste? Während ihr lauter peinliche Folgen durch den Kopf schossen, kam mit einem Mal in ihr hoch, was sie bisher verzweifelt verdrängt hatte: der Tod ihres Vaters, die bestürzende Entdeckung einer verschollenen Schwester, das Gespräch mit dem Polizisten, das Benehmen der Tänzerinnen.

Früher als Kind hätte sie jemanden gebraucht, der es ihr anmerkte, wenn sie traurig war, aber den hatte es damals nicht gegeben. Mrs Wilkes tat ihr Bestes, war aber immer sehr emsig und duldete kein törichtes Verhalten. Sich permanent zu beschäftigen war ihre Art, mit einer ungerechten Welt fertigzuwerden. Belle erinnerte sich an ihre funkelnden Augen und ihr großes Hinterteil. Die liebe Mrs Wilkes, die aus den Bramley-Äpfeln aus dem Obstgarten köstliche Kuchen backte und Kompott einkochte. Belle wischte sich die Augen, da sie sich schon besser fühlte, und zum ersten Mal stellte sie sich ihre Schwester vor. Einen Säugling. Einen kleinen Säugling.

Rebecca kam zurück, setzte sich neben sie und drückte ihr ein Glas Brandy in die Hand.

Nach einem Schluck strömte Belle Wärme in die Glieder. Vielleicht war es an der Zeit, ihre Haltung zum Alkohol zu ändern – schließlich ... war sie nicht ihre Mutter.

»Also«, sagte Rebecca sanft, »worum geht es denn eigentlich?«

»Ich dachte, ich hätte es unter mein Kissen gelegt.«

»Ehrlich, es lag auf dem Boden.«

Belle nickte. »Ich bin hastig aufgebrochen. Vielleicht ist es vom Bett gerutscht.«

»Und?«

»Alle hassen mich.«

»Die Mädchen?«

Belle schniefte unglücklich. »Ja.«

»Keine Sorge. Die kriege ich hin.« Rebecca gab ihr ein Taschentuch. »Es ist sauber. Aber nun komm, was ist los? Es kann ja nicht nur das sein.«

Belle hörte dem Verkehrslärm zu, der von der Straße heraufdrang. Und zum zweiten Mal an dem Tag erzählte sie von der Zeit, nachdem ihr Vater gestorben war und sie die Zeitungsmeldung über den verschwundenen Säugling fand. Sie schniefte, überrascht, weil ihr die Sache mit einem Mal wirklicher erschien, obwohl sie sich bemüht hatte, sie nicht an sich heranzulassen. Rebecca war eine gute Zuhörerin und wartete still ab, bis Belle zu Ende erzählt hatte.

»Und was hat es mit dem Notizbuch auf sich?«, fragte sie dann. »Ich hatte kaum was gelesen, als du reinkamst.«

»Da geht es um meine Mutter.«

»Sie lebt noch, oder?«

Belle fand keine Worte.

»Geschwister?«

»Nein.«

Rebecca legte einen Arm um ihre Schultern. »Du armes Ding. Und jetzt kommst du hierher, und wir sind gemein zu dir.«

»Das ist nicht wichtig.«

»Doch. Und es wird sich ändern. Das verspreche ich.«

Belle lächelte schwach. »Ich bin eine schreckliche Mimose. Tut mir leid.«

»Du hast gerade allerhand zu kauen.«

»Ich habe einen Mann kennengelernt, der mich zu dem früheren Haus meiner Eltern bringen kann.«

»Wer ist er?«

»Oliver Donohue. Ein Journalist.«

»Der ist klasse«, sagte Rebecca und lachte dann. »Und die Frauen fliegen auf ihn, hab ich gehört.«

»Wirklich?«

Rebecca zuckte mit den Schultern und stand auf. »Deine Einschätzung ist so gut wie meine. Komm, wasch dir das Gesicht und zieh ein hübsches Kleid an. Wir gehen jetzt nämlich aus, junge Dame.«

»Aber ich sehe verweint aus, und wir haben noch Proben.«

»Doch erst viel später. Also los. Ach, fast hätte ich's vergessen: Das ist für dich.« Sie hielt Belle einen Brief hin.

»Von wem ist der?«

»Keine Ahnung.« Sie grinste. »Mach ihn doch auf.«

Beim Aufreißen hoffte Belle, dass er von Oliver war. War er jedoch nicht. Sie las ihn zwei Mal, bevor sie aufblickte.

»Du bist kreidebleich geworden«, sagte Rebecca stirnrunzelnd. »Was steht drin?«

Belle gab ihn ihr, und Rebecca las laut. »*Sie glauben zu wissen, wem Sie trauen können? Sehen Sie genauer hin.*«

»O Gott!« Belle schauderte. »Was hat das zu bedeuten?«

»Da will dich wohl jemand durcheinanderbringen.«

»Aber wen kann derjenige meinen?«, fragte sie mit belegter Stimme.

Rebecca schüttelte den Kopf und blickte sie an. »Das könnte eine ernst gemeinte Warnung sein.«

»Aber du glaubst das nicht?«

»Nein. Wie gesagt, ich meine, irgendein Blödmann will dich durcheinanderbringen.«

Belle war tatsächlich verunsichert. Mehr noch, der Brief erschreckte sie, und nun wusste sie nicht mehr, was sie denken sollte.

»Die Frage ist, warum er das will«, sagte Rebecca. Darauf folgte ein kurzes Schweigen. »Denk mal an alle, die du bisher kennengelernt hast. Wem vertraust du?«

Belle überlegte, gab aber keine Antwort. Nach ein paar Augenblicken sah sie auf. »Vorhin habe ich auf unserem Flur einen Mann gesehen, einen Eurasier, glaube ich. Hat er den Brief gebracht?«

»Weiß ich nicht. Er wurde unter der Tür durchgeschoben.«

»Schade.«

»Denk nicht mehr an den dummen Brief und lass uns aufbrechen.«

»Ob ich zur Polizei gehen sollte?«

»Und ihnen vorjammern, da hätte dir einer einen gemeinen Brief geschickt? Die würden dich auslachen.« Und nach einem Moment: »Weißt du, was? Nachdem ich dir ein Schlückchen besorgt habe, kriege ich richtig Lust auf einen ordentlichen Schwips. Du nicht auch?«

»Ich war noch nie beschwipst.«

»Unfassbar!«

12

Cheltenham 1921

Sie haben nichts gefunden, als sie meinen schönen Garten in Burma umgruben, nichts außer dem Säuglingsschuh. Also welchen Sinn hatte das? Hier höre ich, wenn das erste Morgenrot durch die Vorhänge scheint, den Chor der Vögel, die den Tag begrüßen. Ich stehe lange am Fenster und schaue hinaus, während die Sonne die Baumwipfel golden färbt. Als ich nach unten blicke, sehe ich einen Mann mit grauem Hut und dunkelblauem Regenmantel in unseren Vorgarten einbiegen. Ich schwanke. Es ist noch früh. Kommt man mich schon holen? Als ich Stimmen von unten höre, schleiche ich zur Tür, um sie einen Spaltbreit zu öffnen, und meine Dielen knarren bei jedem Schritt. Es klingelt an der Haustür, und nachdem jemand geöffnet hat, höre ich sie reden. Diesmal aus dem Flur und ein bisschen lauter als vorher, aber noch immer gedämpft, sodass ich nicht verstehe, was sie sagen.

Ich greife um den Türrahmen, und obwohl mir schwindlig ist vor Angst, trete ich auf den Treppenabsatz. Dann beuge ich mich übers Geländer und schaue hinunter. Eine Zimmertür wird geschlossen, der Flur ist wieder verlassen – es ist vollkommen still. Ich atme erleichtert auf und kehre in mein Zimmer zurück. Vielleicht gehört der Mann zu Douglas' Kollegen und ist gar nicht meinetwegen gekommen.

Das Zimmer unter dem Dach ist mein Gefängnis geworden – oder vielleicht eine Quelle des Trostes? So oder so, hier bin ich sicher. Wenn ich die Tabletten nehme, die unsere Haushälterin mir morgens und abends mit einem Glas Wasser gibt, bin ich angeblich keine Gefahr für mich selbst ... oder für andere. Ich lächle. Wenn ich sie herunterschlucke und nicht bloß unter die Zunge schiebe ...

Die Stimmen sind wieder zu hören, und ich gehe auf Zehenspitzen ans Geländer. Von dieser Stelle aus sehe ich den Mann mit dem dunkelblauen Regenmantel. Er blickt zu mir herauf. Er lächelt, nickt mir zu und steigt die Treppe hoch.

So benebelt ich auch bin, eines weiß ich ganz genau: Ich bin nicht bereit zu gehen.

13

Belle blieb vor einem Tempel stehen und staunte. Sie konnte drinnen einen großen Raum sehen, wo rote Säulen, die mit chinesischen Schriftzeichen und Symbolen verziert waren, die Stützbalken des Daches trugen. Sie schaute zu Rebecca, die ein paar Schritte weitergegangen war.
»Was ist das?«, fragte sie.
»Ein chinesischer Tempel. Geh rein, wenn du willst.«
Belle nickte und tat es. Augenblicklich schlug ihr ein überwältigender Geruch entgegen von den Schalen voller Räucherstäbchen. Hustend versuchte sie, sich daran zu gewöhnen. Unter einem goldenen Baldachin sah sie Löwen und andere Statuen, die sie nicht kannte. Vielleicht Konfuzius oder Buddha? Gelbe und rote Chrysanthemen standen in Vasen auf Ebenholztischen, und darüber hingen Laternen in denselben Farben.

Ein Mann in langer Robe näherte sich Belle und fragte in gebrochenem Englisch, ob sie sich die Zukunft vorhersagen lassen wolle. Ermutigt durch Rebeccas lebhaftes Nicken, stimmte sie zu und wurde gebeten, eine Frage zu stellen. Sie hatte den Brief nicht vergessen können, und daher fragte sie, ob es in Rangun jemanden gebe, dem sie besser nicht trauen sollte. Die Vorhersage ihrer Zukunft erwies sich als kompliziertes Unterfangen, zu dem Holzstäbchen nötig waren und eine Kugel aus rot bemaltem Holz, die aus Segmenten in der Form von Orangenzesten bestand. Die Antwort lautete schlicht, dass sie die falsche Frage gestellt habe und bald eine Reise antreten werde.

Sie wechselte einen Blick mit Rebecca, die nur mit den Schultern zuckte und sagte: »Du Glückliche.«

Nachdem sie den Tempel verlassen hatten, ließen sie die Teestuben und Essensstände links liegen und erreichten schließlich das Viertel hinter dem Hafen, wo laut Gloria die Chinesen lebten. Als sie sich in das Gewirr der Gassen begaben, wo es stark nach Jasmin und gebratenem Reis roch, musste Belle an die Warnung ihrer Bekannten denken.

Da ist es extrem gefährlich.

»Ist es hier nicht gefährlich?«, fragte Belle nervös angesichts der Flut von Menschen, die durch die dampfenden, engen Straßen strömten.

Rebecca lachte und warf die blonden Haare zurück. »Wenn man allein ist, vielleicht. Aber halte dich an mich. Dann passiert nichts, versprochen.«

»Was wollen wir denn hier?«

»Erstens sollst du das beste chinesische Essen kosten, das du je hattest, und zweitens sollst du dir etwas Gutes tun.«

Belle verriet ihr nicht, dass sie noch nie chinesisch gegessen hatte.

Sie schaute auf die vielen mit Rollläden verschlossenen Geschäftshäuser, dicht aneinandergesetzte schmale Holzbauten, meist mit einem Schaufenster im Erdgeschoss – in denen fertige Speisen, Gemüse, Fisch, Zierrat und anderes angeboten wurde – und Wohnungen darüber. Die unfassbar hellen Stimmen der chinesischen Straßenhändler verblüfften sie, und die gackernden Hühner und quiekenden Schweine in Bambuskäfigen trugen zu dem grellen Lärm bei. Sie mussten vielen Hunden ausweichen, die auf der Suche nach ein paar Bissen umherstreunten, und rücksichtslosen Kindern, die zwischen Radfahrern und Fußgängern umherrannten. Das war ein wahrhaft lebendiges Viertel.

Sobald sie ins Zentrum vorgedrungen waren, ließ der Jasminduft nach, und in den Straßen stand ein Geruchsgemisch aus Holzkohlerauch, Bratfisch und Abwasser. Rebecca schritt voran, ohne zurückzusehen, und wieder war Belle besorgt, ob sie ihrer Zimmergefährtin wirklich trauen durfte. Was, wenn sie plötzlich verschwände und Belle allein zurückfinden müsste? Doch dann blieb Rebecca stehen und bog zu einem winzigen Laden ab, der versteckt in einem Hinterhof am Ende einer Gasse lag.

»Ta-da!«, sagte sie grinsend mit einer schwungvollen Armbewegung.

Belle starrte in das Schaufenster und staunte über die Reihen gefalteter, leuchtend bunter Seidenstoffe in der Farbpalette burmesischer Sonnenuntergänge, die von Rosarot über Gelb bis zu sanft schimmernden Blautönen reichte.

»Das ist das beste und günstigste Seidengeschäft in ganz Rangun. Die Briten mögen das Viertel nicht, deshalb zahlen sie viel mehr drüben bei Rowe's. Wollen wir reingehen?«

»Darauf kannst du wetten.«

Als Rebecca die kunstvoll geschnitzte Tür aufdrückte, klingelte über ihr ein Glöckchen.

Drinnen stand Belle wie gebannt da und schaute, dann strich sie vollends begeistert mit den Fingerspitzen über die Ballen gemusterter Seide.

»Ich würde mir liebend gern Stoff kaufen, aber was soll ich damit machen?«

»Da komme ich ins Spiel. Ich habe eine chinesische Freundin, die im *Silver Grill* kellnert … Warst du schon dort?«

Belle schüttelte den Kopf.

»Dann müssen wir mal hin. Die Sache ist die: Sie hat mich der Besitzerin des Seidengeschäfts vorgestellt, und deren Tochter ist eine geniale Schneiderin. Sie kann jedes Kleid der großen Modehäuser kopieren.«

»Und wo ist sie?«

Rebecca lachte. »Nur die Treppe rauf. Und sie hat haufenweise Modezeitschriften. Sie wird dir den hiesigen Preis machen oder fast. Du gehst nach oben, suchst dir ein Kleid aus. Sie sagt dir, wie viel Stoff du kaufen musst, und dann suchst du ihn dir aus.«

»Können wir jetzt hinaufgehen?«

»Ich wusste, du würdest begeistert sein. Ich habe den anderen nichts von dem Laden erzählt.«

»Warum dann mir?«

»Du warst so unglücklich. Es geht nichts über ein neues Kleid, stimmt's? Besonders wenn es nicht die Welt kostet. Ich möchte bei dir etwas wiedergutmachen. Also bist du mir nicht verpflichtet.«

Belle hätte sie umarmen können.

Sie stiegen die schmale Holztreppe hinauf, und Belle lernte Mai Lin, die Schneiderin, kennen. Nachdem sie mehrere Ausgaben der *Vogue* durchgeblättert hatte, entschied sie sich für ein Etuikleid mit Nackenträger, schräg zum Fadenverlauf geschnitten, das die Hüften sanft umschmeichelte und den Rücken in gewagter Weise frei ließ. Dazu wählte sie ein gerade geschnittenes Jäckchen, das sie an kühlen Abenden oder nach dem Auftritt tragen konnte, wenn sie mit anderen an der Bar stand.

Nachdem sie grünen Tee in Porzellanschälchen getrunken hatten, wurde an ihr Maß genommen, und dann gingen sie nach unten, um die Seide auszusuchen. Bei so vielen hinreißenden Farben war Belle zunächst ratlos. Nach reiflicher Überlegung und vielem Hin und Her wählte sie eine schlichte silbergraue, von blassem Blau durchwirkte Seide.

»Und jetzt das Essen«, sagte Rebecca, nachdem Belle bezahlt hatte.

»Kaufst du dir heute keinen Stoff?«

Rebecca schüttelte den Kopf. »Nein. Ich habe mir erst vorige Woche ein neues Kleid geleistet.«

Nachdem sie das Geschäft verlassen hatten, schaute Belle die Gasse entlang.

»Komm, du lahme Ente!«, rief Rebecca, die schon wieder einige Schritte voraus war. Doch Belle war auf etwas aufmerksam geworden oder, genauer gesagt, auf jemanden. Auf der gegenüberliegenden Straßenseite sah sie Edward in Begleitung einer rothaarigen Frau. Belle war schon im Begriff, die Hand zu heben und ihm zu winken, doch er war zu sehr ins Gespräch vertieft, als dass er sie bemerken würde. Als die beiden vorübergingen, hatte sie das starke Gefühl, die Frau irgendwoher zu kennen, kam aber nicht darauf, woher. Und dann wurde ihr klar, dass sie ihrer Mutter ein bisschen ähnelte. Aber war das alles? Konnte es solch einen Zufall geben? Konnte die Frau Elvira sein? Belle verwarf den Gedanken als zu unwahrscheinlich.

14

Am Mittwoch trug sie ein türkisblaues Baumwollkleid und lachte, als Oliver in einem Hemd derselben Farbe erschien, das seine blauen Augen leuchten ließ. Sie nahmen die Straßenbahn und stiegen an der Allee aus, in der ihre Eltern früher gewohnt hatten. Belle hielt mit Olivers langen Schritten mit, während sie schweigend an großen Villen vorbeigingen, die eine Straßenseite säumten und auf ein Waldgelände blickten. Sie waren um die Jahrhundertwende für die Reichen und Mächtigen erbaut worden und standen weit auseinander in weitläufigen Gärten mit hohen Zäunen. Durch die Tore der Einfahrten sah Belle indische Gärtner den Rasen wässern, junge Chinesinnen die Terrassen fegen und Korbmöbel abwischen.

»Haben Sie mit Chubb gesprochen?«, fragte Oliver plötzlich und sah sie schief lächelnd an.

Sie schüttelte den Kopf. »Er war nicht da. Stattdessen habe ich mit einem Inspector Johnson gesprochen.«

»Ah, das war nicht allzu hilfreich, könnte ich mir denken.«

»Angeblich sind die Akten durch einen Brand vernichtet worden.«

Er schnaubte. »Wie bequem.«

»Sie glauben ihm nicht?«

Er zuckte mit den Schultern. »Was denken Sie?«

Sie waren bei Nummer neunzehn angelangt.

»Wir sind fast da. Dreiundzwanzig, sagten Sie?«

Sie nickte nur, denn ihre Stimme würde sie im Stich lassen. Es war sonderbar zu wissen, dass ihre Eltern früher denselben Weg entlanggegangen waren wie sie jetzt. Welche Rolle würde sie, wenn überhaupt, nun in deren Geschichte spielen?

Als die Nummer dreiundzwanzig in Sicht kam, blieb sie wie angewurzelt stehen.

»Es sieht verlassen aus.« Belle schaute an der Fassade entlang, der hohe Palmen Schatten spendeten. »Das hatte ich nicht erwartet.«

»Ich werde probieren, ob sich das Tor öffnen lässt«, schlug Oliver vor. Aber als sie näher kamen, zeigte sich, dass ein rostiges Vorhängeschloss die schmiedeeisernen, ebenfalls stark verrosteten Torflügel zusammenhielt. »Vielleicht gibt es noch einen anderen Eingang?«

»Es könnte aber doch jemand hier wohnen.«

Er zog das Kinn kraus. »Mag sein, obwohl es wirklich nicht danach aussieht.«

Sie betrachteten die abblätternde Farbe an Tür und Fenstern und den fleckigen Putz der Hauswand, der sicher einmal blütenweiß gewesen war. Das erste Stockwerk hatte eine umlaufende Veranda, die an manchen Stellen beschädigt war, und einige Fensterläden hingen schief an nur noch einer Angel und konnten die schmutzigen Scheiben nicht mehr schützen. Tatsächlich sah es aus, als wären sie seit dem Auszug ihrer Eltern nicht mehr bewegt worden.

»Es muss einmal herrlich ausgesehen haben«, sagte Belle und wurde traurig.

»Eine Villa. Sie haben gut gelebt.«

Sie drehte den Kopf zu Oliver und sah es in seinen Augen. »Ich weiß, Sie billigen das nicht.«

»Ich habe nichts gegen die einzelnen Leute, sondern gegen das System. Wir kommen in solche Länder und übernehmen sie, als hätten wir ein gottgegebenes Recht dazu.« Er ging an dem überwucherten, rostigen Zaun entlang. Kurz darauf rief er: »Hier ist eine Öffnung.«

Unsicher, ob sie einem Mann auf ein verlassenes Grundstück folgen sollte, den sie kaum kannte und der noch dazu einen gewissen Ruf hatte, wurde sie langsamer. Sie hatte erwartet, ein bewohntes, penibel gepflegtes Anwesen wie all die anderen vorzufinden, das sie nur von der Straße aus betrachten durfte.

»Gehen Sie als Erster hinein?«, sagte sie.

»Klar.«

Die Verlassenheit des Anwesens beunruhigte sie, aber schließlich trat sie auf die Öffnung zu, durch die Oliver verschwunden war.

»Vorsichtig«, rief er. »Dornenzweige.«

Sie stellte fest, dass er einen Pfad gebahnt hatte. Oliver war zwar nicht zu sehen, drängte sie aber, ihm zu folgen. Noch immer zögerte sie, und nach einigen Augenblicken kehrte er durch die Öffnung zu ihr zurück.

Sie starrte ihn an. »Wissen Sie, es kommt mir falsch vor. Als würde ich das vergangene Leben meiner Eltern ausspionieren.«

Er streckte ihr eine Hand hin. »Sie können hineingehen, oder wir kehren um. Beides ist in Ordnung.«

Sie holte tief Luft, und während sie langsam ausatmete, kam sie zu einer Entscheidung. »Gehen wir hinein.«

Nachdem sie den Garten betreten hatten, gingen sie auf das Haus zu und kurz darauf die Treppe hinauf, die zu der einst prächtigen, nun aber von der Sonne ausgebleichten Haustür führte. Sie bestand aus Hartholz, das dringend geölt werden musste. Oliver klopfte zunächst, dann schlug er laut dagegen.

Von drinnen kam kein Geräusch.

Plötzlich voll lebhafter Energie, sprang Belle die Stufen wieder hinunter und lief los. Nur einmal blickte sie über die Schulter, um ihn zu rufen. »Kommen Sie mit! Ich will es mir von hinten ansehen.«

Er holte sie ein, und sie rannten zusammen einen löchrigen Kiesweg entlang, über den man hinter das Haus gelangte. Der Weg führte an einem ausgetrockneten Teich vorbei, der fast zugewachsen war. An der Rückseite fanden sie eine große Terrasse vor, von der man den weitläufigen Garten überblickte.

»Du lieber Himmel.« Sie blieb stehen und betrachtete ihn. »Das ist ein Dschungel.«

Oliver spähte durch das einzige staubige Fenster im Erdgeschoss, das nicht mehr mit Holz vernagelt war. Irgendjemand musste die Bretter entfernt haben. »Wir sind nicht die ersten Neugierigen, wie es scheint.«

»Können Sie etwas erkennen?«

»Es stehen noch ein paar Möbel drinnen.«

Sie trat neben ihn und tat es ihm gleich. »Hier kann doch eigentlich niemand mehr wohnen, oder?«

»Ich versuche es an einer der hinteren Türen. Einverstanden?« Er sah sie fragend an.

Sie stimmte zu, und er ging zu der größeren und dann einer kleineren an der Seite des Hauses. Der Knauf ließ sich nicht drehen, daher lehnte Oliver sich mit der Schulter gegen die Tür und versetzte ihr einen kräftigen Stoß. Sie gab ein wenig nach.

»Nicht abgeschlossen«, sagte er. »Nur verklemmt. Ich denke, ich kann sie aufstemmen.«

Belle lächelte ihn ermutigend an.

Er stieß mehrere Male dagegen, und schließlich flog die Tür quietschend auf.

»Kommen Sie.« Er hielt ihr die Hand hin, aber sie zögerte noch und runzelte abwägend die Stirn.

»Da ist niemand«, sagte er. »Ganz sicher.«

»Das ist es nicht … Ich weiß nicht, ich komme mir zudringlich vor.« Sie zuckte mit den Schultern und lächelte ihn ironisch an.

»Wie gesagt, wir können auch umkehren. Und es waren vielleicht auch gar nicht Ihre Eltern, die zuletzt hier gewohnt haben.«

Sie schüttelte den Kopf. »Meinem Gefühl nach waren sie es.«

Sie betraten den dämmrigen Raum.

»Die Taschenlampe«, sagte er und griff in seine Jacke. Dann

beschien ein Lichtkegel eine Wand mit schmutzigen Regalböden. Als er das Licht auf verschiedene Abschnitte des Raumes lenkte, keuchte Belle erschrocken auf. Spinnweben hingen in schweren Vorhängen von der Deckenlampe und verdunkelten auch die Ecken. Ein paar zerbrochene Stühle lagen auf einem wackligen Tisch, und ein Haufen Abfall hatte sich darauf angesammelt. Der Fliesenboden, der schwarz war von einer dicken Schicht Staub und toter Insekten, sollte gefegt und geschrubbt werden. Alte Zeitungen, einzelne Schuhe und altes Packpapier lagen herum, und es roch modrig. Nach Tod.

Sie schlenderten durch die Erdgeschossräume. Von draußen waren Pflanzen eingedrungen und rankten an den Fensterrahmen entlang. Eine exotische Zaunwinde, dachte Belle, oder jedenfalls etwas, das durch feine Ritzen wachsen konnte. Es war schwer vorstellbar, wie es in dem Haus früher ausgesehen hatte. Der Holzboden war sicher auf Hochglanz poliert gewesen, aber nun stiegen sie über fehlende Dielen und mussten achtgeben, nicht auf morsche Stellen zu treten. In dem großen Salon an der Vorderseite standen zurückgelassene Möbel an den Wänden, schwere Stücke, die kaum zu verrücken waren, sodass sich niemand die Mühe gemacht hatte. Hier waren die Fenster nicht zugenagelt worden, und sie konnten sehen, dass alles Tragbare wie Beistelltische oder Lampen verschwunden war. Durch Risse im Putz der fleckigen Wände wuchsen ebenfalls Pflanzen.

Der Geruch von Schimmel folgte ihnen von Raum zu Raum, und in jedem blieb Belle stehen und schnupperte. Traurig. Unsagbar traurig. Seit sie überzeugt war, dass niemand die Villa bewohnte, erwartete sie, Zimmer voller Geheimnisse vorzufinden, was wegen der vielen verstrichenen Jahre aber wohl unwahrscheinlich war. Nichts deutete noch auf die schreckliche Anspannung hin, die in dem Haus geherrscht haben musste; es strahlte nur Melancholie aus.

Oliver war schon weitergegangen, kam aber nun mit dem Elan der Begeisterung zurück, und sie lächelte, als er sich durch die widerspenstigen Haare strich. Ich mag ihn einfach, dachte sie, auch wenn Rebecca ihn als Herzensbrecher beschreibt. Er war so lebendig. Freier und aufgeschlossener als die britischen Kolonialherren mit ihrer Pflicht und Ehre und den Konventionen. Für einen Moment überlegte sie, ihm von dem anonymen Brief zu erzählen.

Sie schaute sich um. Es schien, als wären ihre Eltern in aller Eile ausgezogen. Vielleicht hatten sie fliehen müssen? Bei dem Gedanken bekam sie eine Gänsehaut.

»Alles in Ordnung?«, fragte Oliver, und sie sah trotz seiner lässigen Art eine gewisse Zärtlichkeit in seinem Lächeln.

Sie standen jetzt in dem großen Flur der geschwungenen Treppe zugewandt.

»Mahagoni«, sagte er. »Schlimm, sie so zu sehen. Wollen wir nach oben gehen?«

Sie nickte.

Vorsichtig stiegen sie zu einem breiten mit Geländer versehenen Treppenabsatz hinauf, von dem sechs offene Türen in lichte Räume führten.

»Das ist besser«, meinte sie lächelnd.

Im ersten Zimmer waren die Fensterscheiben rußverschmiert, aber es war mit einem großen Bett ohne Matratze und zwei schweren Kleiderschränken möbliert. In einem dieser Räume mussten ihre Eltern geschlafen haben. Das nächste ging auf die Veranda hinaus und hatte zwei Glastüren. Vielleicht war es dieses? Sie probierte die Klinke, und als sich die Tür quietschend öffnete, trat sie nach draußen, wobei sie darauf achtete, Löchern im Boden auszuweichen. Die Aussicht war fabelhaft, und Belle stellte sich vor, ihre Eltern hätten an derselben Stelle gestanden und den Blick auf ihren schönen Garten genossen.

Als sie ins Zimmer zurückkehrte, hatte Oliver die Seitentür geöffnet. »Schauen Sie sich das an«, sagte er.

Sie ging zu ihm und hielt an der Schwelle zu einem kleinen leeren Raum inne, durch den man in ein Badezimmer gelangte. Ob dies das Säuglingszimmer gewesen war? Bisher war in dem Haus von ihrer Mutter nichts zu bemerken gewesen. Aber das? Das war anders. Hier spürte Belle die Anwesenheit ihrer Mutter so stark, als wäre sie noch da. Das Zimmer hatte etwas an sich. Etwas Duftendes.

Oliver hatte die Türen des Einbauschranks geöffnet, aber nichts gefunden außer trockenen Blütenblättern und Laub. Er zerdrückte sie zwischen den Fingern, und als sie zerkrümelten und fielen, verbreitete sich ihr Duft.

»Kräuter«, sagte er. »Und Rosenblätter vermutlich.«

Sie trat zu ihm und schaute in den Schrank. »Was ist damit?« Belle bückte sich und zog an dem Elfenbeingriff einer schmalen Schublade am Boden. Sie schien verschlossen zu sein. Oliver zog sein Taschenmesser aus der Jacke, und nachdem er die Klinge in den Spalt geschoben und ein paar Mal gerüttelt hatte, ließ sie sich aufziehen, wenn auch nur ein Stück.

»Nichts drin«, stellte er fest.

»Lassen Sie mich mal. Ich habe kleinere Hände.« Belle schob die Hand durch den Spalt bis an die Rückwand und ertastete etwas Weiches, das offenbar dort eingeklemmt war. Behutsam zog sie daran und dann ein wenig kräftiger und brachte es zum Vorschein: eine vergilbte Mullwindel, in die etwas eingewickelt war. »Himmel«, sagte sie, als sie es in der Hand hielt. »Das ist so alt.«

»Was ist drin?«

Behutsam wickelte sie es aus, und als sie ihren Fund sah, kamen ihr die Tränen.

15

Cheltenham 1921

Während der Mann im blauen Regenmantel die Treppe heraufkommt, wünsche ich mir verzweifelt, Simone wäre bei mir. Sie hat mir einmal ein Geschenk für Elvira gegeben, als ich mich niedergeschlagen fühlte – eine schöne silberne Rassel –, und weil sie so hübsch war, habe ich Simone geglaubt, als sie mir versicherte, die dunkle Zeit werde vorbeigehen. Sie ist einmal Krankenschwester gewesen und versucht, in jeder Situation optimistisch zu bleiben. Sie wüsste, was sie zu dem Regenmantelmann sagen sollte. Mir dagegen fällt nur ein, zu flüchten und mich im Badezimmer zu verstecken. Selbst mir ist klar, dass das nicht richtig wäre, andererseits habe ich den Eindruck, dass es für alle anderen umso besser ist, je verrückter ich erscheine.

Der Mann erreicht den Treppenabsatz und streckt mir die Hand hin. »Mrs Hatton, ich bin Dr. Williams.«

»Das weiß ich.« Ich erkenne den heimtückischen grauhaarigen Mann mit den wässrig blauen Augen wieder. »Wir sind uns schon begegnet. Sie sind der Irrenarzt.«

»In der Tat, allerdings bevorzugen wir die Bezeichnung ›Psychiater‹. Wollen wir?« Und er deutet auf die Tür zu meinem Zimmer, dann verschränkt er die Arme und mustert mich lächelnd.

Wir gehen hinein. Er setzt sich auf einen der beiden Sessel neben meinem Sofatisch.

Der Raum kommt mir plötzlich stickig vor, und ich möchte nach draußen schauen, darum gehe ich ans Fenster und kehre ihm steif den Rücken zu.

»Ich frage mich, wie Sie mit der neuen Medikation zurechtkommen. Das Veronal schmeckt zwar ein wenig bitter, wird aber gemeinhin besser vertragen als die Bromide und schmeckt nicht ganz so unangenehm. Nehmen Sie es täglich ein?«

Ich drehe mich um und nicke. Nun ja, jeder lügt, nicht wahr?

»Es macht mich schläfrig«, antworte ich dann, da mir einfällt, wie es die wenigen Male, da ich es eingenommen habe, gewirkt hat.

»Noch etwas?«

Ich schüttele den Kopf. Er blickt mich an, und ich denke: Ich traue dir nicht.

»Sie haben Pech gehabt«, sagt er.

Wütend trete ich einen Schritt auf ihn zu. »Pech gehabt?! So nennt man es jetzt, wenn jemand sein Kind verloren hat? ›Oh, welch ein Pech, aber macht nichts, wir können jederzeit ein zweites bekommen, nicht wahr?‹«

»Sie haben ein zweites bekommen.«

»Darum geht es nicht.«

»Wollen Sie sich nicht zu mir setzen? Mir erklären, worum es geht?«

Ich denke darüber nach. Eigentümlich, nicht wahr, dass man meistens weiß, wem man trauen kann. Dieses Gespräch trägt nicht dazu bei, meine Meinung über diesen Mann zu ändern.

»Mrs Hatton?« Er lächelt ein schwieriges, gezwungenes Lächeln, als wäre ihm fremd zu lächeln.

»Also gut.« Und ich setze mich ihm gegenüber mit dem Rücken zum Fenster, wobei ich ihn unablässig prüfend ansehe. Einigermaßen nett, nehme ich an, doch langweiliger Durchschnitt. Auf eine gespielt vornehme Art nimmt er die Brille ab und setzt sie wieder auf. Wie ich mich nach Schönheit sehne, denke ich, und ihn dennoch anlächeln kann!

»Ihr Gatte sagte mir, Sie seien bisher nicht aus dem Haus gegangen.«

Ich versuche, mich zu zügeln, aber am Ende verliere ich

den Kampf und stehe gereizt auf. »Erzählt er wieder Geschichten? Nun, er irrt sich. Ich bin im Park gewesen. Häufig sogar. Ich sehe gern den Kindermädchen zu, wenn sie ihre Kinderwagen schieben.«

»Wirklich?«

Ich spüre seinen Ärger, obwohl er ihn nicht zeigt.

»Sie denken, ich lüge?«, erwidere ich scharf. Denn ich kann ihm unmöglich die Wahrheit sagen. Wie könnte ich zugeben, dass ich mich nicht traue, nach draußen zu gehen, dass ich allein bei dem Gedanken daran zittere und mich auf den Boden setzen, die Beine meines Stuhls umklammern muss, damit ich fühle, dass ich mit der Erde verbunden bin?

Er schüttelt den Kopf. »Natürlich nicht. Wollen Sie sich nicht wieder hinsetzen?«

Dr. Williams geht allzu vorsichtig mit mir um, misstrauisch sogar, und es behagt mir nicht, wie … herablassend er mich behandelt. Ja, das ist es, herablassend.

»Es geht mir gut«, sage ich und gehe zur Tür, beobachte aber aus dem Augenwinkel, wie er reagiert.

Er räuspert sich und setzt wieder dieses grauenhafte Lächeln auf. »Würden Sie bitte meine Frage beantworten? Wann sind Sie aus dem Haus gewesen?«

»Ich war im Park«, murmele ich und starre auf meine Füße. »Niemand hat mich gehen sehen, deshalb wissen sie es nicht.« Ich merke, dass ich mich wie ein bockiges Kind anhöre, und ändere meinen Ton. »Verzeihung, ich wollte nicht ungehalten klingen.«

Kurz starrt er auf den Boden, dann blickt er mich wieder an. »Die Stimmen, was sagen sie?«

Überrascht zögere ich. Bisher hat mich noch niemand mit dieser Frage bedrängt, darum setze ich mich. Gewöhnlich wollen sie, dass ich sie als Einbildung betrachte. »Oh, Sie wissen doch …«

»Aber nein, deshalb frage ich.«

»Sie sagen verschiedene Dinge.«

Ich will ihm nicht erzählen, dass sie mir manchmal Angst machen oder mich auslachen oder mir schreckliche Dinge vorwerfen. Hin und wieder flüstern sie, und ich muss vollkommen still sein, um sie zu verstehen. Ich muss sie unbedingt verstehen. Es gibt nichts Schlimmeres, als zu wissen, sie sind da, und nicht richtig hören zu können, welches Gift sie verspritzen.

Er verzieht den Mund und schweigt eine Weile. »Ich wollte mit Ihnen über das Grange sprechen. Wie Sie vielleicht schon wissen, ist das eine private Einrichtung bei Dowdeswell. Ich ...«

Sieh an. Deshalb ist er also hier. Wenn doch nur Simone jetzt bei mir wäre! Wann kommt sie endlich? Wann?

Ich falle ihm ins Wort. »Nein, ich werde nicht gehen.«

»Niemand will Sie zwingen. Es ist nur so, dass Ihr Gatte und ich der Ansicht sind, Sie seien zu viel allein hier oben.«

»Und wenn ich mich weigere?«

16

Nach dem rosa-goldenen kühlen Morgen war es nun glühend heiß geworden. Belle war schwindlig, und eine Hitzewelle durchlief sie, von der ihr übel wurde. Sie starrte noch immer auf die Rassel. Das Silber war ein wenig angelaufen, aber nicht so stark, wie man hätte erwarten können, und der Elfenbeingriff war zwar vergilbt, doch unbeschädigt. Sie hielt sie ins Licht.

»Schauen Sie, eine Gravur.« Sie zog sie mit den Fingerspitzen nach. »Drei Herzen und drei Buchstaben, zwei *D* und ein *E*. Diana, Douglas und Elvira. Meine Mutter, mein Vater und meine Schwester.«

Auf einer Seite der silbernen Kugel war ein kleiner Hund und *Wau-wau-wau* eingraviert, auf der anderen Seite ein Vogel und eine Zeile aus einem Kinderreim. Belle unterdrückte ein Schluchzen. Die verlorene Schwester war nun endgültig real geworden.

Oliver berührte sanft ihre Hand. »Gehen wir nach draußen. Sie brauchen frische Luft.«

Belle war froh, der feuchten Hitze des Hauses zu entkommen. Draußen war es auch heiß, aber ein wenig frischer. Sie betrachtete den überwucherten Garten, der zweifellos einmal herrlich gewesen war.

»Ist das alles, was noch da ist, was meinen Sie?«

Er zuckte mit den Schultern. »Schwer zu sagen.«

Ihr Blick wurde von einer Lücke in den Büschen angezogen, die am hinteren Rand des Rasens eine Barriere bildeten.

»Glauben Sie ...«

»Die führt irgendwohin?«

Die Sonne brannte ihr jetzt im Nacken, und sie spürte sie

auch auf dem Rücken durch ihr dünnes Baumwollkleid. Als sie durch das hohe Gras gingen, fühlte sie sich in die Vergangenheit versetzt. Sie sah ihre Mutter vor sich her gehen, von der Sonne beschienen, und auf dieselbe Lücke zwischen den Büschen zuhalten. Belle sehnte sich danach, ihr eine Hand auf die Schulter zu legen und ihren Namen zu sagen. Wäre alles anders gekommen, wenn sie dazu fähig gewesen wäre?

Der Moment ging vorüber.

Oliver, der jetzt vor ihr war, zog das Efeu und andere Zweige beiseite. »Da ist ein Weg«, rief er aufgeregt.

Belle folgte ihm und nahm es kaum wahr, wenn scharfe Dornen sie an Armen und Beinen ritzten. Dann, als sie Flügelschlag hörte, spürte sie, dass sie etwas Wichtigem näher kam.

Am Ende des Weges, wo sie wieder ins Licht traten, schaute sie über eine freie Fläche. Sie versuchten, sie zu umgehen, aber ihr Fortkommen wurde von einer Wildnis tropischer Pflanzen behindert. Es gab auch viele Bäume, an denen sie stehen blieben. Oliver machte sie auf eine Akazie aufmerksam, deren marmorierter Stamm sich in die Höhe gewunden und eine breite Krone entwickelt hatte, die viel Schatten spendete.

»Was für einer ist das?«, fragte sie und zeigte auf einen Baum, der wenigstens dreißig Fuß hoch war und die Krone vierzig Fuß im Durchmesser.

»Das ist ein Toha-Baum, wird auch der ›Stolz Burmas‹ genannt.«

Sie nickte und inspizierte weiter den Garten, wobei sie sich immer wieder summende Insekten aus den Haaren und von den Augen klaubte. Drüben in einer Ecke war eine Kletterpflanze mit roten Blütendolden ins Blätterdach eines Baumes hinaufgewachsen, der Sonne entgegen. Und darunter lagen die Reste verkohlter Bretter.

»Muss ein Pavillon gewesen sein«, sagte sie. »Ist abgebrannt. Wie schade.«

Ein Stückchen weiter bestaunte sie einen Baum mit dem größten Umfang von allen.

»Ein Tamarindenbaum«, sagte Oliver.

Sie betrachtete die hellgrünen gefiederten Blätter des achtzig Fuß hohen Baumes. Der Stamm teilte sich in drei Hauptäste und hatte eine gigantische Krone ausgebildet. So viel Schatten für ein Kindchen in seinem Wagen.

Ihm fiel auf, wie still sie geworden war. »Alles in Ordnung?«

Sie nickte und ging näher an den ausgebrannten Pavillon heran. Oliver folgte ihr und begann, die Ranken wegzureißen.

»Da werden Sie nichts finden«, sagte sie.

»Vielleicht nicht.« Doch er machte weiter und hielt nur inne, um sich den Schweiß von der Stirn zu wischen.

»Ich helfe Ihnen«, erklärte sie. Er krempelte sich die Ärmel hoch, und der Anblick seiner sonnengebräunten, muskulösen Arme brachte sie zum Lächeln. Es war lange her, seit sie es genossen hatte, mit einem Mann zusammen zu sein. Seine Anwesenheit gab ihr Halt, wie ihr jetzt klar wurde – wäre sie allein hierhergekommen, wäre es ein wenig zu viel für sie geworden. In ihm steckte mehr als der lässige Mann, den sie zuerst in ihm gesehen hatte, und das freute sie.

Als sie durch den abgeschiedenen Garten schaute, verblassten die Geräusche der Stadt, und nur das Vogelgezwitscher begleitete Oliver bei seiner Anstrengung, die Ranken wegzureißen. Da sie sich schläfrig fühlte und ihr Angebot zu helfen vergessen hatte, beobachtete sie die Schwärme gelber Schmetterlinge, die über den Büschen am Ende des Gartens flatterten, und bemerkte dort die Reste eines Tors, nun von Kletterpflanzen überwachsen. In dem Moment rief Oliver nach ihr.

Sie lief zu ihm, und er hielt einen verrußten Blechkasten in der Hand.

»Steckte in der Erde unter den Resten des Bretterbodens.« Er gab ihn ihr.

Sie zog am Deckel, aber der klemmte.

»Mit meinem Taschenmesser geht's vielleicht«, sagte er.

»Sind Sie eigentlich für alles gerüstet?«

»Schon möglich. Kommt drauf an.« Er lächelte sie breit an.

Er reichte ihr das Taschenmesser, und nach und nach stemmte sie den Deckel los und nahm ihn ab. Das Erste, was sie sah, war ein vergilbtes Foto, auf dem ihre Eltern Arm in Arm dastanden und glücklich aussahen.

In ihr loderte ein heißer Zorn auf und zugleich die Sehnsucht, die sie seit jeher energisch unterdrückte. Sie liebte ihre Mutter nicht. Das stand für sie fest. Damit hatte sie sich gestählt. Und es kümmerte sie auch nicht, dass ihre Mutter sie nicht geliebt hatte. Doch sie hatte sich etwas vorgemacht.

Während sie an Diana dachte, blickte sie auf die sanft herabhängenden Äste des Tamarindenbaums und beschattete die Augen gegen die durch das Laub dringenden grellen Sonnenstrahlen. Das grelle Licht und dazu das laute Summen in der Luft lösten in ihr ein sonderbares Gefühl aus, und sie streckte eine Hand nach Oliver aus.

Als er sie einen Moment lang festhielt, gab es eines, das sie fraglos wusste: Was immer in dem Garten geschehen war, genau unter diesem Baum, es hatte ihre Mutter verändert, und dadurch auch ihren Vater. Mit Beklommenheit ahnte Belle plötzlich, wie ihre Mutter gewesen sein mochte, bevor die Tragödie ihr Leben und ihren Verstand zerstört hatte, und schlang voller Schmerz die Arme um sich. Denn sosehr sie geglaubt haben mochte, es wäre anders, sosehr sie sich gewünscht haben mochte, es wäre anders, die Geschichte ihrer Eltern war auch ihre eigene.

17

Cheltenham 1921

Je länger ich nicht mehr ich selbst bin, desto schwerer ist es für Douglas. Er riecht noch wie immer nach Trumper's Wellington Cologne. Das Duftgemisch aus Kumin, Orangen und Neroli würde ich überall erkennen. Aber wir sprechen nicht mehr miteinander, außer wenn wir streiten, und gegen seinen logischen Verstand kann ich dabei nicht ankommen. Das trifft mich tief. Je mehr ich darüber nachdenke, desto mehr verwirren sich meine Gedanken.

Damit das aufhört, gehe ich hinunter und nach draußen in den Garten vor den französischen Fenstern des Wohnzimmers. Obwohl es heute Nachmittag bitterkalt ist, beruhigt es mich zu sehen, wie die Vögel in der Vogeltränke auf der Terrasse ihr Gefieder aufplustern. Ich liebe meine Vögel. Ihr Gesang hellt meine Stimmung auf, und ich wage sogar, ein wenig zu hoffen. Hoffen. Wie wunderbar das kleine Wort doch ist!

Vielleicht können sich die Dinge ändern. Vielleicht werde ich mich tatsächlich erinnern, was damals in unserem Garten passiert ist. Und dann stellt es sich vielleicht heraus, dass es gar nicht so schlimm ist, wie ich befürchte.

Die Sonne ist heute nur durch einen dünnen grauen Wolkenschleier zu sehen. Wie sonderbar, dass ich an diesem kalten Wintertag, für den sogar Schnee angekündigt ist, nur an den grellen Sonnenschein jenes Tages in Rangun denken kann. Den riesigen sengend heißen Sonnenball. Er blendet mich jetzt, und obwohl ich die Augen zukneife, sehe ich ihn noch, als wäre er hinter meinen Lidern gefangen.

Was Douglas betrifft, nun ja, ich wurde geliebt und dann plötzlich nicht mehr. Natürlich verbirgt er das vor mir, aber ich sehe durch das eifrige Lächeln und die knappen Worte seinen tief vergrabenen Kummer. Auch er fühlt sich leer, voller Löcher, doch ich weiß noch, wie sich seine Lippen auf meinen anfühlten, wie zärtlich seine Blicke waren und wie er mich liebte, bis ich mich fühlte, als wären wir miteinander verschmolzen.

Ich sage mir immer, ich will mich an das erinnern, was sich damals abgespielt hat. Und das tue ich wirklich. Aber sobald ich es versuche, bekomme ich furchtbare Kopfschmerzen, und mein Verstand entgleitet mir. Alle Ärzte sagen dasselbe: Ich kann mir nicht erlauben, es zu sehen, und habe es aus meinem Bewusstsein verbannt.

Aber ich träume noch davon. Nur schaffen die Träume keine Klarheit, da jeder anders ist. Ich weiß nicht, wie ich nach England zurückgekehrt bin. Eben stand ich noch in Rangun unter Hausarrest, und plötzlich war ich wieder hier.

18

Für den Besuch im Pegu Club am Sonntag trug Edward einen gut geschnittenen hellen Leinenanzug und Belle ein blau-weiß gepunktetes Kleid mit rotem Ledergürtel. Sie hatte sich die Haare im Nacken zusammengebunden und einen weißen Sonnenhut aufgesetzt, dessen rotes Band zum Gürtel passte. Obwohl ihr noch unklar war, was sie von Edward halten sollte, wollte sie gut aussehen und den richtigen Eindruck machen.

Unterwegs passierten sie die gewohnten Kolonialbauten mit verzierten Bögen, Konsolen und Wandpfeilern – Gebäude, die Macht und Unbesiegbarkeit zur Schau stellten. Dann kamen die Privathäuser mit tiefem Dachvorsprung, der die empfindliche britische Haut vor der unerbittlichen Sonne Burmas schützen sollte.

»Wirklich schön, nicht wahr?«, bemerkte Edward, und ehe sie ihre Gedanken sammeln konnte, fragte er, wie sie zurechtkomme. Daher erzählte sie von ihrem Gespräch mit Inspector Johnson.

Er zog die Brauen zusammen und überlegte einen Moment lang. »Er ist ein vernünftiger Bursche, aber Sie hätten wirklich vorher mit mir sprechen sollen. Dann hätte ich Sie offiziell vorgestellt. Ich habe ansehnliche Kontakte, wie Sie sich vorstellen können.«

»Sie arbeiten für die Polizei?«

»Das nicht. Ich bin Berater des Polizeipräsidenten, unter anderem. Nun, jedenfalls werden Sie erfreut sein zu hören, dass ich ein wenig nachgeforscht habe.«

»Und?«, fragte sie und dachte, wie selbstgefällig er wirkte.

»Wie es scheint, verhielt sich Ihre Mutter zu der Zeit, als

das Kind verschwand, sonderbar, und das führte zu Schuldvorwürfen und schließlich zu Hausarrest.«

»Inwiefern sonderbar?«

Er runzelte das Kinn, dann rieb er es. Es widerstrebte ihm augenscheinlich zu antworten.

»Bitte.«

»Ich glaube, man sah sie im Nachthemd draußen in der Erde wühlen.«

Ihre Hände und Fingernägel seien schwarz von Erde gewesen, erklärte er weiter, was zu der Vermutung führte, sie habe die Stelle gesucht, wo sie ihr Kind vergraben hatte. Belle stellte sich die schreckliche Szene vor, ihre Mutter weinend auf allen vieren im Garten.

»Die Kinderfrau sagte aus, das Kind habe unaufhörlich geschrien, und das habe Ihrer Mutter furchtbar zugesetzt, und mehr als einmal sei sie in Rage geraten. Man schloss daraus, dass sie den Säugling zum Schweigen bringen wollte und dabei zu weit gegangen war.«

Belle schüttelte bestürzt den Kopf.

»Die Polizei hat den ganzen Garten umgegraben und nichts gefunden außer einem einzelnen rosa Säuglingsschuh.«

»Elviras?«

»Vermutlich. Ich konnte nicht feststellen, was da am Ende vonstattenging, außer dass Ihre Eltern zurück nach England zogen. Sie haben vorher nicht einmal das Haus verkauft.«

»Also erwies sich meine Mutter als unschuldig?«

Er zog die Brauen zusammen. »Im Grunde nicht. Der Fall blieb ungelöst. Weder Schuld noch Unschuld konnten bewiesen werden.«

»Warum hat man sie abreisen lassen?«

»Ich nehme an, die ganze Affäre hat solch einen Skandal verursacht, dass die Entscheider das für das Beste hielten. Es gab keinen handfesten Beweis oder zumindest bin ich auf keinen gestoßen. Ich denke, da wurde längst alles unter den Teppich gekehrt.«

Belle seufzte.

»Laut Inspector Johnson wurden die Polizeiakten bei einem Brand vernichtet.«

»Das ist wahr.«

»Woher wissen Sie dann all das?«

Er zog die Brauen hoch. »Wie gesagt, ich habe Kontakte.«

Belle nickte. »Ich habe mir das Haus angesehen, wissen Sie?«

Edward schaute sie überrascht an. »Ganz allein?«

Sie schüttelte den Kopf, aber aus Gründen, die sie nicht hätte benennen können, verschwieg sie ihm, dass sie mit Oliver dort gewesen war. Ebenso ihre Absicht, sich an ihrem nächsten freien Tag wieder mit ihm zu treffen. »Es ist in einem schrecklichen Zustand«, antwortete sie stattdessen.

»Ja, das glaube ich. Ihnen ist klar, dass es jetzt Ihnen gehört?«

»Wirklich?«

»Wie gesagt, sie haben es nicht verkauft.«

»Woher wissen Sie das?«

Zum zweiten Mal zögerte er mit der Antwort. »Das weiß praktisch jeder. Natürlich müssen Sie aufs Standesamt und die gesetzlichen Wege beschreiten, nachweisen, dass Sie die Tochter sind, eine Sterbeurkunde Ihres Vaters vorlegen, dergleichen.«

Belle fasste es mühsam. Eben war sie noch eine mittellose Fremde gewesen, und jetzt war sie womöglich Besitzerin einer großen Villa.

»Sie werden es wahrscheinlich loswerden wollen. Wenn, dann geben sie mir einen Hinweis. Ich hätte nichts dagegen, es selbst zu kaufen. Natürlich muss man Arbeit hineinstecken. Viel Arbeit.«

Sie nickte, und um das Thema zu wechseln, fragte sie, mit wem er sie im Pegu Club bekannt machen werde.

Am Stadtrand fuhren sie auf den Club zu, einen weitläufigen viktorianischen Bau, der umgeben war von einer schattigen Veranda und Bäumen, wo es intensiv nach Jasmin und Wachsblumen duftete. Er sei in den Achtzigern für die britischen Offiziere und Regierungsbeamten gebaut worden, vornehmlich aus Teak, erzählte Edward, und gelte als der meistbekannte Gentlemen's Club in Südostasien, ähnlich wie der Tanglin Club in Singapur.

»Nur für Mitglieder«, fügte er hinzu, »zumeist aus hohen Regierungs- und Militärkreisen, und für bekannte Geschäftsleute. Traurigerweise ist er ein bisschen zum Relikt geworden. Die Zeiten ändern sich, nicht wahr? Leider, muss man manchmal sagen.«

»Nur Herren haben Zutritt?«

»Nicht mehr, zumindest nicht an Wochenenden. Früher bezeichnete man den Club als das wahre Machtzentrum Burmas.«

Sie betraten das Clubhaus, wo die Parkettböden auf Hochglanz poliert waren und große Deckenventilatoren warme Luft verwirbelten.

Mit einer Hand an ihrer Taille führte Edward sie an Billardzimmern und einem Speisesaal vorbei in einen dunklen, aber behaglichen Raum an der Rückseite des Hauses. Belle nahm die gelangweilten Mienen der Männer in sich auf, die Zigarren pafften oder sich hinter ihrer Zeitung verbargen, und das ausdruckslose Lächeln ihrer Gattinnen, die an ihrem Gin-Cocktail nippten.

Nachdem sie es sich auf abgenutzten braunen Ledersesseln bequem gemacht hatten, empfahl Edward ihr, vor dem Lunch den Pegu Cocktail zu probieren.

»Das ist unser Haus-Cocktail. Gin und Limettensaft.«

Sie nickte, denn inzwischen war ihr klar geworden, dass es in diesem Land unmöglich war, nur Tee zu trinken, aber sie nahm sich vor, es bei einem Glas zu belassen. Sie hatte sich auch mit Rebecca neulich im Chinesenviertel nicht betrunken, so weit hatte sie nicht gehen wollen, doch immerhin zwei Flaschen Bier getrunken, und das hatte genügt.

Die Getränke wurden in gekühlten Gläsern mit einer Limettenscheibe serviert, und als Belle an ihrem nippte, fand sie, es schmeckte nach Grapefruit. »Sehr erfrischend«, sagte sie, während der Gin durch ihre Adern prickelte und ihr sogleich in den Kopf stieg.

Ein paar Minuten lang schwiegen sie, und Belle sah sich nach den anderen Leuten um. Sie waren genau wie von Edward beschrieben und gingen auch sonntags förmlich gekleidet. Die Frauen konnte man an einer Hand abzählen. Sie trugen alle hochgeschlossene, auffallend trist geblümte Baumwollkleider und unterhielten sich leise, während das laute Stimmengemurmel eindeutig männlich klang.

»Der Club ist nach dem Pegu, einem hiesigen Fluss, benannt«, erklärte Edward.

»Ist er den Briten vorbehalten?«

Er runzelte die Stirn. »Ich fürchte, da sind wir ein wenig altmodisch. Keine Asiaten. Ich weiß, die Verhältnisse ändern sich, und manche denken, wir sollten uns mit ihnen ändern, aber ...« Er breitete schulterzuckend die Arme aus.

Belle dachte daran, was Oliver dazu sagen würde. Das war genau das, was er an den Briten in den Kolonien verabscheute, und vielleicht hatte er recht. Sie billigte die unverhohlen antiburmesische Haltung auch nicht und konnte sehen, dass die engstirnigen Leute sich verpflichtet glaubten, die britische Macht und Überlegenheit um jeden Preis aufrechtzuerhalten.

Edward räusperte sich und griff sich mit einem Finger in den Hemdkragen. Es sah ihm zwar nicht ähnlich, doch sie hätte schwören können, er sei nervös.

»Schauen Sie, Belle, ich mache mir Hoffnungen, dass Sie sich von mir zu einem stillen Abendessen ausführen lassen. Nur wir beide.«

Verblüfft starrte sie ihn an.

»Damit wir uns besser kennenlernen«, erklärte er breit lächelnd. »Wäre das so schlecht? An Ihrem nächsten freien Abend?«

»Nein ... ich meine, wäre es nicht ... Es ist nur ...« Sie brachte den Satz nicht zu Ende.

»Oder vielleicht möchten Sie mich lieber zum nächsten Dinner beim Gouverneur begleiten?«

Sie setzte zu einer Antwort an, doch er stand auf und warf ihr einen entschuldigenden Blick zu. »Ah, da ist der gute Ronnie Outlaw. Er wird Ihnen wahrscheinlich weiterhelfen können.«

Belle erhob sich ebenfalls.

Der Mann, der sich dem Tisch näherte, war offenkundig Pensionär. Er hinkte ein wenig, trug einen Stock mit silbernem Knauf, und ein großer grauer Schnurrbart machte einen Mangel an Haupthaar wett. Aber er nahm eine stramme Haltung an, als Edward ihm auf den Rücken klopfte und dann erklärte, dass Belle auf Leute zu treffen hoffte, die die Hattons seinerzeit gekannt hatten.

Ronnie Outlaw kniff die wässrigen blauen Augen zusammen und begab sich zu einem Ohrensessel. »Kannte sie flüchtig, war damals aber in Mandalay stationiert, daher dürften sich unsere Wege nicht oft gekreuzt haben. Gab es da nicht ein schlimmes Ende?« Er blickte Edward fragend an, der daraufhin nickte. »Hat er mit seinen Entscheidungen nicht ein paar wichtige Leute aufgebracht, als er am obersten Gericht den Vorsitz führte?«

Edward nickte wieder.

»Woher stammen Sie, junge Dame?«

»Aus Cheltenham«, antwortete sie mit aller Anmut, die sie aufbieten konnte.

»Ladies' College?«

Sie nickte, dachte aber die ganze Zeit darüber nach, wen ihr Vater verärgert haben könnte.

Ronnie schwieg für ein paar Augenblicke, und Belle fragte sich, ob das schon alles war, was er enthüllen würde, doch dann leuchteten seine Augen plötzlich auf. »Ich sag Ihnen was: Als wir schließlich nach Rangun zogen, freundete sich

meine Frau Florence mit dieser Frau an, Simone soundso ...
Simone ... verflixt, wie hieß sie noch gleich? Frau eines Arztes. Jedenfalls bin ich mir ziemlich sicher, dass sie Ihrer Mutter nahestand.«

»Wissen Sie, wo sie lebt?«

»Ich habe keinen blassen Schimmer, aber ich denke, Florence korrespondiert noch mit ihr. Wissen Sie, was: Lassen Sie sich doch von Edwards Schwester zum Gossip Point mitnehmen. Da treffen sich alle Frauen. Sie können mit Florence einen gründlichen Plausch abhalten – erzählen Sie ihr, dass Sie in Cheltenham zur Schule gegangen sind, und Sie haben eine Freundin fürs Leben.«

»Ach?«

Nach einer kaum merklichen Pause fügte er hinzu: »Unsere Tochter Gracie war dort vier Jahre im Internat.«

»Lebt sie jetzt in Cheltenham?«

Ronnie schaute zu Boden und blickte sie dann an. »Leider nein. Ist hier an Malaria erkrankt. Nur fünfzehn Jahre alt geworden.«

»Das tut mir sehr leid.«

»Danke.«

Es entstand ein Schweigen, während Belle überlegte, was sie sagen könnte. Zum Glück sprang Edward ein, indem er Ronnie Outlaw für seine Hilfe dankte und ihn zu einem Stengah einlud. Einem Whisky mit Soda und Eis, soviel Belle wusste.

»Gloria erwähnte, dass Sie Leute aus dem Showgeschäft kennen«, sagte sie, nachdem Ronnie ausgetrunken und sich verabschiedet hatte.

»Ja, so ist es. Ich kann Sie weiterempfehlen, wenn Sie möchten.«

Sie lächelte ihn erfreut an. »Das fände ich wunderbar. Wissen Sie, für meine Zeit nach Burma.«

»Dann erzählen Sie doch mal: Was ist Ihr Traum?«

»Reisen und mir mit Singen das Abendessen verdienen natürlich.«

»Ich habe was übrig für unabhängige Frauen«, meinte er lachend und beugte sich nach vorn, um ihre Schulter zu drücken.

Als Belle in den Gang zu ihrem Zimmer einbog, blieb sie stehen. Sie hatte sich von Edward schon ein Stück vor dem Hotel absetzen lassen, um Zeit zum Nachdenken zu gewinnen. Das war ein Fehler gewesen, denn es war draußen viel zu heiß. Bisher wusste niemand von dem anonymen Brief außer Rebecca, doch Belle dachte immer wieder daran. Dem Wahrsager zufolge hatte sie die falsche Frage gestellt und würde bald verreisen. Bislang zeichnete sich das nicht ab. Wahrscheinlich war das, was er ihr erzählt hatte, sowieso nichts als Unsinn.

Sie hatte gehofft, frische Luft zu schöpfen, aber in der drückenden Hitze war sie schließlich schweißgebadet auf den Hoteleingang zugewankt. Die Nachmittage waren unerträglich. Es war kaum verwunderlich, dass die meisten Briten auf ein Nickerchen nach Hause fuhren, obwohl die Hitze auch durch die dicksten Mauern drang. Edward hatte sie beim Abschied an seine Einladung erinnert, ihn zum Dinner beim Gouverneur zu begleiten, und hatte ehrlich erfreut gewirkt, als sie sich bedankt und zugesagt hatte, und dann versprochen, ihr rechtzeitig Tag und Uhrzeit zu nennen. Und danach hatte sie entschieden, ihm vielleicht doch von dem Brief zu erzählen.

19

An ihrem nächsten freien Abend stand Belle im Hotelfoyer und wartete auf Gloria. Sie hatten vor, sich zum Gossip Point fahren zu lassen, aber Belle hegte deswegen gemischte Gefühle. Einerseits wollte sie wissen, ob Florence Outlaw mit der Freundin ihrer Mutter in Kontakt stand, andererseits war sie der ganzen Geschichte überdrüssig. Am Vormittag war sie in die Redaktionsräume der *Rangoon Gazette* gegangen, wo sie mit Oliver verabredet gewesen war, und hatte enttäuscht erfahren, dass er wegen einer Story verreist sei und niemand wisse, wann er zurückkehren würde.

Sie glauben zu wissen, wem Sie trauen können? Sehen Sie genauer hin.

Sie hatte ihm vertraut, nicht wahr? Sie mochte ihn sehr. Wie verhielt es sich bei Gloria?

Belle schüttelte den Kopf, dann setzte sie sich auf eins der gestreiften Sofas und trank das Eiswasser, das sie bestellt hatte. Kurz darauf winkte Gloria ihr vergnügt vom Eingang her zu und kam mit Hut und Handschuhen auf hohen Absätzen hereingewirbelt. Heute trug sie ein scharlachrotes, eng tailliertes Kleid mit einem weiten weißen Kragen.

»Darling. Kommen Sie schnell. Wir werden noch das Beste verpassen«, rief sie Belle zu. Und dann im Souffleusenton: »Aber um ehrlich zu sein, ich gehe nur hin, weil sonst ich es bin, über die die alten Klatschtanten reden.«

Belle grinste. Was könnten sie schon über Sie sagen?«

Gloria lachte. »Halten Sie zu mir, Liebes, und ich verrate es Ihnen.«

Der Portier hielt ihnen die Türen auf, und sobald sie im Fond des Wagens saßen, führten sie ihre Unterhaltung fort.

»Sie hatten mir schon versprochen, ihre Lebensgeschichte zu erzählen, als ich zur Poolparty kommen sollte«, sagte Belle. »Ich habe meinen Teil der Abmachung eingehalten.«

Gloria rollte mit den Augen. »Ich auch. Und dann sind Sie diesem Donohue begegnet.«

»Oliver.«

»Genau dem. Es stimmt, er ist ungeheuer attraktiv ... diese hinreißenden blauen Augen! Ich gebe zu, ich habe mal ein bisschen mit ihm geflirtet – haben wir das nicht alle? Aber er ist ...« Sie stockte.

»Was?«

»Keiner von uns.«

»Ich hätte nicht gedacht, dass Sie das kümmert.«

Gloria schaute spöttisch. »Nun ja, tut es auch nicht. Eigentlich. Aber ich würde nicht allzu viel Zeit mit ihm verbringen. Sie haben ihn wiedergesehen, nicht wahr?«

Belle musterte sie aufmerksam. »Und das wissen Sie woher?«

»Das Ironische an Rangun ist, dass es zwar voller Geheimnisse steckt, den Leuten letztendlich aber nichts verborgen bleibt.«

Belle runzelte die Stirn. »Warum sollte das irgendjemanden scheren?«

»Oliver Donohue hat einen gewissen Ruf.«

»Bei den Frauen, ich weiß.«

Gloria lachte. »Du lieber Himmel. Das ist zu erwarten. Hier hat jeder eine Affäre. Das ist praktisch Pflicht. Nein, ich würde eine angehende Freundschaft nicht platzen lassen, aber er war in eine dubiose Angelegenheit verwickelt.«

»Dubios? Inwiefern?«

Gloria zuckte mit den Schultern. »Das ist nur ein Gerücht, doch sagen wir mal, Sie könnten sich in Gefahr bringen.«

»Sie können nicht einfach so etwas andeuten.«

»Ich weiß wirklich nicht mehr, aber mein Bruder vielleicht.«

»Wissen Sie, dass Edward mich eingeladen hat, mit ihm essen zu gehen?«

»Er mag Sie.«

»Aber er ist verheiratet.«

Gloria lachte schallend. »Und?«

Belle spürte, dass sie rot wurde.

»Kommen Sie, Liebes. Seine Ehe besteht nur auf dem Papier. Und er ist ein wichtiger Mann. Sie könnten es schlechter treffen.«

»Als jemandes Geliebte zu werden?«

»Seien Sie doch nicht so puritanisch! Es ist nur ein Abendessen.«

»Hat er Sie gebeten, auf mich Einfluss zu nehmen?«

»Also das ist glatter Argwohn.«

»Wie auch immer, ich habe zugesagt, ihn zum Dinner beim Gouverneur zu begleiten.«

Gloria riss die Augen auf. »Nun, das ist eine Ehre.«

Sie verfielen in Schweigen, und dann hielt der Wagen an den Seen, und der Fahrer öffnete die hinteren Türen. Beim Aussteigen sah Belle sich um. Sie hatte schon bemerkt, dass Rangun nach dem Tee – mit oder ohne Kondensmilch – lebendig wurde, und heute war es nicht anders. Die Sonne hatte ihre Kraft eingebüßt, aber der Himmel war noch prächtig blau, und von einem Pavillon in der Ferne empfingen sie die Klänge einer Militärkapelle. Immer mehr Frauen trafen mit Chauffeur und Wagen ein, sichtlich die wohlhabendsten und privilegiertesten. Gossip Point war wirklich ein atemberaubendes Fleckchen, von dem man über die Royal Lakes blicken konnte, und Belle schätzte, dass wenigstens zwanzig Frauen sich schon dort eingefunden hatten, während Dutzende indischer Gärtner noch bei der Arbeit waren.

»Unglaublich, wie grün es hier ist«, bemerkte Belle, als sie über die weiten Rasenflächen schaute, wo Vögel Futter suchend umherliefen. »Immer wenn ich denke, ich habe mich eingewöhnt, stoße ich auf etwas Verblüffendes.«

»Der Rasen wird mit Wasser aus den Seen grün erhalten.«
Blühende Bäume umgaben den großen See, und eine Fülle von Blumen und Schlingpflanzen säumte das Ufer und hob sich leuchtend gegen die blaue Wasserfläche ab.

»Worüber reden die Frauen?«, flüsterte Belle, als sie sich ihnen näherten.

»Oft über die jüngsten Neuigkeiten. Sie wissen schon, alles, was in der weiten Welt passiert. So bleiben wir damit in Kontakt. Aber es wird auch über lokale Ereignisse gesprochen.«

»Nichts Privates?«

»Wie wär's, wenn wir ihnen Guten Tag sagen und Sie es selbst herausfinden?« Gloria drückte ihr ermutigend die Schulter, damit sie auf die Damen zuging. »Sie werden nicht beißen.«

Die meisten Frauen trugen schöne Hüte und die schmalen, wadenlangen Kleider mit ellbogenlangen Ärmeln, die jetzt modern waren. Einigen, die umfangreicher und beträchtlich älter waren als Gloria, stand dieser Stil leider nicht. Sie könnten sich vorteilhafter kleiden, fand Belle, wenn sie sich nicht sklavisch nach der neuesten Mode richten würden. Unter den Damen waren einige jüngere, die mal mit diesen, mal mit jenen plauderten und nach ein paar Worten weiterzogen.

»Meine Liebe, das ist Annabelle Hatton«, sagte Gloria, wenn sie Belle jemandem vorstellte.

Nachdem sie sich zu fünft zusammengesetzt hatten, wandte sich die Unterhaltung der Geschichte einer Barkellnerin zu.

»Bedauernswert«, verkündete eine der älteren Damen, die sich immer schneller Luft zufächelte und nicht imstande war, ihre Schadenfreude zu verbergen.

»Denken Sie nur: eine Engländerin, die sich auf der Straße anbietet«, sagte eine andere.

»Was kommt als Nächstes? Und haben Sie schon gehört … ich bringe es kaum über die Lippen.« Die Frau hielt zwar inne, war jedoch sichtlich darauf erpicht, es als Erste auszuplaudern.

»Ach, erzählen Sie doch, Wendy.«

»Sie dürfen uns nicht auf die Folter spannen.«

Wendy sah von einer zur anderen. »Nun, ich habe aus verlässlicher Quelle, dass sie sich indischen Tagelöhnern angeboten hat.«

Während die übrigen Frauen entsetzt nach Luft schnappten, zwinkerte Gloria Belle zu, die sich das Schmunzeln nicht verkneifen konnte.

Danach ging Gloria mit ihr zu einer kleinen rundlichen Frau, die erst vor einer Minute gekommen war und zum Ufer schlenderte.

»Florence«, rief Gloria lebhaft winkend, und dann raunte sie Belle zu: »Es ist doch Florence Outlaw, mit der Sie sprechen wollen? Edward hat es erwähnt.«

Belle nickte.

Florence Outlaw hatte graue, ordentlich hochgesteckte Haare und ein weiches rosiges Gesicht. Sie schenkte Gloria ein breites Lächeln und kam mit einem wiegenden Gang gemächlich auf sie zu, begleitet von einem weißen Hündchen an der Leine.

»Florence, das ist meine entzückende neue Freundin Belle.«

»Mein Mann hat von Ihnen gesprochen. Es geht wohl um Simone. Eine Schönheit. Mit hellbraunen Augen, sehr ungewöhnlich, wissen Sie?«

»Ihr Mann meinte, Sie stünden mit ihr in Verbindung«, erwiderte Belle. »Ich würde mich sehr gern mit ihr treffen.«

»Oh, meine Liebe, sie lebt nicht hier.«

Belle zog die Brauen zusammen. »Aber sie lebt noch?«

Florence strahlte sie an. »Gott sei Dank, ja. Doch hat Ronnie Ihnen nicht erzählt, dass sie vor einiger Zeit wieder zurückging?«

»Zurück?«

»Nach England. In die Cotswolds. Ich habe die Adresse für Sie notiert.« Sie suchte in ihrer großen Gobelintasche. »Aber wo zum Teufel ist sie jetzt?«

»Hat sie meine Mutter gut gekannt?« Belle konnte sich nicht entsinnen, dass ihre Mutter je Freundinnen gehabt hatte.

Florence blickte auf und nickte. »Sie war ihre beste Freundin, obwohl wir uns auch schon eine Weile kennen. Meine Güte, ob Sie mir wohl die Tasche aufhalten könnten, während ich suche?«

Belle tat es, und nach ein paar Augenblicken entdeckte Florence einen zusammengefalteten Zettel. »Hurra, da ist er endlich! Bitte sehr, meine Liebe. Sie wird ganz gewiss nichts dagegen haben, dass Sie ihr schreiben. Erwähnen Sie nur meinen Namen.«

»Vielen Dank. Ich möchte sie unbedingt fragen, ob sie noch weiß, was damals passierte, als meine Schwester verschwand.«

Ein wenig später fand sich Belle ohne Gloria in einer kleinen Gruppe von Frauen wieder, die sich über die wenigen heiratsfähigen Männer in Rangun austauschten. Eine wandte sich Belle zu, um nach ihrem Ringfinger zu sehen, und blickte sie vernichtend an.

»Du meine Güte. Noch nicht verlobt?«

»Nein«, erwiderte Belle mit Stolz. »Ich bin Sängerin im *Strand*.«

Die Frau erbleichte. »Oh nein. Nein, nein. Das geht überhaupt nicht. Suchen Sie sich einen Mann, aber schnell. Sie wollen doch nicht für Ihren Lebensunterhalt arbeiten müssen. Aber wenn Sie das wirklich müssen, finden wir sicher eine Familie für Sie.«

Belle zog die Stirn kraus. »Verzeihung, ich …«

»Eine Familie, die eine Gouvernante braucht, meine Liebe, etwas Respektables.«

Eine andere nickte bekräftigend, und Belle, die über die verächtliche, altmodische Haltung lachen musste, verabschiedete sich rasch und ging ans Wasser. Heute Abend würde sie an Simone schreiben. Die war hoffentlich aufgeklärter als diese Frauen.

Der Himmel färbte sich rosa, und als ein Schwarm schwarzer Vögel über den See flog, schaute sie zu der goldenen

Shwedagon-Pagode hinüber, hinter der die Sonne unterging. Die Pagode, die jetzt einen kräftigen Kupferton angenommen hatte, bezauberte sie und erschien ihr wie ein lebendiges Wesen, das seine Farbe je nach Tageszeit änderte. Versunken in den Anblick, schaute sie übers Wasser und wurde nur ganz allmählich gewahr, dass sich die Frauen hinter ihr voneinander verabschiedeten – der Sonnenuntergang war das Zeichen, zum wartenden Wagen zu gehen. Sie betrachtete den Himmel, der oben lila und darunter gelb, orange, rosa und schließlich dunkelrot war. Das sind die Farben Burmas, dachte sie. Dann entdeckte sie Gloria umgeben von Libellen, die in der Dämmerung schillerten, und beobachtete ihren lässig wiegenden Gang, mit dem sie ihr entgegenkam. Über ihnen gingen die Sterne auf, doppelt so groß wie in England.

Sie glauben zu wissen, wem Sie trauen können? Sehen Sie genauer hin.

Am Abend traf Belle sich mit Edward, um zur Residenz des Gouverneurs zu fahren. Sie hoffte, das Kleid, das sie sich im Chinesenviertel hatte schneidern lassen, war für den Anlass chic genug. Edwards Abendanzug unterstrich seinen schlanken, athletischen Körperbau und brachte seine distinguierten grauen Schläfen zur Geltung. Eigentlich war sie nicht erpicht auf das Dinner und fürchtete, es würde steif werden. Als sie vor dem Gebäude ankamen, war sie unangenehm überrascht.

»Ist 1895 fertiggestellt worden«, erklärte Edward, der beim Aussteigen ihren Gesichtsausdruck bemerkte. »Hoyne-Fox, der Architekt, hat es als ›Queen-Anne-Stil‹ bezeichnet.«

Sie nickte und starrte auf die Kuppeltürme und die extravagante Fassade. »Gefällt Ihnen das?«, fragte sie vorsichtig.

Er brüllte vor Lachen. »Mir? Nein! In meinen Augen das scheußlichste Beispiel für überladenen Baustil.«

So wenig Lust sie auf den Abend hatte, sie freute sich über Edwards Ehrlichkeit und lachte mit ihm.

»Wollen wir hineingehen? Es gibt Getränke auf der Terrasse, soweit ich weiß, und ich habe einige Neuigkeiten für Sie.«

»Warum erzählen Sie sie nicht hier und jetzt?«

Er zögerte und neigte den Kopf zur Seite. »Es ist quasi eine lange Geschichte.«

»Das macht mir nichts aus.«

»Nun, die Sache ist die: Jemand, den ich kenne, hat in einer Polizeiakte eine falsch abgelegte Notiz gefunden.«

Er redete weiter, während sie ins Haus gingen, und erzählte, dass im Laufe der Ermittlung ein Burmese verdächtigt wurde, das Kind entführt zu haben, nach einer gewissen Zeit aber freigelassen wurde. Jedoch habe die Polizei später neue Beweise entdeckt und ihn doch noch anklagen wollen. Ehe sie ihn verhaften konnten, sei er aber bei einem Motorradunfall ums Leben gekommen.

»Das wurde offenbar nicht an die Presse weitergegeben, doch man muss wohl annehmen, dass die Polizei von seiner Schuld überzeugt war und er zumindest bei der Entführung mitgewirkt hat.«

»Was für Beweise sind das? Darf ich die Aktennotiz sehen?«

»Leider können wir das nicht gestatten. Polizeiakten sind nur für Interne bestimmt. Aber jetzt wissen Sie alles Nötige. Bald danach kehrten Ihre Eltern nach England zurück.«

»Und das ist alles?«

Er blickte sie prüfend an und nickte dann. »Ja. Das ist alles.«

Sie wollte sich zufriedengeben, doch irgendetwas machte sie stutzig. »Aber im Grunde nicht, oder? Ich weiß noch immer nicht, was sich wirklich abgespielt hat.«

»Wohl wahr. Beruhigt es Sie denn nicht, endlich zu wissen, dass Ihre Mutter ohne Anklage entlassen wurde?«

»Doch, natürlich.« Aber sie dachte an Elvira, sie konnte nicht anders.

Er trat einen Schritt näher und nahm ihre Hand. »Schauen Sie, ich frage mich, wie Sie hoffen können, nach so vielen Jahren noch herauszufinden, was mit Ihrer Schwester passiert ist, und das, nachdem die Polizei damals kein Glück gehabt hat. Bedeutet es Ihnen so viel?«

»Ja, nein, anfangs nicht, aber jetzt …« Ihre Stimme verebbte.

Sie sah ihm an, dass er sich ein Lächeln verkniff. »Schluss mit ›aber‹, junge Dame.«

Er sagte das gut gelaunt, und darauf entstand ein kurzes Schweigen.

»Danke dafür«, erwiderte sie schließlich.

Er grinste sie breit an, und sie erwärmte sich allmählich für ihn. »Und nun denke ich, es ist an der Zeit, den Abend zu genießen, meinen Sie nicht?«

Sie hatte nicht erwartet, sich bei solch einem förmlichen Dinner zu amüsieren, doch zu ihrer Überraschung genoss sie es, mit Edward zusammen zu sein. Er kannte nicht nur jeden, er war auch ein heiterer, intelligenter Mann, außerordentlich aufmerksam und ein exzellenter Gesellschafter. Aber sobald der Abend vorbei war, dachte sie nur daran, dass sie sich der Aufgabe stellen musste, an Simone zu schreiben. Es war schwierig, einen Brief an jemanden zu verfassen, den sie nicht kannte, und sie hatte schon drei erfolglose Versuche hinter sich. Jeder Briefbogen war zerknüllt im Papierkorb gelandet. Heute Abend wollte sie ihn ohne Umschweife beginnen und schlicht fragen, was Simone von ihrer Mutter und den Ereignissen des Jahres 1911 noch wusste.

20

Cheltenham 1922

Als Simone mein Zimmer betritt, kommen mir die Tränen. Obwohl ich mir fest vorgenommen hatte, nicht zu weinen, aber ich bin derart erleichtert, sie zu sehen, dass ich es nicht verhindern kann. Sie lässt ihre Tasche auf den Boden fallen und schließt mich in die Arme. Ich kann gar nicht ausdrücken, wie dankbar ich ihr dafür bin, dass sie sich noch immer um mich kümmert.

»Diana.« Sie löst sich behutsam, um mich genauer anzusehen. »Wie geht es dir?«

»Komm zum Fenster«, sage ich, denn sie soll verstehen, dass dieses kostbare Fenster zur Welt mein Rettungsanker ist und ich um keinen Preis darauf verzichten kann. »Diese Aussicht ist meine ganze Welt.«

Wir schauen gemeinsam in den Park. Es ist ein schöner Frühlingstag geworden mit einem weiten blauen Himmel und weißen Federwölkchen. So friedlich. So beruhigend. Wie das Meer an milden Sommertagen, wenn die Wellen so träge an den Strand rollen und jeden friedlich stimmen. Jeden Sommer erinnere ich mich an unsere Köchin, wie sie einen Korb mit Cremebällchen, Gurkensandwiches, Hühnchenpasteten und Marmeladenplätzchen packte, mit allem, was ich besonders gern aß, und wir dann damit bei Bantham an den Strand fuhren.

Ich drehe den Kopf zu Simone, die darauf wartet, dass ich etwas sage, und betrachte ihr schönes Profil mit der geraden Nase.

»Hast du mit Douglas gesprochen?«, frage ich und hoffe auf ein Nein.

»Habe ich.«

»Und er hat dir von diesem schrecklichen Grange erzählt?«

Sie nickt und legt einen Arm um mich. »Liebes, meinst du nicht, es könnte dir helfen, für eine Weile von hier wegzukommen? Stundenlang allein in deinem Zimmer zu sein kann dir doch nicht guttun.«

Ich sehe sie böse an, aggressiver als beabsichtigt. »Ich werde nicht gehen.«

»Es könnte dir helfen. Du würdest eine ausgezeichnete Behandlung bekommen. Du hättest Beschäftigung.«

»Handarbeiten«, schnaube ich und schüttele den Kopf. Ich erzähle ihr nicht, was ich über diese furchtbaren Einrichtungen gehört habe, wo Ehemänner ihre Frauen hinschicken, die sie einmal geliebt haben. »Man würde mich dort umkommen lassen.«

»Das kann nicht sein. Douglas würde das nicht zulassen.«

Ich versuche, es zurückzuhalten, aber ein Schmerz zerreißt mir die Brust. »Douglas will mich loswerden, und du weißt, wie er ist. Wenn er einmal einen Entschluss gefasst hat, bringt ihn nichts mehr davon ab.«

»Liebes, er will dich nicht loswerden. Er liebt dich.«

Ich horche auf ihren Tonfall, ob sie das ehrlich glaubt. Zum ersten Mal fällt mir das Grau in ihren blonden Haaren auf. »Es tut mir sehr leid wegen Roger«, sage ich mühsam. »Er war ein guter Ehemann.«

Sie nickt. »Er fehlt mir entsetzlich.«

Wir wechseln einen Blick, und ich stelle beruhigt fest, dass wir einander noch verstehen.

»Er hat dich geliebt«, sage ich.

»Ja.«

»Douglas hat mich früher auch geliebt. Nun will er mich wegsperren. Ich bin eine Last geworden. Sie wollen meiner Krankheit einen Namen geben, darum sagen sie, ich hätte eine depressive Psychose, weißt du, weil …« Ich stolpere über das Wort.

»Weil?«, hakt sie sanft nach.

»Weil ich Stimmen höre.« Ich starre sie an. Sie ist mir immer eine so gute Freundin gewesen, und deshalb strecke ich eine Hand nach ihr aus. »Sprich an meiner Stelle mit Douglas. Sag ihm, ich nehme das Veronal.«

Sie runzelte die Stirn. »Tust du das? Wirklich?«

Ich kann sie nicht anlügen und hole tief Luft, bevor ich es gestehe. »Mir geht es furchtbar nach der Einnahme der Tabletten, aber ich werde sie nehmen, versprochen.«

»Er macht sich Sorgen, du könntest allein draußen umherirren oder nachts durchs Haus geistern, wenn alle schlafen.«

In mir steigt Zorn hoch, und mein Herz klopft schneller. »Ich bin kein Kind.«

»Er fürchtet, du stürzt die Treppe hinunter. Im Grange wäre wenigstens jemand, der Dienst hat.«

Ein Weilchen schweigt sie, und ich frage mich, was ihr durch den Kopf geht. Schließlich will sie wissen, ob es mir ständig schlecht geht, und ich antworte, es sei ein Auf und Ab. Sie lächelt und schaut hoffnungsvoll.

Wieder bleibt sie still, während ich überlege, ob ich mich ihr anvertrauen soll.

»Er hatte eine Affäre«, sage ich dann und sehe in ihre schönen hellbraunen Augen, die so freundlich sind, so loyal, und frage mich, ob sie es längst weiß. Aber sie schlägt sich erschrocken die Hand vor den Mund und wirkt ehrlich bestürzt.

»Als ich mit Elvira schwanger war.«

»Das hast du mir nie erzählt.«

Ich denke an den Tag zurück, als ich es ihm auf den Kopf zusagte. Er kam nach Hause und roch nach dem Parfüm einer anderen Frau, außerdem sah ich eine schreckliche Scham in seinem Blick. Bis dahin hatte ich geglaubt, er könne nichts Falsches tun. Wenigstens besaß er den Anstand, verlegen zu werden. Aber in einer Hinsicht wünschte ich, ich hätte es nicht erfahren, denn nachdem er sich in meinen Augen derart herabgewürdigt hatte, konnte ich nicht mehr dasselbe für ihn empfinden wie vorher. Von da an blieb das Gefühl, dass etwas zerbrochen war. Ich weiß nicht, ob er das auch so empfand. Ich vermute es. Er wollte mir aber nicht sagen, wer die Frau war, nicht mal, als ich ihn anschrie.

»Es war die Scham«, erkläre ich.

»Seine Scham?«

»Seine und meine. Ich war eine Frau, die ihren Mann nicht halten kann.«

»Hat er es dir gestanden? Wie bist du dahintergekommen?«

Ich zucke mit den Schultern. Ich hatte damals alle Frauen Ranguns in Verdacht, sogar die furchtbare Gouverneursgattin, die so selbstgerecht war, das übelste Beispiel einer Engländerin.

»Das ist jetzt Schnee von gestern«, sage ich. »Viele Männer hatten Affären, nicht wahr?«

Simone seufzt.

»Er pflegte mir jeden Morgen eine Nachricht zu schreiben, weißt du? Die fand ich in einem Umschlag auf dem Tablett, auf dem mir der Butler Tee und Toast brachte.«

Zu Anfang war das Leben wahrhaft schön gewesen. Nichts konnte uns etwas anhaben, wir lebten wie in einem Kokon. Douglas war mein Fels, meine Liebe, mein Ein und Alles. Aber mit der Zeit fühlte ich mich schrecklich eingeengt, mir war, als bekäme ich keine Luft mehr.

»Ach, diese Anfangszeit«, flüstere ich.

»Du vermisst sie und zugleich nicht.«

»So ist es. Ganz genau.«

Eine Weile sagen wir beide nichts.

»Liebes, du bist nicht mal angezogen«, bemerkt Simone schließlich und reißt mich aus meinen Gedanken. »Soll ich dir die Haare waschen und legen und dann etwas Hübsches zum Anziehen heraussuchen? Wir könnten in das Café am Park zum Nachmittagstee gehen.«

Ich lächle sie an, und obwohl ich Angst habe, sage ich, ich könne mir nichts Schöneres vorstellen. Aber aus dem Haus gehen? Ich atme ein. Ich atme aus. Atme ein. Atme aus. Und dann, im nächsten Moment, habe ich ganz unerwartet das Gefühl, ich könnte es schaffen.

»Wie lange warst du nicht mehr draußen?«

»Wochen. Vielleicht Monate.«

»Zu lange, Liebes. Du könntest wirklich jemanden gebrauchen, der auf dich achtgibt.«

»Kannst du das vielleicht übernehmen?«, sage ich lachend, als meinte ich es nicht ernst.

Sie sieht mich vorsichtig an, überlegt, was sie mir antworten soll. »Diana, ich glaube ehrlich, dass du dich davon erholen kannst. Wir unterschätzen, wozu das Gemüt imstande ist.«

»Meinst du?«

»Ich weiß es. Du wirst sehen.«

Ich lächle sie an und spüre einen Funken Hoffnung in mir.

»Siehst du. Du fühlst dich schon besser. Ich verspreche dir, wir finden einen Weg. Du brauchst nur eine sichere Umgebung.«

Durch Simones heitere Art ist mir leichter ums Herz, und erfüllt von dem plötzlichen Wunsch nach etwas Neuem, sehe ich auf die Schatten der Bäume. Eine sichere Umgebung. Gibt es so etwas?

21

Nachdem Belle den Brief an Simone aufgegeben und einem Heer von Rikschas, Autos, Ochsenkarren und Fahrrädern die Stirn geboten hatte, wobei sie fast von einem Wagen der elektrischen Straßenbahn erfasst worden wäre, gelangte sie zum sogenannten »Sekretariat«, dem Verwaltungssitz der Kolonialregierung, einem weitläufigen viktorianischen Gebäudekarree aus rotem Backstein, das sich, umgeben von Parks, an der Judah Ezekiel Street befand. Drinnen stand Belle vor einem Labyrinth von Fluren und Gängen. Jedes Amt war ausgeschildert, von der Finanz- über die Justiz- bis zur Gesundheitsbehörde.

Ein Heer von Sachbearbeitern, Sekretären, Archivaren und dergleichen eilte durch das Haus, und mancher gab ihr im Vorbeigehen verwirrende Hinweise, sodass Belle eine Ewigkeit brauchte, um das Standesamt zu finden. Sie fürchtete, zu spät zu ihrem Treffen mit Oliver zu kommen. Er war am gestrigen Abend unerwartet erschienen, um sie singen zu hören, und obwohl ihr die Warnung des anonymen Briefes durch den Kopf ging, weil sie sich durchaus auf Oliver beziehen konnte, hatte Belle sich mit ihm für den nächsten Tag verabredet, um wieder ins Golden Valley zu fahren, diesmal mit dem Hausschlüssel.

Als sie ins Standesamt kam, blickte ein gelangweilt wirkender, schlecht gekleideter Mann vom Schreibtisch auf und bedeutete ihr, sich zu setzen. Seltsam, der zerknitterte Anzug, dachte sie, denn seine Fingernägel waren sorgfältig maniküret, also war ihm seine äußere Erscheinung nicht gleichgültig. Während sie ihr Anliegen vorbrachte, sah er sie nicht an, sondern sein Blick ruhte auf einem Punkt oberhalb ihres rechten Ohrs.

121

»Sie benötigen die Sterbeurkunde Ihres Vaters und sein Testament.« Er redete sehr leise, in der Art von Leuten, die andere zwingen wollen, sich vorzulehnen, damit alle Anstrengung vom anderen erbracht wird.

Sie nahm die Dokumente aus ihrer Handtasche und gab sie ihm. Er las sie und nickte.

»Wie ich sehe, sind Sie die einzige Begünstigte für sein gesamtes Vermögen«, sagte er gelangweilt mit dünner Stimme.

Sie nickte nur. Erneut mit dem Tod ihres Vaters konfrontiert, blieb ihr das Wort im Hals stecken.

»Ich brauche Ihre Geburtsurkunde und den Pass, damit ich sehe, ob Sie die sind, für die Sie sich ausgeben.«

Belle riss sich zusammen. »Die habe ich bei mir.«

»Und etwas, das beweist, dass Ihr Vater derselbe Douglas Hatton ist wie der in den Urkunden genannte.«

»Womit kann ich das?«

Er bedachte sie mit einem gequälten Blick, als wäre die Arbeit im Standesamt unerträglich. »Nun, als Erstes müssen wir eine amtliche Suche nach den Grundbucheinträgen und den entsprechenden Urkunden durchführen. Dort könnte eine Verkaufsurkunde angeheftet sein, auf der seine vorherige Adresse in England vermerkt ist.«

»Können wir sofort danach suchen?«

»Sie haben eine Gebühr zu entrichten. Und wenn alles in Ordnung ist, müssen Sie Ihren hiesigen Wohnsitz nachweisen.«

»Ich habe einen Arbeitsvertrag.«

Er nickte, und als er sich wieder über das Testament beugte, sah sie eine kahle Stelle an seinem Kopf, die nur ungenügend von darübergekämmten Haaren verdeckt wurde. »Der sollte genügen.« Er blickte auf.

»Was ist mit den Hausschlüsseln?«

»Liegen beim Anwalt, denke ich. Wir müssen eine beglaubigte Abschrift des Testaments einbehalten. Sobald wir die Verkaufsurkunde gefunden haben, kennen wir den Namen des

Anwalts. Wenn der Anwalt zugleich Notar ist, hat er die Befugnis, es zu vollstrecken.«

»Und die beglaubigte Abschrift bekomme ich wo?«

»Die kann der Schreiber des Anwalts anfertigen.«

»Meine Güte, ein ziemlicher Aufwand. Ich hatte gehofft, die Schlüssel heute mitnehmen zu können.«

Er lächelte sie herablassend an. »Kommen Sie in ein paar Tagen wieder, und wir sehen uns die Unterlagen an.«

Zurück im Hotel, wartete sie unter dem Vordach. Sie war viel zu spät gekommen, hoffte aber, Oliver trotzdem noch zu treffen. Der indische Portier sah sie immerzu auf und ab gehen und bot seine Hilfe an. Als sie fragte, ob er einen großen Mann mit auffallend blauen Augen und hellbraunen Haaren gesehen habe, strahlte er sie an.

»Mr Donohue?«

Sie lächelte erfreut. »Sie kennen ihn?«

»Allerdings. Ein guter Mann. Hat den Raubüberfall auf das Geschäft meiner Frau aufgeklärt, nachdem die Polizei nichts unternommen hat. Er hat vielen von uns zu Gerechtigkeit verholfen. Wie gesagt, ein guter Mann.«

Aber während der letzten zwei Stunden habe er Mr Donohue nicht vor dem Hotel gesehen.

Als drei der Tänzerinnen kichernd und lachend herauskamen, grüßten sie Belle freundlich winkend. Rebecca hatte Wort gehalten, und das Verhältnis zwischen Belle und der Tanztruppe hatte sich sehr entspannt. Sie rollte die Schultern und wartete noch ein wenig. Als sie sich enttäuscht umdrehte, um in ihr Zimmer hochzugehen, hörte sie Oliver rufen. Sie fuhr herum, und freudig erregt sah sie ihn mit großen Schritten näher kommen, seine Haut noch dunkler als vorher.

»Hallo«, grüßte er. Seine Augen strahlten, und sie hoffte, er freute sich ebenso sehr über das Wiedersehen wie sie. »Mein Redakteur bestand in letzter Minute auf Änderungen. Ich dachte nicht, dass ich Sie noch antreffe.«

Ihre Erleichterung darüber war unerwartet groß, und sie lächelte ihn breit an. »Wollen wir die Straßenbahn nehmen?«

»Klar, machen wir uns auf die Socken.«

Während sie dicht nebeneinander in der Bahn saßen, spürte Belle intensiv seine Nähe und fand es schwer, irgendetwas zu sagen. Fühlte er es auch? Oder empfand nur sie so? So oder so, seine Gegenwart wirkte auf sie belebend, Belle fühlte sich aber auch ein wenig schüchtern. Sie setzte sich etwas anders hin, um das Kribbeln loszuwerden, das ihren Körper erfasst hatte, und nach ein, zwei Augenblicken war sie so weit zu erklären, dass sie die Schlüssel nicht bekommen hatte. Aber sie würden auf demselben Weg wie zuvor ins Haus gelangen, und wenn sie schon einmal dort waren, könnten sie auch gleich die Nachbarn ansprechen. Auch wenn Edward angedeutet hatte, es sei Zeitverschwendung, wollte sie der Sache auf den Grund gehen. Das wurde ihr immer wichtiger. Und man konnte nie wissen, vielleicht erinnerte sich jemand an etwas.

Sosehr sie sich freute, das Haus ein zweites Mal zu besichtigen, dachte sie unweigerlich an ihre Mutter. Aber nicht an die, die in dem Dachzimmer gewohnt und sie einmal mitten in der Nacht geweckt und darauf bestanden hatte, die Gummistiefel anzuziehen und im Garten Blumen zu schneiden. Vielmehr trat ihr die märchenhafte Version ihrer Mutter vor Augen, die ihre Fantasie besetzte. Sie lächelte darüber, und Oliver sah es.

»Was ist?«

»Ach, nur alberne Erinnerungen. Mehr nicht.«

»Ihre Erinnerungen sind ganz sicher nicht albern.«

Das würden Sie nicht sagen, wenn Sie meine Gedanken kennen würden, dachte sie, denn die Mutter ihrer Fantasie half ihr beim Rechnen, und sie neckten einander und lachten über die dummen Fehler, die sie beide machten. Diese Mutter bereitete köstliche Picknickmahlzeiten zu, die sie sich teilten, während sie auf einer karierten Decke am See saßen, und dann fütterten sie die Enten und Gänse mit den Brotkrusten.

»Sie haben auf dem Land gelebt?«, fragte Oliver.

Belle schüttelte den Kopf. »In der Stadt. In Cheltenham.«
»Ich bin auch in der Stadt groß geworden.«

Sie lachte. »Ich glaube nicht, dass man Cheltenham mit New York vergleichen kann. Aber wir haben Ausflüge aufs Land unternommen und manchmal auch ans Meer.«

Nur ein einziges Mal war sie im Sommer tatsächlich am Meer gewesen, nämlich als sie ihren Großvater in Devonshire besucht hatten. Ihre Mutter fand jedoch den Strand zu schmutzig, den Sand kratzig und zu unangenehm, das Meer zu wild. Und sie bekam davon Kopfschmerzen, sodass sie früh nach Hause fuhren. Dieses Zuhause war eine Woche lang das hübsche Häuschen ihres Großvaters in Bantham, obwohl er ein stiller, einsamer Mensch war, der keine Spiele spielen wollte und die meiste Zeit des Tages in seinem Arbeitszimmer verbrachte. Nur einmal noch war sie dorthin gefahren, und das war zu Weihnachten gewesen.

Olivers Stimme drang erneut in ihre Gedanken ein.

»Wir sind da«, sagte er. »Sie sind ständig in Gedanken versunken.«

Nachdem sie das Haus betreten hatten, war Belle mit einem Mal überwältigt. Alles war genauso, wie sie es beim ersten Mal vorgefunden hatten, und doch kam es ihr ganz anders vor.

»Ist wirklich alles in Ordnung mit Ihnen?«, fragte er angesichts ihrer Stimmung.

»Natürlich. Ich bin bloß aufgeregt.«

Aber es war nicht nur das. Sie hatte auch den Kopf voller Fragen. Warum hatten die beiden ihr so vieles verschwiegen? Wie war es möglich, dass sie nie von der Schwester erfahren hatte? Und nun wurde ihr auch die Krankheit ihrer Mutter begreiflich. Hatte sie Diana Hatton ihr Leben lang ungerecht beurteilt?

»Sie haben mir nicht erzählt, was aus Ihrer Mutter geworden ist«, bemerkte Oliver mit einem aufmerksamen Ausdruck in den Augen.

Hatte er erraten, was sie dachte? Er war sicherlich scharfsinnig genug dafür.

»Ich weiß nur, dass Ihr Vater gestorben ist.«

Belle zögerte. Normalerweise sprach sie mit niemandem darüber.

»Verzeihung. Sie müssen nicht.« Er legte eine Hand an ihren Arm.

»Schon gut«, erwiderte sie, aber in ihrer aufgewühlten Verfassung wartete sie noch ein wenig ab, um ruhiger zu werden. Es blieb jedoch dabei, und sie fühlte sich gereizt, während sie sich umsah. In dem Raum roch es nach abgestandener Luft, und es kam ihr vor, als wollte ihre Lunge sie nicht richtig atmen lassen. Einen Moment lang fühlte sie sich wie als Kind, wenn die Situation für sie nicht mehr zu ertragen war. »Sie ist weggegangen«, sagte sie ziemlich scharf.

»Wohin?«, fragte er, unbeeindruckt von ihrem Ton.

»Das weiß niemand.«

»Das muss für Sie hart gewesen sein.«

Sie sah ihm direkt in die Augen. »Nein. Es war eine Erleichterung. Nun ja, zum größten Teil. Ist das schlimm?«

Er hielt ihrem Blick stand und schüttelte den Kopf.

»Und dann ist sie gestorben. Irgendwann. Mein Vater hat es mir gesagt.«

Sie wünschte, sie könnte die Erinnerung an den regnerischen Tag abschütteln, an dem ihr Vater ihr die Nachricht überbracht hatte. Wohl wahr, in einer Hinsicht war es erleichternd gewesen, und sie hatte ihm gegenüber nie auch nur angedeutet, wie oft sie noch davon träumte, ihre Mutter stünde mit einer erstaunlichen Sehnsucht in den Augen am Fuß ihres Bettes. Ebenso wenig hatte sie je zugegeben, dass sie jeden Tag mit tränennassen Wangen aufgewacht war. Das hätte ihren Vater aufgeregt, und darum verschwieg sie es ihm.

Sie drückte die Fingernägel in die Handflächen. »Wäre es Ihnen recht, das Thema zu wechseln?«

»Natürlich. Wollen wir nach draußen gehen?«

Er machte den Eindruck, als hätte er sie trösten, vielleicht sogar in den Arm nehmen wollen, doch sie wollte sein Mitgefühl nicht. Mit ihren widersprüchlichen Gefühlen für ihre Mutter hatte sie sich nie abfinden können, und sie bezweifelte, dass ihr das je gelingen würde.

Am vergangenen Abend, als sie den Brief an Simone geschrieben hatte, hatte sie plötzlich großes Heimweh bekommen, und das wirkte noch ein wenig in ihr nach. Dabei gab es für sie gar kein Zuhause mehr, keine Familie, zu der sie gehörte. Sie war auf sich allein gestellt.

Auf dem Weg durch das Gewirr tropischer Pflanzen fragte Oliver, was sie mit dem Haus vorhabe, sobald es ihr offiziell gehörte. Tatsächlich hatte sie sich das noch nicht überlegt. Es zum Freundschaftspreis an Edward verkaufen? Er hatte Interesse bekundet, und sie reizte es wenig, es selbst renovieren zu lassen. Und wie lange würde sie, von allem anderen einmal abgesehen, überhaupt in Burma bleiben? Eigentlich hatte sie durch die Welt reisen und singen wollen. Andererseits war das Haus bezaubernd schön – oder könnte es wieder werden.

Sie dachte an ihren Brief an Simone. Der Angestellte in der Post hatte auf ihre Frage hin gesagt, er werde nur etwa neun Tage unterwegs sein, weil sie Luftpostpapier verwendet habe. Per Schiff oder Eisenbahn würde er mindestens fünfzehn Tage, wenn nicht einen Monat brauchen. Also konnte sie vor Ablauf von zwanzig Tagen nicht mit einer Antwort rechnen, und das auch nur, wenn Simone sogleich zurückschrieb.

Nachdem sie ein Stück durch den Garten gegangen waren, schaute sie zu den grünen Vögeln, die auf dem Telegrafendraht entlang der Straße saßen. Gelbe Köpfe und lange Schwänze hatten sie und sahen sehr niedlich aus. Obwohl sie eben noch so aufgewühlt gewesen war, fühlte sie sich jetzt heiter und entspannt. Das lag an dem Garten … an dem Garten und dem schönen alten Haus. Aber dann fiel ihr etwas ein, das ihre Stimmung augenblicklich kippen ließ.

»Mein Vater muss tatsächlich einen einflussreichen Mann verärgert haben«, sagte sie, sowie ihr die Erinnerung kam. »Wie Sie schon vermuteten. Ein alter Herr im Pegu Club hat das angedeutet.«

»Sie sind dort gewesen?«

Sie nickte. »Mit Edward de Clemente.«

Er kniff ein wenig die Augen zusammen, fragte aber nur, ob sie wisse, womit ihr Vater den Ärger auf sich gezogen haben könnte und um wen es sich handelte.

Als sie verneinte, schien er zu überlegen, was er sagen sollte, und sie hatte den Eindruck, dass er etwas vor ihr zurückhielt.

Bevor sie durch den Zaun stiegen, drehte sie sich um und schaute noch einmal zum Haus. »Ich komme wieder, du alte Schönheit«, flüsterte sie, »und dann überlegen wir uns, was wir mit dir anstellen.«

»Ich glaube, Sie haben sich verliebt«, bemerkte er.

Belle spürte, dass sie heftig errötete.

Sie kamen am Tor eines Nachbarhauses vorbei, vor dem ein Inder mittleren Alters stand. Ein Gärtner, dachte sie, nach seiner Kleidung zu urteilen.

Oliver und sie wechselten einen Blick, dann trat sie auf den Mann zu.

»Guten Morgen«, grüßte sie, und er nickte. »Versteht er mich?«, wandte sie sich an Oliver, aber der schaute nur amüsiert.

»Ja, Madam, ich spreche seit vielen Jahren Englisch.«

Sie wurde erneut rot. »Natürlich. Bitte verzeihen Sie. Dürfte ich fragen, wie lange Sie schon hier arbeiten?«

Er lächelte stolz. »Mein Leben lang, Madam.«

»Also haben Sie wann angefangen?«

»Mit fünfzehn Jahren. Das muss 1895 gewesen sein.«

»Ist eine ganze Weile her.«

»In der Tat.«

»Erinnern Sie sich vielleicht an die Zeit, als aus dem Nachbargarten der Säugling verschwunden ist?«

Er runzelte die Stirn und wurde ernst. »Eine schreckliche Zeit war das. Die Polizei war überall.«

»Was glaubten die Nachbarn, was sich da zugetragen hat?«

»Von den Briten nahmen viele an, die Dame des Hauses sei es selbst gewesen.«

»Und Sie? Was dachten Sie?«

Er schüttelte den Kopf. »Ich habe sie gekannt, die arme Dame. Sie ist zu mir immer höflich gewesen, hat sich nach meiner Familie erkundigt und dergleichen. Nein, ich habe ihr das keinen Augenblick zugetraut.«

»Was vermuten Sie stattdessen?«

»Ich weiß es nicht, doch die hiesigen Burmesen behaupten, das Kind sei von Geistern entführt worden, und die zornigen Verwandten eines Mannes, den ihr Gatte verurteilt hatte, hätten diese Geister beschworen.«

Oliver sah Belle an und nickte. »Die Burmesen sind extrem abergläubisch.«

»In welcher Weise?«

»Sie glauben an Nats, an Geister, wenn man so will. Sie stellen vor ihren Häusern magische Dinge auf, damit die bösen Geister nicht eindringen können.«

»Wie muss ich mir diese Nats vorstellen?«

»Das kann ein Geist sein, der in einem Baum lebt, aber auch eine hinduistische Gottheit. Wir könnten wahrscheinlich herausfinden, ob Ihr Vater mit einem Nat bedroht wurde.«

»Ach, nein, Oliver. Welchen Zweck hätte das denn?« Sie wandte sich dem Gärtner zu. »Vielen Dank, dass Sie mit mir gesprochen haben.«

Er verneigte sich, dann öffnete er das Tor und ging hinein.

»So«, sagte sie. »Was nun?«

Oliver zögerte einen Moment lang. »Wollen wir bei mir einen Kaffee trinken? Ich habe etwas, das ich Ihnen zeigen möchte.«

Und ich Ihnen, dachte sie. Gespannt stimmte sie zu.

Seine Wohnung befand sich in einem zweckmäßig gebauten viktorianischen Häuserblock. Das Wohnzimmer war in einem weichen Weiß gestrichen und eingerichtet mit Korbmöbeln, smaragdgrünen Seidenkissen und schönen blau-grünen Perserteppichen. Überraschend behaglich, als hätte da die Hand einer Frau gewirkt. In den Ecken standen hohe asiatisch aussehende Lampen und warfen ein weiches Licht auf das Parkett. Weiße Vorhänge rahmten die schöne Aussicht auf hohe Bäume und die Straße ein. Vor dem Sofa stand ein Tisch und an der Wand ein kleiner Schreibtisch. Eine andere Seitenwand säumten deckenhohe Teakregale, die von Büchern überquollen. Belle freute sich, in seiner Wohnung zu sein, und fühlte sich wohl. Lächelnd ging sie an den Regalen entlang und strich mit dem Finger über die Buchrücken.

»Sie haben einen vielseitigen Geschmack.«

»In meinem Geschäft braucht man den.«

»Geschäft? Journalismus ist für Sie ein Geschäft?«

Er grinste. »Sie sind sehr streng mit mir.«

Sie lachte. »Bin ich das?«

Oliver ging in einen anderen Raum, und sie hörte Geschirr klirren, während er den Kaffee zubereitete. Nach ein paar Minuten kam er mit einem Tablett und zierlichen weißen Tassen zurück. Der Kaffee war bereits eingeschenkt. Dazu brachte er eine Auswahl ungewöhnlicher Kekse und Küchlein mit.

Er sah ihren Blick. »Das sind indische. Probieren Sie einen Keks.«

Sie wählte einen aus und biss in die duftende Süße.

»Was ist es, das Sie mir zeigen wollen?«

22

Cheltenham 1922

Douglas kommt selten in mein Zimmer, aber gerade hat er es getan, und ich kann mir nicht vorstellen, was er will. Nein, das ist überhaupt nicht wahr. Er wird mit mir über das Grange sprechen wollen. Schon wieder. Ich beschließe, so ruhig wie möglich zu bleiben, damit ich ihm keinen Vorwand biete, mich wegzuschicken. Aber vor lauter Aufregung kann ich nicht aufhören, auf und ab zu gehen.

»Ich habe mit Simone gesprochen«, sagt er, und mir fällt auf, wie gebeugt er inzwischen ist. Er ist immer schon ein klein wenig krumm gegangen, weil er so groß ist, doch jetzt ist es ausgeprägt.

»So?«

»Offenbar denkt sie, dass es dir nicht guttut, hier im Haus zu sein.«

Ich halte inne, denn mir wird plötzlich eng in der Brust. »Ich werde nicht ins Grange gehen.«

Er zieht die Brauen zusammen. »Sieh mich nicht so böse an, Diana. Ich verstehe, dass du nicht dorthin möchtest, meine Liebe, aber ich fürchte, Simone hat recht. Dein Leben in diesem Haus hilft dir nicht.«

Ein Hauch Kumin und Orange von seinem Rasierwasser weht mich an, als ich vorbeigehe, und ich starre in seine schönen tiefgründigen Augen hinter der Brille und in das einst geliebte Gesicht, doch ich sage nichts. Warum sollte ich es ihm leicht machen?

»Annabelle tut es auch nicht gut.« Kurz schweigt er. »Ich weiß, du leidest, aber das tut sie auch. Ich möchte nicht grausam sein, doch ist dir bewusst, dass sie Angst vor dir hat? Sie besteht darauf, ihre Tür nachts abzuschließen, und manchmal kann sie erst schlafen, wenn sie zu mir ins Bett gekommen ist.«

»Warum?«, frage ich bestürzt.

»Nun, meine Liebe, du musst verstehen, dass es sie erschreckt, wenn du sie mitten in der Nacht aufweckst, um mit ihr etwas Verrücktes zu unternehmen.«

»Ich dachte bloß, es wäre schön, Blumen zu pflücken.«

»Das war nicht das erste Mal, Liebes, und jetzt ist sie ein kleines Mädchen, das Angst hat, schlafen zu gehen. Unser geliebtes Kind ist schrecklich nervös, und das geht nicht. Das musst du einsehen.«

Meine Augen werden heiß von Tränen, denn ich weiß, dass es wahr ist. Ich habe ihren hilflosen, entsetzten Blick gesehen, und das hat mich erschreckt.

»Es kann nicht immer so weitergehen. Wenn unsere Tochter dich tagsüber im Haus hört, versteckt sie sich und kommt nicht wieder hervor.«

Ich schlage mir die Hände vors Gesicht, will ihn nicht sehen, während er das sagt.

»Erst letzte Woche hat Mrs Wilkes sie in der Besenkammer gefunden. Der Riegel war inzwischen vorgeschoben, und sie saß darin fest und weinte sich die Augen aus. Ich habe meine Arbeit zu erledigen und kann nicht hier sein, um auf Annabelle aufzupassen. Mrs Wilkes kann nur einmal pro Woche über Nacht bleiben. Das Fazit ist, dass Simone eine andere Möglichkeit für dich vorgeschlagen hat.«

Ich hole scharf Luft. Bitte. Bitte. Simone darf mich nicht im Stich lassen. Bitte mach, dass er mich nicht ins Grange schickt!

Er zieht die Brauen zusammen und gibt sich keine Mühe, seine Verzweiflung zu verbergen. »Bitte, setz dich doch hin, Diana. Man kann sich nicht konzentrieren, wenn du ständig auf und ab läufst.«

Entschlossen, den richtigen Eindruck zu machen, komme ich seiner Bitte nach und setze mich in den Sessel gegenüber.

Er seufzt schwer. »Simone hat freundlicherweise angeboten, sich um dich zu kümmern.«

»Hier?«

Douglas schüttelt den Kopf. »In ihrem Dorf.«

Meine Stimmung hebt sich, und ich lächle ihn an. »Ich soll bei ihr wohnen, meinst du? Wie wunderbar!«

»Nein.«

»Sondern?«

»Lass es mich erklären. Wie du weißt, war Simone Krankenschwester, bevor sie geheiratet hat.«

Ich nicke ungeduldig. Natürlich weiß ich das. Er soll endlich zum Wesentlichen kommen.

»Sie möchte, dass ich ein kleines Haus in ihrer Nähe kaufe ...«

»Nein!« Ich falle ihm sofort ins Wort. »Das kann ich nicht.«

»Simone ist überzeugt, dass du es mit ihrer Hilfe kannst. Sie wird jeden Tag bei dir sein, bis du selbst meinst, dass du allein zurechtkommst.«

»Und was, wenn ich es nicht schaffe, du weißt schon ... aus dem Haus gehen?«

Er sieht mich ruhig an. »Sie wird sich um alles kümmern. Auf diese Weise bist du von allem hier entlastet.«

Ich brumme unwirsch und kann ihm nicht in die Augen sehen. »Du meinst, *du* bist *von mir* entlastet.«

»Nein. Ich meine, die Bürde der Sorge um Annabelle kannst du dann ablegen. Du wirst alle Zeit und Hilfe haben, die du brauchst, um zu genesen. Und für Annabelle ist es auch besser. Du siehst doch ein, dass ich sie an die erste Stelle setzen muss?«

Ich nicke und starre eine Minute lang auf den Boden, dann blicke ich ihn an. »Darf ich mir das durch den Kopf gehen lassen?«

»Natürlich. Aber wenn du einwilligst, wird es gewisse Bedingungen geben.«

»Und die wären?«

»Denk zuerst darüber nach, und dann reden wir weiter. Doch lass dir nicht zu lange Zeit. Ein hübsches Häuschen ist kürzlich auf den Markt gekommen, und wir werden schnell zugreifen müssen, bevor ein anderer es tut. Simone hat es sich schon angesehen und ist überzeugt, dass es dir sehr gefallen wird.«

Ich suche in seinem Blick nach Anzeichen für Unehrlichkeit. Diesem Mann habe ich einmal zutiefst vertraut. Jetzt spüre ich lauter Vorbehalte. Was ist es, das er mir nicht sagt?

»Und du wirst mich besuchen?«

Er schüttelt den Kopf. »Nein. Das ist eine der Bedingungen.«

»Wie viele gibt es?«

»Wie gesagt, denk erst einmal darüber nach.«

23

Oliver stand auf und ging zu dem Schreibtisch, auf dem allerhand Zeitungen und die üblichen Schreibutensilien lagen, und Belle schaute ihm lächelnd nach.

»Mir gefällt Ihre Wohnung sehr«, bemerkte sie. »Wohnen Sie schon lange hier?«

»Ein paar Jahre.«

»Ich finde sie sehr behaglich.«

Er grinste sie an. »Das freut mich, Ma'am.« Er zog eine Schreibtischschublade auf und nahm einen braunen Aktendeckel heraus.

»Aha«, sagte sie. »Was ist das?«

Oliver holte tief Luft und atmete langsam aus. »Wir vermuten beide, dass Ihre Eltern jemanden verärgert haben müssen, dass etwas vorgefallen sein muss.«

»Ja.«

»Nun, ich habe eine Stunde im Zeitungsarchiv gewühlt und etwas gefunden, das es bestätigt.«

»Das haben Sie für mich getan?«

Ehe er antwortete, sah er ihr in die Augen. Unwillkürlich dachte sie, wie sehr ihr sein schiefes Lächeln und seine lässige Art gefielen. Und dass er ihr immer das Gefühl gab ... was? Was war es eigentlich? Das Gefühl, am richtigen Platz zu sein, vielleicht?

»Normalerweise werden Verfehlungen von Briten vertuscht, heute und damals erst recht. Wenn also Ihre Mutter öffentlich beschuldigt wurde, dann muss etwas Ernstes vorgefallen sein.«

»Meine Mutter hat sich etwas zuschulden kommen lassen?«

»Teilweise. Doch es begann mit einer unpopulären Entscheidung Ihres Vaters.«

»Du meine Güte! Was für eine?«

»So lief es normalerweise wirklich nicht.«

Sie seufzte. »Um Himmels willen, spucken Sie's aus.«

»Ihr Vater hat einen britischen Offizier wegen der Vergewaltigung einer Inderin ins Gefängnis gebracht. Die britische Gemeinschaft war darüber derart in Rage, dass das Urteil gekippt wurde. Und danach war der Ruf Ihres Vaters ernsthaft beschädigt.«

Belle sah das ernste Gesicht und die freundlichen Augen ihres Vaters vor sich, und es tat ihr in der Seele weh, dass er so ungerecht behandelt worden war.

»Und Sie meinen, deshalb wurde meine Mutter öffentlich beschuldigt?«

»Möglicherweise. Aber da ist noch mehr. Während einer feierlichen Abendgesellschaft im Haus des Gouverneurs hat Ihre Mutter seiner Frau ein Glas Champagner ins Gesicht geschüttet. Keine Ahnung, warum, doch man rief einen Arzt, und sie wurde ruhiggestellt. Sehen Sie, hier sind die Zeitungsmeldungen.«

Belle blätterte durch mehrere Zeitungsausschnitte, aber während sie die Neuigkeit verdaute, beunruhigte sie schon etwas anderes. Was es war, konnte sie nicht genau fassen, doch ihr war unbehaglich. Sie stand auf und lehnte sich mit dem Rücken an eine kühle Wand, um nachzudenken.

»Was haben Sie?«, fragte er.

Allmählich wurde es ihr klar: Sie zweifelte an Edwards Geschichte mit dem Verdächtigen, der bei einem Motorradunfall umgekommen sein sollte. Jetzt erschien sie ihr allzu zweckdienlich, als ein Mittel, die Sache rasch abzuhandeln, damit sie wieder unter dem Teppich verschwinden und vergessen werden konnte.

Und sie interpretierte die Dinge auch nicht wie Oliver, sondern stellte eine andere Überlegung an: Wenn ihre Mutter zu solch einem extremen Verhalten fähig gewesen war, wie einer bedeutenden Person des öffentlichen Lebens Champagner ins Gesicht zu schütten, und zwar noch vor der Geburt ihrer ersten Tochter, dann zeigte das vielleicht, dass sie verrückt genug war, um ihrem eigenen Kind etwas anzutun. Das war praktisch, als schüttete man dem König Champagner ins Gesicht … das würde auch niemand wagen, der bei Verstand war.

Belle ging ans Fenster, um sich an dem schönen Blick zu erfreuen und über Edward nachzudenken. Hatte er das aus Freundlichkeit getan? Hatte er sie von der Wahrheit verschonen wollen, dass ihre Mutter doch schuldig war? Er hatte sie die Aktennotiz nicht lesen lassen wollen und dafür eine fadenscheinige Begründung vorgebracht. Oder hatte es jenen Verdächtigen doch gegeben? Denn wenn ihre Mutter wirklich schuldig gewesen war, hätte man sie doch nicht gehen lassen, oder? Das war alles sehr verwirrend, und ihre Gedanken kreisten um die verschiedenen Schlussfolgerungen, bis sie nicht mehr logisch denken konnte. Dann fiel ihr der anonyme Brief ein. Sie öffnete ihre Handtasche, fischte ihn heraus und gab ihn Oliver.

»Ich wollte Ihnen auch etwas zeigen. Es ist nur ein dummer Brief«, meinte sie wegwerfend, um zu überspielen, wie sehr er ihr tatsächlich zusetzte.

Er las ihn laut vor. »*Sie glauben zu wissen, wem Sie trauen können? Sehen Sie genauer hin.*« Betroffen blickte er auf. »Wann haben Sie den bekommen?«

»Vor einer Weile. Er wurde unter meiner Tür durchgeschoben.«

»Irgendeine Idee, von wem er stammt?«

Sie schüttelte den Kopf.

»Aber seitdem haben Sie sich gefragt, wem Sie trauen können und wem nicht?«

»Nun ja. Ein bisschen.«

»Einschließlich mir?«

Sie zuckte mit den Schultern, wollte ihm aber nicht in die Augen sehen. »Eigentlich nicht.«

Er kam näher und legte seine warmen Hände auf ihre Schultern. »Es ist grausam, jemandem so etwas zu schreiben.«

Unsicher drehte sie den Kopf weg, doch dann schaute sie ihm in die Augen und fühlte sich besser. Sie sah Anständigkeit und Aufrichtigkeit und wollte ihn dafür umarmen und dann lange Zeit im Arm halten. Vieles in Rangun fand sie zweifelhaft und unverständlich. Diese Sache zwischen ihnen beiden, was immer daraus werden mochte, war anders, und sie ließ sich freudig darauf ein.

»Sie sind nicht allein, Belle. Ich stehe auf Ihrer Seite. Das verspreche ich.«

Und sein eindringlicher Blick überzeugte sie. Aber wenn er auf ihrer Seite stand, wer war dann der auf der anderen?

24

Cheltenham 1922

Gerade verliere ich mich in einer Erinnerung an Rangun. Aber dann kommt Douglas in mein Zimmer. Ich zwinge mich, in die Gegenwart zurückzukehren.

»Wie geht es dir heute?«, fragt er.

Ich mustere sein undurchdringliches Gesicht. So ruhig und beherrscht ist er, dass ich es ihm gleichtue. »Gut, danke.«

»Wollen wir uns setzen?« Er deutet auf einen Sessel. Dann kommt er sofort zur Sache. »Hast du über Simones Vorschlag nachgedacht?«

Ich nicke und verschweige, wie schwierig die Entscheidung für mich gewesen ist, und noch immer bin ich mir nicht völlig sicher. Ich hole tief Luft.

»Nun?«, hakt er nach.

»Also … alles in allem glaube ich, es wäre das Beste.«

»Da bin ich froh.«

Ja, jede Wette, denke ich, spreche es aber nicht aus. Ich will meine Entscheidung erklären, verliere jedoch den Faden und stocke mitten im Satz.

»Ich würde dich nicht dorthin schicken, wenn du nicht einverstanden wärst, aber es wird dir gefallen«, sagt er, als hätte er mein Gemurmel nicht gehört.

»Du hast es inzwischen auch besichtigt?«

»In der Tat. Ein typisches Cotswold-Haus, nur ein paar Schritte von Simones entfernt, und es ist von einem schönen Garten umgeben.«

Ich freue mich darüber, denn ich liebe Blumen.

»Das Dorf ist auch genau das Richtige für dich. Minster Lovell. Ruhig. An einem Fluss. Simone kennt dort einen guten Arzt, der Hausbesuche macht. Es gibt einen Pub, eine

Mühle, einen kleinen Gemischtwarenladen und eine wunderbare Bäckerei, die dich beliefern wird.«

Ich nicke.

Kurz senkt er den Kopf, sodass mir sein schütteres Haar auffällt, und blickt dann auf. Mein Liebling ist am Scheitel kahl geworden.

»Nun müssen wir über die Bedingungen sprechen«, sagt er. Er schaut ernst, und ich sehe eine Spur Angst in seinen Augen. Offenbar hegt er Befürchtungen.

Draußen ist es lauter als eben noch. Ich stehe auf und gehe an das offene Fenster. Der Wind hat aufgefrischt. Er fährt in die Bäume, als würde es bald anfangen zu stürmen. Einige Lampen brennen schon und leuchten in den Wohnzimmern der Häuser auf der anderen Seite des Parks, obwohl es noch mitten am Nachmittag ist.

»Diana?«

Ich drehe mich zu ihm um. »Ja?«

»Bitte, komm und setz dich wieder, ja?«

Ich tue es und starre ihn an. Warum wirkt er so ängstlich?

»Also, es ist so, ich finde die Entscheidung ist im besten Interesse von Annabelle. Ich hoffe, das verstehst du.«

»Natürlich.« Ich gebe mir Mühe, vernünftig zu klingen.

»Sie könnte harsch wirken.«

Jetzt kommen mir auch Befürchtungen.

»Aber ich bin der Ansicht, dass es für unsere Tochter nicht gut ist, Kontakt mit dir zu haben.«

»Elvira«, höre ich mich sagen.

»Diana, es geht um Annabelle, das weißt du.«

Ein dummer, dummer Fehler. Für einen Moment bin ich aufgeregt und möchte mein Gesicht hinter den Händen verbergen. Aber jeder macht mal Fehler, nicht wahr? Ich merke, dass er auf meine Antwort wartet.

»Natürlich. Natürlich. Das ist die ...« Ich bringe den Satz nicht zu Ende.

Kurz wird sein Blick weich. »Es ist besser, wenn ich sie

allein großziehe. Labilität wühlt ein Kind nur auf. Annabelle versteht nicht, warum du dich nicht um sie kümmerst.«

Meine Lider werden heiß. »Ich liebe sie.«

»Dessen bin ich mir sicher, aber das ist nicht genug, und wir haben schon gesagt, dass es so nicht weitergehen kann. Ich schlage vor, wir richten einen Fonds für dich ein, der von Simone verwaltet wird. Ich halte das wirklich für die beste Lösung, nicht nur für Annabelle, sondern auch für dich.«

Ich beiße mir auf die Lippe und starre den Boden an, denn ich weiß, er will mich seinetwegen loswerden.

»Es wird dir besser gehen, wenn du nicht mehr hier bist«, sagt er, während ich das denke. »Wir werden Annabelle erzählen, du wärst abgereist und ich wüsste nicht, wohin. Du hättest einen Brief hinterlassen und geschrieben, das sei besser für uns alle. Und irgendwann, wenn sie dich vergessen hat, werde ich ihr sagen, du wärest gestorben.«

Ich schnappe nach Luft. »Das ist die Bedingung?«

Er nickt. »Wir müssen einen sauberen Schnitt machen. Annabelle soll aufwachsen, ohne … nun ja, ohne …«

»Ohne mich.«

»Ich hätte es nicht so unverblümt ausgedrückt«, gibt er in resigniertem Ton zurück, »aber ja, darauf läuft es hinaus. Du bist nicht mehr mit deinem täglichen Versagen als Mutter konfrontiert und sie auch nicht. Selbstverständlich wirst du deinen Mädchennamen wieder annehmen.«

Eine Feststellung, keine Frage.

Ich stelle mir vor, das Haus zu verlassen, in dem ich aufgewachsen bin. Mein Haus. Allerdings ist es jetzt seines. Die paar Monate, die wir hier gelebt haben, ehe wir nach Burma zogen, alles lag noch vor uns, und wir waren so glücklich. Ich möchte ihm sagen, wie es mir damit geht. Wie es mir jahrelang gegangen ist. Ich möchte dem Schmerz, den er mir zugefügt hat, Ausdruck geben, doch ich bleibe stumm. Aber dann plötzlich, als hätte ich keine andere Wahl, rutscht mir die Frage heraus, die ich stellen will.

»Wann hast du aufgehört, mich zu lieben?«

Er schaut so traurig, ich kann es kaum ertragen, ihn so zu sehen.

»Darum geht es nicht«, erwidert er und betrachtet mich lange. »Ich habe nie aufgehört, dich zu lieben.«

»Aber?«

»Nein, meine Liebe. Du hast aufgehört, dich zu lieben.«

»Und das glaubst du wirklich?«

Er starrt mich an, als wüsste er, dass ich auf seine Affäre angespielt habe. Denn schließlich, wie konnte er das tun, wenn er mich noch liebte? Nach einigen Augenblicken öffnet er den Mund, und ich warte gespannt. Er sagt nichts, doch seine Augen verraten ihn, und was ich sehe, ist Scham. Scham, die mit seinem Stolz ringt.

Nachdem er hinausgegangen ist, laufe ich durchs Zimmer, lausche dem Rhythmus der ersten Regentropfen, die aufs Dach fallen. Ein Echo meines Herzens. Seine Entscheidungen erscheinen so kaltherzig, aber ich kann die Tatsache nicht leugnen. Ich war unserer Tochter keine Mutter, doch ich möchte, dass sie ein besseres Leben führen kann. Kann ich das erwirken, indem ich fortgehe?

Eine Stunde später bringt Mrs Wilkes mir ein Tablett mit Toaststreifen und weich gekochten Eiern und behandelt mich, als wäre ich ein Kind. Mitleidig schaut sie mich an, und ich frage mich, ob sie schon weiß, dass ich verbannt werde. Wenigstens komme ich nicht ins Grange. Das zumindest nicht, denke ich. Aber dass ich meine Tochter nie wiedersehen darf? Ich esse die Eier und den Toast nicht. Stattdessen krümme ich mich auf dem Bett zusammen, ziehe mir die Decke über den Kopf, und in Dunkelheit gehüllt, weine ich mich in den Schlaf.

25

Unentschlossen stand Belle auf der Veranda des Hotels und sah zu, wie die Gäste kamen und gingen. Zuerst zwei Geschäftsmänner in hellen Leinenanzügen, die ihr beide beim Hinausgehen zunickten. Nach ihnen eine übertrieben gekleidete Matrone, die ein unwilliges Kind an der Hand mit sich zog und ins Foyer strebte. Es war schon unbarmherzig heiß, und Belle wusste, sie sollte sich irgendwo unter einen Ventilator setzen. Was Oliver über ihre Eltern ausgegraben hatte, ließ sie nicht los. Er erwies sich als wahrer Freund, aber nach wie vor war unklar, was ihrer Schwester zugestoßen war, und Belle wusste nicht, was sie als Nächstes tun sollte. Nach ein paar Minuten bemerkte sie, dass der indische Portier sie neugierig beobachtete. Darum ging sie zu ihm.

»Kann ich Ihnen irgendwie behilflich sein, Miss Hatton?«, fragte er in einem ruhigen Moment, als gerade mal kein Gast ihn beanspruchte.

Sie überlegte. Gäbe es da etwas? Gäste vergaßen mitunter, dass die Hoteldiener auch Menschen waren, und ein Mann in seiner Position mochte auch manches aufschnappen.

»Möglicherweise.«

»Wenn Sie gestatten, dass ich das sage, Sie wirken recht be-unruhigt.«

»Ich habe nicht gut geschlafen.«

»Das ist bedauerlich. Geht Ihnen etwas Bestimmtes im Kopf herum?«

Sie starrte ihn an und nahm den Geruch nach Meerwasser und Öl wahr, der vom Hafen herüberwehte. »Nun, ja.« Und nach kurzem Zögern erzählte sie von ihren Eltern und dem Säugling, der 1911 spurlos verschwunden war.

Als sie schwieg, runzelte er die Stirn.

»Ich hätte heute eine Schwester, verstehen Sie?«, fügte Belle erklärend hinzu. »Deshalb möchte ich wissen, was damals tatsächlich passiert ist.«

Er nickte, und sie dachte, dabei bliebe es. Doch da irrte sie sich. »Mein Vater hat hier schon vor mir als Nachtportier gearbeitet. Er erzählte immer wieder den Vorfall mit dem Säugling, den er eines Nachts schreien hörte. Er habe herzzerreißend geweint. Mein Vater war wohl eingedöst, vermute ich, und das Schreien hat ihn geweckt. Zuerst glaubte er, er hätte nur geträumt, aber dann hörte er den Säugling wieder schreien. Er konnte nicht ausmachen, woher das Weinen kam, doch schließlich begriff er, dass es am Hintereingang sein musste, und rannte dorthin. Als er dort ankam, sah er nur noch einen schwarzen Wagen anfahren und mit Vollgas davonrasen. Er hat das immer wieder erzählt und gesagt, dass ihn das verfolgt, weil das Kind so verzweifelt geschrien hat.«

Belle sah ihn entgeistert an. Konnte das Baby Elvira gewesen sein? Oder war es kindisch, das zu vermuten? Es konnte ebenso gut irgendein anderes Kind gewesen sein.

»Zu der Zeit wohnte niemand mit einem Säugling im Hotel«, sagte er und kam ihrer Frage zuvor.

»War das ganz bestimmt 1911?«

Er nickte. »Oh ja, das weiß ich genau.«

»Hat Ihr Vater das der Polizei gemeldet oder seinen Kollegen erzählt?«

»Mit Kollegen hat er darüber gesprochen, aber niemand wusste etwas, oder er schwieg sich darüber aus. Natürlich hatte mein Vater von dem Fall in der Zeitung gelesen. Meine Mutter überzeugte ihn dann, nicht zur Polizei zu gehen. Aus Angst, man würde ihm kündigen, wissen Sie?«

»Lebt Ihr Vater noch?«

»Ja, doch es geht ihm nicht gut. Und er würde Ihnen nicht mehr sagen können als ich. Er hat die Geschichte so oft erzählt, ich kenne jede Einzelheit. Er hatte keinen Beweis, aber sein Instinkt sagte ihm, dass etwas faul war. Gerade wegen der Uhrzeit, zu der es passierte. Und wegen der Heimlichkeit und der überstürzten Abfahrt.«

Sie nickte und bedankte sich bei ihm. Jetzt schwirrte ihr der Kopf. Was, wenn Elvira wirklich entführt worden war, und zwar von Wohlhabenden? Das würde wenigstens bedeuten, dass sie noch am Leben sein könnte. Aber wie Belle sie finden sollte, wusste sie nicht.

Gerade wollte sie ins Hotel gehen, als Fowler herauskam, aufgeblasen wie immer.

»Miss Hatton. Sie mögen Freunde an höchster Stelle haben, doch wir ermutigen unsere Angestellten nicht, vor der Tür Klatsch auszutauschen, wo jeder Gast sie dabei sehen kann.«

»Wir haben leise gesprochen.«

Er nickte. »Nun, entfernen Sie sich. Wir erwarten jeden Moment wichtige Gäste.«

Sie blickte zum Portier und zwinkerte ihm zu, dann sagte sie zu Fowler: »Machen Sie ihm keine Vorwürfe. Es war allein meine Schuld.«

»Das bezweifle ich nicht«, versetzte der Mann mit einem ärgerlichen Blick. Er wandte sich ab, um einen Neuankömmling auf seine kriecherische Art in Empfang zu nehmen.

Später ging Belle zur Rezeption, um zu fragen, ob Post für sie gekommen sei. Der Empfangschef, ein kluger Mann mittleren Alters, der aus Glasgow stammte, gab ihr einen Luftpostbrief mit dem Poststempel von Oxford. Endlich – eine Antwort von Simone! Hoffnungsvoll zog sich Belle damit in ihr Zimmer zurück. Sosehr sie Rebecca inzwischen mochte, wollte sie doch allein sein, wenn sie ihn las, und zum Glück war die Freundin nicht da.

Belle faltete den Brief auseinander, und nach einem Blick auf die kleine Handschrift saugte sie jedes Wort in sich auf. Dann las sie den Brief noch einmal langsam.

Liebe Annabelle!

Es war eine große Überraschung, aber auch eine enorme Freude, von dir zu hören. Was für ein ungewöhnlicher Zufall, dass du in Rangun gelandet bist! Das Leben kann die seltsamsten Wendungen nehmen, findest du nicht auch? Doch was rede ich? Du bist noch sehr jung, und obwohl deine Kindheit sicher nicht leicht für dich war, kannst du noch nicht so viele Wendungen erlebt haben. Danke, dass du mich über Douglas' Tod informierst. Er war, wie mein Mann Roger, ein feiner Mensch.

Nun zum Hauptgrund deines Briefes. Ja, ich erinnere mich an den Tag, an dem Elvira verschwand. Wie könnte ihn jemand vergessen? Das war für uns alle eine schlimme Zeit, aber am meisten für deine Mutter, die schrecklich unter dem Verlust ihres Kindes und der Behandlung durch die Polizei gelitten hat. Mein Mann und ich waren empört, dass eine Frau wie sie auf diese Weise beschuldigt werden konnte. Natürlich haben wir beide unser Möglichstes getan. Roger hat alle offiziellen Wege ausgeschöpft, während ich versuchte, Diana zu trösten.

Während ihrer Schwangerschaft litt sie schon unter starker Übelkeit, die sich praktisch bis zur Niederkunft fortsetzte, doch erst nachdem das Kind auf der Welt war, ging alles fürchterlich schief. Das hat mir große Sorgen bereitet. Sie aß kaum, konnte nicht schlafen und weinte ständig. Das Baby weinte auch, unaufhörlich, wie Diana sagte. Roger gab deiner Mutter Schlafmittel, aber ihre Stimmung hellte sich nicht auf. Nichts schien zu helfen, und ich war um ihre Gesundheit besorgt. Es ist wahr, manche Frauen machen nach der Entbindung eine schwere Zeit durch, doch Roger versicherte mir, bei ihr sei es ungewöhnlich schlimm. Es war, als hätte Diana ihr Leben aufgegeben. Sie war ständig niedergeschlagen und sah nur noch schwarz. Douglas konnte schwierig sein, dickköpfig, und ich glaube, das steigerte sich mit der Zeit, als er älter wurde. Wie so viele Männer kam er mit Gefühlen nicht zurecht und glaubte, immer recht zu haben, ganz gleich, worum es ging. Mit ihm konnte man nicht argumentieren. Es tut mir leid, das von deinem Vater sagen zu müssen. Im

Grunde war er ein guter Mann, der tat, was er konnte, aber er verstand schlichtweg nicht, wie es möglich war, dass die Geburt eines lange ersehnten Kindes bei seiner Frau eine so krasse Veränderung hervorrief. Ebenso wenig verstand er seine Rolle bei alldem.

An dem Tag, als es passierte, war Diana meines Wissens allein im Garten, und Elvira schlief im Kinderwagen. Ein Hausmädchen sah deine Mutter im Nachthemd auf allen vieren neben einem kürzlich bepflanzten Blumenbeet und erzählte, dass sie mit bloßen Händen in der Erde gewühlt hatte. Deswegen wurde Diana später beschuldigt, und weil sie unfähig war, sich um den Säugling zu kümmern. Die Polizei schloss aus alldem, dass Diana ihr Kind hatte loswerden wollen, und als sie den Garten umgruben, fanden sie genau an der Stelle, wo das Hausmädchen deine Mutter beobachtet hatte, einen Säuglingsschuh. Diana konnte für ihr Verhalten an dem Tag nie einen Grund angeben, und das machte die Polizei misstrauisch. Aber für mein Verständnis war das die unmittelbare Folge eines aufgewühlten, verstörten Geistes.

Tagelang wurde sie verhört und dann plötzlich freigelassen, und deine Eltern reisten mitten in der Nacht nach England ab, ohne das Haus ausgeräumt zu haben. Ich habe immer vermutet, dass ihnen von höchster Stelle die Abreise befohlen wurde.

Ach, fast hätte ich es vergessen: Es gab einen Zwischenfall mit der Frau des Gouverneurs. Douglas hatte Diana gegen ihren ausdrücklichen Wunsch zu einem Dinner in der Residenz mitgeschleppt. Die Gouverneursgattin, meiner Ansicht nach eine dumme, geistlose Frau, machte in Hörweite deiner Mutter eine Bemerkung, dass schwangere Frauen sich gefälligst nicht beklagen sollten. Niemand glaube doch diese Geschichten über anhaltende Übelkeit. Darauf ging Diana zu ihr und schüttete ihr ein Glas Champagner ins Gesicht. Oh, was für ein Gezeter! Im Stillen dachte ich, dass es dieser Frau recht geschah, aber dem Ruf deiner Mutter war das abträglich. So war sie schon vor der Geburt ihres Kindes als labil verschrien.

Nach der Abreise deiner Eltern stellte ich fest, dass Dianas Name nicht reingewaschen war. Der Fall blieb noch eine Zeit lang offen und wurde am Ende nicht gelöst. Ich habe immer vermutet, dass irgendjemand etwas wusste, aber dafür gesorgt hatte, dass die Ermittlungen ins Leere laufen. Meiner Ansicht nach war deine Mutter nur ein Sündenbock.

Dies für heute, liebe Annabelle. Ich hoffe, du kannst meine Schrift entziffern.

Mit den besten Wünschen für deine Gesundheit
Simone Burton

26

Cheltenham 1922

Ich wache mit furchtbaren Kopfschmerzen auf. Als hätte mir jemand mit einer Keule auf den Kopf geschlagen. Es ist viel zu hell im Zimmer, das Licht schmerzt in den Augen, und als ich mich umsehe, stelle ich fest, dass es weiß gekachelt ist und widerlich nach Karbolseife riecht. Ich bin nicht zu Hause.

Das Licht blendet mich. Ich bekomme panische Angst und möchte mich ins Dunkle flüchten. Dann kommt mir ein Gedanke, ein schrecklicher Gedanke. Das muss das Grange sein! Ich will mich aufrichten und merke, dass ich ans Bett gefesselt bin. Nicht zu fest, aber doch so, dass ich nicht aufstehen kann. Warum hat er mich hierhergebracht? Er hat versprochen, das nicht ohne meine Einwilligung zu tun. Ich rufe nach ihm, immer wieder, schließlich schreie ich, doch er kommt nicht. Stattdessen erscheint eine junge Frau in Blau, die eine Wärterin sein muss. Sie sagt, wenn ich nicht still bin, störe ich die anderen Patienten.

Sie geht wieder hinaus, und ich fange vor Angst an zu zittern. Warum haben sie mich ins Grange eingeliefert? Die Kopfschmerzen hören nicht auf, und meine Gedanken rasen, ohne dass ich wirklich nachdenken könnte. Ich fühle mich benebelt. Wo war ich gestern? Was habe ich gemacht? Ich kneife die Augen zu und versuche, mich zu erinnern, Bilder heraufzubeschwören. Dann höre ich eine Stimme, eine wirkliche Stimme, die mich etwas fragt. Ich öffne die Augen und sehe, die junge Frau ist wieder da, und ich verziehe das Gesicht, als sie sich über mich beugt, denn sie riecht nach Schweiß.

»Ich habe gefragt, ob Sie mich hören«, sagt sie affektiert, von ihrer Wichtigkeit überzeugt und eindeutig geringschätzig. Als sie mir erklärt, ich sei im Krankenhaus von Cheltenham und nicht im Grange, glaube ich ihr nicht, auch wenn ich nicht genau erklären kann, warum.

»Warum bin ich ans Bett gefesselt, wenn das hier nicht das Grange ist?« Ich klinge sehr heiser und habe Halsschmerzen.

»Zu Ihrer eigenen Sicherheit«, antwortet sie und beugt sich wieder über mich, um zu flüstern: »Wir mussten Ihnen den Magen auspumpen.«

»Ich verstehe nicht. Ich möchte nach Hause. Warum darf ich nicht aufstehen?« Mir kommen die Tränen. Ich kann sie nicht zurückdrängen, und sie tropfen aufs Kissen.

Sie schürzt die Lippen. »Sie haben allen großen Kummer gemacht, aber ich denke, Sie dürfen wahrscheinlich nach Hause.«

»Habe ich …«

»Was?«

»Mich verletzt?«

Sie schüttelt den Kopf. »Der Arzt spricht gerade mit Ihrem Mann, und sie werden entscheiden.«

»Entscheiden?«

»Ob es sicher ist, Sie zu entlassen, oder nicht.«

»Warum sollte das nicht sicher sein?«

»Mrs Hatton. Ich darf Ihnen keine Auskunft geben. Nun müssen Sie sich weiter ausruhen. Brauchen Sie die Bettpfanne?«

Ich schüttele den Kopf, obwohl ich sie nötig hätte.

Sobald die Frau gegangen ist, strenge ich mein Gedächtnis an, und dann wird mir wieder eng in der Brust. Ich schnappe erschrocken nach Luft und schließe die Augen. Die Veronal. Ich sehe die Tabletten vor mir und wie ich sie mir in den Mund stopfe, als wären sie Bonbons. So viele auf einmal. So viele.

Ich reiße die Augen auf, weil es an der Tür klopft, und dann kommt ein Arzt herein, gefolgt von Douglas. Zutiefst erleichtert strecke ich die Hände nach meinem Mann aus, aber er bleibt ein paar Schritte vom Bett entfernt stehen, und das verwirrt mich. Ich sehe ihn an. Er hat dunkle Ringe unter den Augen.

Ich wende mich an den Arzt. »Darf ich mit meinem Mann allein sprechen?«

Er nickt. »Für zwei Minuten.«

Als ich ruhig und schweigend daliege, überrascht mich Douglas, indem er meine Hand nimmt und hastig mit mir flüstert. »Unsere Zeit ist knapp«, wispert er. »Du musst ihnen sagen, dass es ein Versehen war. Du wusstest nicht mehr, wie viele Veronal du schon genommen hattest. Diana, Selbstmord ist ein Verbrechen, und wer versucht hat, sich umzubringen, kann ins Gefängnis kommen. Zum Glück hat der Arzt mir zugehört und begriffen, dass du gestern nicht ganz du selbst warst, dass du extreme Kopfschmerzen und kaum geschlafen hattest. Ich habe ihm erklärt, du seiest durcheinander gewesen. Verstehst du das? Du musst darauf beharren, dass es ein Versehen war.«

Als wir wieder zu Hause sind, begleitet Douglas mich auf mein Zimmer. Er hat mir frische Narzissen ans Fenster gestellt, und ich entspanne mich sofort, obwohl mir auffällt, dass mein Spiegel nicht mehr da ist. Glauben sie etwa, ich töte mich mit Blicken?

»Danke für die Blumen«, sage ich. Ich bin noch erschüttert und atme bewusst langsam und gleichmäßig. Langsam und gleichmäßig. Langsam und gleichmäßig.

Er nickt, und seine Miene wird weicher. »Mrs Wilkes wird dir gleich ein Tablett heraufbringen.«

»Ich kann mich nicht erinnern«, erwidere ich. »Was ist passiert?«

Schwer seufzend lässt er für einen Moment den Kopf hängen. »Ich weiß, du hast dem Psychiater gesagt, du seiest im Park spazieren gegangen, aber wir wissen alle, dass das nicht wahr ist. Du bist nur ein wenig im Garten gewesen, hast deine Zeit jedoch zunehmend hier oben verbracht.«

Ich beiße mir auf die Lippe.

»Ich dachte, wenn du kräftig genug bist, um nach Minster Lovell zu ziehen, sollten wir versuchen, dich ein wenig an die Außenwelt zu gewöhnen.«

»Oh Gott«, murmele ich, als die Erinnerung wiederkehrt, und schließe die Augen. Mir bricht der Schweiß aus. Ich spüre ihn auf der Stirn und im Nacken. Klebrig und feucht. Das Gefühl, davon erdrückt zu werden, raubt mir gänzlich den Verstand. Mir ist heiß und schrecklich schwindlig. Meine Brust zieht sich zusammen und tut so weh, dass ich nicht atmen kann, dass ich ersticke, dass ich sterben will. Panisch strecke ich die Hand nach Douglas aus und fange an zu zittern. Meine Angst wächst und wächst. Überwältigt mich. Ich kann nicht mehr hören, was Douglas sagt, sehe nur, dass er spricht. Sein Mund bewegt sich, während ich ihn anstarre. Er bewegt sich immer weiter, bis ich schreien will, dann verschwimmt alles.

Douglas hält mich im Arm, flüstert beruhigend an meinem Ohr, und ich höre ihn jetzt. »Alles ist gut, Diana, du bist zu Hause. Alles ist gut.«

Ich sehe mich um. Ich bin wirklich in meinem Zimmer.

»Du erinnerst dich nur, wie du dich gestern gefühlt hast. Du bist hier sicher. Mir tut so leid, was geschehen ist.«

»Das ist nicht deine Schuld«, sage ich.

»Doch, und ich mache mir Vorwürfe. Mir hätte klar sein müssen, wie es dich beeinträchtigen würde. Aber du siehst, zuerst ging es dir gut, als wir im Garten waren. Und dann gingen wir in den Park, nur bis zum Teich, doch da wurde es dann schlimm für dich. Ich habe dir zu früh zu viel zugemutet. Ich habe dich ermutigt, weiter zu gehen, als du konntest.«

»Und als wir nach Hause kamen?«

»Obwohl es erst Nachmittag war, bist du sofort zu Bett gegangen. Auch deshalb mache ich mir Vorwürfe. Jemand hätte bei dir bleiben müssen.«

Die Erinnerung kommt mir. Douglas war hinausgegangen. Ich war froh, allein zu sein, und als ich im Bett lag und die Wände anstarrte, kam ich mir vor wie der Hüter der Vergangenheit und als wäre es Zeit, sie loszulassen. All die Aufgewühltheit, das Bedauern, die verlorenen Hoffnungen und Träume. Alles. Als ich die Augen schloss, sah ich die Gesichter jener, die vor mir gegangen waren, und dann, als die Vergangenheit sich auflöste, kam eine ungewöhnliche Ruhe über mich. Mir war gesagt worden, was ich tun muss. Es war Zeit, es mir zu erlauben und durch das Loch in meinem Leben zu fallen und den Schmerz zurückzulassen. Und so beschloss ich, die Tabletten zu schlucken. Ich tat es glücklich lächelnd, denn ich hatte endlich eine Entscheidung gefällt.

»Mrs Wilkes war beunruhigt«, sagt Douglas gerade. »Sie konnte dich nicht wecken, als sie dir das Abendessen brachte.«

»Ich dachte, das sei für alle das Beste. Es tut mir sehr leid wegen der Aufregung, Douglas.«

Er tätschelt mir die Hand. »Ich habe Simone ein Telegramm geschickt und sie gebeten, zu kommen und bei dir zu bleiben, bis es dir besser geht und du umziehen kannst. Das Häuschen ist schon fertig eingerichtet und wartet auf dich.«

Ich sehe ihm in die Augen. »Es soll dabei bleiben?«

»Ich halte das für das Beste, du nicht?«

»Ich bin mir nicht sicher«, antworte ich, und meine Gedanken schweifen ab.

»Ich werde dich nicht zwingen, doch die Alternative wäre, eine Pflegerin anzustellen, die Tag und Nacht auf dich aufpasst, und das willst du nicht, das hast du schon gesagt. Ich bin schrecklich besorgt, wie sich all das auf Annabelle auswirken wird.«

Mühsam richte ich meine Aufmerksamkeit wieder auf ihn. »Weißt du, wann Simone kommt?«

»Nein, doch ich habe die Dringlichkeit betont.«

Ich hoffe, dass er mich bleiben lässt, bis ich mich kräftiger fühle. Ich spreche das nicht aus, aber im nächsten Moment weiß ich, er hat es mir von der Stirn abgelesen.

»Keine Sorge, es besteht keine Eile.«

Durch einen Tränenschleier sehe ich ihn an. »Es war, als würde mir eine Stimme befehlen, es zu tun.«

Er zieht die Brauen zusammen. Ob vor Sorge oder vor Ärger, kann ich nicht entscheiden.

»Das ist der Grund, warum du nicht allein gelassen werden darfst und warum ich unsicher bin, ob dir eine Stimme nicht eines Tages befiehlt, Annabelle etwas anzutun. Was wird der nächste Tag bringen, wenn du nicht gehst?«

Ich wende den Blick ab. Das ist eine ernste Frage, und die Wahrheit brennt in mir. Ich wünschte, ich hätte die Stimme nicht erwähnt. Habe ich mich wirklich so verloren gefühlt, dass ich keinen Ausweg mehr sah? So hoffnungslos, so zerbrochen? Oder hat die Stimme die Gelegenheit genutzt? Vielleicht bin ich selbst die Stimme. Mit diesem Gedanken muss ich mich erst noch vertraut machen.

27

Als Belle nach dem Auftritt die Bühne verließ, wollte sie eigentlich Simones Brief noch einmal lesen und früh schlafen gehen, aber als sie nach draußen trat, um kurz frische Luft zu schnappen, wartete dort Edward auf sie.

»Gehen wir ein Stück?«, fragte er und lächelte sie auf seine charmante Art an. »Es ist ein wunderbarer Abend. Und ich habe eine gute Neuigkeit für Sie.«

Sie schaute zum Himmel auf. Er war von Sternen übersät, und die Luft war nach dem heißen Tag überraschend kühl. In den Bäumen hörte man die Nachtvögel hin und her flattern.

»Natürlich«, antwortete sie.

»Sie sehen heute Abend sehr schön aus. Hübsches Kleid.«

»Danke. Es ist schon das zweite, das ich mir im Chinesenviertel habe schneidern lassen.«

Er blieb stehen und hielt sie mit einer Hand am Arm auf. »Wirklich? Dort kann es gefährlich werden. Ihre Geheimbünde bescheren uns unzählige Probleme. Es wimmelt von Geldverleihern, und nicht mal die Chinesen trauen sich, die Gräueltaten anzuzeigen.«

»Gloria hat mich auch gewarnt, doch ich bin mit einer der Tänzerinnen dort gewesen.«

»Ich meide das Viertel wie die Pest. Für meinen Geschmack zu kriminell.«

»Ach, Sie gehen nie dorthin?« Sie dachte daran, dass sie ihn mit der rothaarigen Frau gesehen hatte, die ihr so bekannt vorgekommen war.

»Nicht, wenn es sich vermeiden lässt. Übrigens habe ich mich gefragt, ob Sie schon zu einem Schluss gekommen sind.«

»Worüber?«

»Ihre Mutter. Das Verschwinden des Kindes. Was damals passiert ist. Die ganze Angelegenheit.«

Ich glaube nicht, dass meine Mutter schuldig war, dachte sie, sagte das jedoch nicht. »Eigentlich nicht. Ich werde mein Leben wohl einfach weiterführen.«

Er lächelte, aber sie sah in seinem Blick noch etwas anderes. Und sie überlegte, warum er gelogen hatte. »Stellen Sie sich vor, ich habe gehört, dass damals im *Strand* ein Säugling entsetzlich geweint hat.«

»Von wem?«

»Der Portier hat es mir erzählt.«

»Ach, diese alte Geschichte.«

»Sie wissen davon?«

»Mir ist sie auch schon zu Ohren gekommen.«

Belle fand das ein wenig seltsam. Der Portier hatte gesagt, sein Vater habe das der Polizei nicht gemeldet. Andererseits dürfte es sich herumgesprochen haben. Vielleicht hatte Edward es am Rande mitbekommen?

»Ach so. Doch das ist so lange her«, fuhr sie fort. »Man bringt in der Erinnerung vieles durcheinander, nicht wahr?«

Sie schlenderten zusammen die Phayre Street hinunter, wo es nach Levkojen duftete und die Bäume sich schwarz gegen den Sternenhimmel abhoben.

»Ich habe noch etwas erfahren, aber wenn Sie den Fall nicht weiter verfolgen wollen, dann ...« Er stockte. »Es ist nicht wichtig.«

»Jetzt haben Sie mich neugierig gemacht.«

Er lachte. »Neugier ist der Katze Tod.«

»Bin ich die Katze?« Sie rollte die Augen.

»Sie haben grüne Augen.«

»Und?«

»Ich bin auf einen Polizeibericht gestoßen, über ein burmesisches Paar, das mit einem weißen Säugling unterwegs war.«

»Wo?«

»Auf einem Dampfer, der den Irrawaddy nach Mandalay

hinauffuhr. Aber vielleicht hat das auch gar nichts mit der Sache zu tun.«

»Interessant. Ist die Polizei dem nachgegangen?«

Er schüttelte den Kopf. »Sie haben die Akte geschlossen. Vermutlich gab es zu viele falsche Fährten, und es dürfte zu der Zeit dringendere Fälle gegeben haben. So wie jetzt.«

»Was meinen Sie? Was ist los?«

»Es kommt wieder zu Unruhen. Eine Schießerei im indischen Viertel vergangene Nacht. Zwei Männer und eine Frau sind umgekommen. Es ist nur eine Frage der Zeit.«

»Bis was geschieht?«

»Bis es hier für uns alle unsicher wird.«

»Haben Sie nicht gesagt, Sie hätten eine gute Neuigkeit?«

»Zu etwas anderem, ja. Doch tatsächlich frage ich mich, ob eine Fahrt auf dem Irrawaddy nicht eine vernünftige Idee ist. Für eine alleinstehende Frau könnte es in Rangun bald gefährlich werden, und man weiß ja nie, vielleicht können Sie über das Paar mit dem weißen Säugling etwas in Erfahrung bringen.«

»Aber das ist doch eine Nadel im Heuhaufen. Und wer wird sich daran noch erinnern?«

»Einen Versuch wäre es wert.«

»Schlagen Sie gerade vor, mich zu begleiten?«

Er lachte. »Leider nein, obwohl, nun ja … Sie müssen wissen, ich habe Sie mittlerweile sehr gern.«

Belle war sprachlos und überlegte, wie sie das Thema wechseln könnte.

»Es tut mir leid«, sagte er nach kurzem Schweigen. »Ich habe Sie in Verlegenheit gebracht.«

»Haben Sie nicht. Ist schon gut.« Sie blieb stehen und legte eine Hand auf seinen Arm, während sie in Gedanken ihr Gespräch noch einmal durchging. »Ich wollte Sie etwas fragen.«

»Nur zu.«

»Die Sache mit dem Verdächtigen, der bei einem Motorradunfall umkam. Der verhaftet werden sollte.«

»Ja?«

»Ist das wahr?«

Sie konnte sein Gesicht nicht sehen, da sie den Weg fortgesetzt hatten und gerade unter einem Baum hergingen, aber sein Zögern verriet es ihr bereits. »Sehen Sie, ich kann Sie nicht belügen – die Wahrheit ist, ich wollte, dass Sie sich besser fühlen.«

»Also war das nicht wahr?«

»Nicht ganz. Was Ihre Mutter getan haben könnte, hat Sie schwer betrübt.«

»Sie haben gelogen?«

»Ich fürchtete, es könnte zur Besessenheit werden, und wollte nicht zusehen, wie Sie Ihre besten Chancen auf eine große Karriere ruinieren. Und wie gesagt, ich mag Sie sehr und dachte, Sie könnten sich schaden.«

»Und die Sache mit dem weißen Säugling und dem burmesischen Paar?«

»Die ist wahr. Ich kann Ihnen den Bericht zeigen. Aber wissen Sie, ich habe Ihnen die gute Nachricht noch gar nicht erzählt.«

»Nun bin ich gespannt.« Ihr entging nicht, wie geschickt er das Gespräch in eine andere Richtung gelenkt hatte.

»Ich möchte Sie mit jemandem bekannt machen. Er ist ein Theateragent, der vielleicht ein Engagement für Sie hat. Er macht auf seiner Rückreise nach Australien in Rangun Station. Wann genau, weiß ich noch nicht, doch es wird bald sein. Vielleicht in zwei Wochen.«

An ihrem nächsten freien Tag schloss Belle sich Gloria und ihren Freunden an, die zu einer abendlichen Regatta auf den Royal Lakes gingen. Das ganze Seeufer war von Hunderten von chinesischen Laternen erleuchtet. Eine Prozession beleuchteter Boote fuhr am Ufer entlang durch die vielen kleinen Buchten. Die Briten hatten sich am Gossip Point versammelt, wo man die beste Aussicht hatte, und Belle erzählte

Gloria von Edwards Idee, mit einem Dampfer den Irrawaddy hinaufzufahren.

Glorias tief liegende dunkle Augen leuchteten auf, und sie klatschte in die Hände. »Was für eine famose Idee – aber ich würde an Ihrer Stelle nicht allein fahren.«

»Ich überlege, Oliver Donohue zu bitten.«

Als Gloria geringschätzig abwinkte, musterte Belle ihr hochmütiges Gesicht mit den schön geformten Wangenknochen. Doch sie sah nicht nur Überheblichkeit. Vielleicht eine Spur Misstrauen?

»Liebes, habe ich es nicht schon mal gesagt? Er ist nur hinter einer Story her. Völlig skrupellos sogar. Sie dürfen ihm wirklich nicht trauen.«

Belle runzelte die Stirn. »Ich halte ihn für ziemlich nett.«

»Nett! Was für ein vernichtendes Wort! Ich versichere Ihnen, er ist gefährlich und von nett weit entfernt.«

Belle erschrak vom Knallen eines Feuerwerks und wandte sich von Gloria ab, um das Spektakel mit großen Augen zu verfolgen. Es fauchte, zischte und knatterte, und so plötzlich, wie es begonnen hatte, war es wieder vorbei. »Das habe ich nicht erwartet. Was war der Anlass?«

»Das wissen Sie nicht?«

Belle schüttelte den Kopf.

»Der Geburtstag des Gouverneurs. Doch zurück zu der Dampferfahrt. Ich kenne genau den richtigen Menschen, der Sie begleiten sollte. Harry Osborne. Er ist ein Sachverständiger der Regierung und weiß alles, was man wissen muss.« Sie sah nach rechts und links. »Er ist auch hier irgendwo. Warten Sie einen Moment. Ich schaue mal, ob ich ihn finde.«

Belle blickte sich nach Edward um, der vielleicht schon etwas von dem Agenten gehört hatte. Wenn der in den nächsten zwei Wochen nicht käme, hätte sie noch Zeit, den Dampfer nach Mandalay zu besteigen, und wäre rechtzeitig wieder zurück. Sofern sie überhaupt fuhr.

Sie stand allein unter den Leuten und schaute in lauter

glänzende Gesichter. Erst auf den zweiten Blick begriff sie, dass der Glanz ein Schweißfilm war. Ein wenig verunsichert ging sie von den Laternen weg an eine dunklere Stelle. Obwohl sie von den Leuten, die in Grüppchen herumstanden, einige kannte, fühlte sie sich ausgeschlossen, und ihr fehlte das Selbstvertrauen, um sich kurzerhand dazuzustellen. Im Grunde lächerlich, denn viele dieser Leute dürften sie auf der Bühne gesehen haben – doch vielleicht war genau das das Problem.

»Wüsste zu gern, was in Ihrem Kopf vorgeht.«

Sie erkannte Olivers amerikanischen Akzent sofort und errötete vor Freude. Wirklich albern. Aber zum Glück konnte er in dem schummrigen Licht ihr Gesicht nicht so genau erkennen.

»Ganz allein?«

»Ich warte auf Gloria.«

»Gott bewahre! Das ist ein ausgezeichneter Grund, Sie von hier wegzulocken.«

Sie lachte. »Wohin denn?«

Er trat näher. »Irgendwohin, wo es nicht von Briten wimmelt.«

»Ich bin auch Britin«, erwiderte sie, aber mit ihrem heftigen Herzklopfen fühlte sie sich gar nicht so. Sie war ein wildes Ding geworden, widerspenstig, ungehemmt, zügellos. Höchste Zeit, um verrückte, böse Dinge anzustellen, Mädchen! Sie stutzte bei diesem Gedanken und dachte an ihre Mutter. Die war vielleicht nicht verrückt, aber böse gewesen. Na, wenn schon! Wen kümmert es, was diese Leute von Oliver halten?, dachte sie. Ich mag ihn, und das ist entscheidend.

»Ja, Sie sind Britin, doch vermutlich keine von denen, würde ich sagen. Sie, meine Liebe, sind süß wie ein Mauseohr.«

Sie lachte. »Meinen Sie das etwa als Kompliment?«

Er neigte sich zurück und kniff die Augen zusammen, um sie genauer anzusehen. »Kommen Sie mit? Ich weiß, dass Sie es wollen.«

Das war ein entwaffnend intimer Moment. Sie schaute zu der Stelle, wo Gloria zwischen den Leuten verschwunden war, und trotz der Vorbehalte, die sie gegen Oliver geäußert hatte, traf Belle eine schnelle Entscheidung zu seinen Gunsten. Sie erlaubte ihm, ihre Hand zu nehmen, und sie liefen lachend wie zwei Kinder vom See weg und in Schlangenlinien an erstaunten britischen Matronen und ihren steifen Gatten vorbei.

Sobald sie die Menschenmenge hinter sich gelassen hatten, blieb Belle aufgedreht und atemlos stehen und hielt sich die Seite. »Warten Sie«, rief sie. »Ich habe Seitenstechen.«

»Langsam wie eine Schnecke«, bemerkte er neckend.

»Das ist unfair. Ich laufe mit hohen Absätzen.«

»Ziehen Sie die Schuhe aus, ziehen Sie alles aus!«

Sie lachte. »Und bringe mich damit hinter Gitter.«

»In solch einer Nacht würde ich mich glatt anschließen.«

»Im Gefängnis oder beim Entkleiden?«

»Was glauben Sie?«

Sie richtete sich auf. Er hatte recht. Das war eine berauschende Nacht, mild, duftend, und ein sanfter Wind streichelte ihre nackten Arme, weckte damit das Verlangen, seine warme Haut zu berühren. Burmesische Nächte sind unwiderstehlich, dachte sie. Als löste sich alle Vernunft auf. Abertausend Sterne funkeln über uns, der Mond scheint mehr golden als silbern, und die Luft ist mit geheimnisvollen Geräuschen erfüllt. Und das Beste von allem: Sie ist kühl. Wunderbar, herrlich kühl. Belle fragte sich, wie Oliver wohl als Liebhaber wäre. Als ihr Liebhaber. Stellte sich vor, wie sie, die Beine umeinandergeschlungen, auf verknitterten Laken lägen und vor Hitze und Schweiß aneinanderklebten. Sei nicht dumm, ermahnte sie sich dann. Du bist nicht in Rangun, um dich zu verlieben. Es wäre besser, wenn wir nur Freunde blieben. Zwei befreundete Verschwörer. Nein, das nicht. Zwei befreundete Detektive.

Als sie weitergingen, langsam nun, hob er ihre Hand an seinen Mund und küsste nacheinander ihre Finger. Sie sagte kein Wort, neigte sich jedoch zu ihm, und mit ihrem Mund auf seinem drückte sie sich an ihn. Seine Haut roch männlich, nach Sandelholzseife, aber hauptsächlich nach ihm selbst. Während sie sich küssten, schob sie es auf die ungewöhnlich milde Nachtluft. Und als ihr der Schweiß zwischen die Brüste rann, konnte sie nichts dagegen tun, außer sich dem wunderbaren, prickelnden Gefühl hinzugeben, durch und durch lebendig zu sein … So viel dazu, nur Freunde zu bleiben.

Nach ein paar Minuten lösten sie sich voneinander.

»Hast du Hunger?«, fragte er und musterte ihr Gesicht im Schein der Straßenlampe.

Glücklich, weil er anbot, das Zusammensein zu verlängern, strahlte sie ihn an. »Einen Bärenhunger.«

»Dann sind wir schon zwei. Hast du Appetit auf burmesisches Essen? Es gibt ein fantastisches Lokal gleich um die Ecke.«

»Ich habe noch keins gekostet.«

»Du lieber Himmel, was für eine Wissenslücke! Komm mit.« Und er streckte ihr die Hand hin.

Nach wenigen Minuten gelangten sie zu einem Restaurant, das von Laternen beleuchtet war, und wurden an einen ruhigen Tisch im Hintergrund geführt, wo ein sonderbar fischiger Geruch im Raum stand.

»Du musst für mich bestellen. Ich habe keine Ahnung, was das alles ist.«

»Wir fangen mit Ingwersalat an. ›Gin thoke‹ heißt er. Was hältst du davon?«

Belle sah Oliver in die Augen und merkte, dass sie allem zustimmen würde, was er vorschlug.

»Sie machen ihn mit eingelegtem Ingwer, Linsen und Limabohnen, die über Nacht eingeweicht und dann knusprig gebraten werden. Dazu kommen gehobelter Kohl, Erdnüsse, Sesamkörner, Limettensaft und Fischsoße.« Er wedelte mit der Hand. »Was du hier riechst, ist die Fischsoße, und der Geschmack ist viel besser als der Geruch.«

Sie grinste.

162

Während er bestellte, klopfte er mit der Hand einen Rhythmus auf der Tischkante.

»Was ist das?«, fragte sie.

»Nur ein Schlager. Aber ein echter Ohrwurm.« Er zögerte kurz. »So. Nachdem du zum ersten Mal burmesisch gegessen hast – nächstes Mal nehmen wir den Teeblattsalat –, werde ich dich in die burmesische Kultur einführen, angefangen bei der bedeutendsten Pagode Burmas.«

Nächstes Mal, dachte sie. Es wird ein nächstes Mal geben. Und eine freudige Erregung erfasste sie.

28

Zwei Tage später am frühen Abend machten sich Belle und Oliver auf den Weg zum Sanguttara Hill und zu der Shwedagon-Pagode. An den Marktständen entlang der Straße, wo Stoffe, klebrige Kuchen, Holzgegenstände und Blumen verkauft wurden, ging es lebhaft zu, unter leuchtend bunten Schirmen, die Händler und Waren vor der Sonne schützten. Es wimmelte von einkaufenden Menschen, und hier und da sah Belle junge Frauen den Boden fegen.

»Das tun sie freiwillig und ohne Lohn«, sagte Oliver. »Ein zentraler Bestandteil ihres Glaubens ist, dass man durch wohltätige Arbeit und gute Taten seine Chance auf eine vorteilhafte Wiedergeburt erhöht.«

»Und die Pagoden? Warum gibt es in Burma davon so viele?«

»Nun, die Reichen lassen sie bauen, um sich Verdienste zu erwerben. In allen gibt es heilige Statuen von Buddha, und in manchen befinden sich auch Reliquien von ihm.«

Belle nickte. Bald kamen sie an einen Stand mit lauter Bambuskäfigen, in denen kleine grüne Vögel gefangen waren. »Schau dir das an!«, sagte sie bestürzt.

»Möchtest du einen?«

Sie schreckte zurück. »Einen Vogel im Käfig? Nein danke.«

»Es ist anders, als du denkst. Komm.«

Widerstrebend trat sie mit ihm an den Stand heran.

»Also, wie viele?«, fragte er über die Schulter.

»Bist du verrückt?«

Er grinste sie an. »Vertrau mir.«

Während er mit dem Händler feilschte, stand Belle betroffen da. Nach einigen Augenblicken wurden sie sich offenbar einig, und der Händler stellte drei Käfige auf den Klapptisch.

»Die gehören alle dir«, sagte Oliver.

Sie zog die Brauen hoch, rührte sich jedoch nicht.

»Na los.«

»Aber ich will sie nicht.«

»Öffne die Käfige. Du darfst die Vögel jetzt freilassen. Dafür sind sie da. Das wird dir als gute Tat angerechnet.«

Sie schüttelte den Kopf und lachte. »Wirklich, Oliver, du hast mich glauben lassen …« Sie ließ den Rest unausgesprochen.

»Ich konnte nicht widerstehen.«

Belle öffnete die Käfige und sah entzückt zu, wie die Vögelchen hinausflogen und in die Höhe stiegen.

Sie gingen die Stufen hinauf zur Shwedagon-Pagode, und erst als sie dort ankamen, erkannte Belle, dass die vielen Spitzen, die man von Weitem sah, gar nicht zu dieser gehörten, sondern zu vielen kleinen Pagoden, die gesondert ringsherum standen, teils unter Bäumen. Auch hatte sie nicht damit gerechnet, wie belebt der Platz war oder wie gesellig der Besuch einer Pagode vonstattenging. Ganz Rangun schien hier zu sein. Zuerst beobachtete sie die Familien, die in ihren besten Kleidern promenierten, während die kleinen Kinder in der Obhut ihrer Großmütter behaglich übereinanderliegend schliefen. Dann junge Paare, die auf Knien beteten, und Leute, die in Gruppen zusammensaßen und miteinander aßen. Am meisten faszinierten sie die Mönche in den safranfarbenen Gewändern. Gerade sah sie welche an der Shwedagon hinaufklettern.

»Was tun die da?«, wollte sie wissen.

»Sie prüfen die Oberfläche auf Risse.«

»Das sieht gefährlich aus. Sie werden doch sicher nicht bis zur Spitze klettern?«

»Ich fürchte doch, die ganzen dreihundertsechsundzwanzig Fuß.«

»Gütiger Himmel!«

»Komm weiter«, sagte er. »Wir müssen sie uns richtig anschauen, bevor die Sonne untergeht.«

Er hakte sich bei ihr unter, und sie sahen sich einige Sakralbauten an, in denen riesige Glocken hingen, und üppig verzierte Pavillons mit Schreinen und prächtigen Löwenstatuen. Belle genoss den regen Betrieb auf dem großen Platz, aber es gab auch stille, schattige Ecken, wo Mönche unter Bäumen beteten.

»Die Spitze ist mit Juwelen besetzt«, bemerkte sie und staunte über die schiere Größe der Shwedagon.

»Ja, aber auch mit buntem Glas.«

Als sich der Himmel gelb verfärbte und tiefschwarze Schatten das Licht in den Pavillons schluckten, staunte Belle ehrfürchtig über den blendenden Glanz der Shwedagon, die von der untergehenden Sonne angestrahlt wurde. Das Licht brach sich in dem farbigen Glas, der glockenförmige Turm schimmerte und funkelte: ein mit vielen Juwelen besetztes Wunderwerk, wie Belle noch keines gesehen hatte. Das Gelände war nun von Öllampen, Kerzen und einigen Glühbirnen beleuchtet. Die Atmosphäre hatte sich ebenfalls verändert, stimmte nicht mehr heiter, sondern ehrfürchtig, als hätte sich ein magischer Mantel mit der Nacht herabgesenkt, das Geplauder gedämpft und die religiöse Bedeutung des Augenblicks hervorgehoben. Belle schauderte ein wenig, und Oliver legte einen Arm um ihre Schultern.

»So«, raunte er an ihrem Ohr. »Gefällt dir das?«

Sie nickte. »Sehr.« Aber ob sie ihre Gefühle für ihn meinte oder den Anblick der Pagode, hätte sie nicht so genau sagen können. Ein paar Minuten lang lehnte sie sich an ihn und genoss den Frieden. Dann, als sie langsam weggingen, nahm er ihre Hand.

Belle fühlte seine Energie im ganzen Leib und sehnte sich danach, dass er sie küsste. Beim ersten Mal hatte sie die Initiative ergriffen, beim nächsten Mal sollte er es tun. Sie blieb stehen, dann berührte sie ihn an der Wange. Als er sie in die Arme nahm und mit dem Mund sacht über ihre Lippen strich, ging ihr das durch und durch. Er reizte sie und sie ihn, indem sie die Lippen des anderen kaum berührten, sondern auf den Moment warteten, da mehr daraus würde. Belle spürte die Macht ihrer eigenen fiebrigen Lust, bis sie fast zerfloss. Es war ein Wunder. Eine Freude. Dann aber – sie wusste nicht, wie es plötzlich dazu kam –, als sie den Kopf für einen Moment an seine Schulter lehnte, brach sie in Lachen aus. Das war lauthals lachende Glückseligkeit, und vielleicht ließ sich nur so mit der Intensität ihrer gesteigerten Empfindungen umgehen, solange sie von so vielen Leuten umgeben war. Er fiel in ihr Lachen mit ein.

»Komm«, meinte er schließlich und zog sie an beiden Händen ein Stückchen weg. »Besser, wir gehen weiter. Die Leute fühlen sich beleidigt, wenn man öffentlich Zuneigung bekundet.«

»Zuneigung?« Sie lachte wieder. »Das ist es?« Aber sie schaute sich um und sah, dass einige Frauen sie anstarrten.

Sie fühlte sich verwandelt, weil sie an solch einem romantischen Abend mit Oliver zusammen war, doch was sie erlebt hatte, machte sie auch neugierig. Nachdem sich ihre Erregung gelegt hatte und sie ruhiger geworden war, bat sie ihn, etwas über die Religion zu erzählen.

»Buddhismus vermengt mit Nat-Verehrung.«

»Nat?«

»Wir sprachen schon darüber, weißt du noch?«

»Ach ja, das sind Geister.«

Sie lauschte auf die Geräusche des Abends, nachdem der Lärm des Tages sich gelegt hatte. »Und die Mönche? Ich sehe sie häufig auf den Straßen.«

»Ja, sie gehen gewöhnlich jeden Morgen mit ihren Schalen in die Stadt und bitten um milde Gaben, das Essen für den Tag.«

»Und das ist alles, was sie essen?«

Er nickte. »Die Rolle des Buddhismus hat sich sehr gewandelt, seit die Briten hier regieren. Die Gesetze richteten sich nach den buddhistischen Lehren, und die Mönche waren geschützt. Nun ist die Verbindung zwischen Regierung und Buddhismus natürlich nicht mehr vorhanden.«

»Was glauben die Buddhisten?«

Oliver runzelte die Stirn und überlegte. »Ganz einfach, sie glauben daran, dass man den Eltern und alten Menschen Respekt zollen muss. Sie sind von Grund auf neugierig und halten Unwissenheit für eine Sünde. Und sie betonen die Notwendigkeit, zu verzeihen und für die Familie und die Gemeinschaft zu sorgen.«

Sie blickte zu ihm hoch. »Das klingt doch ziemlich vernünftig.«

»Aber es gibt einen seltsamen Widerspruch, weil diese Ausprägung des Buddhismus äußerst individualistisch ist. Jeder Mensch ist selbst für seine Erlösung verantwortlich, trotz der Betonung von Gemeinschaft.«

»Das muss zu einem friedlichen Leben führen.«

Er lachte. »Vielleicht. Doch wie auch immer, ich denke, es ist Zeit, wieder auf den Boden zurückzukommen. Wie wär's, wenn wir etwas trinken gehen?«

29

Rangun 1937

Während der folgenden Monate arbeitete Belle sehr viel, und wenn sie nicht arbeitete, war sie mit Oliver zusammen. Wenn sie nicht mit ihm zusammen war, dachte sie an ihn.

An einem ihrer gemeinsamen Abende tranken sie Champagner am Ufer der Royal Lakes, beobachteten die Libellen, lachten über Nichtigkeiten und wurden allmählich beschwipst. Seit Belle sich nicht mehr dagegen sträubte, Alkohol zu trinken, hatte es mehrere solcher Abende gegeben.

»Also«, sagte sie, »willst du eigentlich in Burma bleiben?«

»Das kommt darauf an. Früher oder später wird das Land die Unabhängigkeit erringen, und wer weiß, wie die Verhältnisse dann sein werden.«

»Aber du lebst gern hier?«

»Bisher.«

»Und warum bist du hergekommen?«

»Das habe ich dir bei unserer ersten Begegnung erzählt. Hier ist ein Wandel im Gange, und es lohnt sich, darüber zu berichten.«

»Aber was ist hinterher?«

»Ich weiß es nicht, Belle. Es gibt beunruhigende Gerüchte über Deutschland, die Aufhebung bürgerlicher Freiheiten, die Beseitigung der politischen Opposition, solche Dinge, und ich sehe, dass sich etwas zusammenbraut.«

»Das wird doch uns hier nicht betreffen, oder?«

»Vielleicht nicht, vielleicht doch. Das ist in diesem Stadium schwer zu sagen.«

Darauf folgte ein langes Schweigen, und am Ende drehte er sanft ihren Kopf zu sich. »Lass uns nicht über deprimierende

Dinge reden.« Er zog den Rand ihrer Lippen mit dem Finger nach.

Glücklich damit, jeden möglichen Moment zusammen zu verbringen, gingen sie auch zum Pferderennen, wo sie Geld verloren und gespannt verfolgten, dass Gloria ziemlich gut wegkam, ihr Bruder dagegen finster den Kopf schüttelte, als sein Pferd als letztes durchs Ziel ging. Sie aßen im *Silver Grill* und unternahmen abends im Park einen Spaziergang, wenn die Hitze nachgelassen hatte. Sie landeten in Olivers Wohnung, um Kaffee zu trinken, wenn sie müde waren und die Füße hochlegen wollten. Es war, als wartete jeder den rechten Augenblick ab, in der stillen Übereinkunft, dass das, was zwischen ihnen war, keine Eile vertrug. Belle war froh darüber, ihn besser kennenzulernen, seine ulkigen Redewendungen verstehen zu lernen und ihn damit zu necken, dass die Amerikaner die englische Sprache verunstalteten. Er ging locker damit um, und sie hatte nie das Gefühl, dass er sie drängte.

Die Beziehung mit ihm unterschied sich sehr von der mit Nicholas Thornbury, ihrer einzigen vorigen Beziehung. Der Produzent hatte ihr die Welt versprochen und war sehr schnell aufs Ganze gegangen. Sie hatte versucht zu sein, wie er sie haben wollte, eine feste Freundin, aber es war ihr nicht echt vorgekommen. Sie wären nie miteinander glücklich geworden. Doch sie hätte es ihm vielleicht persönlich sagen sollen, als nur einen Brief zu hinterlassen. Das tat ihr inzwischen leid. Er war ein kluger Mann, den sie als inspirierend empfunden hatte. Sie hatte es genossen, wie er sich in der Stadt auskannte und mit allerhand aufregenden und ungewöhnlichen Leuten Kontakt pflegte. Aber in Wirklichkeit war sie geblendet gewesen von dem falschen Glanz, und übermäßig beeindruckt, weil er sich überhaupt für sie interessierte, hatte sie sich ihm angepasst. Erst später begriff sie, dass sie aus den falschen Gründen mit ihm zusammen war, und schämte sich.

Danach traf sie manchmal auf Männer, die glaubten, sie müsse als Sängerin eine lockere Moral haben und zu allem bereit sein. Aber Belle war ganz und gar nicht so; sie besaß eine Zurückhaltung, die oft nicht anerkannt wurde. Oliver war anders, einfühlsam, und sie hatte immer mehr das Gefühl, ihm vertrauen zu dürfen. Es war ein wenig, als käme sie endlich nach Hause, und das liebte sie.

Sie hatte Simone Burton geantwortet und sich für ihre ausführlichen Zeilen bedankt. Durch Simones Brief war Belle, was ihre Mutter betraf, zur Ruhe gekommen. Nun war klar, wie sehr die Ereignisse von 1911 ihren Gemütszustand beeinträchtigt hatten, und zum ersten Mal wünschte sich Belle, es gäbe eine Möglichkeit, alles wiedergutzumachen. Es heißt immer, Traurigkeit bringt niemanden um, dachte sie. Aber das tut sie doch. Das ist möglich. Sie war überzeugt, dass ihre Mutter vor Trauer gestorben war. Was hatte Simone gemeint, als sie schrieb, ihr Vater habe seine Rolle bei der Krankheit ihrer Mutter nicht begriffen? Was hatte er getan?

Sie konnte sich nicht erklären, warum sie, das zweite Kind, nicht genügt hatte, um das seelische Gleichgewicht ihrer Mutter wiederherzustellen oder wenigstens den Schmerz über den Verlust Elviras ein wenig zu lindern. Das tat ihr noch immer weh. Obwohl sie nie mit Oliver darüber gesprochen hatte, meinte sie, er habe das irgendwie wahrgenommen und ihren Kummer gespürt.

An dem Tag, an dem sie endlich die Schlüssel für die Villa im Golden Valley bekam, wollte sie eigentlich Oliver bitten, sie zu begleiten. Doch dann entschied sie sich, diesmal doch lieber allein hinzugehen. Da das Haus jetzt ihr gehörte, sehnte sie sich nach etwas, das sie nicht in Worte fassen konnte. Sie wollte ganz in Ruhe alles berühren, die Oberflächen und Wände betasten, um vielleicht ein Gefühl dafür zu bekommen, was von der Vergangenheit noch zu spüren war. Und dabei wollte sie allein sein. Sie würde über die Zukunft des Hauses entscheiden müssen, und obwohl sie Edward ganz gut leiden konnte, wollte sie es ihm eigentlich nicht verkaufen.

Sie fuhr wieder mit der Straßenbahn und ging das übrige Stück an den luxuriösen Villen entlang zu Fuß. Die sahen noch genauso aus wie früher. Dagegen war ihr Haus – *ihr Haus!*, sie schauderte, als sie das dachte – eine Ruine. Sowie sie erfahren hatte, dass sie in Kürze die Schlüssel erhalten würde, hatte sie einen Gärtner bestellt, der ihr das Unterholz wegschneiden sollte. Als sie nun das Tor öffnete, sah sie die Veränderung: Als wäre der Vorgarten wieder sichtbar gemacht worden, und das Haus erschien größer und heller. Sie schaute zum glühenden Himmel auf und empfand ein großes Glück.

Nachdem sie den Schlüssel im Schloss gedreht hatte, klemmte die Tür und wollte nicht nachgeben, aber Belle war entschlossen, das Haus so zu betreten wie ihre Eltern einst, nämlich durch die Vordertür. Sie stemmte die Schulter dagegen und drückte und stieß, bis das Holz knackend und ächzend versprach nachzugeben. Als es das endlich tat, schnellte sie in den Flur und rang schwankend ums Gleichgewicht. »Entschuldige, altes Haus«, flüsterte sie. Das war nicht gerade eine elegante Art, ihr neues Zuhause zu betreten. Sie hielt inne, verblüfft über ihre Gedankengänge. Würde es wirklich ihr Zuhause werden?

Sie ließ die Tür weit offen. Hier war Durchzug vonnöten, um die abgestandene Luft zu vertreiben. Jetzt konnte sie den Flur richtig sehen und den Fußboden inspizieren, der aus schwarzen und weißen Marmorplatten bestand. Zum Glück waren die meisten noch intakt. Als sie wieder durch die Räume ging, begann sie, das Haus mit anderen Augen zu sehen, und bekam Lust, ihm seine alte Schönheit zurückzugeben, obwohl offensichtlich wurde, dass im Parterre viel Arbeit nötig wäre, um die Geister der Vergangenheit wirklich zu vertreiben. Sie öffnete jedes Fenster, das nicht klemmte, und stieg dann die Treppe hoch, um direkt in das Zimmer zu gehen, in dem vermutlich ihre Eltern geschlafen hatten. Von der Veranda schaute sie über den hinteren Garten. Auch dort hatte der Gärtner gearbeitet und die wuchernden Pflanzen zurückgeschnitten. Sie konnte jetzt sehen, wie sehr ihre Mutter den Garten geliebt haben musste.

Die wenigen guten Erinnerungen an sie betrafen die Zeit mit ihr im Garten des Hauses in Cheltenham. Aber die waren verschwommen, und Belle wusste eigentlich nicht, wie viel kindliches Wunschdenken daran beteiligt war. Sie wusste jedoch, dass ihre Mutter Blumen geliebt hatte. Das war jedenfalls wahr.

Nachdem sie die oberen Fenster aufgerissen hatte, ging sie nach unten und dann durch ein französisches Fenster auf die Terrasse. Der Boden war fleckig und tückisch, die meisten Fliesen waren zerbrochen, einige fehlten. Mit vorsichtigen Schritten ging sie hinüber zum Rand des Rasens. Dabei sah sie viele Ameisen laufen, und eine Familie von Eidechsen flüchtete vor ihr. Der Rasen war schrecklich uneben, das Gras stand aber nicht mehr kniehoch. Sie schlenderte zu dem Durchgang in den abgeschiedenen Teil des Gartens. Ehe sie hindurchging, drehte sie sich um und schaute zum Haus. In der Sonne leuchtete es golden, und sie spürte einen Kloß im Hals angesichts seiner verblassten Schönheit. Sie konnte sich mühelos vorstellen, wie ihre Eltern gelebt hatten, bevor die Katastrophe ihren Lauf genommen hatte. Belle durchlebte einen Moment tiefer Trauer, doch er ging vorüber, und sie setzte den Weg fort und hielt auf den Tamarindenbaum zu. Darunter legte sie sich ins Gras, um in das schattige Blätterdach hinaufzuschauen, und obwohl sie noch nie in Burma gewesen war, empfand sie eine Verbundenheit, als hätte sie endlich den Platz gefunden, wo sie wirklich hingehörte.

Könnte sie hier leben? Das Haus renovieren? Es wieder im alten Glanz erstrahlen lassen? War das möglich?

Am nächsten Abend, wenige Minuten bevor sie auf die Bühne musste, erhielt Belle einen Brief von Edward. Er bat sie, sich mit ihm und einem anderen Mann gleich nach der Show zu treffen. Belle hatte so viel Zeit mit Oliver verbracht, dass sie den erwähnten Theateragenten und das in Aussicht gestellte Engagement schon ganz vergessen hatte – oder wenn nicht vergessen, so doch nicht für bare Münze genommen und in den Hinterkopf verbannt. Aber nun war der Mann offenbar gekommen. Ein Mr Clayton Rivers, Australier und internationaler Theateragent. Schade, sie würde Oliver versetzen müssen, doch es half nichts. Sie hatte bei ihm angerufen, ihn aber nicht erreicht. Er und sie waren im *Silver Grill* auf einen Schlummertrunk verabredet, und sie hatte ihm erzählen wollen, wie sie das Haus endlich in Besitz genommen hatte. Sicher würde er Verständnis dafür haben, wenn er erfuhr, warum sie die Verabredung nicht einhielt. Es war jedenfalls unmöglich, ihn so kurzfristig noch zu verständigen.

Trotz ihrer nervösen Vorfreude lief die Show gut, und um halb elf richtete sie sich die Frisur und frischte ihr Make-up auf, zog die hohen Pumps an und ging an den kaum noch besetzten Tischen vorbei zur Bar, wo sie Edward mit einem anderen Mann Whisky trinken sah. Edward wirkte entspannt und mit offenem Hemdkragen ungezwungen. Als die beiden sie kommen sahen, standen sie auf, und mit einem strahlenden Lächeln stellte Edward sie dem Agenten vor, einem großen, breitschultrigen Mann mit dunkler Sonnenbräune und weißblonden, sehr kurz geschnittenen Haaren.

»Freut mich, Sie kennenzulernen, Mr Rivers«, sagte sie und gab ihm die Hand.

»Clayton bitte.« Er schenkte ihr ein blendendes Lächeln. »Wie wär's, wenn Sie und ich uns an einen stillen Tisch da drüben begeben?«

Sie ließen Edward an der Bar und setzten sich in eine Ecke. Clayton sagte, er sei aus Sydney und reise zurzeit zu allen Spitzenhotels und Bühnen in Asien, um neue Darsteller für sich an Land zu ziehen. Als Edward, ein alter Freund aus seiner Londoner Zeit, Belle so überschwänglich gelobt habe, habe er sich verpflichtet gefühlt, einen kleinen Umweg zu machen. Er sei auch nicht enttäuscht worden und bereit, sie zu den üblichen Konditionen in seine Klientenkartei aufzunehmen, falls sie interessiert sei.

Belle fühlte sich dadurch beschwingt, hörte aufmerksam zu und nickte, während er erklärte, dass im Vertrag alle Details stünden, sie ihn aber erst in ein paar Wochen bekäme. Sie müsse allerdings Ende der kommenden Woche in Sydney sein, um für die Zweitbesetzung vorzusingen. Es handle sich um ein erfolgreiches Musical mit sechs Monaten Laufzeit.

»Ich kann Ihnen nichts versprechen«, sagte er. »Da werden auch andere vorsingen, aber … Sie sind gut, sehr gut. Das kostet natürlich, doch mit Imperial Airways sind Sie in drei Tagen da, mit Zwischenlandungen in Singapur und Perth.«

Der Star der Show rang offenbar mit persönlichen und gesundheitlichen Problemen. Die Sängerin hatte die Rolle zwar noch nicht aufgegeben, es war jedoch mit einer Vertragsauflösung zu rechnen.

»Die derzeitige Zweitbesetzung hat es leider erwischt, und man sieht es bereits, daher muss es schnell gehen«, erklärte Clayton.

Belle tippte auf eine Schwangerschaft und nickte eifrig, obwohl in ihr leise Zweifel aufkamen. Einen Agenten zu haben bedeutete, sich um Engagements bewerben zu können, von denen sie ohne ihn nichts erfahren würde. Warum schwankte sie also?

Schließlich offenbarte sie es. »Dürfte ich ein paar Tage darüber nachdenken?«

Überrascht zog er die Brauen hoch. »Wirklich? Sie müssen noch überlegen?«

»Ich muss noch einige Dinge regeln, das ist alles.«

Das entsprach nicht ganz der Wahrheit. Sie war hin- und hergerissen. Sollte sie Oliver gerade jetzt verlassen, da sie sich wirklich besser kennenlernten? Und auch ihr Haus im Golden Valley ging ihr im Kopf herum. Es verband sie auf eindringliche Weise mit der Vergangenheit, und obwohl es unsinnig erschien, fühlte sie sich dort zu Hause und empfand es als Teil ihres Lebens. Und Elvira? Da war noch die Sache mit dem burmesischen Paar und dem weißen Säugling zu klären. Würde sie je nach Burma zurückkehren, wenn sie erst einmal abgereist war? Würde sich der Fall tatsächlich noch aufklären lassen? Sie atmete in aller Ruhe tief durch. Das Engagement in Sydney war eine große Chance. Wie konnte sie auch nur in Erwägung ziehen, es abzulehnen?

Sie blickte zu Edward hinüber, der inzwischen mit Gloria plauderte, und als sie erkannte, wer noch bei ihnen stand, stutzte sie. Die rothaarige Frau, mit der sie ihn im Chinesenviertel gesehen hatte. Sie lächelte gerade zu Belle herüber. Den Kopf voller Fragen starrte Belle sie an. Wer war sie? Und wieso kam sie ihr so bekannt vor? War da mehr als nur die Ähnlichkeit mit Diana?

»Wollen wir uns zu ihnen gesellen?«, schlug Clayton vor.

Als sie auf die Bar zugingen, winkte Gloria sie zu sich. »Kommen Sie, ich mache Sie mit Susannah bekannt.«

Die rothaarige Frau lächelte sie an, und Belle sah sich in ihrem Eindruck bestätigt: Sie ähnelte tatsächlich ihrer Mutter. Als Susannah sie ansprach, war Belle von ihrem starken schottischen Akzent überrascht. Und sie war wesentlich älter, als man von Weitem vermutete. Ihre aufrechte Haltung und das moderne Kleid ließen sie jünger erscheinen, doch Belle schätzte sie nun auf Ende fünfzig. Sie hatte sogar den leisen Verdacht gehegt, sie könnte Elvira sein, was sich aber aufgrund ihres Alters als völlig unmöglich erwies. Belle schüttelte ihr die Hand.

»Ich habe Harry am Regattaabend übrigens noch gefunden«, sagte Gloria. »Doch dann waren Sie verschwunden. Meine Güte, das ist ewig her! Sie haben nie erwähnt, wo Sie abgeblieben sind. Allerdings haben wir uns seitdem auch kaum gesehen.«

»Oh.« Belle überlegte hastig, was sie antworten könnte, und dachte daran, wie sie mit Oliver davongelaufen war. »Ich hatte starke Kopfschmerzen und wollte mich hinlegen. Und seitdem … nun ja, ich war sehr beschäftigt.«

Gloria blickte sie betont skeptisch an.

Belle spürte, dass sie rot wurde. »Es tut mir leid. Ich habe mich nach Ihnen umgesehen, um mich zu verabschieden.«

»Ach, tatsächlich?« Gloria schaute sie einen Moment lang schweigend an. Sie ließ sich offenbar nichts vormachen. »Nun, belassen wir es dabei. Harry ist kurz nach der Regatta in die Wildnis aufgebrochen, von daher ist das nicht mehr wichtig. Aber er ist jetzt wieder in Rangun. Er und ich werden uns morgen Vormittag um elf im *Golden Eagle* zu einem frühen Lunch treffen. Das ist die Bar, in die ich Sie kurz nach Ihrer Ankunft mitgenommen habe. Erinnern Sie sich?«

Belle nickte und fühlte sich ertappt. Und um sich aus der Verlegenheit zu befreien, sagte sie, es sei ein langer Tag gewesen und sie sähen sich morgen, dann wünschte sie allen eine gute Nacht.

30

Harry Osborne erwies sich als ernsthafter Mann, der fließend Burmesisch sprach und die Aufgabe hatte, das Land zu vermessen, der Regierung über die Landnutzung zu berichten und sie über die Vorgänge in den fernen Landesteilen zu informieren. Als eine äußerst gepflegte Erscheinung mit rotblonden Haaren und einer ständig rutschenden Drahtbrille wirkte er in der Bar deplatziert, zumal er Limonade trank. Glorias Einladung zu stärkeren Getränken hatte er abgelehnt.

Der Rauch von Räucherstäbchen, der aus einer Ecke der Bar kam, brannte Belle in den Augen, und sie fing an zu husten. Nachdem sie wieder sprechen konnte und erklärte, sie wolle die Wahrheit über ihre Schwester herausfinden, nickte Harry bedächtig und blickte sich um, als könnte sie jemand belauschen.

Doch es war Gloria, die das Wort ergriff. »Harry kennt jeden in den Dörfern an der Route. Das heißt, die Burmesen. Wenn jemand etwas gesehen hat, wird er es aus demjenigen herauskitzeln können. Dafür gibt es keinen Besseren, und es ist ein enormes Glück, dass er gerade jetzt diese Fahrt unternimmt. Aber ich lasse das besser Harry erklären.« Sie schenkte ihm ein Lächeln.

»Wenn Sie mich nach Mandalay begleiten möchten …« Er sprach derart gedämpft, dass Belle sich weit vorbeugen musste. Ihre Nasenspitzen waren praktisch nur einen Fingerbreit voneinander entfernt, und sein Atem roch nach Fisch.

»In drei Tagen fahre ich«, erklärte er, »und komme erst in zehn Monaten zurück. Von Mandalay aus reise ich nach Nordwesten, verstehen Sie, hoch zur Grenze am Gebirge, wo der Chindwin entlangfließt. Ich kann in Mandalay ganz sicher nützliche Gespräche für Sie arrangieren. Vielleicht sogar mit dem dortigen Polizeichef. Geben Sie mir ein, zwei Tage Zeit, dann lege ich Ihnen einen Plan vor.«

Belle schluckte. In drei Tagen. Sie würde sich rasch entscheiden müssen. Nachdem sie nun endlich mit Osborne sprach und die Flussfahrt konkret wurde, war sie in Versuchung, die Gelegenheit wahrzunehmen. Und wenn er ihr tatsächlich ein Treffen mit einem hohen Beamten verschaffen konnte, bestand eine gute Chance, der Wahrheit näher zu kommen – oder zumindest eine Spur zu finden. Natürlich war die Aussicht auf Erfolg letztendlich gering, aber vielleicht hatte sie das Glück auf ihrer Seite und fand tatsächlich jemanden, der das Paar mit dem Säugling damals gesehen hatte.

»Wie lange dauert die Flussfahrt bis Mandalay?«

»Zwei Wochen.«

»Zwei Wochen!« Ahnungslos, wie sie war, hatte sie auf ein paar Tage getippt, sodass sie anschließend nach Sydney hätte fliegen können.

Er bedachte sie mit einem müden Blick. »Und die Zugfahrt zurück nach Rangun ist auch nicht immer schnell, kann über zwanzig Stunden dauern, außer es gibt Überschwemmungen, dann kann man nur raten. Wenn Sie den Zug nehmen wollen, müssen Sie das tun, bevor der Monsun beginnt.«

»Und wann ist das?«

»Gewöhnlich Anfang Juni.«

Da bliebe also genügend Zeit. Aber es war nicht von der Hand zu weisen, dass sich die Reise als reine Zeitverschwendung herausstellen könnte, als falsche Fährte, die sie ihre Chancen in Sydney kosten würde.

Gloria merkte ihr das Zögern an. »Meine Liebe, Sie sollten wirklich mit ihm fahren. Dabei sind Sie vollkommen sicher, obwohl Harry, der Ärmste, vielleicht nicht den Kopf auf den Schultern behält.«

Belle runzelte verständnislos die Stirn.

»Er will bis nach Nagaland fahren. Die Naga sind berüchtigte Kopfjäger.« Sie gab ein perlendes Lachen von sich, dem sich Harry nicht anschloss, wie Belle bemerkte.

»Tatsächlich bereiten mir die Tiger ein klein wenig mehr Sorgen«, sagte er, »und was die Naga angeht, so werde ich da oben nur das Land vermessen. Allerdings müssen wir in Erfahrung bringen, ob sich einige von ihnen überzeugen lassen würden, unserem Militär beizutreten.«

Währenddessen hatte Belle nachgedacht, aber nicht über Kopfjäger oder Tiger. »Was ist mit Mr Rivers?«, fragte sie und sah Gloria verunsichert an. »Er wird nicht auf mich warten.«

»Soweit ich weiß, geht es ohnehin nur um eine Zweitbesetzung. Es werden noch andere Gelegenheiten kommen. Vielleicht wird er Sie auch später noch unter Vertrag nehmen.«

»Er bestand darauf, dass ich Ende nächster Woche nach Sydney komme.«

Gloria schnaubte. »Glauben Sie doch nicht alles, was Sie hören, besonders nicht, wenn mein Bruder damit zu tun hat. Lassen Sie sich das gesagt sein, es wird im Sande verlaufen. Ich habe das schon erlebt. Aber wie auch immer, ich bin mir ziemlich sicher, dass Edward ihn überzeugen kann, Sie trotzdem in seine Kartei aufzunehmen. Der Mann steht in seiner Schuld.«

»Warum?«

»Edward hat ihm vor einiger Zeit Geld geliehen, damit er im Showgeschäft Fuß fassen konnte.«

Belle sah Osborne an, der mürrisch in sein leeres Glas starrte. Er strahlt eine unbestimmte Traurigkeit aus, dachte sie. Doch welches Angebot sollte sie jetzt annehmen? Seines oder das von Rivers?

Eine Stunde später stand Belle vor Olivers Wohnung. Ein paar Augenblicke verstrichen, bevor er auf ihr Klopfen reagierte. Sie wollte gerade wieder gehen, als er öffnete. Er sah mitgenommen aus, zerzauste Haare, Schatten unter den schönen Augen. Offensichtlich war er soeben erst aus dem Bett gefallen; er trug nur ein Handtuch um die Hüften. So reckte er sich vor ihr und gähnte.

»Wo bist du gestern Abend abgeblieben?« Seine Stimme klang rau, und sie stutzte wegen seines kühlen Tons.

»Störe ich gerade?« Sie versuchte, nicht zu offen auf seinen nackten Oberkörper zu starren, auf seinen Bauchnabel und die Linie krauser Härchen. Gefühle wallten in ihr auf, seine goldene Haut zog sie an, und sie streckte die Hand aus, um ihn zu berühren. Doch in dem Moment bemerkte sie Lippenstift an seinem Hals und stockte.

Er zog die Brauen zusammen. »Wie du siehst, bin ich nicht gerade empfangsfähig.«

»Nun gut.« Sie war verwirrt und fragte sich, ob er eine Frau in seiner Wohnung hatte. »Dann treffen wir uns ein andermal.«

Als sie sich abwenden wollte, hielt er sie am Arm fest. »Entschuldige. Komm rein. Ich springe schnell unter die Dusche, dann koche ich Kaffee. Wenn es dir nichts ausmacht zu warten.«

Sie trat ein und schwieg ein Weilchen, während sie in der Küchentür stand und zusah, wie er Kaffee kochte. »Ich dachte, du wolltest zuerst duschen.«

Er drehte den Kopf und schaute sie an. »Stimmt, wollte ich.« Er reichte ihr eine Tasse Kaffee, der ziemlich stark war, und trank seinen in einem Zug. »Ich bin gleich wieder da.«

»Lass dir Zeit. Ich habe es nicht eilig. Ich wollte dir erzählen, was gestern Abend war.«

Er nickte, dann ging er durchs Wohnzimmer ins Bad. Sie hörte das Schleifen und Quietschen von Wasserhähnen, kurz darauf Rauschen und Plätschern. Sie hätte ihn heute Morgen anrufen können, hatte ihn aber unbedingt sehen wollen, und nun ärgerte sie die Lippenstiftspur. Belle dachte sich harmlose Gründe aus, warum das alarmierende Rosarot an seinem Hals kleben könnte, es nützte jedoch nichts. Worauf deutete das hin? Oder, besser gesagt, auf wen deutete das hin? Sie versuchte, sich auf den hellen Raum zu konzentrieren, betrachtete die Korbmöbel, die smaragdgrünen Seidenkissen, die schönen Perserteppiche. Nachdem sie ihre leere Tasse auf den Sofatisch gestellt hatte, kramte sie in dem Stapel Zeitschriften, zog eine heraus, dann trat sie jedoch ans Fenster und schaute auf die Bäume.

»Hübsche Aussicht, hm?«

Sie fuhr herum, denn sie hatte Oliver nicht hereinkommen hören. Trotz der Bräune wirkte er blass, und er war noch unrasiert.

»Also, wegen gestern Abend ...«

Er winkte ab. »Das spielt wirklich keine Rolle.«

Sie riss die Augen auf. »Ich finde, doch. Es tut mir leid. Mir ist in letzter Minute etwas dazwischengekommen.«

»Offenbar etwas Wichtiges«, sagte er ungewohnt reserviert.

»Ja, tatsächlich.«

Er streckte eine Hand aus. »Komm, setzen wir uns. Ich bin absolut erledigt.«

»Schwere Nacht gehabt?«, fragte sie und warf die Zeitschrift hin. Sie ließen sich auf dem Sofa nieder.

»Ja. Ich bin jemandem, den ich von früher kenne, über den Weg gelaufen.«

»Einer Frau.« Sie klang kühner, als sie sich fühlte.

Er machte große Augen. »Woher weißt du das?«

Sie hob das Kinn und sah ihn gereizt an. »Von dem Lippenstift an deinem Hals. Das ist ein bisschen verräterisch, meinst du nicht?«

Anstatt zu kontern, lachte er nur. »Eifersüchtig?«

»Sei nicht albern.«

Da sie ihr Erröten spürte und sich über ihre Gereiztheit ärgerte, stand Belle hastig auf. »Ich gehe besser.«

»Du hast mir nicht erklärt, warum du mich versetzt hast.«

»Ach, das war nichts von Bedeutung. Nur ein internationaler Theateragent, mit dem Edward mich zusammengebracht hat! Das passiert alle Tage ... Jedenfalls werde ich ...«

»Wenn du gehen willst, bitte.« Er hob die Hände und zuckte mit den Schultern.

»Werde ich.« Aber sie rührte sich nicht. Zu ihrem Entsetzen spürte sie ein Brennen in den Augen, und als die Tränen hervorquollen, wischte sie sie zornig weg. Er war augenblicklich bei ihr, nahm sie in die Arme und drückte sie an sich. Sie fühlte sein Herz schlagen, und er flüsterte ihr ins Ohr.

»Komm, Süße, lass uns nicht streiten. Ich habe nur mit einer alten Freundin einen gehoben. Da läuft nichts zwischen uns, ich schwöre.«

Schniefend zog sie den Kopf zurück. »Und der Lippenstift?«

»Ein schlecht gezielter Wangenkuss, als wir uns verabschiedet haben. Weiter nichts. Ich war sauer, weil du mich versetzt hast, und habe mehr getrunken, als ich vorhatte.«

»Wart ihr nur befreundet oder zusammen?«

Er kratzte sich am Hinterkopf. »Letzteres. Ist Jahre her. Inzwischen ist sie glücklich verheiratet.«

Sein ernster Blick ganz ohne Falsch überzeugte sie. Belle wusste, sie hatte übertrieben reagiert, und nickte. Schließlich hatten sie einander nichts versprochen, sich nicht einmal öffentlich dazu bekannt, dass sie ein Paar waren. Sie hatte kein Recht, sich aufzuregen. Er war frei und sie ebenfalls. Der Streit war ein schlechter Start in den Tag gewesen, doch sie konnten ihn hinter sich lassen.

Unschlüssig wegen der Flussfahrt rieb sie sich das Kinn. »Ich muss eine Entscheidung fällen. Darüber wollte ich mit dir reden …«

»Schieß los.«

Sie setzten sich wieder hin, und während er ihre Hand hielt, erzählte sie davon.

»Hast du Vertrauen zu Edward?«, fragte er skeptisch. »Ist dieser Agent koscher?«

»Warum sollte er das nicht sein?«

»Schau, ich möchte dir die Sache nicht madig machen, aber meiner Erfahrung nach ist Edward ein trickreicher Mann.«

»In welcher Hinsicht?«

Ein Schatten fiel über Olivers Gesicht. »Ich kann es nicht beweisen, doch es heißt, er hat mehr als einmal in ordentliche Gerichtsverfahren eingegriffen.«

Sie erschrak ein wenig, und ihre Gedanken rasten. »Aber das heißt nicht, dass der Agent unseriös ist. Woher weißt du das über Edward?«

Oliver lächelte schief. »Ein guter Journalist gibt seine Quellen nicht preis«, antwortete er trocken.

»Was macht er eigentlich? Beruflich, meine ich.«

»Tja, angeblich ist er ein einflussreicher Berater des Polizeipräsidenten.«

»Du glaubst das nicht?«

Er zuckte mit den Schultern.

»Was willst du mir eigentlich sagen?«

»Er war der Kopf hinter einigen dubiosen Machenschaften. Er und andere haben mehr als einen meiner Berichte unterdrückt, wenn es ihnen passte, und Leute, die ihn angegriffen haben, sind verschwunden. Wenn es darum geht, Macht und Ansehen der Briten zu erhalten, ist er gewissenlos wie so viele.«

Belle runzelte die Stirn. Das war nicht der Edward, den sie kannte. Ihr gegenüber war er immer hilfsbereit und freundlich gewesen. Inzwischen mochte sie ihn sogar.

»Wie dem auch sei, für dich ist es sicherlich das Wichtigste herauszufinden, was mit deiner Schwester passiert ist, oder?«

»Nun, ja. Vielleicht. Aber …«

Er schnitt ihr das Wort ab. »Und was hältst du von Harry Osborne?«

»Kennst du ihn?«

»Ich habe von ihm gehört. Er ist ein prima Kerl, heißt es, auf seinem Gebiet hoch angesehen.«

»Ich fand ihn ganz sympathisch, auch wenn er ein bisschen still ist.«

Oliver grinste, und sein Blick hellte sich auf. »Gerade die Stillen sollte man im Auge behalten.«

»Dir kann ich nicht vorwerfen, einer zu sein.« Sie tippte ihm an die Brust, als er ein Gesicht zog. »Gibt es überhaupt stille Amerikaner?«

Er lachte, wurde dann jedoch ernst. »Das burmesische Paar mit dem weißen Säugling ist die erste richtige Spur, die du hast. Und in Mandalay erfährst du vielleicht mehr, besonders wenn du mit ranghohen Polizisten oder sogar mit dem Polizeichef sprechen kannst.«

Genau das dachte sie auch, dennoch fiel ihr die Entscheidung schwer. Wenn sie die Fahrt antrat, würde sie nicht rechtzeitig in Sydney sein können. Und Gloria meinte zwar, es gebe noch mehr Gelegenheiten, aber würde sie recht behalten?

Oliver stand plötzlich begeistert auf und ging hin und her. »Überleg nur mal! Wenn wir an der Sache dranbleiben und es kommt etwas dabei heraus – wenn du vielleicht sogar Elvira findest –, was für eine wunderbare Story gäbe das! Stell dir die Schlagzeile vor: *Schöne junge Engländerin löst den Fall des verschwundenen Säuglings. Nachtclubsängerin löst alten Kriminalfall.* Das wäre die Story des Jahres. Könnte sogar um die Welt gehen oder – stell dir vor – verfilmt werden. Wir würden reich werden!«

Belle schwieg.

»Belle?«

Sie holte scharf Luft. Wie hatte sie so naiv sein können? Wie hatte sie jemandem vertrauen können, der es für akzeptabel hielt, ihre private Familiengeschichte, ihre Tragödie sogar, zu verkaufen und sie dem Klatsch preiszugeben? Verfilmen! Um Himmels willen! Es lief ihr kalt über den Rücken, und sie sprang auf.

»Story?«, stammelte sie, zu wütend, um mehr zu sagen.

»Belle, ich …«

Sie schüttelte den Kopf. »Ich kann das nicht.«

Tief enttäuscht und aufgewühlt sah sie, wie er wirklich war. Es wurde plötzlich zu heiß im Zimmer. »Das bin ich für dich? Ein Zeitungsknüller?«

»Nein. Ich wollte nicht ...«

»Hör auf.« Belle wich vor ihm zurück. »Sie haben mich vor dir gewarnt.«

Er schob das Kinn vor und stand still da. »Sie?«

»Ich wollte es nicht glauben.« Ihr wurde eng in der Brust. Sie war so dumm gewesen. Jetzt wollte sie nur noch fort von ihm und nie wieder an seine Falschheit erinnert werden. »Es ist nicht Edward, dem ich nicht trauen sollte. Du bist es.«

»Belle, das ist doch übertrieben ...«

Sie hob die Hand, damit er schwieg. »Du bist nur mit mir zusammen, weil du hinter einer großen Story her bist. Du brauchst mich, damit ich die Wahrheit ans Licht bringe. Oliver Donohues großen Knüller!«

Er sah sie so sonderbar an, es brach ihr fast das Herz. Dann schüttelte er den Kopf. »Du verstehst das völlig falsch«, sagte er mit einem hohlen Lachen. »Aber anscheinend bist du doch britischer, als ich dachte. Du wirst schon sehen, was du davon hast, wenn du dein Vertrauen auf Edward de Clemente und seine Kumpane setzt.«

Sie war traurig und einsam und schrecklich enttäuscht, doch sie raffte ihren Mut zusammen und beschloss, Würde zu wahren, und schluckte den Kloß in der Kehle hinunter. »Ich bedaure, wenn meine Freundschaft mit Edward nicht deine Billigung findet. Ich werde dich nicht weiter behelligen. Dir liegt gar nichts an mir. Ich habe mich verleiten lassen zu glauben, es wäre anders ...«

Er starrte sie einen Moment lang ungläubig an, dann zuckte er mit den Schultern.

Als Belle das Haus verließ, traf sie eine rasche Entscheidung. Zum Teufel mit der Story! Zum Teufel mit der Flussfahrt! Das kam nicht infrage. Nicht jetzt und nicht später. Blind von den zornigen Tränen, die in dem Moment flossen, als sie auf die Straße trat, lief sie los. Sie war wütend, weil sie auf Oliver hereingefallen war, und bestürzt über ihre ungestüme Reaktion. Die Nonchalance seines Schulterzuckens hatte ihre

Entscheidung besiegelt. Nun brannte die Enttäuschung in ihr. Wie konnte er? Wie konnte er ihre Gefühle derart mit Füßen treten? So gefühllos mit dem Leid ihrer Familie umgehen? Es war hart, sich der Tatsache zu stellen, dass der Mensch, dem sie vertraut hatte, nicht der war, für den sie ihn gehalten hatte. Und dann fiel ihr der anonyme Brief ein. *Sie glauben zu wissen, wem Sie trauen können?*

31

Cheltenham 1922

Simone ist seit drei Wochen bei mir, und ich muss sagen, es ist mir nie besser gegangen. Nachdem ich mich von meiner unbesonnenen Tat erholt hatte, durch die ich im Krankenhaus gelandet war, fingen wir an, kurze Ausflüge nach draußen zu unternehmen. Zuerst stellten wir uns für zwei Minuten in den Vorgarten und schauten zum Park. Sie hält meine Hand, und kurz bevor mir alles zu viel wird, spürt sie es schon, und wir kehren sofort ins Haus zurück. Jeden Tag gehen wir ein bisschen weiter, und jeden Tag halte ich es ein wenig länger aus.

Simone ist der gütigste Mensch, den ich kenne. Nie verurteilt sie oder deutet etwas an, wodurch ich mich herabgesetzt fühle. Sie ist vollkommen zuversichtlich, dass ich eines Tages wieder ganz gesund bin, und ihre ruhige, beruhigende Art ist genau das, was ich brauche. Ich versuche, daran zu glauben. Aber gestern hat mich die flüsternde Stimme wieder in den Abgrund gezogen, und schon nach wenigen Augenblicken im Freien bekam ich so starkes Herzklopfen, dass ich dachte, das Herz springt mir aus der Brust. Simone wies mich an, langsam zu atmen, und sprach mir Mut zu, nicht ins Haus zu laufen, sondern mich auf die Blumen im Beet zu konzentrieren. Und das habe ich getan. Ich habe es tatsächlich getan.

Sie hilft mir, meine Sachen zusammenzupacken, damit ich umziehen kann. Wir hoffen, dass ich bald in der Lage bin, die Autofahrt auszuhalten. Ich fürchte mich nicht davor, im Auto zu sitzen, solange jemand bei mir ist. Nur wenn ich draußen im Freien bin, habe ich das Gefühl, verschluckt zu werden.

Simone sitzt gerade auf dem Fußboden und schaut sich die wenigen Fotografien an, die ich noch von unserem Leben in

Burma besitze. Sie meint, ich sollte nicht meiden, was mich ängstigt. Vermeiden macht alles nur schlimmer, und deshalb höre ich die Stimme. Die Dunkelheit, der ich mich nicht stellen will oder die ich sogar leugne, tritt mir auf andere Art entgegen. Deshalb, um die Stimme zu besiegen, übernehmen wir die Kontrolle, indem wir jeden Tag fünfzehn Minuten lang zurückblicken. Es gibt keinen Plan, an den ich mich halten könnte, sondern ich muss es stets nehmen, wie es kommt. Mit Sackgassen und allem. Also versetzen wir uns immer wieder in die Vergangenheit, obwohl es mir verrückt erscheint und ich es nur tue, damit Simone sich freut.

Als ich mich zu ihr auf den Teppich geselle, holt sie eins der beiden Fotos hervor, die ich von Elvira habe, und noch bevor sie es mir gibt, fühle ich die Panik aufsteigen und wende mich ab.

»Komm, Diana. Sieh es dir an. Das tut nicht weh.«

Ihr ist nicht anzusehen, was sie denkt, aber schließlich willige ich ein und betrachte mich: als junge Frau mit meiner erstgeborenen Tochter im Arm. Als ich sanft mit dem Zeigefinger über das Bild streiche, dringt mir ein erstickter Laut aus der Kehle.

»Diana?«

Gequält sehe ich auf. »Aber ich weiß nicht, was ich getan habe.«

»Glaubst du, du hast deinem Kind etwas angetan?«

Ich schüttele den Kopf. »Ich habe sie geliebt«, sage ich, doch ich bringe nur ein Flüstern hervor.

»Fürchtest du, die Stimme hätte dir befohlen, etwas zu tun? Ist es das? Gab es die Stimme damals schon?«

Ich seufze. »Ich kann mich nicht erinnern. Wenn damals nicht, dann bald danach.«

Wir schweigen eine ganze Weile, während mir Bilder aus der Vergangenheit durch den Kopf gehen. Der Kinderwagen, immer wieder der Kinderwagen unter dem Tamarindenbaum, und wie ich in die Zweige hochschaue und den Vögeln zuhöre. Ich hatte beim Lunch zwei große Pink Gin getrunken und fühlte mich beschwipst. Das habe ich der Polizei verschwiegen, aber einer der Diener könnte es ihnen erzählt haben. Ich weiß noch, dass ich erleichtert war, weil Elvira endlich schlief. Ich will es nicht leugnen, ich konnte es nicht ertragen, wenn sie schrie. Nicht wegen des Klangs, obwohl der eine Mutter verrückt machen konnte, sondern weil ich ihr mit nichts, was ich tat, helfen konnte. Der Arzt sagte, sie habe Koliken, und das ginge vorüber. Aber ich fühlte mich hilflos, wenn ich sie so erbärmlich schreien hörte.

»Du hast dich gut geschlagen.« Simone hakt sich bei mir unter. »Geht es dir gut?«

Obwohl ich nur halb zuhöre, komme ich in die Gegenwart zurück, nicke und gebe ihr das Foto.

Zuversichtlich lächelnd hilft sie mir vom Boden auf. »Morgen können wir Mrs Wilkes vielleicht überreden, ein wenig altbackenes Brot herauszurücken, und dann füttern wir die Enten auf dem Teich. Was hältst du davon?«

»Das wäre schön«, antworte ich. Aber eigentlich meine ich: Wirklich? Kann ich wirklich schon bis zum Teich gehen?

32

Gerechte Empörung beschleunigte Belles Schritte, als sie Olivers Wohnhaus verließ. In ihrer stillen Rage nahm sie kaum wahr, was ringsherum vorging, nicht das alltägliche Gewimmel von Leuten, Fahrzeugen und Tieren auf der Straße, nicht die Sonne, die hoch am Himmel stand, oder den Schweiß, der ihr den Rücken hinabbrann. Ihr einziger Gedanke war jetzt, dass sie unwiderruflich nach Sydney gehen würde, um alles hinter sich zu lassen – *ihn* hinter sich zu lassen. Das war das einzig Richtige, davon war sie überzeugt.

Als sie sich wieder gefasst hatte, stellte sie fest, dass sie in einem Viertel gelandet war, das sie nicht kannte und das noch dazu aus unübersichtlichen Gassen bestand. Sie hielt an, weil einige Burmesen mit Rock und nacktem Oberkörper im Weg standen. Einer malte einem anderen schwarze Zeichen auf die Brust, und die übrigen standen hinter diesem Schlange, um auch bemalt zu werden. Vertieft in dieses seltsame Tun, schenkten sie Belle keinerlei Beachtung. Während mehr solcher Männer zu der Gruppe stießen, schob Belle sich seitlich an ihnen vorbei und hielt auf eine Straße zu, die hoffentlich zum Regierungsgebäude führte. Sie wollte zu Edward und ihm sagen, dass sie Rivers sehr gern als Agenten nehmen würde.

Als sie um eine Ecke bog und dann auf eine Kreuzung zulief, hörte sie dumpfe rhythmische Schläge. Eine Gänsehaut überlief sie. Was hatte das zu bedeuten? Sie stand still und lauschte, und dann dämmerte es ihr. Das waren Schritte. Marschschritte. Da kamen Menschen anmarschiert. Einen Augenblick später erblickte sie Dutzende Burmesen mit Schwertern, Eisenstangen und Äxten. »Gütiger Himmel«, hauchte sie.

Was um alles in der Welt ging da vor? Sie fuhr herum, überlegte hastig, wohin sie sich wenden sollte, um schnellstmöglich das Viertel zu verlassen, doch jetzt strömten bewaffnete Burmesen aus allen Richtungen heran. Damit war klar, dass sie festsaß. Sie drückte sich an die Wand eines Torwegs, ihr Herz klopfte heftig, die Angst nahm ihr den Atem. Schreckerfüllt sah sie, wie sich der Mob verdreifachte und in ihre Richtung kam.

Sie war wie gelähmt, wollte schreien, doch kein Laut wollte ihr über die Lippen kommen. Sie überwand sich, den Platz an der Mauer zu verlassen, und blickte sich um, sah aber keine Möglichkeit, unauffällig zu flüchten. Belle kniff die Augen zu in dem hoffnungslosen Bemühen, den lähmenden Anblick auszublenden. Dutzende Männer, entschlossen, über sie herzufallen, schwangen ihre Waffen und brüllten. Marschierten stampfend. Stocksteif stand sie da, entsetzt und ungläubig. Sollte so ihr Leben enden? Würde sie an einer Straßenecke totgeschlagen werden? Verzweifelt wünschte sie sich Mutter und Vater herbei, irgendjemanden, der sie rettete, aber sie konnte nur keuchend vor Angst darauf warten, dass sich ihr Schicksal erfüllte.

Als nach ein paar Augenblicken noch niemand sie angerührt hatte, öffnete sie die Augen und sah, dass die Anführer der Meute an die Tür und die Fenster des übernächsten Hauses schlugen. Vage erinnerte sie sich, gehört zu haben, dass dies das indische Viertel war, und blickte an der Hauswand hoch. Inder schleuderten Ziegelsteine aus den Fenstern der Häuser gegenüber. Panisch angesichts dieser Entwicklung schaute sie die Straße entlang, in der Hoffnung, einen Polizisten zu entdecken, der sie aus ihrer Lage befreien könnte, aber vergebens.

Dann sah sie Burmesen die Außentreppe des Hauses gegenüber hinaufsteigen. Da die Bewohner nun in akuter Gefahr schwebten, blickte sie sich erneut suchend nach Polizei um. Die Burmesen hackten jetzt mit Äxten auf die Haustür ein, bis der Weg für sie frei war, und kurz darauf hörte sie durch das

Gebrüll des Mobs die Entsetzensschreie der Hausbewohner.
Belle wusste, sie würden alle erschlagen werden. Noch unsicher, ob sie auch noch an die Reihe käme, wollte sie weinen,
doch nun, da die Burmesen ihr den Rücken zukehrten, musste
sie die Chance ergreifen. Keuchend schlüpfte sie hinter den
Männern vorbei, die sich vor dem Haus zusammendrängten,
und dann, mit nur einem Gedanken im Kopf, rannte sie aus
Leibeskräften von der Straße weg, ohne sich zu orientieren.

Dabei begegnete sie immer mehr Burmesen mit bemalter
Brust, die Brechstangen und Knüppel schwenkten und auf das
indische Viertel vorrückten. In einer schmalen Seitenstraße
ging sie um ein paar unbewaffnete Konstabler herum, die einem vergeltungsbereiten Mob wütender Inder gegenüberstan-
den. Dieser Aufruhr betraf eindeutig die Feindschaft zwischen
Burmesen und Indern, doch Belle kannte weder Grund noch
Anlass. Sie verstand auch nicht, warum sich die Polizei weit-
gehend fernhielt, und deshalb war es nur umso wichtiger, Edward zu alarmieren und zu berichten, was sie gesehen hatte.

Sie gelangte zu einer Reihe Mietshäuser in einer schmalen
Straße, von der aus der Hafen zu sehen war. Also war sie in die
falsche Richtung gelaufen. Es stank nach Abwasser und Fisch
und dazu nach etwas Schlimmerem, etwas viel Schlimmerem.
Bei dem Übelkeit erregenden süßlichen Geruch von Blut
stockte Belle der Atem. In der Straße war es grauenhaft still,
nirgends ein Lebenszeichen. Entsetzt wich sie zurück, als sie in
einem Hauseingang die verdrehten Leichen indischer Männer,
Frauen und Kinder liegen sah. Niemand war gekommen, um
sie von dort wegzutragen. Sie starrte auf das blutige Gesicht
eines Mannes und die große Wunde über dem Ohr. Dann
erst bemerkte sie seine leeren Augenhöhlen, und ihr wurde
schlecht. Sie hatten ihm die Augen ausgestochen. Belle tau-
melte, beugte sich vornüber und erbrach sich. Als der Würgereiz nachließ, hörte sie Fliegen summen, und blinzelnd sah sie,
dass sie sich auf den Toten niedergelassen hatten. Eine Frau lag
in einer Blutlache, ihre Kleidung war zerrissen, in ihrer Brust

klaffte eine Stichwunde. Ein kleines Kind lag verdreht an ihren nackten Füßen. Belle drängte es zu helfen, aber es gab nichts mehr, das sie hätte tun können. Der Mob hatte niemanden am Leben gelassen. Sie schaute zu einem Mann, den die Burmesen offensichtlich totgeprügelt hatten. Fassungslos angesichts solcher Grausamkeit, dachte sie nur noch an Flucht. Das *Strand Hotel* konnte nicht weit sein. Sie drehte sich nach rechts und links, um sich zu orientieren, doch in dem Moment hörte sie einen Säugling schreien und schwankte in ihrem Entschluss.

Sie wollte flüchten, weg von dem schrecklichen Blutbad, aber wie könnte sie ein hilfloses Kind seinem ungewissen Schicksal überlassen? Sie horchte, woher das Schreien kam, und ging an den Häusern entlang. Belle vermied es, in die toten Augen dreier Männer zu blicken, die erschlagen auf der Straße lagen. Vor einer Haustür blieb sie stehen. Dort waren die Säuglingsschreie klar zu hören, doch sie zögerte aus Angst vor dem Blutbad, das sie im Innern des Hauses erwartete.

Die Tür stand weit offen. Belle rief hinein und horchte, ob vielleicht doch noch jemand am Leben war. Die Angst machte ihre Beine schwer und saß ihr wie ein Kloß im Magen. Reiß dich zusammen!, sagte sie sich. Du musst dich zusammenreißen! Dann stieg sie über schlüpfrige, blutige Stufen hinweg die Treppe hinauf. Sie trat vorsichtig auf, und mit jedem Schritt wurde ihr übler, sodass sie den Würgereiz schließlich nicht mehr unterdrücken konnte.

Die drei Zimmer am Treppenabsatz waren leer bis auf einen alten Mann, der an eine Wand gelehnt am Boden saß, mit einer Kopfwunde und toten Augen. Sie schluchzte einmal, ging aber weiter ins nächste Stockwerk. Das Kind weinte noch, doch das Weinen klang bereits schwächer. Kurz bevor sie oben ankam, gaben die Knie unter ihr nach, und sie rutschte die Stufen hinunter bis zum unteren Treppenabsatz. Einen Moment lang blieb sie liegen, und als sie aufstehen wollte, schoss ihr ein scharfer Schmerz durch das linke Bein. Dennoch versuchte sie es erneut, und schließlich gelang es ihr, sich Stufe für Stufe nach oben zu ziehen. Inzwischen war das Weinen verstummt.

Im ersten Zimmer lagen zwei tote Frauen, und Belle fragte sich gerade, ob sie es aushielte, bis in den dritten Stock zu steigen, als sie einen Laut wahrnahm. Sie humpelte zu einer der Toten, und über sie gebeugt, hob sie mit spitzen Fingern den Zipfel einer dünnen blutgetränkten Decke an. Darunter schlief ein Säugling. Ohne Hoffnung prüfte Belle, ob die Mutter wirklich tot war, dann hob sie das Kind behutsam aus der Decke. Es blinzelte sie an, und sie keuchte überrascht. Es war am Leben. Sie blickte in seine großen braunen Augen, dann suchte sie es nach Wunden ab, strich ihm über die weichen Wangen und Haare, wickelte es wieder in die blutige Decke und barg es an ihrer Brust. Was nun? Sollte sie es doch im Haus lassen, damit die Polizei es der Familie zuordnen und Verwandte finden konnte, oder sollte sie es mitnehmen, damit es in Sicherheit war? Allein im Haus könnte es verdursten, oder der mordgierige Mob könnte zurückkommen und es töten. Belle fällte eine schnelle Entscheidung. Nachdem sie zur Treppe getaumelt war, drückte sie das Kind fest an sich und stieg langsam hinunter.

Draußen prägte sie sich das Haus genau ein, damit sie später bei der Polizei angeben konnte, wohin das Kind gehört hatte, und lief dann durch die Gassen. Als sie in eine leere Straße einbog, wurden die Schmerzen in ihrem Bein so stark, dass sie aufschrie. Sie blieb stehen, um Atem zu schöpfen, wobei sie sich ängstlich umsah, ob etwa die wütenden Burmesen zurückkehrten. Ihr war schwindlig und übel, ihr Bein brannte und pochte. Sie fühlte sich einer Ohnmacht nahe, wusste, gleich würde sie hinsinken. Deshalb stützte sie sich für ein paar Augenblicke gegen eine Hauswand, dann humpelte sie weiter. Das Kind wimmerte und strampelte. Belle überlegte, ob sie es unter einen Baum in den Schatten legen sollte, nur für ein Weilchen, hörte jedoch einen Wagen, der sich mit großer Geschwindigkeit näherte. Schließlich sah sie, dass es ein Streifenwagen war.

Drei Polizisten stiegen aus und nach ihnen … Sie riss die Augen auf. Das konnte nicht sein. Doch der vierte Mann, der Zivilkleidung trug, lief auf sie zu. Mit blutiger Hand wischte sie sich über die Augen. Die Welt kippte, und sie sank zu Boden.

Belle erwachte bei Dunkelheit. Die Stunden vergingen, sie hatte kein Zeitgefühl. Ein Ding von unvorstellbarer Schwärze schwebte im dunklen Raum. Unter der Tür schien Licht herein. Die Angst hatte Belle verändert. Sie zuckte beim leisesten Geräusch zusammen, erschrak vor jedem Schatten, der sich bewegte. Sie war vollkommen verspannt, fühlte sich klein. Ihr ganzes Wesen bestand aus Furcht. Sie rief nicht.

Ihr Mund war staubtrocken, als sie erneut aufwachte und die verquollenen Augen öffnete. Sie rührte sich nicht, sah nur den sauberen weißen Raum und die Gardinen, die im Wind am offenen Fenster wehten. Benommen und steif fühlte sie sich. Es roch nach Desinfektionsmittel und Blumen. Sie drehte den Kopf. Eine Krankenschwester stellte gerade rosa Pfingstrosen in eine Vase auf dem Schränkchen neben dem Bett und bemerkte, dass sie wach war.

Mit schmerzendem Brustkorb und rauer Kehle brachte Belle ihre Frage hervor. »Wie lange bin ich schon hier?« Sie blinzelte in die Helligkeit, dann wurde ihr speiübel, weil die Bilder des Massakers sie überfielen. Stöhnend bedeckte sie die Augen. Bilder von Blutlachen und Leichen zogen durch ihren benommenen Kopf. Die toten Frauen in dem Haus, die Männer auf der Straße, das Morden, das grausame Morden. Und das kleine Kind … das arme kleine Kind. O Gott! Sie erinnerte sich an die warmen, weichen Wangen und seidigen Haare. Und die Augen, die großen Augen. Wo war es jetzt?

Die Krankenschwester reichte ihr eine Schale, und Belle setzte sich auf und würgte, doch es kam nichts außer Speichel und Gallenflüssigkeit, denn sie hatte nichts gegessen, oder? Sie konnte sich nicht ganz an die Reihenfolge der Geschehnisse erinnern. Sie hatte mit Oliver gestritten. Ja, das wusste sie noch. Aber was hatte sie unmittelbar danach getan? Zu schwach, um länger aufrecht zu sitzen, ließ sie sich zurücksinken, und die Krankenschwester wischte ihr das Gesicht mit einem kühlen, feuchten Tuch ab.

»Danke«, murmelte Belle, richtete sich jedoch wieder mühsam auf. »Wie lange bin ich schon hier?«

Die Schwester reichte ihr ein Glas Wasser.

Belle trank es aus, dann half ihr die Krankenschwester behutsam zurück aufs Kissen. »Sie müssen ruhen.«

»Ich will wissen, was mit dem Kind geschehen ist.«

»Dafür ist noch genug Zeit.«

»Wie lange bin ich denn nun schon hier?«

»Zwei Tage.«

»Ich glaube, ich bin in der Nacht mal wach geworden.«

»Das mag sein. Der Doktor hat Ihnen aber ein Beruhigungsmittel gegeben. Vielleicht haben Sie es nur geträumt.«

»Darf ich jetzt gehen?« Sie wollte aus dem Bett steigen, frische Luft atmen und die Angelegenheit klären. Und vor dem fliehen, was sie gesehen hatte, vor der Angst, die ihr den Magen umgedreht und ihr Herz zum Stocken gebracht hatte. Gin könnte helfen. Ein paar sehr große Gin.

»Der Arzt wird später zu Ihnen kommen, aber im Augenblick ist ein Besucher für Sie da. Er wartet schon gespannt.«

Oliver, dachte Belle, bereit, den Streit zu vergessen, doch als die Krankenschwester die Tür öffnete, sah Belle mit gemischten Gefühlen, dass es Edward war. Aber sie war dankbar für seinen Besuch und bemühte sich zu lächeln.

»Ich hoffe, Sie mögen die Blumen«, sagte er mit einem breiten Lächeln.

Sie nickte, spähte dabei jedoch durch die offene Tür, um zu sehen, was draußen auf dem Flur vorging. »Danke. Was ist mit dem Kind? Ist es hier?«

»Die Kleine ist gesund und munter.«

»Haben Sie ihre Verwandten schon ausfindig gemacht?«, fragte sie in drängendem Ton, weil ihr das wichtig war.

Er schloss sacht die Tür und erklärte dann, sie würden sich um das kleine Mädchen kümmern, und sie solle sich keine Sorgen machen.

»Ich kann Ihnen genau beschreiben, wo ich sie gefunden habe, wenn das hilft. Wenn wir zusammen hinfahren, kann ich es Ihnen zeigen. Bitte helfen Sie mir aufzustehen.« Sie begann, sich aufzurichten. »Ich werde sicher schon wieder laufen können.«

»Belle, das ist nicht nötig. Wir hören uns bereits um und werden hoffentlich bald einen Angehörigen finden.«

»Sind Sie sicher? Es wäre mir unerträglich, wenn das arme Würmchen im Waisenhaus landet.« Sie unterdrückte ein Schluchzen. »Edward, können Sie sich vorstellen, wie schrecklich es für sie gewesen sein muss, als die Mutter erstochen wurde?«

Er zog sich einen Stuhl heran, und nachdem er sich gesetzt hatte, nahm er ihre Hand und streichelte sie sanft. »Aber, aber. Machen Sie sich keine Gedanken. Wie gesagt, dem Kind geht es gut. Wie fühlen Sie sich? Das ist jetzt das Wichtigste.«

Sie runzelte die Stirn. »Ich bin dankbar, dass ich noch lebe, doch ich bin ganz benommen, kann mich nicht an alles erinnern.«

»Das ist vielleicht auch gut so.«

»Wie bin ich hierhergekommen? Was war mit mir?«

»Sie wissen, dass wir Sie in der Nähe des indischen Viertels gefunden haben?«

»Ja. Da wollte ich eigentlich gar nicht hin.«

»Das hoffe ich doch. Sie sind ohnmächtig geworden und hatten sich das Bein an einer Glasscherbe aufgeschnitten. Jedenfalls vermuten wir das.«

Sie schaute an sich hinunter. »Ich kann es nicht spüren.«

»Das liegt an den Schmerzmitteln.«

Ihre Augen füllten sich mit Tränen und quollen über. Wortlos reichte er ihr ein Taschentuch, mit dem sie sich die Wangen abwischte.

»Besser?«, fragte er.

»Es war entsetzlich, Edward. Entsetzlich. Was ich da gesehen habe. Warum haben sie die Inder ermordet?«

»Ich werde es Ihnen erklären, wenn Sie sich erholt haben.«

Sie zog die Hand weg. Sie wollte es unbedingt begreifen. Wie war es dazu gekommen? Warum hatte das jemand zugelassen? Aber sie sah Edward an, dass er ihr die Fragen jetzt nicht beantworten würde. Sie stützte sich mit den Händen auf der Matratze ab und zog sich im Bett ein Stück hoch. »Ich muss aufstehen. Ich will nicht noch länger hier liegen. Bitte helfen Sie mir auf. Bitte. Ich muss mit Clayton sprechen und nach Sydney.«

Er schüttelte den Kopf, und sein Blick verfinsterte sich. »Das kommt nicht infrage, fürchte ich. Sie hatten ein verstörendes Erlebnis. Der Arzt will Sie noch mindestens eine Woche hierbehalten, vielleicht auch länger.«

»Aber was ist mit Clayton?«

Edward verzog bedauernd den Mund. »Tut mir leid, meine Liebe, er ist geflüchtet, sowie er von den Ausschreitungen hörte.«

Ungläubig schüttelte sie den Kopf. »Nein! Das glaube ich nicht. Sie meinen, er wird mich jetzt gar nicht engagieren?«

»Nicht im Augenblick. Sie haben schon eine neue Zweitbesetzung, soviel ich weiß. Aber ich bin sicher, er kommt bald wieder mal her.«

»Hätten sie denn nicht auf mich warten können?« Auf einmal klang ihre Stimme dünn und schrill, und mitgenommen, wie sie war, gelang es ihr nicht, ihre Enttäuschung zu verbergen. Andererseits dachte sie nach allem, was sie durchgemacht hatte, dass die Enttäuschung über einen Agenten ziemlich nebensächlich war. War ihr das Engagement wirklich so wichtig?

»Anscheinend musste es schnell gehen.« Edward griff wieder nach ihrer Hand. »Das muss sehr enttäuschend für Sie sein, doch das Showgeschäft ist wohl ziemlich gnadenlos.«

Sie blickte ihn an. »Sie waren es, der mich …?«

»Ja. Zum Glück habe ich Sie gesehen, vor allem da Sie Blut verloren haben. Aber was hatten Sie dort zu suchen, um Himmels willen?«

Belle schüttelte den Kopf. »Ich versuche, mich zu erinnern, doch es bleibt verschwommen. Plötzlich war ich mittendrin in dem Geschehen, und dann habe ich mich verlaufen, weil ich panische Angst hatte.«

Er nickte. »Sie Ärmste.«

»Worum ging es denn dabei? Bitte, sagen Sie es mir.«

»Sobald es Ihnen besser geht. Im Moment versuchen wir selbst noch, uns ein vollständiges Bild zu machen. Aber jetzt müssen Sie sich weiter ausruhen.«

Während der folgenden zwei Tage tat Belle nichts weiter, als zu essen und zu schlafen. Wenn sie wach war, störte sie der süßliche Duft der Pfingstrosen. Er war ihr zuwider. Der Krankenschwester hatte sie ein bisschen von dem, was passiert war, entlocken können, doch Edward war seit dem ersten Besuch nicht mehr da gewesen. Hatte sie sich überhaupt für die Rettung bedankt?

Plötzlich sah sie den Mann mit den leeren Augenhöhlen vor sich … O Gott! Sie schlug sich die Hände vors Gesicht.

Wie hatte es so weit kommen können? Und warum? Was konnte der Grund für solch ein Gemetzel sein? Edward würde wiederkommen und es ihr erklären, ganz bestimmt. Sie wollte es unbedingt wissen. Nichts war ihr je so wichtig gewesen wie das. Wenn sie den Grund verstand, würde sie sich von dem grauenhaften Erlebnis erholen können. Von den Schlaftabletten, die man ihr glücklicherweise für die Nacht gab, war sie vormittags benommen, aber ohne sie würde sie kein Auge zutun. Tagsüber hatte sie noch den Gestank des vielen Blutes in der Nase und weinte immer wieder über das Summen der Fliegen und die schreckliche Stille nach dem Massaker. Ihre Sorge um das kleine Mädchen mit den großen dunklen Augen ließ nicht nach. Sie betete darum, dass die Behörden sich nach besten Kräften kümmerten, und nahm sich fest vor, später, wenn sie wieder auf den Beinen war, nach dem Kind zu sehen.

Eines Morgens, als Belle nichts weiter wollte, als sich vor der Welt zu verstecken und den Kopf unters Kissen zu schieben, kreuzte Gloria auf.

»Sie Ärmste, Sie sind in eine Schlacht hineingeraten. Törichtes Mädchen, was haben Sie sich dabei gedacht?«

Beim Ton ihrer Bekannten wurde Belle ärgerlich. Sie rang sich ein schwaches Lächeln ab und sah, dass Gloria in ihrem schwarz-weißen Kostüm und dem passenden Hut besonders chic aussah, und sie hatte Pralinen und Wein mitgebracht. Aber sie war wirklich der letzte Mensch, den Belle jetzt sehen wollte.

»Möchten Sie sich nicht setzen?«, fragte sie mühsam.

»Eigentlich bin ich in Eile, doch ich wollte Ihnen etwas bringen.« Sie legte die Mitbringsel auf das Schränkchen, auf dem schon kaum noch Platz war. »Aber, Liebes, Sie scheinen sich nicht sehr über meinen Besuch zu freuen. Dabei habe ich eine außerordentlich erfreuliche Neuigkeit für Sie.«

»Entschuldigen Sie. Es geht mir nicht so gut. Es war furchtbar, Gloria.«

»Das glaube ich gern, und natürlich geht es Ihnen nicht gut. Das war zu erwarten.«

Belle setzte sich ein wenig auf und strich sich durch die Haare. »Ich habe so entsetzliche …«

»Natürlich, natürlich.« Gloria winkte ab und neigte den Kopf zur Seite, um Belle in Augenschein zu nehmen. »Hm. Sie könnten einen Besuch beim Friseur vertragen. Ich werde das arrangieren. Aber nun zu der guten Neuigkeit.«

»Ja, die kommt sicher gerade recht«, sagte Belle niedergeschlagen. Wie sollte sie irgendetwas aufmuntern können?

»Dann hören Sie zu: Harry hat die Reise verschoben. Er wird warten, bis Sie wieder auf den Beinen sind.« Sie zwinkerte. »Nach ein paar wohlüberlegten Worten von mir, versteht sich.«

»Oje, womit haben Sie ihn überredet?« Belle war sich nicht sicher, was sie davon halten sollte.

»Sagen wir einfach, ich habe ihn an eine kleine Indiskretion erinnert, die ich zufällig mitbekommen habe.«

»Sie erpressen ihn?«, fragte Belle erschrocken.

Gloria lächelte selbstgefällig. »Nur ein winziges bisschen.«

»Aber dafür wird er mich hassen.«

»Natürlich nicht. Er wird *mich* hassen. Allerdings ist mir das völlig egal.«

Belle wandte den Blick ab. Sie war sicher, der Mann würde sie nun ablehnen.

»Er hat sogar schon ein Gespräch mit dem Polizeichef von Mandalay vereinbart, wie er versprochen hatte. Der Mann ist dort schon ewig und drei Tage im Dienst, und wenn jemand etwas von der Sache weiß, dann er. Sagen Sie hübsch Danke.«

Belle rang sich noch ein schwaches Lächeln ab. Wie typisch. Natürlich wollte Gloria nichts von dem Massaker hören. Unweigerlich dachte sie an Oliver und wünschte, sie könnte mit ihm darüber sprechen.

»Aber wie bereits erwähnt, ich bin in Eile.« Gloria beugte sich über sie und gab ihr einen Kuss auf die Wange. »Auf Wiedersehen, meine Liebe. Werden Sie schnell wieder gesund.«

Und damit rauschte sie hinaus und hinterließ einen Duftschleier aus Jasmin, Rose und Sandelholz. Chanel No. 5, dachte Belle und griff nach dem Roman, den ihr freundlicherweise jemand hingelegt hatte. *Mord im Pfarrhaus* von Agatha Christie. Sie las ein paar Minuten, fand es aber noch schwer, den Bildern des Erlebten zu entkommen. Als sie das Buch weglegte, fiel ein Zettel heraus auf die Bettdecke. Nach einem Blick darauf zerriss sie ihn. Sie durfte sich nicht davon verleiten lassen. Obwohl sie Oliver wiedersehen wollte, würde sie auf keinen Fall denselben Fehler noch einmal begehen. Oliver hatte Grüße übersandt und hoffte, sie habe die schreckliche Tortur überstanden. Er wünschte, es möge ihr bald besser gehen, und schlug vor, zusammen etwas trinken zu gehen.

Seit dem Massaker fühlte Belle sich verletzlich, als hätte die Erschütterung in ihr etwas gelöst und alle Unsicherheit, die sie bisher tunlichst verborgen hatte, käme nun zum Vorschein. Sie brauchte dringend jemanden, der ihr freundschaftlich zugeneigt war, doch dieser Jemand konnte nicht Oliver sein. Das war unmöglich.

Inzwischen füllten sich ihre Erinnerungslücken, und sie erlebte noch einmal den lähmenden Schrecken wie in den Augenblicken, als sie geglaubt hatte, die Burmesen würden mit Schwertern und Eisenstangen über sie herfallen. Er saß ihr im Magen, sodass sie sich zusammenkrümmte, und war ein untrennbarer Teil von ihr geworden, ein Wesenszug. Sie drückte sich mit einer Hand auf den Magen, als könnte sie den Schrecken damit austreiben, doch das brachte sie nur zum Würgen und Spucken. Am Ende döste sie völlig erschöpft ein und schlief, bis sie auf der Straße Hunde bellen hörte. Kurz darauf näherte sich jemand ihrer Zimmertür. Belle schloss die Augen, spürte seine Gegenwart schon, bevor er zu ihr hereingelassen wurde.

»Hallo, Edward.« Sie schlug die Augen auf. »Könnten Sie bitte die Vorhänge ganz schließen? Da scheint Licht durch den Spalt, das ist mir zu hell.«

»Rebecca hat draußen gewartet, um Sie zu besuchen, doch ich fürchte, ich habe meine Wichtigkeit ins Spiel gebracht. Sie sagte, sie kommt morgen wieder.« Er schloss den Vorhangspalt und setzte sich auf den Stuhl, den er nah ans Bett gestellt hatte, nahm wieder ihre Hand und tätschelte sie.

Belle blickte ihn an. »Bitte, erzählen Sie mir jetzt, wo das kleine Mädchen hingekommen ist! Ich muss es wissen.«

»Es könnte sein, dass wir eine Großmutter gefunden haben. Ich lasse es Sie wissen, sobald wir dessen sicher sind. Versprochen.«

Sie nickte. »Worum ging es bei alldem, Edward? Warum ist das passiert?«

Er lächelte mitfühlend. »Es ist ziemlich kompliziert, doch

ich werde es möglichst einfach erklären, auch wenn Sie gar nicht hätten hineingezogen werden dürfen.«

Hoffentlich nennt er mich nicht auch noch ein »törichtes Mädchen«, dachte sie, und als er das nicht tat, hörte sie ihm zu. Allem Anschein nach hatte der Konflikt im Hafen begonnen. Hunderte indischer Arbeiter, die Fracht verstauen und entladen sollten, hatten einen Streik begonnen, um bessere Löhne zu erzielen, und man hatte Burmesen als Streikbrecher herbeigeschafft. Nachdem der Streik beigelegt worden war, wurden die Burmesen wieder entlassen. Diese waren von ihren Frauen zur Arbeit begleitet worden, die ihnen die Essenskörbe trugen und ihretwegen einen Weg zurückgelegt hatten. Bei der Entlassung lachten die indischen Arbeiter die Burmesen im Beisein ihrer Frauen aus und demütigten sie damit. Das war ein Fehler. Der Zwischenfall führte zu einer Prügelei, bei der Inder getötet und anschließend in den Fluss geworfen wurden. Ein Gerücht verbreitete sich, wonach ein paar Inder Burmesinnen die Brüste abgeschnitten hätten, und das führte dazu, dass Tausende Burmesen sich zusammenrotteten, um Inder zu töten. Unglücklicherweise hatte sich vorher schon Hass aufgestaut, weil zu viele Inder aus ihren verarmten Dörfern eingewandert waren und die Burmesen verächtlich auf sie herabblickten.

»Wir hatten ständig Ärger mit ihnen«, sagte Edward. »Es hat Hunderte Opfer gegeben, und jetzt haben sich die Inder verbarrikadiert. Die meisten Lebensmittelgeschäfte werden von Indern geführt, sodass im Augenblick Knappheit herrscht. Nicht nur das, auch die Fäkaliensammler sind Inder, und allmählich stinkt die Stadt zum Himmel.«

»Was wird man unternehmen?«

Er seufzte schwer. »Gut siebentausend Inder sind in der alten Irrenanstalt untergekommen. Ihre Häuser sind bei den Ausschreitungen zerstört worden.«

»Ausschreitungen? Nach dem, was ich gesehen habe, war das ein Massaker. Sie müssen Todesangst haben.«

Er lächelte sie reumütig an. »In der Tat. Und da wurde nicht nur gemordet, sondern auch geplündert. Um den Ausbruch von Seuchen zu verhindern, werden wir die aus der alten Anstalt an die Arbeit schicken.«

»Ich hoffe, die Leute werden für ihre Verluste entschädigt.«

»Unwahrscheinlich.«

Plötzlich desillusioniert, zog sie die Brauen zusammen. »Aber das kann doch nicht richtig sein.«

Er zuckte mit den Schultern. »Uns fehlen die Mittel, um ihnen weiterzuhelfen.«

»Und der Wille«, sagte sie, und angesichts ihres scharfen Tons schaute er überrascht.

»Sehen Sie, Belle, die Verhältnisse sind derzeit schwierig, und da ist vieles, was Sie nicht verstehen.«

»Nun, dann klären Sie mich auf.«

»Es hat immer einen Dissens zwischen den Völkern gegeben.«

»Und wessen Schuld ist das? Wir haben die Inder hergeholt, und jetzt machen wir uns nicht die Mühe, sie zu schützen.«

»Sie sind aus freien Stücken hierhergekommen.«

»Zweifellos, weil man ihnen Arbeit und Geld versprochen hat.«

Er schüttelte den Kopf, doch Belle war überzeugt, dass sie recht hatte. Sie starrte ihn an, und da er wahrscheinlich nichts weiter dazu sagen würde, wechselte sie das Thema.

»Warum haben sich die Burmesen Zeichen auf die Brust gemalt?«

»Die machen sie unbesiegbar, meinen sie. Sie glauben sich durch die Magie der Zeichen geschützt. Sie werden sicher schon mitbekommen haben, wie abergläubisch sie sind.«

Belle nickte. »Ja, aber ich dachte, sie seien Buddhisten, also friedliebend.«

»Sie vermengen den Buddhismus mit Animismus und wer weiß, was noch. Hier hat es schon immer Gewaltausbrüche

209

gegeben«, fügte er seufzend hinzu. »Nun, wie auch immer. Was die Dampferfahrt betrifft, so empfehle ich Ihnen mit Nachdruck, sie mit Harry zusammen zu unternehmen. Denken Sie, Sie werden es tun? In Rangun wird es wahrscheinlich eine Zeit lang Unruhen geben, und Sie, mein liebes Mädchen, haben schon genug durchgemacht.«

Da hatte er recht. Und weil ihr das Engagement in Sydney durch die Lappen gegangen war, fand sie die Fahrt auf dem Irrawaddy wieder verlockend. Nach allem, was geschehen war, würde es eine Erholung sein, Rangun hinter sich zu lassen. Nichts würde sie von der ständigen Angst und den grausigen Bildern befreien. Aber je weiter sie von Rangun wegkäme, desto besser würde es ihr vielleicht gehen. Sie dachte an ihre Ankunft in Burma zurück. Wie sehr sie sich hatte blenden lassen von dem goldenen Anstrich des kolonialen Lebens. Doch jetzt hatte sie immerzu Olivers Stimme im Ohr und wurde sie nicht los. Er hatte in vielem recht gehabt. Hinter dem schönen Schein verbargen sich Spannungen, die mit der Zeit noch deutlicher hervortreten würden, und was die Gerichtsbarkeit anging, so gab es für Nicht-Briten kaum Gerechtigkeit. An den Machtmissbrauch, die zügellose Gier und die Rassenvorurteile wollte sie gar nicht erst denken. Und im Hinblick auf ihr Mitgefühl für die geschädigten Inder fragte sie sich, ob sie mehr mit Oliver gemeinsam hatte, als ihr bewusst gewesen war.

33

Cheltenham 1922

Ich bin früh aufgewacht mit dem Gedanken, dass heute etwas Ungewöhnliches passieren wird, aber ohne mich zu erinnern, was es ist. Dann fiel es mir siedend heiß ein. Nun, da ich mich in meinem Zimmer umsehe und prüfe, ob alles erledigt ist, lege ich mir zurecht, was ich zum Abschied sagen werde. Ein feierliches Danke und Lebwohl ohne Tränen, ohne ein kummervolles Gesicht und bedauernde Blicke? Obwohl ich dem Moment entgegenbange, entscheide ich mich für feierlich und würdevoll. Denn es ist nach wie vor wichtig, den Schein zu wahren. Mein Koffer wurde vorausgeschickt. Nur meine persönlichen Dinge sind noch hier, die Kleinigkeiten, die ich im Wagen bei mir haben werde: mein Reise-Necessaire, der silberne Handspiegel meiner Mutter, meine Tabletten, mein Füllfederhalter und mein Tagebuch. Es steht noch nicht viel drin, aber ich möchte wieder anfangen hineinzuschreiben, wenn ich kann. Der Arzt ist offenbar der Meinung, dass mir auch das helfen wird.

Von jetzt an verwende ich wieder meinen Mädchennamen. Miss Diana Augusta Riley. Ich fühle mich gut damit. Es ist ein Abschied von der Einsamkeit. Ich habe mein Landhäuschen zwar noch nicht gesehen, doch Simone und Douglas haben es bereits möbliert, und natürlich bin ich gespannt darauf. Ich denke jedoch mit einer gewissen Beklommenheit an mein neues Leben, und daher gehe ich zum Fenster, um vielleicht noch einen letzten Blick auf Annabelle zu erhaschen. Sie soll mich nicht wegfahren sehen, und deshalb sind wir stillschweigend übereingekommen, dass Mrs Wilkes mit ihr heute einen Ausflug unternimmt.

Gestern Abend habe ich mich zu meiner Tochter aufs Bett

gesetzt und ihr ein Lied vorgesungen, das sie gern hat. Nach ein paar Zeilen stimmte sie mit ein, und am Ende haben wir beide gelacht und uns immer wieder mit Lachen angesteckt – ich weiß nicht, warum, aber es war ein glückliches Lachen. Ich durfte ihr die Haare bürsten, bis sie glänzten, und dann habe ich ihr eine gute Nacht gewünscht und sie auf die samtigen Wangen geküsst. Sie hat mich auf eine ungewohnte Art angeschaut, und als sie die Stirn krauszog, dachte ich, sie hätte intuitiv begriffen, dass ich weggehe. Doch der Moment verging.

»Nacht, Mummy«, sagte sie, und ich hatte Mühe, die Tränen zurückzuhalten.

»Nacht, Liebling«, antwortete ich auf dem Weg zur Tür. »Schlaf schön.«

Und dann lief ich hastig von ihrem Zimmer weg, damit sie mich nicht weinen hörte.

Wie werde ich es verkraften, dass ich sie nie wiedersehe?

Das kann ich nicht beantworten. Noch nicht. Und die Wahrheit ist: Ich weiß es nicht. Ich weiß auch nicht, ob das, was ich tue, richtig ist. Meine Überlegungen drehen sich gnadenlos im Kreis, und ich sage mir, ich muss an etwas anderes denken. Simone meint, ich lasse mein altes Ich hinter mir und gehe meinem neuen entgegen. Ich muss den Blick konzentriert nach vorn richten. Das muss ich tun, egal, was ich jetzt opfere oder wie ich darüber denke. Und ich muss mir stets vor Augen halten, dass ich das für Annabelle tue.

Simone sagt, ich brauche mich bei ihr niemals zu verstellen. Allein das finde ich schon entlastend.

Ich drücke die Wange an die Fensterscheibe und fühle die beruhigende Kühle. Es ist jetzt Juni, ein sonnig warmer Tag, und ich überlege, ob ich mit Twinset und Leinenrock zu warm angezogen bin. Ich betaste meine Perlenkette, und in dem Moment stockt mir der Atem, denn plötzlich sehe ich sie. Annabelle und Mrs Wilkes gehen durch das Tor im Vorgarten. Annabelle hüpft neben ihr her, augenscheinlich ahnungslos.

Und Mrs Wilkes geht mit forschem Schritt, sie hat es eilig fortzukommen. Ich hebe die Hand, wie um zu winken, und durchlebe einen Moment größter Qual. Ist das wirklich das Richtige? Ich denke an Douglas' Begründungen. Was, wenn die Stimme mich verleitet, meinem einzigen Kind etwas anzutun? Glaubt er, dass das in Burma passiert ist? Besteht er deshalb so unerbittlich darauf, dass ich wegziehe? Das hat er zwar nie gesagt, aber es würde vieles erklären. Ich beobachte Annabelle, bis sie aus meinem Blickfeld verschwindet, doch ich weine nicht. Es ist zu ihrem Besten. In meinem Zustand bin ich für sie nutzlos, und wenn ich bliebe, würde ich ständig Schuldgefühle haben. Sie ist besser dran, wenn sie mit Douglas allein lebt.

Es klopft an der Tür, und Simone kommt in einem geblümten Sommerkleid und einem leichten hellen Regenmantel herein.

»Wird es heute regnen?«, frage ich.

Sie zuckt mit den Schultern. »Durchaus möglich. Bist du fertig?«

Ich nicke und sehe mich noch einmal um. Auf Wiedersehen, altes Zimmer, denke ich. Auf Wiedersehen, Park. Und da empfinde ich einen immensen Verlust. »Lässt du mir noch ein paar Augenblicke?«

»Ja. Ich habe direkt vor dem Tor geparkt, sodass wir im Nu im Wagen sitzen. Hast du deine Tabletten genommen?«

Ich lächle sie an, hoffentlich nicht ganz so matt, und reiße mich zusammen.

34

Der Flussdampfer der Irrawaddy Flotilla Company, der einen schottischen Kapitän hatte, war kleiner, als Belle erwartet hatte, doch ihre Kabine in der ersten Klasse war behaglich und komfortabel. Nachdem sie erleichtert von Edward vernommen hatte, dass das kleine indische Mädchen zu guter Letzt zur Großmutter gekommen war, hatte sie einen Koffer gepackt und war am gestrigen Abend an Bord gegangen. Laut Edward hieß das Mädchen Madhu, und das bedeute »Honig« oder »süßer Nektar«. Ihre Großmutter lebe in einem Dorf unweit von Rangun, die Kleine werde also sicher aufwachsen und sich hoffentlich an nichts erinnern. Aber wie viel hatte das arme Würmchen tatsächlich mitbekommen? Es muss doch die Todesschreie gehört haben, dachte Belle, zwang sich aber, keine Bilder aufkommen zu lassen. Wenigstens war für das Mädchen nun gesorgt, und Belle hatte die Tortur nicht umsonst durchgemacht. Doch wie sie selbst die je verkraften sollte, war ihr ein Rätsel.

Der Dampfer hatte unter einem sternlosen Himmel am Kai gelegen, als sie ihn bestieg, aber das war ihr gleichgültig gewesen. Wie der Laternenschein auf dem Wasser tanzte, hatte hübsch ausgesehen, doch müde und bedrückt, wie sie war, hatte sie das nicht würdigen können. Den angebotenen Cocktail hatte sie abgelehnt und war zu Bett gegangen mit der Prophezeiung des Wahrsagers im Kopf. Nun, die baldige Reise hatte sich bewahrheitet.

Nach einem überraschend guten Nachtschlaf wurde sie geweckt, als die Maschinen lauter liefen, und da sie den Fluss im frühen Tageslicht sehen wollte, zog Belle sich eilig an. Nachdem sie die schlüpfrige Eisentreppe hinaufgestiegen war, besonders vorsichtig wegen ihres noch schmerzenden Beins, und auf dem Aussichtsdeck ankam, war der breite Strom in goldenen Dunst gehüllt. Dankbar schlang sie sich den alten Kaschmirschal ihrer Mutter um die Schultern.

Als sie Fowler vor ein paar Tagen um Urlaub gebeten hatte, war sein ohnehin rötlicher Teint dunkel angelaufen, seine gedrungene Statur hatte sich aufgebläht, und seine Augenbrauen hatten sich so lebhaft bewegt, als wollten sie ihm von der Stirn hüpfen. Belle konnte ihre Erheiterung überspielen, während er betonte, wie problematisch es sei, wenn sie fehlte. Sie wusste bereits, dass Gloria ein Wort für sie eingelegt hatte und Fowler es nicht wagen würde, ihre Forderung abzulehnen. Dennoch musste sie die Bittstellerin spielen und ihm dann wortreich danken, als er endlich nachgab. Nur knapp drei Wochen hatte er ihr bewilligt, und sie hoffte, die würden genügen.

Während sie ihr Frühstück einnahm – ein eigentümliches Gericht aus Nudeln, Huhn und einer sehr süßen Soße –, verschaffte sie sich einen ersten Eindruck von den wenigen Passagieren, die ebenfalls so früh bei Tisch saßen. Zwei gut gekleidete Geschäftsmänner, die bei Rührei und Speck kräftig zulangten, drei einzelne Burmesen in traditioneller Kleidung und eine hochschwangere Burmesin in einem rosa-grünen Longyi mit einer Blüte im Haar. Sie schenkte Belle ein bezauberndes Lächeln, und Belle erwiderte es. Bequeme Korbsessel und Tische standen auf dem Deck verteilt, dazwischen prächtige Topfpalmen und am Bug einige Liegestühle für jene, die sich sonnen wollten.

Tatsächlich löste die Sonne den Dunst auf, und als Belle sich auf den Tag besann, merkte sie, dass es genau das Richtige für sie war, zu den Ereignissen in Rangun buchstäblich Abstand zu gewinnen. Ihre Stimmung hellte sich angesichts des herrlichen Morgens auf. Der Himmel war saphirblau, und das Wasser glitzerte in der Sonne. Sie hatte das starke Gefühl, dass ihr die Dampferfahrt guttun würde. Als ein Schwarm Reiher vom seichten Ufer aufflog, nahm sie das als gutes Zeichen.

Gemächlich fuhr das Schiff nach Norden. Eine Stunde war vergangen, und sie fand den Frieden ringsherum beruhigend. Müßig betrachtete sie die dunklen Schatten unter den Regenbäumen am Ufer. Sogar in dem hohen Gras und den Büschen war es still, und die Zeitlosigkeit der Szenerie war Balsam für ihre angegriffenen Nerven. Hin und wieder kamen sie an Dorfbewohnern vorbei, die ihren Tagesgeschäften nachgingen, Netze ausbreiteten oder im Fluss Wäsche wuschen und auf flache Steine schlugen. Andere kochten auf Holzfeuern, während ihre halb nackten Kinder im Schlamm spielten und Belle damit zum Lächeln brachten. Das Leben ging weiter.

Eine Stunde später erschien Harry mit trüben Augen. Er sah mitgenommen aus.

»Geht es Ihnen gut?«, fragte sie.

»Ist gestern Abend spät geworden.«

»Kaffee?«

Er nickte und schob seine Brille hoch.

Sie schaute den Schiffen nach, die leise an ihnen vorbeiglitten. Zuerst eine lange Ölschute, wie Harry erklärte, mit Rohöl für die Burmah Oil Company, dann ein Lastkahn mit Holz für die Burmah Bombay Corporation, immer wieder Fischerboote und sogar ein Dampfer mit einem flachen Anhänger, auf dem zwei Autos festgezurrt waren. Frachtkähne beladen mit Jade, Ochsen, Elefanten, Baumwollballen und prall gefüllten Reissäcken fuhren der Mündung entgegen. Harry hatte zu allen etwas zu sagen und sonnte sich in seiner Rolle als Reiseführer. Sein Kater war augenscheinlich vergessen.

»Alles, was in Burma ein- oder ausgeführt wird, hat eine Fahrt auf dem Irrawaddy hinter sich«, sagte er.

Sie fragte sich, ob das auf ihre Schwester auch zutraf.

Als hätte er ihr angesehen, was sie dachte, hob er den Zeigefinger. »Habe mich gestern Abend mit dem Chefsteward unterhalten. Ein guter Bursche. Trinkt auch gern einen Whisky. Wenn Sie mal mit ihm reden möchten, für ein Gläschen vor dem Abendessen steht er zur Verfügung.«

»Was haben Sie ihm erzählt?«

»Dass Sie hoffen, eine Verwandte aufzuspüren.«

Ein Schwarm großer schwarzer Vögel stieg von einem Baum auf, und eine Einheimische mit einem roten Schal um den Kopf, die ihren Longyi als Schlinge benutzte, um ihr Kind darin zu tragen, blickte auf und sah ihnen nach.

Belle dachte an Oliver und verspürte großes Bedauern, verwarf jedoch jeglichen Gedanken, noch einmal auf ihn zuzugehen. Er hatte sein wahres Gesicht gezeigt, und das genügte ihr. Und dennoch wünschte sie, sie könnte mit ihm reden, ihm ihr Herz ausschütten. Ihm alles erzählen. Dem einen Menschen, der sie verstünde. Mit ihm war alles ganz anders gewesen als mit Nicholas. Sie schüttelte den Kopf. Es hatte keinen Sinn, an Oliver zu denken. Mit ihnen war es vorbei. Aber wie es zu Ende gegangen war, das tat ihr noch weh, und davon konnte sie sich nicht abbringen.

Außer während der Mittagszeit, wenn es besonders heiß war, verbrachte sie den Tag an Deck, las oder hing Tagträumen nach und beobachtete das Leben am Fluss. Wenn sie an Pagoden vorbeifuhren, richtete sie sich staunend auf. Manchmal sah sie das rote Fell der Wildhunde durchs Gras leuchten, aber Leoparden, Malaienbären oder Paviane hatte sie noch keine gesehen. Malaienbären kletterten angeblich auf Bäume und bauten sich darin Nester zum Schlafen.

Der Lunch, den sie mit Harry einnahm, bestand aus burmesischen Speisen, ein Teeblattsalat, gefolgt von Butterfisch mit intensiv duftendem Reis. Ihr fiel auf, wie sehr Harry dem Alkohol zusprach, und sie wunderte sich darüber. Bei ihrem Treffen in der Bar in Rangun war er ihr nicht wie ein Trinker vorgekommen, zumal er den Gin naserümpfend abgelehnt hatte und bei Limonade geblieben war. Tatsächlich wirkte er äußerst nervös, und sie fragte sich, ob etwas im Argen lag.

Als es auf den Abend zuging, wurde das schillernde Blau des Stroms dunkler. Angestrahlt von der tief stehenden Sonne, leuchteten die Ufer golden, und unter dem lila Himmel erschienen die fernen Berge in verschwommenem Blaugrau. An Deck wurden die Lampen angezündet, und es roch nicht nur salzig-fischig vom Wasser her, sondern auch nach brennendem Lampenöl. Der Fluss wirkte recht unheimlich. Es klang, als sängen Geister im Wasser, aber vermutlich trug der Wind nur Stimmen aus den Dörfern herüber. Vor ihrem inneren Auge sah Belle immer wieder das Blut der toten Frau in dem Zimmer und sich selbst, wie sie sich über sie beugte und das kleine Mädchen unter der Decke fand. Die Mutter war tapfer gewesen, ihr Kind so zu schützen. Belle stockte jedes Mal, wenn sie zu spekulieren anfing, was aus dem Mädchen geworden wäre, wenn sie es nicht gefunden hätte.

Mit den Gedanken bei dem Kind beobachtete sie die Passagiere, die sich zu Grüppchen zusammenfanden, plauderten und lachten und sich von den eleganten Kellnern mit Getränken versorgen ließen. Nur die schwangere Burmesin war nirgends zu sehen.

Ein kleiner Mann in einem dunkelgrünen Hemd und dezent gemustertem dunklem Longyi kam lächelnd auf sie zu. Sie erhob sich aus dem Sessel, doch er verbeugte sich und bedeutete ihr, sitzen zu bleiben. Nachdem er ihr gegenüber Platz genommen hatte, stellte er sich als Chefsteward vor. Sein Englisch war jedoch schauderhaft, und es brauchte mehrere Versuche, bis sie verstand: Er fragte, wie er ihr helfen könne. Verlegen sah sie sich nach Harry um und hoffte, ihn irgendwo zu entdecken, damit er für sie dolmetschte, doch als sie ihn endlich erblickte, war er mit einem Mann in ein Gespräch vertieft, zwischen ihnen auf dem Tisch eine halb leere Flasche Whisky.

Sie erzählte dem Chefsteward von dem burmesischen Paar mit dem weißen Säugling, das vor all den Jahren auf einem Dampfer gesehen worden war. Er schüttelte den Kopf, und sie reimte sich aus seiner Antwort zusammen, dass das vor seiner Zeit gewesen war. Er konnte ihr aber vermitteln, dass ein Archäologe in Bagan etwas darüber wissen könnte. Er lebe im

Gästehaus der Regierung und sei in Bagan viele Jahre tätig gewesen. Das Gästehaus sei 1922 für den Prinzen von Wales gebaut worden, als er Burma besuchte, doch leider habe er dann nicht dort übernachtet.

Als Harry endlich angetaumelt kam, fragte sie ihn, ob sie auch in dem Gästehaus übernachten könne, und er nickte.

»Wir haben zwei Tage und eine Nacht in Bagan«, sagte er ein wenig schleppend und undeutlich. »Das ist eine schöne Stadt mit großen, teils verfallenen Tempeln. Es gibt also viel zu besichtigen. Das Schiff muss dort Vorräte und Brennstoff aufnehmen.«

Über eine Woche später erreichten sie Bagan. Belle hatte sich an das langsame Leben und den Alltag an Bord gewöhnt und wusste kaum noch, welcher Tag gerade war. Das hatte ihr bisher sehr gutgetan. Die Erinnerungen verblassten allmählich, und obwohl sie wusste, sie sollte und würde auch nicht vergessen, hatte sie aufgehört, sich damit zu quälen. Es würde Zeit brauchen. Und das Beste wäre jetzt, Bagan zu besichtigen, mit dem Archäologen zu sprechen und möglichst viel herauszufinden.

Schon einmal hatten sie für eine Nacht am Ufer gelegen, weil das Schiff Brennstoff hatte aufnehmen müssen, allerdings waren viele Passagiere an Bord geblieben, auch Belle und die schwangere Frau, die sie wieder angelächelt und ihr in fast akzentfreiem Englisch einen guten Abend gewünscht hatte. Belle hatte dann allein an Deck gesessen, die Abendluft genossen und der burmesischen Musik gelauscht, die von einem Dorf herüberklang.

In Bagan mussten nun jedoch alle von Bord gehen.

Verblüfft, weil jeder über eine schmale Planke ans Ufer balancieren musste, sah sie zu, wie der Chefsteward der Schwangeren hinüberhalf. Daraufhin nahm Belle sein Angebot, ihr den Koffer zu tragen, dankend an, und so konnte sie den wackligen Weg über den schlimmsten Streifen Morast bewältigen. Festgemacht an Holzpfählen, schaukelte das Schiff sanft auf dem Wasser.

Harry begleitete sie in dem zweirädrigen Pferdewagen, der sie auf einer staubigen Straße zu dem Gästehaus brachte. Belle staunte, als es in Sicht kam. Es sah aus, als hätte es mal in einer englischen Grafschaft gestanden und wäre dann hier mit ein paar asiatischen Details versehen worden.

Sie wurden von einem burmesischen Butler empfangen und in ein luftiges Foyer geführt, wo er ihnen einen köstlichen Saft aus Mangos und Guaven anbot und bemerkte, dass seit einiger Zeit immer mehr Besucher kämen, um die Ruinen zu besichtigen. Nachdem sie sich ins Gästebuch eingetragen hatten, führte er sie zu ihren abgedunkelten Zimmern im ersten Stock.

Endlich allein, ging Belle zum Fenster, stieß die Läden auf und schaute in den ummauerten Garten, in dem violette Bougainvillea blühten, eine kleine stille Oase. In der Mitte plätscherte Wasser, vielleicht in einem Springbrunnen, aber die Stelle sah vernachlässigt aus. In den Bäumen flogen Vögel hin und her, und die Blätter wehten im Wind. Leider reichte der nicht aus, um die Hitze aus ihrem stickigen Zimmer zu vertreiben. Jetzt wurde Belle bewusst, dass sie sich während der friedlichen Flussfahrt in einem trügerischen Gefühl von Sicherheit gewiegt hatte. Sie hatte beinahe vergessen, weshalb sie hier war, und nun war es Zeit, diesen Archäologen aufzusuchen, einen gewissen Dr. Walter Guttridge.

35

Cotswolds 1922

Douglas steht am Tor. Leicht gebeugt starrt er vor sich auf den Boden, als sammelte er seine Gedanken. Als ich zu ihm gehe, richtet er sich auf, weicht meinem Blick aber aus.

»So«, sage ich. »Das war's dann.«

»In der Tat«, antwortet er, und jetzt blickt er mich an. Ich sehe in seine schönen Augen. Tief und dunkel sind sie und voller Verwirrung. Er schaut nicht streng oder hart, nur sehr verloren. Er hält seine Emotionen zurück. Es wird keinen rührseligen Abschied geben. Ich sehne mich danach, ihn zu umarmen, möchte, dass er mich in die Arme schließt und wir wieder so sind wie früher. Aber das ist nicht möglich. Diese Zeiten sind vorbei. Er hat gelernt zu verbergen, und nun ist mein Ehemann so in sich gekehrt, dass er sich nicht mehr gestattet, etwas zu fühlen.

Er nimmt meine Hand und drückt sie, dann lässt er sie los und tritt zurück. Ich tue, was er von mir erwartet, und gehe wortlos durch das Tor, ohne zurückzublicken und ohne eine Szene zu machen.

Es ist ein herrlicher Junitag. Der Himmel ist außergewöhnlich blau, und die Sonne färbt die oberen Ränder der Wolken silbern und golden. Zu Beginn der Fahrt bin ich still, nicht imstande, mit Simone zu reden, aber irgendwann entspanne ich mich. Wir fahren durch ein Meer von Grün, das teilweise erst zart hervorsprießt. Niedrige Trockenmauern säumen die Straße und gewähren einen weiten Blick über die Cotswolds, wo Wiesen, die mit Schafen gesprenkelt sind, an Felder und Weiden stoßen und Pferde am Zaun stehen. Zwei Mal halten wir unterwegs an, um den Motor abkühlen zu lassen, Wasser nachzufüllen und Benzin zu tanken. Bei einem Halt ermutigt mich Simone, auszusteigen und frische Luft zu schnappen, doch ich bleibe sitzen. Deshalb bringt sie mir aus dem Tankstellenladen Limonade und ein Sandwich mit.

Als wir irgendwann nach links abbiegen, durch einen dichten Wald und dann ins Tal hinunterfahren, wo Minster Lovell liegt, bekomme ich Magendrücken. Aber nachdem wir die mittelalterliche Brücke überquert haben, bin ich überrascht. Eine so bezaubernde Gegend hatte ich nicht erwartet. Der Fluss ist schmal, und große Trauerweiden stehen an den Ufern, doch er fließt in seinem natürlichen Bett, und als wir rechts abbiegen, weg von der Mühle, fahren wir linker Hand am Pub vorbei.

Simone zeigt mir, welches ihr Haus ist. Wie einige andere hat es ein Strohdach. Es ist ein langes, schmales Haus aus dem gelblichen Stein der Gegend, das in der Sonne leuchtet, bewachsen mit Glyzinien und mit einem Graben davor. Mir fällt auf, dass der Graben die ganze Straße entlangläuft, damit das Regenwasser abläuft, und dass einige Häuser eng beieinanderstehen oder sogar aneinandergebaut sind. Simone sieht meinen Gesichtsausdruck.

»Keine Sorge. Deins steht frei und am Dorfrand oben auf dem Hügel.«

Die leichte Steigung habe ich nicht bemerkt, sehe aber jetzt, dass wir bergan fahren, und bin erleichtert, weil ich nicht mitten im Dorf wohnen muss.

»Nach deinem kommen nur noch zwei Häuser, beide hinter der Biegung, und dazwischen ist viel Wiese.«

Ich freue mich auf mein neues Zuhause. Als Simone anhält, zeigt sie auf ein hübsches Landhaus hinter einer Trockenmauer, und soweit ich sehen kann, steht es in einem hübschen Garten.

Sie steigt aus und kommt zu meiner Tür herum, um mir herauszuhelfen. Mein Herz klopft schneller, aber ich bin so erpicht darauf, das Haus von innen zu sehen, dass ich meine

Angst überwinde, und nach wenigen Augenblicken schließt Simone die Vordertür auf und führt mich in den Flur.

»Ich habe die Möbel so hingestellt, wie ich dachte, dass es dir gefällt, und es gibt auch schon Vorhänge, doch natürlich kannst du alles nach Belieben ändern. Das kränkt mich nicht.« Ich lächle sie an, dankbar für alles, was sie für mich getan hat.

Sie führt mich durchs Haus, und ich muss mir immer wieder sagen, dass es mir gehört, nicht ihr. Oben am Ende der schmalen Treppe gibt es drei Zimmer und ein Bad. Zwei davon gehen auf die Straße hinaus, aber auch auf einen großen Vorgarten. Mein Schlafzimmer, sagt sie, liegt nach hinten, und als ich es betrete, gehe ich sofort zu einem der beiden Fenster. Von dort aus kann ich einen gut bestückten, gepflegten Garten sehen und dahinter dichten Wald.

Dankbar drehe ich mich zu ihr um. »Ich danke dir.«

»Ich wusste, es würde dir gefallen. Als ich nach Rogers Tod von Burma hierhergezogen bin, brauchte ich einen Ort, wo ich Frieden finden konnte, und habe lange gesucht.«

»Du hast ihn gefunden.«

»Erst hier in Minster Lovell.«

»Es ist schön hier. Wirklich schön.«

»Der Ort ist etwas Besonderes. Ich sage immer, die Ruhe hier hat mein gebrochenes Herz geheilt.«

Ich strecke die Hand nach ihr aus, und sie drückt sie.

»Ich habe deinen Koffer heraufbringen lassen. Und wenn ich hier übernachte, schlafe ich in einem der vorderen Zimmer.«

Wir begeben uns wieder nach unten und erkunden ein reizendes Wohnzimmer mit einem großen Kamin, ein gemütliches Nebenzimmer mit einem kleinen Kamin, ein Esszimmer und eine nicht allzu große Küche mit einer Speisekammer.

»Wenn du bereit bist, zeige ich dir den Weg zum Haus des Arztes«, sagt sie. »Du gehst nach rechts und den Hügel hinunter auf die Kirche zu. Du brauchst nur an einem Wohnhaus vorbei, das ein Stück von der Straße zurückgesetzt ist, und dann siehst du schon unten auf der rechten Seite sein Haus.«

»Ich dachte, er kommt zu mir.«

»Wenn dir das lieber ist, wird er das sicherlich tun.«

Ich nicke erleichtert.

»Mrs Jones aus dem Dorf kocht für dich und putzt jeden Morgen. Ich habe ihr erklärt, du seiest krank gewesen und hättest Ruhe nötig. Sie ist eine vernünftige Frau, meine ich, und wird sicher nicht aufdringlich. Sie wird auch Vorräte für dich einkaufen, und Norridge & Son liefern sie aus. In ihrem Ford T. Der ist wirklich ulkig, sieht aus wie eine Kiste auf Rädern.«

Mich fröstelt auf einmal. Es ist zwar Juni, aber spätnachmittags und abends kann es noch recht kalt sein.

»Wir müssen nur Feuer anzünden«, sagt Simone zuversichtlich. »Mrs Jones hat es in dem Nebenzimmer vorbereitet, doch auch im großen Wohnzimmer und deinem Schlafzimmer. Und sie hat uns eine Erbsensuppe mit Schinken gekocht, die wir heute Abend essen können. Aber wie wär's mit deinem Kaschmirschal zum Aufwärmen? Hast du ihn mitgebracht?«

»Ich habe ihn dort gelassen. Annabelle wird sich eines Tages darüber freuen, und ich möchte, dass sie etwas von mir hat.« Es ist schwer, bei diesem Gedanken die Tränen zurückzuhalten.

»Ich muss zu mir nach Hause, um meine Sachen zum Übernachten zu holen«, sagt Simone und berührt meine Hand. »Kommst du zurecht? Ich kann es auch später tun, wenn dir das lieber ist.«

»Ich komme zurecht«, antworte ich, und während sie weg ist, denke ich an zu Hause. Nachdem ich Annabelle gestern Abend gute Nacht gewünscht habe, sah ich Douglas. Er war weicher gestimmt als heute Morgen beim Abschied. Er kam in mein Zimmer, und wir hielten uns recht lange im Arm. Ich wollte nicht, dass er meine Tränen sieht, darum habe ich mich weggedreht und mir die Augen gewischt. Natürlich hat er das durchschaut. Und als ich ihn ansah, war er ungeheuer traurig, und seine Hände haben gezittert.

Ich atme langsam. Ein und aus.

Jetzt bin ich hier und werde sicher jeden Winkel meines neuen Heims kennenlernen, wie auch jeden Grashalm im Garten. Die Vorstellung ist ungewohnt tröstlich. Vielleicht werde ich eines Tages auch das Dorf so gut kennen. Die Welt vor meinem Fenster kommt mir plötzlich nicht mehr so leicht zerbrechlich vor und meine Verbindung zu ihr ebenfalls nicht. Simone hatte recht: Dieser Ort hat etwas Besonderes an sich. Aber ich habe teuer dafür bezahlt, und vor allem wünsche ich mir, Annabelle wäre mitgekommen.

36

Belles erste Begegnung mit Walter Guttridge war denkwürdig. Schon seine Erscheinung überraschte sie. Er war sicher ein Meter neunzig groß und weit über siebzig, hatte lange strähnige Haare und war von der Sonne braun gebrannt, was die tiefen Falten rings um die Augen stark betonte. Aber er schien noch flink auf den Beinen zu sein und hatte die eigentümliche Angewohnheit, sich beim Reden am linken Ohrläppchen zu zupfen.

»Das Britische Museum hat mich 1905 hierhergeschickt«, sagte er mit lauter, durchdringender Stimme, nachdem Harry sie einander vorgestellt und er sich bereit erklärt hatte, Belle an diesem Vormittag mitzunehmen.

»Das war sicher eine enorme Umstellung, könnte ich mir vorstellen.«

Er nickte bekräftigend. »Die Regierung hatte kurz vorher entschieden, Bagan vor dem Verfall zu bewahren. Über dreißig Jahre habe ich das Areal begutachtet, Empfehlungen gegeben, Restaurierungsarbeiten beaufsichtigt und so weiter.«

Sie unterhielten sich und gingen einen sandigen Weg entlang, der an hohen Bambushainen, wilden Bananenstauden und dichtem, geheimnisvollem Wald vorbei zu dem Dorf führte. Harry hatte sich entschuldigt, er habe dringende Arbeiten zu erledigen, und so war Belle allein mit diesem hünenhaften Mann, der unter den zierlichen Burmesen so deplatziert wirkte und dennoch von ihnen geachtet wurde. Er redete mit ihnen in ihrer Muttersprache und nickte und lachte, wenn sie auf das Gesagte eingingen.

Belle blickte zu ihm auf. »Sie kennen hier wohl jeden.«

»Wie gesagt, ich bin schon sehr lange hier.«

»Wollten Sie nicht eines Tages heimkehren?«

»Mein Zuhause ist hier.«

»Sogar wenn Sie sich zur Ruhe setzen?«

»Das habe ich nicht vor. Ich werde hier leben und arbeiten und irgendwann umfallen.«

»Der Chefsteward auf dem Dampfer sagte, Sie könnten sich womöglich an ein burmesisches Paar erinnern, das mit einem weißen Säugling nach Mandalay fuhr.«

»Oh ja. Das war 1912, nicht wahr?«

»Eigentlich 1911.«

»Sehr seltsam war das ... damals.«

»Und Sie haben das Kind selbst gesehen?«

»Nein. Aber mein Assistent.«

»Ist er hier?«

»In Kürze. Er befindet sich auf dem Rückweg von Mandalay. Hat dort Verwandte.«

»Ich hoffe, er trifft ein, bevor ich weiterfahren muss.«

Als sie in das Dorf gelangten, musterte sie die Häuser, die augenscheinlich aus einem Holzgerüst und kompliziert geflochtenen Bambusmatten bestanden.

»Die Hauswände sind aus Bambusgeflecht?«

»Aus Blättern der Toddypalme. Bambusmatten verwenden sie, um die Fenster zu verhängen.«

Das erste Haus war ein strohgedeckter Pfahlbau unter Bäumen. Es sah behaglich aus. Innerhalb der Umzäunung fegte eine Frau den Boden, und ein Kind spielte Ball. Mehrere dürre Hühner pickten im Sand. Weiter hinten waren zwei gefleckte Ziegen an einen Pfahl gebunden, und ein Hund schlief im Schatten.

»Wovon leben die Leute?«, fragte sie.

»Ackerbau, Fischfang. Sie stellen landwirtschaftliche Werkzeuge und Netze, Seile und Segel her. Und einige auch Lackarbeiten, die sie an Pilger verkaufen.«

Inzwischen hatte sie bemerkt, dass er auf einem Ohr taub war, auf dem linken, an dem er ständig zupfte, wie um es zum

Funktionieren zu bringen. Deshalb hielt sie sich stets an seiner rechten Seite auf. Sie begegneten drei barfüßigen Mönchen mit zwei Jungen, die hinter ihnen hergingen und Schalen trugen. Belle sprach den Archäologen auf sie an.

»Zwischen dem siebten und dem dreizehnten Lebensjahr leben die Jungen unterschiedlich lange zusammen in Klöstern. Die, die länger dort bleiben, entwickeln untereinander eine starke Verbundenheit, werden quasi zu einer Familie.«

»Müssen das alle Jungen tun?«

»Alle burmesischen Jungen von buddhistischen Eltern werden wenigstens für ein paar Wochen Novizen, manche sogar für einige Jahre, besonders wenn sie ihre Eltern verloren haben.«

»Dürfen sie das Kloster denn wieder verlassen?«

»Natürlich. Sie können jederzeit ein normales Leben aufnehmen, können jedoch auch Mönch bleiben.«

»Und mit den Schalen erbetteln sie Essen?«

»Ja. Sie essen nur, was die Leute ihnen geben. Manchmal ist es nackter Reis. Sie glauben, dass Leiden zum Leben gehört und der Grund für das Leiden die Bedürfnisse sind. Um das Leiden zu beenden, braucht man also nur Bedürfnisse und Bindungen aufzugeben. Daher führen sie ein so einfaches Leben.«

Belle dachte darüber nach. Ihr Verlangen nach Oliver hatte zu Leid geführt, aber ging es nicht darum, das Leben mit all seinen Licht- und Schattenseiten zu erfahren? Und tatsächlich zog sie es vor, es mit den Höhen und Tiefen eines solchen Lebens aufzunehmen, statt allem auszuweichen. Doch natürlich war sie jung und hatte noch viel zu lernen.

Sie blieb stehen, um einer schön gekleideten Frau mit goldenen Armbändern zuzusehen, die auf dem Erdboden vor einem Mörser hockte und Holz zerrieb. Ab und zu gab sie ein wenig Wasser hinzu, damit Thanaka-Paste daraus wurde. Schüchtern hielt sie Belle ein Klümpchen davon hin und ermutigte sie nickend, es zu nehmen. Belle bestrich sich damit den Handrücken. Die Paste trocknete in der Hitze rasch und fing an zu jucken.

An einer kleinen Kreuzung wartete ein Inder mit einer einspännigen Kutsche, oder vielmehr war es ein an den Seiten offener Karren mit einem Strohdach, der aber eindeutig Leute befördern sollte.

»Damit fahren wir?«

Guttridge nickte. »So ist es am besten. Sie können gern zu Fuß gehen, es wird jedoch höllisch heiß werden.«

An dem sonderbaren Gefährt angelangt, half er Belle das Trittbrett hinauf und duckte sich dann selbst unter das Strohdach auf die Sitzbank.

»Was haben Sie heute vor?«

»Ich will mal drüben auf der anderen Seite nach dem Stupa sehen.«

»Stupa?«

»Der Stupa ist ein wichtiger Sakralbau des Buddhismus. Viele enthalten eine Reliquienkammer. Zwischen dem elften und dreizehnten Jahrhundert, zur Zeit der Könige in Pagan, wie es damals noch hieß, gab es über zehntausend buddhistische Tempel, Pagoden und Klöster allein in dieser Ebene.«

»Wie viele gibt es noch?«

»Weniger als dreitausend. Sie werden erkennen, welche wir in den letzten Jahren restauriert haben, hauptsächlich mit indischen Arbeitern, was nicht immer gut angekommen ist.« Er schüttelte den Kopf. »Einige Stupas sind leider schon zu weit zerstört, voller Risse und eingefallen, von Schlingpflanzen überwuchert. Die Erdbeben haben ein Übriges getan, wie Sie sich denken können. Es ist ein Wunder, dass überhaupt noch so viele erhalten sind.«

»Und die Burmesen leben ringsherum?«

»Wie von jeher. Allerdings gibt es Überlegungen, sie umzusiedeln.«

»Das wäre schade. Mir gefällt es, wenn rings um solche Monumente das alltägliche Leben stattfindet.«

Der Pferdekarren setzte sich in Bewegung und fuhr einen holprigen Weg entlang. Ab und zu waren eine Kuh und Schafe zu sehen. Da der Karren nicht gefedert war, wurde Belle kräftig durchgeschüttelt, während Guttridge mit dröhnender Stimme das laute Quietschen der Eisenräder übertönte. Sie sah einen Stupa nach dem anderen. Meist waren sie aus dem rötlichen Lehm gebaut, auf dem sie standen, und wirkten wie Gebilde der Natur und nicht wie von Menschenhand erschaffen.

»Und was für Bäume sind das?«

»Tamarinden-, Pflaumen- und Neembäume«, sagte er. »Wenn man sich ein Gesamtbild machen will, unternimmt man am besten eine Fahrt im Heißluftballon. Ich werde morgen in die Luft steigen. Sie haben Zeit. Mein Assistent wird erst später eintreffen.«

Belle schaute zum Himmel hoch. Sollte sie es wagen?

»Er wurde in England in bester Qualität gebaut und vor einigen Jahren hergeschafft. Hat unsere Arbeit völlig verändert. Ich habe einige Dorfbewohner persönlich zu Helfern ausgebildet. Es ist also vollkommen sicher.«

Nach einem Moment nickte sie, und dann verspürte sie freudige Erregung. Was hatte sie zu verlieren?

»Sie müssen um fünf Uhr morgen früh bereitstehen. Wir steigen immer vor Morgengrauen auf. Und so viel kann ich Ihnen versprechen: Die Sonne über der Ebene aufgehen zu sehen ist eine Erfahrung, die Sie nie vergessen werden.«

Hartnäckiges lautes Klopfen weckte Belle. Es war noch stockdunkel. Sie hatte immer noch Kopfschmerzen von der stundenlangen Fahrt mit dem Pferdekarren in der unbarmherzigen Hitze. Belle tastete nach dem Lichtschalter, sah auf die Uhr und begriff, dass ihr nur noch fünf Minuten Zeit blieben, um sich mit Guttridge unten im Foyer zu treffen. Sie stieg in eine weite Hose, warf sich eine langärmelige weiße Bluse über und griff im letzten Moment zu einer Wollstrickjacke.

So früh am Morgen mochte es oben in der Luft recht kühl sein.

Guttridge wartete am Fuß der Treppe auf sie. »Bereit?«, fragte er in einem forschen Ton, der kein Nein duldete.

Sie nickte, obwohl sie ihre Zusage ein wenig bereute und wünschte, sie hätte wenigstens noch Zeit für eine Tasse Tee.

Der Fahrer des Ochsenkarrens benutzte eine schwache Taschenlampe, um vor sich auf den Weg zu leuchten, aber was er davon sah, war Belle ein Rätsel. Dennoch brachte er sie ohne Zwischenfall zu einem Platz, wo ihr Blick sofort von einer lodernden Feuerschale angezogen wurde. Bis auf das Knacken des brennenden Holzes herrschte eine unheimliche Stille, und es dauerte ein Weilchen, bis Belle in der Dunkelheit etwas erkennen konnte. Allmählich sah sie einen riesigen Ballon flach am Boden liegen, und zwei Gestalten bereiteten ihn geräuschlos zum Aufsteigen vor. Sie schauderte, und als die Gasflamme brannte und fauchte und der Ballon sich aufgerichtet hatte, schlug ihr das Herz bis zum Hals. Der Korb erschien erschreckend klein. Konnte das gut gehen?

»Kommen Sie«, sagte Guttridge. »Es wird Zeit. Unterwegs werde ich alles notieren, was sich verändert hat, seit ich zuletzt in der Luft war. Daher werde ich nicht gesprächig sein, fürchte ich.«

Er und ein zweiter Mann stiegen zuerst ein. Während sie wartete, bis sie an die Reihe kam, redete sie sich gut zu, sich auf das Erlebnis einzulassen. Denn vielleicht würde sich die Gelegenheit nie wieder bieten. Sie hatte sich schon beruhigt, als ein Helfer ihr einen Hocker hinstellte, über den sie in den Korb steigen konnte. Das ging nicht gerade elegant vonstatten, sodass sie froh war, eine Hose zu tragen. Als sie im Korb stand, sah sie fünf Männer, die den Ballon an langen Seilen festhielten.

Guttridge erklärte, wie man sich bei einer Ballonfahrt zu verhalten hatte, und nach einigem Ruckeln begann der Korb zu steigen und versetzte Belle in Spannung.

Schon nach kurzer Zeit schwebten sie hoch über Bagan in der kühlen, stillen Morgenluft. Als sie das Land in Dunst gehüllt sah, war sie zuerst enttäuscht. Doch dann löste sich der Dunst auf, und als die Sonne höher stieg, überzog sie die Spitzen der Pagoden und Stupas mit schimmerndem Rosa und Gold. Bald überblickte sie die ganze Weite der alten Ebene, und Belles Stimmung hob sich. Sie sah Rauch von einsamen Bauernhöfen aufsteigen, das Mosaik der Felder, auf denen schon Ochsen Pflüge zogen, kreisende Vögel. Und über allem die Stille. Nur einmal hörten sie Tempelglocken läuten und hin und wieder einen Hund bellen. Diese zeitlose Ruhe beim Schweben über so ungewöhnlich vielen alten Heiligtümern hatte Belle nicht erwartet. In der Ferne schien die Sonne auf den Irrawaddy und färbte ihn silbrig golden. Belle war nicht religiös, aber der Anblick hatte etwas Mystisches. Plötzlich erkannte sie, dass das Leben so viel mehr zu bieten hatte als gedacht, und sie spürte Tränen kommen. Sie fühlte sich leicht, verwandelt, als wäre auch sie dazu geschaffen, den Luftraum mit den Vögeln und dem Wind zu teilen. Dass es in einer Welt immenser Schönheit so grausam zugehen konnte, war ihr unverständlich. Doch sie wusste, sie würde die Extreme irgendwie begreifen und akzeptieren müssen.

Sie hätte tagelang in der Luft bleiben mögen, aber sobald Guttridge seine Beobachtungen in sein Notizbuch eingetragen hatte, war die Fahrt vorbei.

Langsam näherten sie sich dem Boden und landeten holprig, da der Korb darüberschleifte und mehrmals aufprallte. Abgesehen von dieser kleinen Unannehmlichkeit hatte Belle die Zeit zufrieden lächelnd zugebracht. Sie würde ihr Leben jetzt anders leben. Sie würde sich nicht mehr mit dem aufhalten, was in Rangun passiert war. Vielmehr würde sie alles mit neuen Augen sehen und sich nicht um Dinge sorgen, die sie nicht ändern konnte. Sie hätte nicht gedacht, dass sie eines Tages in einem Heißluftballon über eine der schönsten Gegenden der Welt fliegen würde, und doch hatte sie es getan.

37

Minster Lovell 1922

Heute werde ich zum ersten Mal mit Dr. Stokes sprechen. Ich weiß wenig über ihn, nur dass er einige Jahre als Arzt im Krankenhaus in Oxford tätig war und anschließend in der Anstalt für Geisteskranke. Als Simone mir das erzählte, bin ich wohl vor Schreck blass geworden, aber inzwischen ist er im Ruhestand, wie sie mir versichert, und ist nur noch an Patienten mit speziellen Problemen interessiert, die er privat behandelt. Wie es scheint, ist er in seinem Denken sehr fortschrittlich, hat das Werk Sigmund Freuds studiert, und soviel ich weiß, ist er davon überzeugt, dass sich gewisse Krankheiten durch Gespräche heilen lassen. Ich weiß nicht so recht, was ich davon halten soll. Ehrlich gesagt, muss man mich erst noch davon überzeugen. Denn wie sollte Reden helfen können?

Eine gute Sache: Ich bin verliebt in mein Haus und die Trockenmauern, die hohen Eichen und das Kalksteindach. Ich freue mich auch, weil nun einige kleine und zugegebenermaßen hübsche Möbelstücke aus unserem Haus in Cheltenham gekommen sind: die cremefarbene Frisierkommode meiner Mutter, eine kleine Kommode mit Schubladen, die früher im Kinderzimmer stand, mein Tiffany-Lampenschirm, den ich besonders mag, ein kleiner halbrunder Wandtisch und der alte Schreibtisch meiner Mutter mit dem Geheimfach.

Derzeit beschäftige ich einen Gärtner, damit er mir den Rasen mäht und das Unkraut jätet, doch ich sehne mich nach einer Zeit, da ich mich gut genug fühle, um ins Freie zu gehen und den Garten zu bepflanzen und Sträucher zu stutzen. Das Dorf kenne ich noch nicht, aber Simone sagt, wenn man über den Kirchhof geht und an der Ruine von Minster Hall vorbei, gelangt man an das herrliche Flussufer.

Plötzlich höre ich von draußen Stimmengemurmel. Das müssen Simone und der Arzt sein. Ich kann sie nicht sehen, weil sie vermutlich unter dem Vordach stehen, und so warte ich, bis sie das Haus betreten haben. Als sie in mein Wohnzimmer kommen, bin ich überrascht, denn Dr. Stokes sieht ganz anders aus als erwartet. Ich habe mir Psychiater immer dünn und hinterhältig vorgestellt und dass sie ständig versuchen, den Patienten mit gerissenen Fragen in die Falle zu locken. Er ist jedoch ein rundlicher, gutmütig wirkender Mann mit freundlichen blauen Augen und weißem Haarschopf.

Er streckt mir die Hand hin, und ich ergreife sie und kann nicht anders, als ihn anzulächeln. Er legt sogar die andere Hand auf meine und drückt sie sanft.

»Mrs Hatton, ich freue mich sehr.«

»Hallo. Eigentlich Miss Riley, aber bitte sagen Sie Diana.«

»Verzeihung. Mein Fehler.«

Simone zieht sich zurück. »Ich werde Tee kochen«, erklärt sie lächelnd.

Ich nicke. Das haben wir schon vorher so abgemacht. Als kleinen Kniff, damit ich mir allein einen Eindruck von Dr. Stokes verschaffen kann. Und er von mir, denke ich.

Ich deute auf den Sessel am Fenster. »Wollen wir uns setzen?«

Ich nehme in dem anderen Platz, damit ich den Vorgarten sehen kann. Er stellt seinen Sessel so hin, dass er mir genau gegenübersitzt.

»Ich möchte sicher sein, dass Sie verstehen, dass dieser Prozess relativ langsam vonstattengeht, Sie aber die Freiheit haben, es sich jederzeit anders zu überlegen.«

Ich nicke. »Wir reden nur miteinander. Stimmt das?«

»Ja.« Seine Augen funkeln, und er schenkt mir ein aufrichtiges warmes Lächeln.

Wie gesagt, mir ist schleierhaft, wie Reden helfen könnte, doch ich nicke, und dann höre ich den Teekessel pfeifen und drehe den Kopf zur Tür, weil ich überlege, ob es unhöflich wäre, Simone helfen zu gehen.

Als hätte er es mir angesehen, sagt er: »Gehen Sie nur Ihrer Freundin zur Hand, wenn Sie möchten.« Ich bin beeindruckt. Vielleicht verbirgt sich hinter seinem jovialen Auftreten ein scharfer, aufmerksamer Verstand. Aber solange er freundlich ist, kann ich das akzeptieren. Und nachdem er mir erlaubt hat hinauszugehen, empfinde ich gar nicht mehr das Bedürfnis dazu. Anstatt also in die Küche zu gehen, bleibe ich sitzen. Während wir über das Dorf plaudern und er von seinem Haus erzählt, das nahe der Kirche steht, entspanne ich mich nach und nach. Er wirkt in unauffälliger Weise beruhigend, und ich bin tatsächlich ein bisschen enttäuscht, als Simone mit dem Tablett hereinkommt und ich ihn nicht mehr für mich allein habe.

Nachdem wir mit dem Einschenken, Teetrinken und Plätzchenessen fertig sind, wischt er sich den Mund mit seiner Serviette ab und steht auf. »So, wenn Sie gern meine Patientin werden möchten, Diana, können wir nächste Woche anfangen, vielleicht mit zwei Wochenstunden, einer montags und einer freitags. Jeweils um zehn. Wie klingt das?«

»Danke, Dr. Stokes, das fände ich schön.« Und während ich ihn hinausbegleite, bin ich überrascht, wie ernst ich das meine, und dann stehe ich unter dem Vordach, also fast draußen im Garten, und bin darüber nicht im Geringsten beunruhigt.

38

Kurz vor fünf, als es ein wenig kühler wurde und ihr bis zu dem Treffen mit Guttridges Assistenten noch eine Stunde Zeit blieb, hatte Belle das Bedürfnis nach Ablenkung und beschloss, das Gästehaus zu verlassen und spazieren zu gehen. Da der Dampfer erst um acht Uhr abfahren sollte, hatte sie viel Zeit. Sie trank noch rasch ein Glas Wasser und steckte sich ein paar Pfefferminzbonbons ein.

Ein leichter Wind linderte die Hitze. Belle hielt sich im Schatten dichter Baumkronen, wo sie nicht so sehr schwitzte. Sie folgte der staubigen gelben Straße, lauschte auf das Knirschen ihrer Schritte und bog an jeder Kreuzung nach rechts ab, damit sie auf dem Rückweg immer nur links abzubiegen brauchte und sich nicht verlief. Sie trat beinahe auf einen Käfer mit einem langen Horn und Büscheln an den Fühlern und beobachtete ihn eine Weile. Belle kam an demselben Haus vorbei wie schon einmal, nur war es dort jetzt lebhafter, weil die ganze Familie draußen im Schatten saß und über Holzkohle ihr Essen zubereitete. Es roch nach Fischsoße und gebratenen Zwiebeln. Durch das Blätterdach der Bäume schien die Sonne und warf helle Flecken auf den trockenen Erdboden. Die Leute wirkten liebenswürdig und freundlich, als Belle grüßend winkte. Sie ging weiter und entfernte sich immer mehr von der Dorfmitte.

Ein gutmütiger Hund folgte ihr eine Weile, und während sie die Vögel zwitschern hörte, dachte sie an Elvira. Wie wäre ihre Kindheit verlaufen, wenn sie gemeinsam mit einer Schwester aufgewachsen wäre? Hätten sie sich Geheimnisse anvertraut und einander in Schutz genommen, wie Schwestern es taten? Oder hätten sie um die Aufmerksamkeit ihrer

Eltern rivalisiert, sich endlos gestritten und nie vertragen? Belle stellte sich vor, wie Elvira jetzt untergehakt neben ihr ginge. Sie würden einander auf Blumen hinweisen und viel zu laut über eine Albernheit lachen oder über jemanden, den sie beide urkomisch fanden. Und wie wäre es gewesen, mit ihr leise über Jungen zu kichern, nachdem die Eltern zu Bett gegangen waren? *Unsere* Eltern, dachte sie und fragte sich mit einem Kloß im Hals, wie ihre Mutter gewesen wäre, hätte sie ihr erstgeborenes Kind nicht verloren ...

Tief in Gedanken und ohne auf den Weg zu achten, spazierte sie vor sich hin, bis sie aufblickte und sah, dass sie die Häuser längst hinter sich gelassen hatte und sich in offenem Buschland befand. Um wieder in den Schatten zu gelangen, denn die Sonne brannte noch heiß, schlug sie den Weg zu einem Wäldchen ein, in dem ein Stupa stand. Dort setzte sie sich ins Gras unter einen Baum, um sich eine Weile auszuruhen, und lutschte ein Bonbon. Müßig schaute sie in das milde Licht des späten Nachmittags und zum Horizont, der sich schon zartrosa färbte.

Belle sah auf die Uhr. Nur noch ein bisschen, dachte sie. Der Wind trug leises Glockenläuten heran, und es roch nach dem Laub der Bäume und nach den weißen Blumen, die hier üppig blühten. Sie schloss die Augen und lehnte sich an den Stamm eines Baumes, der sich in der Sonne erwärmt hatte. So ließ sie sich einige Zeit treiben, begleitet vom Hämmern eines Spechts. Plötzlich stöhnte jemand und riss sie aus ihrer Ruhe. Sie fuhr hoch und stand hastig auf, um sich abzuklopfen und zurückzulaufen. Inzwischen war ungewiss, ob sie noch rechtzeitig zum Schiff gelangen würde, und Belle machte sich Vorwürfe wegen ihrer Unbekümmertheit. Aber das Stöhnen wiederholte sich, nur klang es diesmal noch gequälter. Da litt jemand schreckliche Schmerzen! Obwohl sie starke Bedenken hatte und hoffte, nicht in eine Falle zu tappen, beschloss sie, der Sache nachzugehen. Ihr war deutlich bewusst, dass sie eine Frau und noch dazu Ausländerin in einem Land war, in dem sie sich nicht auskannte. Sie hatte keine Ahnung, welche bizarren Dinge da vielleicht vor sich gingen. Ganz zu schweigen von den giftigen Schlangen und Insekten, die im Unterholz lebten. Vorsichtig umrundete sie den Stupa und spähte nach allen Seiten, ob sie irgendwo jemanden sah. Fast wäre Belle über die schwangere Burmesin gestolpert, die sie vom Schiff kannte. Sie lag mit angezogenen Knien auf der Seite.

Belle ging neben ihr in die Hocke. »Fühlen Sie sich nicht gut? Ich kann Hilfe holen.«

Mit zitternder Hand hielt die Frau sie auf. »Bitte, nein. Gehen Sie nicht weg. Ich habe Angst.«

»Aber warum sind Sie ganz allein hier?«

Die Frau keuchte vor Schmerzen auf und konnte einen Moment lang nicht antworten. »Ich wollte die Geburt auslösen. Das Kind ist überfällig. Aber ich muss es auf dem Schiff zur Welt bringen, sonst wird mein Mann zornig.«

Belle runzelte die Stirn. Hatte das auch mit einem burmesischen Aberglauben zu tun? »Warum ist das wichtig?«

»Es bringt großes Glück, wenn man auf dem Irrawaddy geboren wird. Ich habe die Flussfahrt schon einmal mitgemacht.«

»Wo ist Ihr Mann?«

»Er arbeitet im Sekretariat in Rangun und bekam für eine zweite Reise keinen Urlaub.«

»Also sind Sie allein gefahren?«

Die Frau wimmerte vor Schmerzen.

Belle stand auf. »Ich muss jemanden zu Hilfe holen. Ich weiß überhaupt nicht, was bei einer Geburt zu tun ist.« Sie ließ sich nicht anmerken, wie sehr allein der Gedanke daran sie schreckte.

Die Frau deutete auf eine Tasche. »Ich habe Kurkuma bei mir, um das Kind damit einzureiben und die bösen Geister zu vertreiben. Und wir müssen einen Astrologen finden. Auf dem Schiff gibt es einen. Ich habe mich vor der Reise darüber erkundigt.«

»Meinen Sie, Sie schaffen es bis zum Schiff?«

243

Die Frau streckte ihr die Hand hin, und Belle half ihr hoch, doch die Ärmste beugte sich sofort vornüber und hielt sich wimmernd den Bauch. Belle half ihr, sich unter einem Baum in den Schatten zu setzen. Inzwischen war klar, dass sie selbst nicht mehr rechtzeitig an Bord gelangen würde.

»Wie heißen Sie?« Belle hockte sich wieder neben die Burmesin und hielt ihre Hand.

»Hayma. Das bedeutet ›Wald‹. Ich wurde im Wald geboren.«

»Sie stammen nicht aus Rangun?«

»Nein, aber aus einem kleinen Dorf in der Nähe.« Wieder krümmte sie sich zusammen, und ihr war anzusehen, dass sie einen Aufschrei unterdrückte.

Belles Angst, bei der Geburt helfen zu müssen, wuchs. »Ich muss Hilfe holen«, sagte sie wieder und sah auf die Uhr in dem Wissen, dass sie ihre Verabredung versäumt hatte, aber auch mit wachsender Sorge um Hayma.

»Bitte, ich flehe Sie an, lassen Sie mich nicht allein!«

Belle willigte ein, und zwanzig Minuten lang war die Frau relativ ruhig. Sie wirkte jetzt gefasster, da jemand bei ihr blieb. Doch bald kamen wieder Wehen. Belle schaute sich um, ob jemand in der Nähe war, der bei der Schwangeren bleiben könnte. Zunächst war das Gelände rings um den Stupa verlassen, aber nach einer halben Stunde entdeckte sie auf dem Weg, der zum Dorf führte, eine Frau mit einem kleinen Kind auf dem Rücken. Belle rief und winkte sie herüber, und zwischen zwei Wehen konnte Hayma mit ihr sprechen. Einen Moment später eilte die Frau davon.

»Sie holt Hilfe«, erklärte Hayma.

Doch die Frau kehrte nicht gleich zurück, und während Belle versuchte, Hayma zu beruhigen, dachte sie, dass es nicht mehr lange dauern könne, bis das Kind geboren wurde. Sie überlegte fieberhaft, ob sie nicht doch etwas darüber wusste, was man mit einem Neugeborenen tun musste, und wünschte, sie könnte jemanden fragen. Und dann endlich kam die Frau zurück und brachte ein großes Bündel Tücher und einen Krug Wasser mit. Mit einem Seufzer der Erleichterung stand Belle auf.

Bis das Kind zur Welt kam, sank die Sonne hinter den Horizont und färbte den Himmel zinnoberrot. Kurz darauf wandelte er sich zu einem samtigen Indigo, übersät von Sternen. Belle spürte im Wald die Magie erwachen, und unter der Oberfläche der alltäglichen Welt erschien das Leben instinkthaft und dunkel. Erwartungsvoll hielt Belle den Atem an. Und dann passierte es: Umgeben von den starken Gerüchen der Nacht und dem lauten Zirpen der Zikaden wurde ein kleines Mädchen geboren, und Belle durchströmte Freude. Sie sah eine Sternschnuppe und hörte die Flughunde in den Bäumen kreischen, als wollten sie das Kind willkommen heißen. Belle wusste, sie würde diesen Moment nie vergessen. Sie blieb bei Hayma, hielt ihre Hand und sprach ein kurzes Gebet, bis das Kind seinen ersten entrüsteten Schrei tat. Braves Mädchen, dachte Belle. Verschaff dir Gehör.

Dann nahm sie widerstrebend Abschied und ließ Mutter und Kind in der Obhut der Frau, doch sie tat es in dem Wissen, dass das Leben ihr diesen außergewöhnlichen Anlass beschert hatte, damit sie ihr Gleichgewicht wiederfand. Ja, sie war dabei gewesen, als auf grausame Weise Leben genommen wurde, aber sie war auch dabei gewesen, als Leben geschenkt wurde, und daran würde sie sich festhalten.

Nachdem sie mehrmals falsch abgebogen war – sie hatte sich mit erhobenen Armen vor den Fledermäusen schützen und darauf hoffen müssen, keiner Schlange auf Nahrungssuche zu begegnen –, konzentrierte sie sich auf den einen Weg, an den sie sich erinnerte, und fand schließlich zurück zum Gästehaus. Es war inzwischen halb neun, und ob das Schiff auf sie wartete, war ungewiss.

Das fand sie im nächsten Moment heraus, denn im Foyer lief sie als Erstes Harry Osborne über den Weg. Sein wütender

Gesichtsausdruck und zorniges Gemurmel verrieten ihr alles. Sowie er sie bemerkte, blieb er stehen und blickte sie böse an. »Was glauben Sie denn, wie spät es ist?«

»Es tut mir schrecklich leid«, antwortete sie und versuchte, sich zusammenzunehmen, war aber noch immer ergriffen von dem Geburtserlebnis. »Ich kann wirklich nichts dafür.«

»Ihr Frauen seid doch alle gleich. Hätte ich den Auftrag bloß nicht angenommen!« Er biss sich auf die Lippe, als hätte er sich verplappert, dann schob er nervös seine Brille hoch.

Sie roch den Whisky in seinem Atem und zog die Brauen zusammen. »Auftrag?«

Er wich ihrem Blick aus. »Ich meine ... äh ... Sie zu begleiten. Jedenfalls haben wir das Scheißschiff verpasst.«

»Es tut mir wirklich leid. Ich musste einer Schwangeren helfen. Es war ...« Doch sie fand keine angemessenen Worte, um ihm nahezubringen, wie erhebend es gewesen war, bei der Ankunft neuen Lebens dabei zu sein. Und dass es ihr wenigstens für ein paar Minuten so vorgekommen war, als könnte es in der Welt nur Gutes geben.

Ungläubig runzelte er die Stirn, schwieg jedoch.

»Was werden wir jetzt tun?«, fragte sie.

Er seufzte. »Ich habe uns zwei Kabinen für morgen früh buchen können.«

»Oh, das ist wunderbar.«

Er warf ihr einen ironischen Blick zu. »Sie haben das Schiff noch nicht gesehen. Ich bezweifle doch stark, dass sie es ›wunderbar‹ finden werden. Gott sei Dank werden wir in Mandalay noch rechtzeitig ankommen, damit sie das Treffen mit Ogilvy einhalten können. Das ist der Polizeichef des Distrikts. Ich wäre erledigt, wenn Sie den versetzt hätten. Jedenfalls wartet Guttridges Assistent da drüben auf Sie.«

»Danke.«

Obwohl sie durstig war und gern die staubige Kleidung ausgezogen und gebadet hätte, ging sie in den Salon hinüber. Von der offenen Tür aus sah sie den Mann stocksteif auf einem der beiden Sofas sitzen, doch er stand bei ihrem Eintreten auf. Er war schmächtig, hatte große Ohren und drahtiges graues Haar.

Er verbeugte sich lächelnd. »Ich bin Nyan«, sagte er. »Aber setzen wir uns doch. Sie haben Fragen an mich?«

»Ja. Ich bedaure sehr, dass ich Sie aufgehalten habe.«

»Aufgehalten?«

»Warten ließ.«

Er lächelte sie liebenswürdig an. »Das ist nicht schlimm.«

»Die Angelegenheit ist sehr lange her, es war 1911, um genau zu sein, doch Mr Guttridge meint, Sie wüssten etwas darüber.«

»Er hat mit mir gesprochen, und ich erinnere mich tatsächlich. Ich war Chefsteward auf besagtem Schiff und habe die Sache damals mit dem Kapitän besprochen.«

»Und was ist da vorgefallen?«

»Nicht viel. Ich kann Ihnen sagen, dass der Säugling noch sehr klein war und europäisch aussah, doch das Paar, das ihn bei sich hatte, stammte aus Thailand und war schon älter. Ich habe dem Kapitän meine Bedenken mitgeteilt; er wollte jedoch keinen Ärger und lehnte es ab, sich einzumischen. Er war ein träger Schotte, der sich bald zur Ruhe setzen wollte, wenn ich mich richtig erinnere.« Peinlich berührt hielt er inne. »Verzeihen Sie. Ich habe größten Respekt vor den vielen pflichtbewussten schottischen Kapitänen, die auf unserem Fluss im Laufe der Jahre gefahren sind. Doch er gehörte nicht dazu.«

»Und dann?«

»Ich habe das Paar angesprochen. Die beiden behaupteten, das Kind sei ihr Enkel. Ich zweifelte daran und wurde noch misstrauischer, als ich sie später am selben Tag noch einmal danach fragte. Diesmal sagten sie, sie brächten das Kind zu seinen Großeltern, die Briten seien, und sie hätten meine Frage beim ersten Mal nicht richtig verstanden. Ich vermutete ein Verbrechen und beschloss, die Polizei zu verständigen, sobald wir wieder anlegten, ob mit oder ohne Erlaubnis des Kapitäns.«

»Und das taten Sie?«

Er nickte. »Ich sah das Paar an Land gehen, und bis ich zur Polizei gelangte, war es zu spät. Ich selbst konnte die beiden nicht aufhalten, und der Kapitän fühlte sich nicht verantwortlich.«

»Und ist die Polizei der Sache nachgegangen?«

Er seufzte. »Ja. Zunächst wurde die Umgebung gründlich abgesucht, doch das Paar war unauffindbar. Niemand gab an, es gesehen zu haben. Ich wusste, dass in Rangun ein Säugling aus einem Garten verschwunden war, und dachte, er könnte entführt worden sein. Es stand damals in allen Zeitungen, wissen Sie? Daher hoffte ich, die Polizei zu überzeugen, die Suche auszudehnen.«

Belle sah seine Enttäuschung. »Aber das wurde nicht gemacht?«

»Nein. Wohl nicht.«

»Wissen Sie, ob das Kind ein Mädchen war?«

»Ja, war es.«

39

Minster Lovell 1922

Wir sind nie Landmenschen gewesen. Ich sage das, weil ich mich so gut einlebe und darüber staune. Die Familie meiner Mutter hatte jedoch einen Bauernhof, also liegt mir das Landleben vielleicht doch im Blut.

Ich wohne noch nicht lange hier, aber Minster Lovell gefällt mir ungemein. Nur Annabelle fehlt mir sehr. Auch nach Douglas sehne ich mich, wenn ich ehrlich bin, doch nicht so sehr, dass es mich unglücklich machen würde. Dass ich tun und lassen kann, was ich will, ohne jemanden aufzuregen, gleicht den Verlust aus. Ich habe Simone und Mrs Jones, die eine gute Seele ist, und natürlich habe ich Dr. Stokes, der gleich zu unserer Sitzung kommen wird.

Ich habe mich noch nicht in den Garten auf die Bank gesetzt, lasse aber gern die Haustür offen stehen und stelle mich unter das Vordach. Wenn jemand vorbeigeht, fühle ich Panik in mir aufsteigen, doch ich habe gelernt, zu winken und ein Lächeln aufzusetzen. Heute kann man den Regen schon in der Luft riechen, obwohl die Sonne scheint. Die frische Luft ist so beruhigend, dafür lohnt es sich zu leben. Der Regen wird dem Rasen nach der langen Trockenzeit guttun. Während der Geruch des gemähten Grases und der Frühsommerblumen zu mir weht, warte ich auf den Doktor.

Leicht nach vorn gebeugt steigt er den Hügel herauf. Ich erkenne ihn an dem weißen Haarschopf. Oben angekommen, hebt er den Kopf, sieht mich und winkt. Ich winke zurück. Ich will nicht behaupten, ich sei nicht nervös, aber er ist ein freundlicher Mann, und ich bin voller Hoffnung.

Nachdem wir uns die Hand gegeben haben, machen wir es uns in dem kleinen Wohnzimmer bequem, wo Mrs Jones schon Tee und Plätzchen hingestellt hat. Sie ist zum Markt gegangen und wird uns nicht stören.

Ich kann gar nicht in Worte fassen, wie beruhigend es auf mich wirkt, wenn er sagt, ich solle es ihn wissen lassen, falls mir bei einer seiner Fragen unbehaglich wird. Denn genau das hat mir Sorgen bereitet.

Eine Weile sprechen wir über meine Kindheit. Ich bin mir nicht sicher, was er hören will, aber er sagt, es gebe kein Richtig oder Falsch. Als er mir vorschlägt zu erzählen, wie mein Vater gewesen ist, hole ich tief Luft und atme langsam aus, um mir einen Moment zum Nachdenken zu verschaffen. Mir fällt ein, dass mein Vater mich stets ermutigt hat, ich selbst zu sein.

Das Problem ist dabei immer gewesen, dass ich nie wusste, wie ich das tun soll. Ich äußere diesen Gedanken, und als mir Dr. Stokes milde lächelnd zunickt, bemerke ich das Leuchten in seinen blauen Augen. »Beunruhigt es Sie, das nicht zu wissen?«, fragt er.

Ich kaue auf einer Wange und überlege, ob es mir gefährlich wird, wenn ich mehr sage. Doch dann denke ich, dass er gar kein Interesse daran hat, mich ins Grange oder eine andere Anstalt einzuweisen. Daraus schöpfe ich Mut und erzähle, dass es mich traurig macht.

»Und einsam vielleicht?«, hakt er nach.

Bei dem Gedanken fühle ich mich beklommen. Mit einem Kloß im Hals starre ich auf meine Füße und kann nicht antworten. Er sagt, dass viele Menschen erst am Ende ihres Lebens verstehen, wer sie sind oder, realistisch gesprochen, wer sie gewesen sind oder hätten sein können.

Ich schlucke den Kloß hinunter. So lange hat man mir weisgemacht, ich sei nicht zu retten, mein Leiden könne nicht geheilt werden. Dieser Arzt gibt mir Hoffnung, und ich belohne ihn mit einem wohlwollenden Lächeln.

»Ich habe angenommen, wir würden über das Geschehen in Burma reden«, sage ich. Und als er mich fragt, ob ich darüber sprechen möchte, schüttle ich den Kopf.

40

Harry hatte recht, dachte Belle im Morgengrauen. Schweigend betrachtete sie die Szene. Noch bevor sie den morastigen Landungssteg entlanggegangen war, hatte sie gesehen, wie voll das Schiff war. Burmesische Familien saßen in Tücher gehüllt eng zusammen, und manche schliefen noch. Die meisten Frauen flochten sich jedoch bereits die Haare und schmierten sich Thanaka auf die Wangen. Einige Mütter bereiteten das Frühstück für ihre Kinder zu, die allmählich wach wurden und sich die Augen rieben. Ihre dicken, glatten dunkelbraunen Haare waren vom Schlaf zerzaust.

Eine Gruppe Mönche stand still zusammen, und Belle fragte sich, ob sie beteten. Sie sah die Sonne aufgehen, der Himmel darüber dunkelblau mit dünnen weißen Wolkenstreifen, die Sonne dottergelb. Ein königsblauer Vogel hockte auf der Reling, als sähe er sich auch den Sonnenaufgang an, und flog dann weg. Einige Männer vertraten sich die Beine und rauchten, andere schauten still über das graue Flussufer und nutzten die kostbaren Momente, wenn man noch halb im Land der Träume und des Vergessens weilt, um sich auf den Tag zu besinnen.

Manche saßen benommen auf dem Deck und lehnten sich an einen der Frachtsäcke. Eine dünne Schicht Sandstaub lag über allem. Es gab keine Topfpalmen und daher auch keinen Schatten und nur sehr wenige Korbsessel, um sich hinzusetzen und die Welt vorbeiziehen zu sehen. Wenigstens habe ich eine Kabine, dachte Belle. Doch es mochte vielleicht sogar schön sein, unter freiem Himmel zu schlafen, wenn auch unbequem.

Harry und sie wurden zu ihren Kabinen gebracht, und Belle schlief ein, kaum dass ihr Kopf das Kissen berührte.

Noch aufgedreht von der miterlebten Geburt, hatte sie in der vorigen Nacht sehr schlecht geschlafen.

Die Fahrt nach Mandalay verging schnell und war zwar nicht so ruhig wie der vorige Abschnitt ihrer Reise, dafür jedoch unterhaltsamer. Als die Sonne auf das Deck schien, beobachtete Belle das Alltagsleben der anderen Passagiere, das sich vor ihren Augen abspielte. Die meisten waren zufrieden plaudernde Leute, die das Leben nahmen, wie es war, ohne sich zu beschweren. Aber natürlich konnte Belle kein Wort von ihren Gesprächen verstehen, bevor Harry für sie übersetzte.

Während sie an die Reling gelehnt standen und auf den Fluss hinunterblickten, erzählte er ihr einiges über die Geschichte Mandalays. Wenn ein neuer König den Thron bestieg, mussten alle potenziellen Rivalen umgebracht werden, um ihrer Machtergreifung zuvorzukommen. Nach der Krönung Thibaws, des letzten Königs, wurden über achtzig Verwandte, auch kleine Kinder, auf grausamste Weise getötet.

»Angeblich wurden sie in Säcke gesteckt und totgeschlagen«, sagte Harry und drehte dabei den Kopf zu ihr, »während eine Kapelle spielte, um die Schreie zu übertönen. Hinterher wurden die Leichen von Elefanten zertrampelt.«

»Gütiger Himmel!«, murmelte sie erschüttert. »Wie barbarisch!«

»In der Tat.«

»Aber die Burmesen scheinen doch so sanftmütig zu sein.«

Harry zog die Brauen hoch. »Als der Königspalast gebaut wurde, sind viele Leute verschleppt und an der Stadtmauer lebendig verbrannt worden, um die Stadt vor bösen Geistern zu schützen.«

Völlig entsetzt beschlich Belle eine böse Vorahnung. Was mochte sie in Mandalay erwarten?

Der Sonnenaufgang an ihrem letzten Morgen auf dem Schiff war glutrot, und als das Wasser gleißte, schloss Belle für eine Weile die Augen. Danach sah es aus wie mit silbrigen Juwelen übersät. Ein wenig später, als sie sich der Stadt näherten, leuchteten ihnen Dutzende goldener Pagoden auf den Hügeln entgegen. Wie konnte es neben solcher Pracht solche Brutalität geben, wie Harry sie geschildert und wie Belle sie selbst gesehen hatte?

Vor den Bambushütten am Kai warteten Händler, die den von Bord gehenden Passagieren Andenken und Mitbringsel zu verkaufen hofften. Belle schaute zu den fernen Bergen auf der anderen Seite des Flusses und fragte sich, ob das Paar mit dem Säugling damals dorthin verschwunden war.

Obwohl sie von allerhand Verkäufern bedrängt wurden, bahnten sie sich einen Weg zur Straße, dann nahmen sie sich ein Taxi, um möglichst rasch durch den dichten Verkehr zum Hotel zu gelangen. Wie sie erfuhr, gab es nur drei, in denen britische Gäste abstiegen.

Bald befand sie sich in ihrem Zimmer. Es war klein und behaglich, roch nach Zitronenpolitur und hatte ein Fenster, das auf den Fluss hinausging. Belle hatte Kopfschmerzen und beschloss daher, den Rest des Tages im Hotel zu bleiben.

Harry hatte das Gespräch mit dem Polizeichef für den nächsten Vormittag um zehn Uhr vereinbart. Da sie nach dem Lunch nichts anderes vorhatte, lag sie in Unterwäsche auf dem Bett und versuchte zu schlafen. Aber immer wieder drängten sich Szenen des Massakers in ihre Tagträume, sodass sie schließlich aufgab. Würde ihr das ewig nachgehen? Sie sah unter der Tür gegenüber dem Bett eine Eidechse hervorkriechen, eine braun-grüne, kleine – ein Jungtier vielleicht. Es war flink und hielt im Laufen immer wieder inne, als wäre es unschlüssig, wohin es wollte. Ein wenig wie sie. In der trägen Hitze des Nachmittags hatte sich der Lärm der Stadt etwas gelegt, und Belle glaubte zu hören, dass Schritte den Gang entlangkamen und vor ihrem Zimmer anhielten. Träge und matt, aber auch verärgert, weil jemand sie in ihrer Ruhe störte, stand sie nicht auf, um sich etwas überzuziehen. Außerdem hatte sie die Tür abgeschlossen. Wer immer da draußen stand, würde

253

wieder gehen müssen. Sie starrte zur Tür und erwartete, gleich die Stimme eines Hotelangestellten zu hören. Stattdessen sah sie, dass sich der Türknauf ganz langsam drehte. Wie gelähmt verfolgte sie die Bewegung.

»Wer ist da?«, rief sie schließlich und erwartete noch immer, die schüchterne Stimme eines Zimmermädchens zu hören. Da sie keine Antwort erhielt und sie sich ärgerte, warf sie sich den Morgenmantel über und ging hin, um die Tür aufzureißen. Niemand stand davor, doch bei einem Blick den Gang hinunter sah sie Harry am Ende um die Ecke biegen.

»Ach, Sie sind's!«, rief sie. »Wollten Sie etwas von mir?«

Er trat wieder in ihr Sichtfeld. »Verzeihung, ich …«

»Harry, wollten Sie etwas?«

»Nein, ich … habe mich vertan. Entschuldigung. Mein Fehler.« Und damit bog er um die Ecke und verschwand.

Kopfschüttelnd schloss sie die Tür. Die Hitze wirkte sich mitunter seltsam auf die Menschen aus.

Nachdem sich ihre Kopfschmerzen gelegt hatten, entschied sie sich, mit einer Rikscha zu den stark belebten Alleen der Innenstadt zu fahren. Obwohl sie sich einsam fühlte und ein bisschen traurig war, hauptsächlich wegen Oliver, war es ein schöner Tag, und sie wollte das Beste daraus machen.

Sie kam an einem Tempel vorbei, wo einige Nonnen mit geschorenem Kopf und rosa Gewändern zum Beten niederknieten. In praktisch jeder Straße rangen Pagoden und goldene Buddhas mit den schönen britischen Villen um die Vorherrschaft. Die Terrassen im ersten Stock ruhten auf dicken Säulen und spendeten dem Bürgersteig Schatten. Als Nächstes kamen die Silberschmiede, die in kleinen Höfen vor ihren Holzhäusern hockten, in der Ecke ein Feuer und neben sich auf einer Bank die ausgebreitete Stofftasche mit Werkzeugen. Belle sah sich die kunstvollen Arbeiten an, die von großen Schalen für die Tempel bis zu winzigen Elefanten und Drachen reichten. Als sie am Gelände des Palastes mit seinen vielen Pavillons ankam, die jetzt von den Briten für die Verwaltung benutzt wurden – und der Thronsaal als Club –, bestaunte sie dessen schiere Größe. Sie spähte durch ein offenes Tor und sah überall die Glücksfarben Rot und Gold, reiches Schnitzwerk an den Dächern und Gitterfenster über den Türen.

Als sie nahe an einem chinesischen Tempel um eine Ecke bog, entdeckte sie den Seidenmarkt und beschloss, sich einen Stoff auszusuchen. Ein paar Schritte hinter dem Eingang blieb sie kurz stehen, dann schlenderte sie weiter hinein, dorthin, wo es vor dicht bestückten Ständen von Leuten wimmelte. Zuerst gefiel es ihr, und sie genoss die Atmosphäre, aber Augenblicke später sträubten sich ihr die Nackenhaare. Irgendetwas war nicht in Ordnung. Folgte ihr jemand? Hin und wieder drehte sie sich um. War da nicht jedes Mal ein junger Burmese zwischen zwei Stände geschlüpft, wenn sie hingesehen hatte? Oder bildete sie sich das nur ein? Aber allmählich fand sie es heraus. Denn bei jedem Umdrehen sah sie etwas von seinem roten Longyi und dem hellgrünen Hemd. Mehr verärgert als beunruhigt von dem ermüdenden Katz-und-Maus-Spiel, fuhr sie fort, die feinen Seidenstoffe zu befühlen, während die hübschen burmesischen Verkäuferinnen sie beobachteten. Denn was konnte ihr der Mann in dieser belebten Halle schon tun? Dennoch folgte er ihr weiter und blieb stehen, wann immer sie irgendwo verweilte. Schließlich reichte es ihr. Sie fuhr zu ihm herum, und da stand er frech wie Oskar und starrte sie offen an. Vielleicht war er hinter ihrem Geld her? Wollte sie in einer ruhigen Ecke ausrauben? Sie hielt ihre Handtasche an die Brust gedrückt und ging weiter, wobei sie nach dem nächsten Ausgang Ausschau hielt.

Dann erstarrte sie vor Schreck.

Zwei grinsende Männer – bösartige, dunkelhäutige, schwarz tätowierte Männer – kamen auf sie zu. War das eine Falle? Bekanntlich glaubten die Burmesen sich durch Tätowierungen vor Kugeln und Messern geschützt. Hatten sie es auf sie abgesehen? Als sie in ihre schmalen Augen blickte, fühlte sie sich in die Enge getrieben und schaute sich hastig um. Spürten sie ihre Angst? Der junge Mann war noch hinter ihr und die anderen zwei vor ihr. Sie überlegte, ihnen Geld anzubieten. Doch zwei Augenblicke später gingen sie an ihr vorbei und nickten ihr lächelnd zu. Sie griff sich ans Herz, um sich zu beruhigen, und schämte sich, weil sie sie nur wegen ihrer dunklen Haut und der Tätowierungen für gefährlich gehalten hatte. Der junge Mann hinter ihr war auch verschwunden. Bestürzt, weil sie sich so rasch den übelsten britischen Vorurteilen angeschlossen hatte, schalt sie sich für ihren Argwohn. Sie atmete tief durch und ging weiter, um den Ausgang zu finden. Doch hatte sie sich wirklich alles nur eingebildet?

Für einen Moment schien der Lärm nachzulassen, es wurde immer leiser, als käme er von weit her. Sie fühlte sich ruhig, aber seltsam gleichgültig. Das dauerte nicht an. Plötzlich wurde es übermäßig laut um sie herum, als hätte jemand die Lautstärke aufgedreht. Der durchdringende grelle Lärm steigerte sich immer mehr. Sie bekam panische Angst. Würde sie etwa werden wie ihre Mutter, die nicht mehr ins Freie gehen konnte? Als der Lärm ein unerträgliches Ausmaß erreichte, wurde ihr übel. Die Stimmen der Frauen klangen entsetzlich schrill und fremd, das Lachen der Männer boshaft und alarmierend. Die ganze Halle vibrierte von Klirren und Scheppern und viel zu vielen Stimmen. Ihr wurde schwindlig. Die ehemals höflichen Verkäuferinnen belästigten sie, und die Kunden drängelten sich an ihr vorbei und rempelten sie schmerzhaft an. Belle wollte flüchten, kam jedoch nur mit albtraumhafter Langsamkeit voran. Die Erinnerung an das Massaker überfiel sie. All die Bilder, die sie in den Hinterkopf verbannt hatte, die schon zu verblassen schienen, waren plötzlich so real wie zum Zeitpunkt ihres Geschehens. Es war, als füllten sich ihre Augen mit Blut. Der unnatürlich laute Lärm dröhnte in ihrem Kopf und erzeugte ein Druckgefühl in der Brust. Sie bekam schlecht Luft, und jeder starrte sie an.

Und obwohl sie sich schwach fühlte, rannte sie los, gleichgültig, wen sie anrempelte oder beiseitestieß. Sie wollte nur noch zurück ins Hotel.

Bis sie dort ankam, hatte sie die Panikattacke überwunden. Vielleicht hatte die starke Hitze sie an das Massaker erinnert? Sie war sich nicht sicher. Nun schon ruhiger ging sie auf die Rezeption zu, denn der junge Mann dahinter hielt ihr einen Brief entgegen.

»Miss Hatton?«, sagte er höflich lächelnd. »Der ist für Sie.« Überrascht nahm sie ihn entgegen. Möglicherweise hatte Harry ihn für sie abgegeben? Mit Details der Rückreise vielleicht?

Der Rezeptionist verneigte sich und wünschte ihr einen guten Tag, dann beugte er sich über das Gästebuch.

Oben in ihrem Zimmer riss Belle den Brief auf und erschrak.

Glauben Sie, in Mandalay sicher zu sein?

Genau wie der anonyme Brief, den sie in Rangun bekommen hatte. Sie dachte an den Eurasier, der ihr im *Strand Hotel* auf dem Gang vor ihrem Zimmer entgegengekommen war. War es möglich, dass dieser Mann hier war? Aber warum versuchte jemand, ihr Angst zu machen?

Sie eilte nach unten an die Rezeption, um zu fragen, wer den Brief für sie abgegeben hatte, und erfuhr, dass es ein hochgewachsener Eurasier gewesen war. Nach dem Namen hatte sich der Angestellte jedoch nicht erkundigt. Also konnte es durchaus derselbe Mann gewesen sein. Beklommen stieg sie die Treppe hoch.

Aufgeregt und angespannt schritt sie im Zimmer auf und ab. Sie hatte hier niemanden außer Harry, und der war nicht gerade ein Freund. Mandalay gefiel ihr nicht, überhaupt nicht. Das Beste war wohl, sie fuhr so bald wie nur irgend möglich zurück nach Rangun. Sie würde nur noch die Verabredung mit Ogilvy wahrnehmen und dann abreisen. Bisher hatten ihre Erkundigungen zu nichts geführt. Warum noch mehr

Zeit vergeuden? Auch neigte sich ihr Urlaub dem Ende entgegen, und wenn sie ihr Engagement behalten wollte, musste sie rechtzeitig zurück sein. Sie hatte gehofft, wenn sie Elvira fände, würde sie das für alles entschädigen, was ihr in ihrem Leben gefehlt hatte. Aber niemand hatte gesehen, was passiert war. Bisher hatte sie nur vage Andeutungen zu hören bekommen. Sie seufzte resigniert und ging erneut hinunter ins Foyer.

Als sie sich an die Rezeption lehnte und auf die Klingel drückte, damit ihr der Angestellte eine Fahrkarte für den Zug nach Rangun besorgte, erschien Harry neben ihr. Sie eröffnete ihm, dass sie am nächsten Tag abreisen werde, gleich nach dem Gespräch mit dem Polizeichef. Den anonymen Brief erwähnte sie nicht.

Er machte ein langes Gesicht. Es überraschte sie, wie enttäuscht er wirkte. »Oh, aber ich habe für morgen Abend den Besuch eines Pwe arrangiert.«

»Pwe?«

»Eines Zat pwe genauer gesagt, das ist praktisch eine Varieté-Vorstellung im Freien mit Tanz und Musik. Das wird Ihnen gefallen, ganz bestimmt.«

»Ich denke nicht, dass ...«

Er fiel ihr ins Wort. »Sie sollten wirklich mitkommen. Ich möchte Sie dort mit jemandem bekannt machen. Mit einem Jadehändler. Er weiß von einem weißen Kleinkind, das über die Shan-Staaten nach China verschleppt worden ist.«

»Hat er gesagt, wann?«

»Nein. Aber ich denke wirklich, Sie sollten sich selbst mit ihm unterhalten. Er spricht sehr gut Englisch. Kommen Sie morgen Abend mit, und ich besorge Ihnen dann die Zugfahrkarte. Was meinen Sie?«

Belle zögerte. »Lassen Sie mich darüber nachdenken, Harry.«

In ihrem Zimmer bemerkte sie, dass ein Fensterladen einen Spaltbreit offen stand, weil ein Streifen Licht auf den glänzen-

den Holzboden fiel. Sie ging hin und stieß die Läden auf, sodass die Sonne hereinströmte. Im Badezimmer tropfte einer der
Wasserhähne. War jemand in ihrem Zimmer gewesen? Vielleicht das Zimmermädchen? Gedankenverloren starrte sie auf
den Wasserhahn, dann hielt sie die Hände darunter und fing die
Tropfen auf, bis sich zwei Lachen gebildet hatten. Dann drehte
sie den Hahn voll auf und füllte das Becken, um den Kopf vorn-
überzubeugen und die Haare ins Wasser fallen zu lassen.

Nachdem sie sie gewaschen und frottiert hatte, zog sie ein
frisch gebügeltes Kleid an. Seit sie hier war, musste sie zweimal am Tag frische Sachen anziehen, aber wenigstens hatte
das Hotel einen guten Vorrat an heißem Wasser. Sie kämmte
sich, legte Lippenstift auf und dachte über das nach, was Harry
gesagt hatte.

Zu Beginn der Fahrt war sie von der Suche nach Elvira
überzeugt gewesen, doch inzwischen fehlte ihr der Antrieb. Es
war zu schwierig geworden. Und dennoch … Was, wenn dieser Hinweis zu etwas führen würde und sie nutzte ihn nicht?
Sie griff sich in die Haare und lockerte sie, damit sie schneller
trockneten. Sie konnte sich nicht entscheiden, ob sie sofort
nach Rangun zurückfahren oder bleiben und mit Harry zu
diesem Pwe gehen sollte. Frustriert seufzend wog sie das Für
und Wider ab. Dabei wurde ihr eines klar: Sie würde doch
immer weitersuchen wollen, allen Einwänden zum Trotz.
Und wenn sie jetzt aufgäbe, würde ihr das ewig nachgehen.
Sie konnte nicht anders, sie musste erfahren, was aus ihrer
Schwester geworden war.

Am nächsten Morgen um zehn klopfte sie an die prächtig geschnitzte Tür des Polizeichefs. Ein gut gekleideter junger Burmese öffnete ihr, und nach einer Verbeugung führte er sie zu
ihm hinein und fragte, ob sie eine Tasse Tee wünsche. Das
weiß gestrichene Büro war lichtdurchflutet. Ogilvy stand mit
dem Rücken zu ihr am Fenster und schien gedankenverloren nach draußen zu schauen, drehte sich aber sogleich zu ihr

um. Er war ein kleiner breitschultriger Mann mit großer Nase, freundlichen grauen Augen und einem runden, sehr roten Gesicht. Nach einem kurzen Händedruck bot er ihr den Stuhl vor seinem Schreibtisch an und setzte sich ebenfalls. Nachdem er sich zurechtgerückt hatte, zündete er sich eine Zigarre an und räusperte sich.

»Also, Miss Hatton. Einer meiner Leute hat das Geburts- und Sterberegister durchgesehen.«

»Und?«

»Ich habe keine gute Nachricht für Sie, fürchte ich. Oder vielleicht doch, je nachdem, wie man's nimmt.«

»Ich verstehe nicht.«

Er hustete und erklärte dann, es gebe keinen Eintrag über den Tod eines weißen Säuglings in Mandalay zwischen Januar und März 1911. »Das heißt, wenn Ihre Schwester bis nach Mandalay gekommen ist, war sie Ende März höchstwahrscheinlich noch am Leben.«

»Sie war drei Wochen alt, als sie entführt wurde. Könnte sie hier als das Kind anderer Leute ausgegeben worden sein?«

»Wenn ein britisches oder europäisches Paar einen Säugling in dieser Region als seinen eigenen ausgibt, müsste es eine Geburt registrieren lassen. Da sind wir streng. Aber leider muss ich sagen, ist es nicht unmöglich, einen falschen Eintrag vornehmen zu lassen, wenn man den richtigen Arzt kennt.«

»Und niemand hat während des Zeitraums einen Säugling eintragen lassen?«

Er seufzte. »Doch, durchaus. Im Januar wurden drei Kinder geboren, aber allesamt Jungen.«

»Und im weiteren Umkreis der Region? In Maymo vielleicht?«

Er nickte. »Wir sind hier in Mandalay eine kleine Gemeinde, und die in Maymo ist noch kleiner, doch mein Mann hat auch in das dortige Register geschaut. Er hat nichts gefunden, fürchte ich.«

»Wie ich hörte, sind Sie schon seit Langem hier. Es wäre

Ihnen sicher zu Ohren gekommen, wenn es entsprechenden Klatsch gegeben hätte.«

»Ganz recht. Und von Zeit zu Zeit hört man traurige Geschichten über Kinder, die abhandenkommen und nie wieder auftauchen. In entlegenen Gebieten liegt es meist daran, dass das Kind sich verläuft und nicht zurückfindet. Und da gibt es natürlich viele wilde Tiere.«

»O Gott, Sie meinen …«

Er nickte wieder und erhob sich. »Ich bedaure sehr, dass ich Ihnen nicht weiterhelfen konnte.«

»Erinnern Sie sich noch an die Zeit, als meine Schwester verschwand?« Gespannt hielt sie den Atem an, während sie aufstand, und wartete auf seine Antwort.

Er blähte die Wangen. »Durchaus. Der Fall ging durch die Presse. Wir waren hier oben höchst wachsam, haben Ausschau gehalten, wissen Sie?«

»Ist jemandem etwas aufgefallen?«

Er lächelte bedauernd. »Viele meinten, etwas gesehen zu haben. Es stellte sich immer als Irrtum heraus. Manche Frauen hatten damals wohl nichts Besseres zu tun. Eine kleine Aufregung hellt den Alltag auf, und nichts versetzt Frauen mehr in Aufregung als ein verschwundener Säugling.«

Belle streckte ihm die Hand hin und bedankte sich, jedoch mit dem Gefühl, an der Endstation ihrer Suche angekommen zu sein.

Am Abend auf dem Weg zu dem Pwe kamen Harry und Belle an kleinen Feuern am Straßenrand vorbei, wo fröhliche Leute saßen und Kokospfannkuchen und gebratene Reiskuchen verkauft wurden. Ein Stück weiter war auf einem freien Gelände ein Pavillon aus Bambus errichtet worden, der etwa dreißig Fuß lang und zwanzig Fuß breit war. Davor war ein Orchester aufgebaut, und ein großer von Feuerschalen erleuchteter Platz in der Mitte diente als Bühne. Ein lautes Publikum saß in Gruppen auf ausgebreiteten Decken und war in ausgelassener

Stimmung. Harry ging mit Belle an eine ruhigere Stelle, als sich die Musiker an ihre Instrumente begaben.

Auf das Zeichen eines Trommlers begannen einige Tänzer mit einem Gebet zu Buddha.

»Das ist die beliebteste der burmesischen Darbietungen«, flüsterte Harry an ihrem Ohr in dem stillen Moment, bevor die Tänze begannen, und dabei roch Belle Whisky an ihm.

Das gab ihr erneut zu denken. Mit Harry stimmte etwas nicht, und sie konnte sich darauf keinen Reim machen. Er wirkte nervös, sogar ängstlich.

»Geht es Ihnen gut?«, fragte sie schließlich.

»Warum sollte es mir nicht gut gehen?«

»Mir scheint, als würde Sie etwas beunruhigen.«

Er griff sich mit einem Finger in den Kragen. »Das ist bloß die Hitze.«

»Ich hätte gedacht, Sie wären daran längst gewöhnt.«

Er sagte nichts dazu.

»Wie lange arbeiten Sie schon als Landvermesser? Darum machen Sie die Reise doch, nicht wahr?«

»Ja. Wie gesagt, ich muss nach Nagaland.« Er klang ziemlich gereizt, als ärgerte es ihn, dass sie das vergessen hatte.

»Erzählen Sie es mir noch mal«, bat sie.

»Nun ja, die Naga sind wilde Kopfjäger. Danach fragt mich praktisch jeder.«

»Aber Sie sind unbesorgt?«

Er schüttelte den Kopf. »Sie werden an mir nicht interessiert sein. Und um Ihre Frage zu beantworten: Ich mache meine Arbeit seit zwanzig Jahren. Ich werde da oben lediglich Land vermessen.«

»Und Sie leben das ganze Jahr über hier?«

»In Rangun mit Angela.«

»Angela?«

»Meiner Frau natürlich.«

Belle hatte ihn für ledig gehalten und war überrascht. »Sie haben nie erwähnt, dass Sie verheiratet sind.«

Er runzelte die Stirn. »Ich wusste nicht, dass das eine Rolle spielt.«

»Ich meine nur, Sie hätten es durchaus mal erwähnen können. Haben Sie Kinder?«

Er schüttelte den Kopf. »Damit wurden wir nicht gesegnet.«

»Ihre Frau hat nichts dagegen, wenn Sie so lange fort sind?«

Er blickte sie stirnrunzelnd an. »Sie stellen sehr viele Fragen.«

»Verzeihung.«

»Also wenn Sie es unbedingt wissen wollen, Angela würde gern nach England zurückkehren.«

»Und Sie?«

Er zuckte mit den Schultern. »Das ist mehr eine Frage des Geldes.«

Und dann sprang der Star des Abends bei einem lauten Beckenschlag auf die Bühne, bekleidet mit einem glitzernden bunten Kostüm wie ein Prinz früherer Zeiten. Er tanzte sehr lange wie ein Rasender und vollführte ungewöhnliche, komplizierte Bewegungen, begleitet von Trommeln, Gongs und Oboen.

»Das geht immer so weiter«, sagte Harry, als der Tänzer schließlich unter begeistertem Applaus abtrat. »Bis die Sonne aufgeht.«

»Können wir jetzt mit dem Jadehändler sprechen, von dem Sie mir erzählt haben?« Belle hatte es eilig, von dort wegzukommen.

»Sie wollen nicht weiter zusehen?«

»Ich habe Kopfschmerzen. Von der Lautstärke.«

»Nun, dann gehen wir. Der Mann wohnt in der Nähe.«

»Er ist nicht hier?«

Harry zog die Brauen hoch. »Habe ich diesen Eindruck vermittelt?«

»Hören Sie, es ist nicht wichtig. Gehen wir einfach.«

»Natürlich.«

Sie bahnten sich einen Weg durch die dicht beieinander-
sitzenden Zuschauer und die Leute, die weiter hinten standen,
um über die anderen hinwegzublicken, und gingen zurück, wie
sie gekommen waren, bis Harry in ein Netz von Gassen einbog
und schließlich anhielt, um sich umzusehen. Er wirkte ratlos.

»Haben wir uns verlaufen?« Belle beschlich das Gefühl, dass
etwas nicht stimmte. Da sie fürchtete, wieder eine Panikattacke zu erleiden wie in der Markthalle, zögerte sie, noch weiter
zu gehen.

Er schüttelte den Kopf. »Bei Dunkelheit sieht alles so anders aus. Ich hätte schwören können, dass wir hier richtig
sind.«

Als er in eine noch schmalere dunklere Gasse trat, fiel ihr
ein, dass er getrunken hatte. Wusste er überhaupt, wohin er
wollte?

Sie folgte ihm um eine Biegung in eine breitere Gasse, wo
er vor einem Haus stehen blieb, das ebenso schmutzig wirkte
wie alle anderen. »Ich denke, hier ist es.«

Er rief laut, und ein Mann antwortete, sie mögen hereinkommen. Belles ungutes Gefühl wuchs, und sie zögerte.

Durch die offene Haustür sah sie einen Raum mit Boden-
matten und einem niedrigen Tisch, auf dem eine Öllampe
brannte. Außerhalb des Lichtkreises war nichts zu erkennen.
Eine gemusterte Decke war als Raumtrenner von einer Wand
zur anderen gespannt. Als sich ihre Augen an das Zwielicht gewöhnt hatten, bemerkte Belle einen zweiten niedrigen Tisch,
auf dem Kochutensilien bereitlagen. Dies schien ihr nicht das
Haus eines wohlhabenden Jadehändlers zu sein.

Und dann erst sah sie den Mann, der sie hereingerufen
hatte.

In einem schlichten schwarzen Hemd und einer schwarzen
europäischen Hose saß er im Schneidersitz auf dem Boden. Er
hatte dunkle Augen und einen großen Schnurrbart.

»Nein«, sagte sie plötzlich sehr bestimmt. »Ich gehe nicht
hinein. Bringen Sie mich zum Hotel zurück, Harry. Sofort.«

41

Minster Lovell 1923

Heute ist ein besonderer Tag, weil Simone und ich die Straße entlangspazieren werden, nicht zum Dorf hinunter, sondern in die andere Richtung, wo es ruhig ist. Was morgen sein wird, weiß ich nicht, aber ich freue mich über meine Fortschritte. Es genügt, dass ich hier bin und zu Dr. Stokes Vertrauen habe. Einem Menschen wie ihm würde jeder vertrauen, nicht wahr? Und nach vielen Sitzungen, in denen wir die Jahre nach und nach abgestreift haben, beginne ich mit einem neuen Leben. Inzwischen arbeite ich ein wenig im Garten. Ich jäte Unkraut und beschneide Sträucher, und das macht mich so glücklich, dass ich vor Freude weinen könnte.

Ich kann die Türen noch nicht unverschlossen lassen, weil ich Angst habe, dass von draußen etwas eindringt und ich meine Zuflucht verliere. Dr. Stokes wäre es lieber, ich würde im hinteren Garten arbeiten und die Hintertür offen lassen, damit ich sehen kann, ob etwas passiert. Aber ich fürchte, dass sich etwas hineinschleicht, sich dann in allen Ritzen und Winkeln breitmacht und ich nicht stark genug bin, um es zu verhindern. Ich erzähle ihm, dass es mein Albtraum ist, allein gelassen zu werden, ohne Schutz vor dem, was draußen ist, ohne sichere Zuflucht.

Trotzdem mache ich Fortschritte. Er ermutigt mich nicht nur, mich mit kleinen Schritten vom Haus zu entfernen, sondern verringert auch meine Tablettendosis, und ich glaube wirklich, dass es mir eines Tages wieder gut gehen wird. Wir sprechen über alles, Dr. Stokes und ich, auch über meine Scham wegen Douglas' Seitensprung in Burma. Bisher habe ich das nur Simone anvertraut, habe mir immer gesagt, es sei besser, nicht daran zu denken. Aber wie kann man nicht an etwas denken, nur weil man sich das vorgenommen hat? Bei mehreren Sitzungen hat Dr. Stokes mich ermutigt zu schildern, was ich damals empfunden habe – den Schmerz, die Wut, die Ohnmacht. Zunächst wollte ich nichts dazu sagen, denn es kam mir vor, als würde ich eine Schwäche eingestehen. Als ich es dann doch tat, habe ich viel geweint. Und nachdem ich alles ausgesprochen und mir die Tränen weggewischt hatte, war die Scham wie durch Zauber von mir genommen, und ich begriff, welche Bürde ich all die Jahre getragen habe.

Und plötzlich sah ich auch, dass nicht ich, sondern Douglas sich hätte schämen sollen. Aber damals in Burma herrschte die Ansicht, dass die Schuld bei der Ehefrau liegt, wenn der Mann untreu ist, weil sie ihn nämlich nicht glücklich macht, und wenn er während ihrer Schwangerschaft fremdgeht, nun ... Männer seien eben Männer. Keine Ehefrau sprach je darüber, dass sie sich verletzt oder betrogen fühlte.

Was mich an diesem Prozess am meisten interessiert, ist die Art, wie Dr. Stokes mich fragt, was ich empfunden habe. Noch nie hat mir jemand diese Frage gestellt, nicht mal als ich noch ein Kind war oder als meine Mutter an der schrecklichen Influenza starb. Meine Eltern haben mich sicherlich auf ihre Weise geliebt, aber meistens hat sich mein Kindermädchen um mich gekümmert. Es war nie meine Mutter, die mich tröstete, wenn ich mir das Knie aufgeschlagen hatte oder wenn ich krank im Bett lag. Sie habe ich nur bei besonderen Ausflügen gesehen oder wenn ich frisch gebadet im gestärkten weißen Nachthemd vom Kindermädchen ins Wohnzimmer gebracht wurde, um Gute Nacht zu sagen.

Dr. Stokes hat mich sogar gefragt, was ich gern zu meinen Eltern gesagt hätte. Ich habe nicht darauf geantwortet, denn ich wollte nicht schon wieder weinen und mich damit zum Narren machen. Darauf wollte er wissen, wie ich über den Mangel an Liebe gedacht habe, und ich musste bestürzt feststellen, wie wenig ich mich daran erinnern kann.

»Ich bin geliebt worden«, antwortete ich. »Das Kindermädchen hat mich geliebt.«

Der Doktor hat vorgeschlagen, dass ich meinen Vater so bald wie möglich besuche, wenn ich mich dazu in der Lage fühle, und das werde ich vielleicht tun. Vielleicht ist es möglich, die alte Traurigkeit durch etwas Neues zu ersetzen. Ich sollte es versuchen. Es ist viel zu lange her, seit ich ihn gesehen habe, doch er schreibt mir ein paar Mal im Jahr, und ich habe ihn für einige Tage in mein Haus eingeladen.

Seitdem kommen mir immer mehr Erinnerungen. Und nun brennt in mir die Schuld, weil meine Tochter Annabelle meinetwegen genauso viel Liebe entbehrt hat wie ich als Kind. Ich denke an ihre grünen Augen und das kupferrote Haar und merke, wie sehr sie mir fehlt. Dr. Stokes sagt, wir werden bald über Annabelle sprechen, und obwohl ich inzwischen verstanden habe, dass diese traurigen, beschämenden Dinge besser ausgesprochen werden sollten, habe ich auch Angst davor. Der Doktor sagt, wenn wir uns unserer inneren Dunkelheit nicht stellen, hat sie die Macht, uns sehr krank zu machen.

Und deshalb tue ich das, so hart es mitunter ist, sich über die Dinge klar zu werden, und seitdem kommt mir mein Leben wirklicher vor. Ich selbst fühle mich wirklicher und bin voller Mut.

Aber jetzt muss ich mich für unseren Spaziergang bereit machen. Simone hat ihn mir genau beschrieben. Zuerst werden wir ein wenig bergan gehen und dann nach rechts abbiegen, hinunter zur Kirche und am Kirchhof vorbei, durch die Ruine von Minster Hall und von dort zum Fluss laufen. Sie hat mir versichert, das sei ein kurzer Weg, und wir würden in der schönen friedlichen Natur allein sein. Dr. Stokes sagt, Natur ist heilsam, und ich glaube ihm.

42

Belle sah Harry am nächsten Morgen im Speisesaal wieder, wo er ein typisch englisches Frühstück einnahm, Tee, Toast, Eier und Speck. Er wirkte ziemlich gedämpft, als er fragte, ob er ihr weiter Gesellschaft leisten dürfe, und als sie bejahte, zog er einen Stuhl hervor und setzte sich zu ihr.

»Es tut mir leid wegen gestern Abend«, sagte er kleinlaut. »Ich muss mich in der Gasse geirrt haben.«

»Was haben Sie sich dabei gedacht, Harry?«, wollte sie wissen, doch er schaute so niedergeschlagen, dass sie es dabei bewenden ließ, obwohl sie beim Anblick des angeblichen Jadehändlers Ängste ausgestanden hatte.

Harry musterte seine Hände und blickte dann gequält auf. Belle dachte, dass er immer nervöser wurde, je länger die Reise dauerte.

»Ich habe schlechte Neuigkeiten«, erklärte er.

»So? Hoffentlich nichts allzu Beunruhigendes.«

»Für Sie, genauer gesagt.«

Sie zog die Brauen hoch.

»Ich bin zum Bahnhof gegangen, um Ihnen die Fahrkarte zu besorgen.«

»Das ist sehr freundlich.«

»Wir hatten das so abgemacht.«

»In der Tat.«

Für ein paar Sekunden hielt er den Atem an, bevor er weitersprach. »Es geht kein Zug.«

»Wie bitte?«

»Ein Stück von hier entfernt gab es eine Explosion an den Gleisen.«

»Wie lange wird die Instandsetzung dauern?«

»Das konnte man mir nicht sagen. Könnte einige Zeit dauern, nehme ich an.«

»Und was mache ich nun? Den Irrawaddy hinunterfahren?«

»Dann sind Sie in zwei Wochen in Rangun«, antwortete er.

»Und bin mein Engagement los.«

»Mein Kontaktmann bei der Eisenbahn tut sein Bestes, um mich über den Zustand der Strecke auf dem Laufenden zu halten. Mein Rat wäre, hierzubleiben und abzuwarten. Vielleicht erfahren wir morgen schon mehr. Die Sache könnte sich allerdings hinziehen.«

Belle seufzte. Sie wollte nicht in Mandalay bleiben. Es war unerträglich heiß, und der Monsun würde bald einsetzen. Sie fand es nicht reizvoll, tagelang festzusitzen.

Sie begab sich ins Foyer, um dort den Vormittag zu verbringen und sich unter dem Ventilator zu entspannen, wo sie vor allem sicher war, was draußen passieren mochte. Sie nahm sich eine Zeitschrift und sah zu, wie die Gäste kamen und gingen, aber es war todlangweilig. Schließlich suchte sie sich ein Buch im Regal aus und ging damit in den kleinen Garten. Mit einem zierlichen Elfenbeinfächer hielt sie sich die Insekten vom Leib, die sie in der trägen Luft umschwirrten, und so gelangte sie zu einem kleinen Teich mit Seerosen, unter denen Goldfische schwammen.

Was die Suche nach ihrer Schwester anging, war sie frustriert und traurig. Sie hatte sich oft gefragt, wie es wohl wäre, ihr jetzt zu begegnen, sie lebendig vor sich zu sehen. Und was sie sagen würde, wie sie wohl aussähe, was sie beide dabei empfinden würden. Hätte Elvira die gleiche Haarfarbe wie sie oder die ihrer Mutter? Wäre sie kleiner oder größer als sie? Vielleicht werde ich das nie erfahren, dachte Belle resigniert, und vielleicht lebt sie sowieso nicht mehr.

Wenn sie die Suche aufgäbe, hätte sie die Freiheit, sich auf ihre Karriere zu konzentrieren. Darüber dachte sie nach und überlegte sich gerade eine neue Gesangsnummer, als jemand

sie ansprach. Sie drehte sich um und keuchte überrascht auf.
»Oliver!«

Er nickte und blieb stehen, ungewohnt steif und zögerlich.
»Ich verstehe nicht. Was tust du hier?«

»Ich bin hergekommen, weil du mich nicht zurückgerufen hast. Ich habe Osborne zweimal gebeten, es dir dringend auszurichten.«

Sie wurde von widersprüchlichen Gefühlen überschwemmt, die sie verwirrten. Seine Stimme zu hören hatte ein Glücksgefühl in ihr ausgelöst, aber sie konnte nicht vergessen, wie sie auseinandergegangen waren. »Woher wusstest du, dass ich hier bin?«

»Habe in allen Hotels angerufen, bis ich das richtige erwischt habe.«

Sie sah ihn prüfend an und hoffte, ihre Empfindungen seien nicht so offensichtlich. Er erwiderte ihren Blick mit seinen freimütigen blauen Augen, und sie konnte es nicht leugnen, sie fühlte sich trotz allem zu ihm hingezogen. Sonnengebräunt und stark stand er da ... und sehr still. Obwohl sie sich dagegen wehrte, wurde sie weich. Es juckte sie in den Fingern, durch seine widerspenstigen Haare zu streichen und dann seinen Kopf zurückzuziehen, um seinen Hals zu liebkosen ... Sie streckte eine Hand nach ihm aus, zog sie aber wieder zurück.

»Niemand hat mir gesagt, dass du angerufen hast.« Ihre Stimme klang dünn.

»An dem Morgen, als du hier angekommen bist, habe ich mit Harry gesprochen und später noch einmal. Ich habe an der Rezeption angerufen, und zufällig war er beide Male dort. Der Angestellte hat den Hörer an ihn weitergereicht, weil er wusste, dass ihr zusammen reist. Ich habe ausdrücklich betont, wie wichtig es ist, dass du mich zurückrufst, und habe Harry meine Nummer genannt. Er versprach, es dir sofort auszurichten. Also habe ich gewartet.«

»Wie bist du hergekommen?«

»Ich hatte Glück und konnte einen schnellen Nachtzug bekommen.«

»Ich wusste gar nicht, dass es die gibt.«

Er lächelte. »Eine seltene Spezies, doch es gibt sie.«

Sie zog die Brauen zusammen. »Aber die Schienen sind doch gesprengt.«

»Nicht die nach Norden.«

»Hast du die Stelle gesehen? Den Schaden?«

»Nein. War vielleicht gerade eingenickt.«

»Warum bist du hergekommen, Oliver?«

Sie stockten, weil Harry soeben in den Garten kam.

»Erzähle ich dir später«, flüsterte Oliver und schritt auf Harry zu. »Osborne, mein lieber Freund und Kupferstecher! Belle erzählt mir, Sie haben meine Anrufe gar nicht ausgerichtet.«

Harry wirkte in die Enge getrieben. »Nicht? Ich dachte, ich hätte es getan.«

»Sie wissen verdammt gut, dass Sie es nicht taten.«

Harry drehte seinen Hut in den Händen und schaute zu Belle herüber. »Das tut mir sehr leid. Es ist mir wohl völlig entfallen. Ich musste mich um so vieles kümmern, wissen Sie?«

Oliver sah ihn verärgert an, erwiderte aber nichts.

»Lassen Sie es mich wiedergutmachen. Was meinen Sie?«, fuhr Harry fort. »Ich kenne ein ausgezeichnetes chinesisches Restaurant. Hatte gehofft, mit Belle dort essen zu gehen. Aber gehen wir doch zu dritt. Sagen wir, zwölf Uhr? Ich lade Sie ein.«

Oliver blickte Belle fragend an, worauf sie nickte. »Also gut«, meinte er. »Doch das war ein sehr ärgerliches Versäumnis von Ihnen.«

»Ja, entschuldigen Sie, das ist mir bewusst.« Nervös lächelnd setzte Harry den Panamahut auf. »Aber nun muss ich einen Anruf erledigen. Bitte verzeihen Sie mir.«

Belle wusste nicht so recht, wofür er um Verzeihung bat, für das Versäumnis oder weil er telefonieren gehen musste.

Nachdem er fort war, wandte Oliver sich ihr zu. »Ich wollte auch um Verzeihung bitten.«

»Das ist wohl heute der Tag dafür«, gab sie lächelnd zurück und konnte nicht verbergen, wie sehr sie sich freute, dass er da war.

»Ich war taktlos ... neulich. In Wirklichkeit habe ich es nicht so gemeint, wie es sich anhörte. Ich will dir sagen, dass du mir so viel mehr bedeutest als eine Story.«

»Und das soll ich dir glauben?«, fragte sie, aber schon sanfter. Trotz der nörgelnden Stimme in ihrem Hinterkopf wollte sie ihm so gern vertrauen. Belle war sich sicher, dass er ihr das anmerkte.

»Ich bin froh, wenn ich dir helfen kann, und werde kein Wort darüber schreiben, falls dich das überzeugt.«

Sie blickte zu Boden, und es entstand ein kurzes Schweigen, während sie darüber nachdachte. Dann schaute sie auf, und als sich ihre Blicke trafen, passierte zwischen ihnen etwas Wunderbares. Belle spürte, wie sehr sie ihm am Herzen lag, und konnte ihn nicht abweisen.

»Im Augenblick habe ich einen Freund dringend nötig, Oliver. Aber ich muss wissen, ob ich mich auf dich verlassen kann.«

Er nickte ernst.

»Wenn das so ist ...« Sie holte den zweiten anonymen Brief aus ihre Handtasche und gab ihn ihm.

Er las ihn und sah sie dann an. »Da will dir jemand Angst machen. Traust du Harry?«

»Natürlich. Er war sehr hilfreich. Allerdings hat er mich gestern Abend zu einem unheimlichen Haus geführt. Hinterher sagte er, er habe sich in der Adresse geirrt.«

Oliver nickte nachdenklich. »Ich frage mich, was hier vor sich geht.«

»Mit Harry?«

»Nein. Ich meine die anonymen Briefe.«

Sie schüttelte den Kopf. »Nun ja, sie haben ihren Zweck

erfüllt. Ich habe Angst. Seit ich den zweiten bekommen habe, bin ich äußerst schreckhaft. In der Markthalle hatte ich sogar eine Panikattacke.«

»Ich habe mir Sorgen um dich gemacht. In Rangun hat es Unruhen gegeben, und jetzt heißt es, sie werden sich ausbreiten, möglicherweise bis nach Mandalay.«

»Was ist denn da los?«

»Die Studenten streiken. Das haben sie schon einmal getan, diesmal war der Auslöser der Verweis von Aung San und Ko Nu.«

»Und das sind?«

»Zwei Studentenführer. Sie haben sich geweigert, den Namen des Autors zu verraten, der einen Artikel in ihrer Unizeitung veröffentlicht hat. Darin wurde die Universitätsleitung scharf kritisiert.«

»Und dafür wurden sie der Uni verwiesen?«

»Die britischen Vergeltungsmaßnahmen für den Streik waren übel. Wie gesagt, man fürchtet, die Unruhen könnten sich bis nach Mandalay ausbreiten, und zwar bald. Ich habe angerufen, um dich zu warnen. Und dann bin ich in den Zug gestiegen. Ich wollte sicher sein, dass dir nichts passiert.«

»Solltest du nicht dort sein und darüber berichten?«

Er nahm ihre Hand, und seine warme Haut zu fühlen brachte ihre zum Kribbeln.

»Schon geschehen. Und im Augenblick gibt es nicht viel mehr dazu zu sagen. Aber wie dem auch sei, ich wollte dich sehen, und jetzt werde ich dich auf keinen Fall wieder allein lassen. Wer immer dir Angst machen will, bekommt es mit mir zu tun.«

Zur Mittagszeit trafen sich Belle und Oliver mit einem sehr redseligen Harry. Unterwegs erzählte er von seiner Arbeit und von den unerforschten Gegenden Burmas, die er noch nicht vermessen hatte, dann von Angela, seiner blonden, zierlichen und dabei so hübschen Frau, und schwärmte, was für ein freundlicher Mensch sie sei. Sie hätten sich in London kennengelernt, geheiratet und seien nach Burma gezogen, obwohl sie das eigentlich nicht gewollt habe. Er führte sie zu Fuß durch die engen Seitenstraßen Mandalays, ohne seinen Monolog zu unterbrechen. Bei alldem klang er ein wenig gereizt. Belle wunderte sich erneut über seine Nervosität, andererseits war sie an seine sonderbare Art schon gewöhnt. Viele Leute waren unterwegs, machten Besorgungen oder standen rauchend vor Teestuben und Essensständen. Den Dörrfisch eines Standes roch Belle schon von Weitem und musste sich die Nase zuhalten. Sie blieb bei einer Frau stehen, die in großen Schüsseln etwas zum Kauf anbot, das wie gelbe, orange und rote Würmer aussah.

»Süßigkeiten«, sagte Harry, als er Belles verwirrten Gesichtsausdruck sah.

Am Nachbarstand waren Gemüse und Bohnen in Körben aufgehäuft. Dann kam ein Stand mit Nüssen und Wurzeln. Da war es laut und ein wenig abschreckend, weil dort nur Burmesen zu sehen waren. Aber Oliver hielt Belle am Arm und drückte ihn ab und zu, um sie an sein Versprechen zu erinnern, dass er sie nicht mehr allein lassen würde.

Schließlich gelangten sie ins chinesische Viertel. Es war ruhiger, aber schäbiger.

»Sind Sie sicher, dass es hier ungefährlich ist?«, fragte Oliver.

Harry nickte eifrig. »Ja, ja. Natürlich. Das Restaurant liegt ein bisschen abseits, doch ich weiß aus verlässlicher Quelle, dass man hier das beste Essen bekommt.«

»Sie waren selbst noch nicht hier?«

»Nein. Aber man hat es mir versichert.«

Oliver zuckte mit den Schultern. »Wenn Sie es sagen.«

Sie gingen weiter durch schrecklich verwahrloste Straßen.

»Sind wir hier wirklich richtig, was meinst du?«, raunte Belle Oliver zu, als Harry über die Straße ging und vor einem Restaurant stehen blieb.

»Das werden wir gleich sehen.« Er legte den Arm um Belle, und sie folgten Harry hinein.

Außer ihnen und einem Kellner hinter der Bar war niemand dort.

»Warum ist es so leer, wenn es doch so gut sein soll?«, fragte Belle. »Das verstehe ich nicht.«

»Es ist noch früh«, erklärte Harry. »Ich denke, sie haben gerade erst geöffnet.«

»Aber man riecht nicht, dass gekocht wird, oder?«

»Vielleicht *noch* nicht.«

»Ich könnte ein Bier vertragen«, sagte Oliver. »Hinter der Theke stehen gar keine Flaschen, wie es scheint.«

»Wahrscheinlich in den Kühlschränken im Lager«, meinte Harry.

Oliver schnippte mit den Fingern nach dem Kellner, der ihm daraufhin zunickte und durch eine Schwingtür im Hintergrund verschwand.

»Na also«, sagte Harry. »Wie ich vermutet habe. Wenn Sie mich kurz entschuldigen wollen, ich will mir die Hände waschen gehen.«

Während Harry weg war, redeten Belle und Oliver für ein paar Minuten. Er sagte, er habe sie vermisst, nachdem sie fort gewesen sei, und sie erzählte ihm von der schönen Ballonfahrt über Bagan. Dabei sah er ihr ins Gesicht, blickte aber auch ab und zu durch das Lokal. Als Harry nach ein paar weiteren Minuten noch nicht zurückgekommen war, stand Oliver abrupt auf, packte Belles Hand und zog sie vom Stuhl hoch.

»Das gefällt mir nicht«, sagte er angespannt.

Plötzlich schaudernd hielt sie seine Hand fest.

»Komm. Wir verschwinden. Hier stimmt etwas nicht.«

Er schob sie vor sich her, während sie hastig auf die Tür zuliefen, und kaum draußen, rannten sie Hand in Hand, so schnell sie konnten.

Unter blendend weißem Licht erschütterte die Explosion den Boden und schleuderte Belle gegen eine Hauswand. Die

Hitze war so stark, dass sie zu schmelzen glaubte. Ihr Herz klopfte wie wild bei den furchtbaren Schreien ringsherum. Splitter und Scherben fielen auf sie herab, sodass sie sich zusammenkauerte und die Arme schützend um den Kopf legte. Entsetzt versuchte sie zu schlucken, aber mit lauter Sand im Mund war das schmerzhaft, und der Rauchgeschmack auf der Zunge brachte sie zum Würgen. Dann mischte sich Blut mit dem bitteren Belag, und der Geschmack im Mund wurde noch widerlicher. Sie rief nach Oliver, voller Angst, dass sie ihn verloren haben könnte. In dem lauten Geschrei und den dichten schwarzen Aschewolken in der Straße konnte sie ihn weder hören noch sehen. Sie schloss die trockenen, wunden Augen und spürte jetzt erst den dumpfen Kopfschmerz. Es fühlte sich an, als hätte sie einen schweren Schlag abbekommen. Als sie die Augen öffnete, verschwamm ihr die Sicht. Es war heiß, viel zu heiß. Sie versuchte zu schreien, bekam aber mit der scherzenden rauen Kehle kaum einen Ton heraus. Einen Moment lang war ihr, als schwebte sie. Dann wurde ihr schwarz vor Augen.

Als sie wieder zu sich kam, hockte Oliver bei ihr. Seine blauen Augen leuchteten zwischen rußverschmierter Haut. Er ist am Leben, dachte sie. Er ist am Leben. Er strich ihr übers Haar, und dann setzte er sich auf den Boden. Noch benommen und verstört von dem Vorfall, sprachen sie kein Wort. Nach ein paar Minuten schien er sich zu besinnen, stand auf und half ihr auf die Beine. Dann fielen sie einander in die Arme und gaben dem überwältigenden Gefühl nach, noch einmal davongekommen zu sein und einander nicht verloren zu haben.

»Meinst du, du kannst laufen?«, fragte er, als sie sich voneinander lösten.

Sie nickte. »Ich dachte ...« Ihre Stimme schwankte, sie konnte die schrecklichen Worte nicht aussprechen.

»Ich auch«, sagte er, und seine Augen waren nass von Tränen.

Auf seinen Arm gestützt, humpelte sie mit ihm ein Stück von der Explosionsstelle weg und lehnte sich schließlich mit klopfendem Herzen gegen eine Hauswand. Dann ging er, um anderen aufzuhelfen. Die Leichtverletzten standen schon auf und kümmerten sich um die schwerer Verletzten. Oliver vergewisserte sich, dass ein Krankenwagen unterwegs war, und kehrte zu Belle zurück.

»Lass dich ansehen. Wie geht es dir?« Er streckte die Hände nach ihr aus.

Anstatt sie zu nehmen, fasste sie ihm an die rußige Wange und schloss die Augen.

»Belle?«

Sie nickte, aber ihr war schwindlig, und sie fand keine Worte für ihren aufgewühlten Zustand. Sie wollte so gern weinen, doch ihre Augen blieben trocken, und die Tränen schienen in der Kehle festzustecken.

»Wie geht es dir?«, fragte sie, als sie schließlich die Augen öffnete.

»Mir ist nichts passiert. Jetzt lass dich ansehen.«

Sie war von oben bis unten schmutzig, und zuerst war kaum auseinanderzuhalten, was Ruß und was Blut war, doch dann wurde klar, dass sie ein paar Schnitte und Abschürfungen abbekommen hatte, aber nicht ernsthaft verletzt war.

Er schlug vor, einen Arzt zum Hotel zu rufen, anstatt zum Krankenhaus zu laufen, wo das Personal jetzt überlastet und die Behandlung mittelmäßig war. Als sie durch die schäbigen Straßen den Rückweg antraten, zitterten Belle noch die Knie, aber sie stützte sich auf Oliver und kam mit kleinen schlurfenden Schritten taumelnd voran. Schließlich fanden sie eine Rikscha.

Als sie durch die Hoteltür ins Foyer traten, kam Harry gerade mit seinem Koffer die Treppe heruntergeeilt. Er wurde bei ihrem Anblick blass und wollte sich an ihnen vorbeidrängen.

»Ich werde dringend woanders gebraucht«, murmelte er.

Oliver packte ihn am Arm. »Kommt nicht infrage.« Er ließ Belle nach einem prüfenden Blick in ihr Gesicht los, um den schmächtigen Landvermesser in einen Nebenraum hinter dem Rezeptionsbereich zu zerren.

Belle folgte ihm.

»Wo sind Sie gewesen?«, fragte Oliver mit drohender Miene.

Harry starrte ihn an und wollte antworten, stotterte aber nur etwas Unverständliches.

»Sagen Sie das noch mal.«

»Ich–ich–ich bin hinten rausgegangen.«

»Damit wir uns nicht missverstehen: Sie haben das Lokal durch die Hintertür verlassen. Warum?«

»Um–um–um mir die Hände zu waschen.«

»Aber Sie sind nicht wieder reingegangen?«

Harry sah auf seine Füße, dann hob er den Blick zu Belle, und das schlechte Gewissen war ihm deutlich anzusehen.

»Hören Sie, Sie miese Ratte«, knurrte Oliver. »Ihretwegen wären wir fast draufgegangen. Jetzt erzählen Sie mir mal genau, was hier vor sich geht.«

Erschrocken schob sich Harry die Brille hoch.

Oliver hielt ihn noch gepackt und schüttelte ihn jetzt. »Die Wahrheit, Harry.«

Der antwortete nicht.

»Soll ich Ihnen erst den Arm brechen?«

Harry schüttelte den Kopf. »Bitte, tun Sie mir nichts«, bat er schluchzend. »Ich wusste nichts davon.«

»Wovon wussten Sie nichts?«, fragte Belle und ließ sich auf einen Stuhl sinken.

»Sie haben mir keine Wahl gelassen.«

»Womit haben sie Ihnen gedroht?«

Belle hatte kalt geklungen, und Harry wurde blass. Er ließ den Kopf hängen und bekam nur ein Flüstern heraus. »Wenn ich nicht tue, was sie verlangen, würden sie meiner Frau etwas antun.«

Belle fuhr sich durch die staubigen Haare. Sagte er die Wahrheit? Steckte er hinter dem anonymen Brief? Bei ihren Überlegungen bemerkte sie einen blutenden Kratzer am Arm, und Oliver sah es, als sie das Blut mit ihrem Rock wegwischte. Dann blickte sie skeptisch in Harrys Gesicht und bemerkte, wie niedergeschlagen er war. Und obwohl sie selbst erschüttert und wütend war, hatte sie Mitleid mit diesem zitternden Nervenbündel.

»Und was haben sie von Ihnen verlangt?«, hakte Oliver nach.

Harry stellte sich zum ersten Mal seinem wütenden Blick. »Ich schwöre, ich wusste nicht, dass es so schlimm wird.«

»Ach, wie schlimm haben Sie es sich denn vorgestellt?«

»Ich dachte, sie wollten ihr nur Angst einjagen.«

Oliver schnaubte. »Wie großzügig von Ihnen! Einer jungen Frau, die Ihnen nichts getan hat, Angst einzujagen, ist also in Ordnung, ja?«

Harry biss sich auf die Lippe und sah Belle flehend an. »Sie haben meine Frau bedroht. Angela leidet ohnehin unter Ängsten, verstehen Sie?«

Oliver ließ ihn los und stieß ihn grob auf einen Stuhl. »Ich denke, Sie erzählen uns jetzt besser alles, was Sie wissen.«

Harry schwieg.

»Harry.« Belle beugte sich zu ihm »Sie müssen es uns sagen.«

»Es tut mir leid«, beteuerte er mit einem hastigen Blick zu ihr.

»Und?«

Wieder gab er keine Antwort.

»Hören Sie, Sie mickriger Scheißkerl«, begann Oliver drohend, stockte aber und schritt auf und ab, sichtlich um Beherrschung bemüht. Belle spürte, dass es ihn in den Fingern juckte, dem Mann eine zu langen, und bedeutete ihm, sich zurückzuhalten.

»Wer sind die, Harry? Wer hat Sie gezwungen, das zu tun?«, fragte sie.

Harry verlor die Fassung, seine Brillengläser beschlugen. »›Halten Sie sie auf‹, haben sie gesagt.«

»Wer?« Oliver ging auf ihn los.

»Ich schwöre, ich wusste nicht, dass es eine Bombe sein würde. Sie haben gesagt, ich soll eine Nummer anrufen und Bescheid geben, wenn Belle auf dem Weg zu dem Restaurant ist. Der Mann hinter der Bar meinte, er müsse mit mir sprechen, und wir gingen hinten raus. Draußen hieß es dann, wir müssten gehen. Kurz darauf hörte ich die Explosion und begriff.«

»Gut, Harry«, sagte Oliver kalt. »Wir werden jetzt Folgendes tun ...«

43

Minster Lovell 1923

Dr. Stokes sieht mich vom Sofa aus freundlich an. Er sitzt dort an eines meiner Federkissen gelehnt. »Soviel ich weiß, haben Sie in Mandalay gewohnt, bevor Sie nach Rangun zogen?«

Ich nicke.

Er fragt mich, ob ich etwas dazu sagen möchte. Ich lasse mir ein paar Augenblicke Zeit, bevor ich darüber spreche, und dann zittere ich bei der Erinnerung an die unbändige Wut meines Mannes und sein zornrotes Gesicht. Ich sage, dass Douglas schrecklich wütend auf mich war, aber diese beiden Worte beschreiben es nicht einmal annähernd.

Es war töricht, doch ich wünschte mir verzweifelt ein Kind und wurde nicht schwanger. Als ich an jenem Abend zu der Spiritistin ging, war es schwülheiß. Die stark geschminkte, in Seide gehüllte Burmesin tanzte für mich und die anderen Frauen wie in Trance. Aber sie trank Bier dabei, und wir alle hefteten Geldscheine an ihre schimmernden Ärmel. Die Geister mochten ein lustiges Leben, wie es schien. Als der Tanz vorbei war, sagte sie, die Geister hätten gesprochen. Was, verriet sie jedoch nicht. Ich erzähle Dr. Stokes, dass die Leute damals gern zu Spiritisten gingen, dass sie an Nat Gadaw glaubten, wie die Geister hießen, und mit ihnen sprachen, weil die angeblich Wünsche erfüllen konnten.

Douglas war unnachgiebig. Er war ein sehr rationaler Mensch und vollkommen aufgebracht, weil ich mich auf den finsteren Aberglauben eingelassen hatte.

»Hat es denn gewirkt?«, fragt Dr. Stokes.

Ich nicke. Anstatt mich weiter hilflos zu fühlen, habe ich die Sache damals in die Hand genommen. Danach habe ich mich besser gefühlt. Hoffnungsvoll. Das Leben ging weiter, und nach kurzer Zeit war ich mit Elvira schwanger.

»Und Ihr Mann hat Ihnen verziehen?«

»Wir haben nur noch ein einziges Mal darüber gesprochen.«

»Und macht Ihnen das noch zu schaffen?«

Eine Weile schweige ich und werde immer unruhiger. »Douglas kam nur das eine Mal darauf zurück, weil er mir vorwarf, die Nat Gadaw seien der Grund, weshalb ich Stimmen hörte.«

Es fällt mir zu schwer, noch mehr dazu zu sagen.

»Ein rationaler Mensch, meinen Sie?« Dr. Stokes lächelt mich sehr sanft an.

»Ja. Seltsam, nicht wahr? Ich hätte es mir selbst zuzuschreiben, sagte er, weil ich gefährliche abergläubische Praktiken ausprobiert hätte.«

44

Oliver zog Harry vom Stuhl hoch und sah ihn finster an.
»Wir werden jetzt Folgendes tun ...«

Harry zitterte sichtlich und war stumm vor Angst.

»Ich bringe Sie direkt zu einem Polizeirevier und sage denen, was Sie getan haben. Ich werde erzählen, wie Sie uns in die tödliche Falle gelockt haben. Das ist mindestens versuchter Totschlag, und wer weiß, wie viele von den Schwerverletzten sterben werden.«

Harry fand die Sprache wieder. »Man wird Ihnen nicht glauben.«

»Im Ernst? Und warum nicht?«

»Weil ...« Er stockte. »Weil es die Polizei war ... die mir gedroht hat.«

Oliver stand einen Moment lang reglos da. »Und mit Polizei meinen Sie ...?«

»Äh, nicht die normale Polizei.«

»Sondern?«

»Den Geheimdienst.«

»Das klingt wahrscheinlicher. Wen genau, Harry?«

Der schüttelte den Kopf. »Ich weiß den Namen nicht. War ein großer Mann. Dunkelhäutig, sehr kurze Haare.«

»Weiter nichts?«

»Er trug einen Leinenanzug. An mehr erinnere ich mich nicht. Er sagte nur, ich muss sie aufhalten.«

Oliver und Belle wechselten einen Blick. »Machen Sie, dass Sie rauskommen, Harry! Und ich schwöre bei Gott, wenn Sie irgendwem verraten, dass Belle und ich den Anschlag überlebt haben, werde ich Sie finden.«

Harry ließ sich das nicht zweimal sagen und lief davon.

»Aber wir müssen zur Polizei gehen, oder?«, fragte Belle, die noch immer weiche Knie hatte.

»Das wäre Zeitverschwendung.« Oliver machte ein verächtliches Gesicht.

»Wieso?«

»Wegen der Korruption. Wenn der Geheimdienst dahintersteckt, und in dem Punkt glaube ich Harry, dann erfahren die sofort davon.«

»Oliver, warum haben sie das getan? Ich verstehe das nicht. Warum wollten sie mich verletzen?« Ihre Stimme schwankte, als sie ein Schluchzen unterdrückte. Sie versuchte, die Fassung zu wahren, doch ihr Gesicht verzerrte sich. Es war zu schrecklich, um darüber nachzudenken.

Er fasste sie an den Oberarmen. »Ich will nicht kleinlich sein, aber sie wollten dich umbringen, Liebste, nicht verletzen.«

Sie blickte ihm in die Augen und sah seine tiefe Besorgnis. »Ich weiß«, flüsterte sie. »Ich weiß.«

Einen Moment lang schwiegen sie beide.

»Aber dich wollten sie auch töten.«

Er zuckte angewidert mit den Schultern. »Ich wäre nur ein Kollateralschaden gewesen. Du bist es, die die Bastarde erwischen wollten. Es geht um deine Schwester. Es ist klar, dass deine Mutter nichts mit ihrem Verschwinden zu tun hatte, sondern eindeutig jemand, der gewisse Fäden ziehen kann.«

Sie holte tief Luft und atmete langsam aus, um sich zu beruhigen. »War es richtig, Harry gehen zu lassen?«

»Osborne ist ein kleiner Fisch. Der große sitzt an viel höherer Stelle.«

»Wer?«

»Ich habe eine Vermutung, doch lass uns abwarten, was wir herausfinden können.«

»Aber, mein Gott, was ist es nur, das sie verbergen?«

Er seufzte. »Keine Ahnung, sie schrecken jedenfalls vor nichts zurück, um das Geheimnis zu wahren. Und sie sehen uns als Bedrohung an.«

Belle rieb sich die schmerzenden Schläfen und wünschte, sie hätte die Suche gar nicht erst angefangen. Ein Mordanschlag auf sie, um Himmels willen! Jemand wollte sie tot sehen! Bei dem Gedanken wurde ihr speiübel. Aber nicht nur das. Sie ballte die Hände zu Fäusten und hätte zu gern auf die Schuldigen eingeprügelt. Wie konnten sie es wagen? Was bildeten die sich ein?

»Wir fahren nicht sofort nach Rangun zurück«, erklärte Oliver. »Ich habe Freunde in Maymo. Das ist fünfundzwanzig Meilen entfernt, nördlich von hier. Wir fahren zu ihnen und überlegen uns dann, was wir tun. Da oben in den Bergen ist es außerdem kühler. Wir können uns von der verfluchten Hitze hier ein bisschen erholen.«

»Wie kommen wir dorthin?«

»Mit dem Zug. Meinst du, du solltest zum Arzt gehen?«

Sie schüttelte den Kopf. »Das ist hauptsächlich Schmutz. Für die Kratzer habe ich im Zimmer Pflaster.«

»Gut. Wasch dich und pack deinen Koffer, aber beeil dich. Wir müssen schleunigst von hier verschwinden.«

»Sie werden es wieder versuchen, hab ich recht?«, fragte sie und konnte ihre Angst nicht überspielen.

»Willst du die Wahrheit hören?«

Sie nickte.

Eine Stunde später sprangen sie in letzter Minute in den Zug. Als sie aus Mandalay hinausfuhren, schaute Belle aus dem Fenster auf breite Alleen und große britische Villen. Eine Zeit lang führte die Strecke über flaches Land. Hin und wieder standen Holzhütten an der schmalen staubigen Straße entlang der Schienen. Darauf waren viele Ochsenkarren unterwegs, Hunde schliefen am Straßenrand, hübsche junge Burmesinnen mit Blumen im Haar trugen Krüge auf dem Kopf, Männer auf Fahrrädern holperten über Schlaglöcher. Oliver erzählte, dass seine Freunde, Jeremy und Brenda, ein kleines Hotel führten und dass er sie vorher angerufen und ihnen Bescheid gesagt hatte. Belle hatte keine Zeit gehabt, sich die Haare zu waschen, und die Kopfhaut juckte ihr noch immer von dem Sand. Die Fahrt würde drei Stunden dauern, und Belle sehnte sich nach Schlaf.

Sie lehnte sich gegen das Fenster, aber das Rattern des Zuges ließ sie nicht einschlafen. Sie öffnete die Augen und schaute benommen hinaus. Quälend langsam rollten sie an Dörfern vorbei, wo Regenbäume Schatten spendeten und üppige Bananenpalmen wuchsen. In der Ferne leuchteten die Berge dunkelviolett. Es ging gemächlich bergan. Die gelben Akazienhaine und grünen Vorberge kamen als Nächstes, aber bald verlief die Strecke zwischen steilen, runden Hügeln, die unten steinig und oben dicht bewachsen waren. Unter dem stillen blauen Himmel fuhren sie an Tempeln vorbei und über eine Brücke und stiegen immer weiter an. Belle schaute über dunkel bewaldete Höhen, die mit zunehmender Ferne immer bläulicher erschienen.

Eine Weile lehnte sie sich an Oliver und konnte ab und zu ein wenig eindösen. Sie erwachte, als sie sich Maymo näherten, und staunte, wie grün es dort war. Oliver wies sie auf die Früchte hin, die dort angebaut wurden: Erdbeeren, Zwetschgen, Weintrauben, Zitronen und Limonen.

»Die Gegend ist ungeheuer fruchtbar«, sagte er.

Sie blickte in sein gut aussehendes, schroffes Gesicht und nickte.

Er berührte sie an der Wange, und sie fand die schlichte Geste tröstlich. »Geht es dir gut?«

»Ich glaube ja.«

Kurz vor dem Bahnhof schliefen Rinder auf den Gleisen und hielten den Zug auf, aber bald konnten sie aussteigen. Ein Gepäckträger brachte ihre Koffer zu einem wartenden Pferdewagen, und dann fuhren sie an den üblichen Verkaufsständen und einer methodistischen Kirche vorbei einen Hang hinauf. Dort standen rote Backsteinvillen mit grünen Fensterläden, braunen Holzveranden und Gärten mit hohen Bäumen. Nachdem sie einige Regierungsgebäude und das Vermessungsamt passiert hatten, ging es einen weiteren Hügel hinauf. Oliver zeigte auf eine Villa, die zur Hälfte aus Holz gebaut war.

»Das ist Candacraig, der britische Club«, erklärte er, als er ihrem Blick folgte. »Jetzt ist es nicht mehr weit zum Haus meiner Freunde.«

Als sie dort ankamen, ging die Sonne unter. Belle freute sich über den kühlen Wind und schaute zum Himmel, der jetzt in einem von Violett durchzogenen Korallenrosa leuchtete.

»Hier kann es nachts kalt sein«, sagte Oliver, »je nach Jahreszeit. Dann wird sogar der Kamin angezündet.«

Er machte Belle mit Jeremy und Brenda bekannt, einem älteren amerikanischen Ehepaar, das sich zur Ruhe gesetzt hatte und nur noch das kleine Hotel betrieb. In seinen ersten Wochen in Burma habe er bei ihnen gewohnt, und sie hätten ihn mit allem vertraut gemacht. Offenbar hatten sie ihn sehr gern, erkundigten sich nach seinem beruflichen Fortkommen und seiner Gesundheit und anderem. Brenda war herzlich und freundlich und laut Oliver eine ausgezeichnete Köchin, sodass sie sich auf ein köstliches Abendessen freuen durften.

Sie wurden zu einem Zimmer geführt, das auf den Vorgarten hinausging, und sobald sie allein waren, drehte Belle sich zu ihm um. »Wir haben nur ein Zimmer?«

»Du hast etwas dagegen? Ich dachte, so sind wir sicherer. Ich kann in dem Sessel schlafen.«

Sie überlegte.

»Oder soll ich nach einem zweiten Zimmer fragen?«, schlug er vor.

»Denken deine Freunde … du weißt schon?«

»Würde dir das etwas ausmachen?«

»Ein wenig. Ich möchte nicht, dass sie einen falschen Eindruck von uns bekommen. Oder von mir.«

»Keine Sorge. Ich habe ihnen erzählt, was passiert ist. Sie verstehen, dass wir zusammenbleiben müssen. Jeremy war früher Soldat, hat Nerven wie Drahtseile und vor nichts Angst, also genau der Mensch, den wir auf unserer Seite brauchen. Das wird kein Problem.«

»Also gut.« Sie zögerte, dann ging sie zu ihm und streichelte über seine Wange. »Wir schlafen beide in dem Bett.«

»Wollen wir zuerst baden und dann etwas essen?«

»Vielleicht«, sagte sie und sah in seine blauen Augen, dann küsste sie ihn.

Nachdem sie dem Tod knapp entronnen waren, brauchten sie beide Trost und Sicherheit. Später, als sie auf dem Bett lagen, nach dem Baden und dem Abendessen, das er ihr versprochen, von dem sie jedoch nicht viel herunterbekommen hatte, begann Belle zu zittern. Die Angst holte sie noch einmal ein und bemächtigte sich ihrer. Sie fühlte sich wieder wie bei dem Massaker. Mehr als alles andere wollte sie im Arm gehalten werden und hören, dass alles gut werden würde. Doch es würde eben nicht alles gut werden. Nicht, solange sie in Burma blieb. Und Oliver hielt sie zwar fest an sich gedrückt, und sie fühlte sein Herz schlagen, aber sie wusste, wie stark es auch ihn mitgenommen hatte. Dann flossen die Tränen.

»Das ist der verzögerte Schock«, murmelte er, und sie wusste, er hatte recht, weil sie erst jetzt den ganzen Schrecken empfand und eine Todesangst durchlebte, bei der sie kaum noch wusste, wer sie war.

Belle wollte etwas sagen, aber sie stammelte und verhaspelte sich, bis sie schluckte und keine Luft mehr bekam und mit den Händen wedelte. Er half ihr, sich aufzusetzen, und hielt ihr ein Glas Wasser an die Lippen.

Nachdem sie sich beruhigt hatte, fragte er, ob sie über das reden wolle, was in Rangun passiert war.

Schweigend sah sie ihn an, und dann begann sie stockend in Worte zu fassen, was sie belastete, die Gräueltaten, das vergossene Blut, die unmenschliche Brutalität, das sinnlose Gemetzel, und ihre Angst, die sie bisher in Schach gehalten hatte, brach hervor. Aber sie schilderte ihm alles, und schließlich erzählte sie ihm, wie sie den Säugling gefunden hatte. Als sie nicht mehr weinte, strich er ihr über die Wangen und küsste sie zärtlich auf die Stirn.

»Ich habe Angst«, sagte sie.

Oliver nickte.

»Was wollen wir jetzt tun?«

Er nahm ihre Hand und drückte sie. »Ich weiß es nicht. Lass uns schlafen und morgen darüber nachdenken, wenn wir ausgeruht sind.«

Nach dem Frühstück am nächsten Morgen fuhren sie mit dem Rad unter einem hellblauen Himmel durch die kühle grüne Stadt. Oliver zeigte ihr die verschiedenen Regierungsgebäude und Häuser von Honoratioren. Belle nahm alles in sich auf und staunte über den Luxus der Briten inmitten der ärmlichen Holzhütten. Als Oliver wieder davon sprach, dass Burma eines Tages den Burmesen gehören sollte, pflichtete sie ihm bei.

»Es dauert nicht mehr lange«, fügte er nickend hinzu. »Es zeichnet sich überall ab.«

»Du meinst die Unruhen?«

»Ja. Im ganzen Empire. Das wird sich ändern, und zwar bald.«

An einem Blumenmarkt am Rand einer Durchgangsstraße hielten sie an. Die vom Duft der Blumen geschwängerte Luft erfüllte Belle mit einer bittersüßen Freude. Sie schoben die Räder in den großen botanischen Garten, wo sie einen schattigen Tamarindenbaum fanden. Sie setzten sich darunter und lehnten sich an den Stamm. Als sie zu einigen Teakbäumen hinüberschaute, sagte Oliver, dass es die Briten wegen des Teakholzes nach Burma gezogen habe. Das hätten sie für die Marine gebraucht, und es sei bald eine wachsende Quelle von Einkünften geworden, ebenso das Gold und die Rubine aus den Shan-Staaten und die Jade aus den Minen hoch im Norden. Und nachdem die Briten den letzten burmesischen

König nach Indien ins Exil geschickt hatten, hätten sie alles hemmungslos ausbeuten können.

Er griff unter ihr Kinn. »So. Wie geht es dir inzwischen?«

»Ich bin noch sehr aufgewühlt.«

Er nickte. »Vielleicht ist es das Beste, wenn ich allein nach Rangun zurückfahre.«

»Und ich bleibe hier?«

»Ja.«

»Ich möchte lieber mitkommen.«

»Jeremy und Brenda würden auf dich aufpassen.«

Sie schüttelte den Kopf. »Ich weiß nicht so recht.«

»Entweder das, oder wir schmuggeln dich nach Rangun und setzen dich heimlich in ein Flugzeug.«

»Ich habe gehört, dass es jetzt Passagierflugzeuge gibt.«

»Imperial Airways. Aber nicht viele Flüge. Es dauert elf Stunden bis London.«

Sie überlegte.

»Wenn ich bloß wüsste, wer hinter der Bombe steckt, dann wäre ich einen Schritt weiter.«

»Wer könnte es deiner Meinung nach sein?«, fragte sie.

»Ich vermute eine politische Angelegenheit. 1935 wurde Burma von Britisch-Indien getrennt. Ein neuer Senat und ein Repräsentantenhaus wurden geschaffen. Dein Freund Edward de Clemente gehört zu dem Gremium, das die Einzelheiten der Verfassung ausarbeitet und die Wählerlisten für allgemeine Wahlen erstellt.«

»Das wusste ich nicht.«

»Wer daran beteiligt ist, muss über jeden Zweifel erhaben sein. Daher würde ich vermuten, dass jemand in hoher Position sich deinetwegen unter Druck fühlt.«

»Und das bedeutet?«

»Eine Vertuschung. Das denke ich. Es ist offensichtlich, dass jemand die Wahrheit über das Verschwinden deiner Schwester verheimlicht hat.«

»Verdächtigst du Edward?«

»Nicht unbedingt. Es könnte jeder sein.«

Es folgte ein langes Schweigen. Belle lauschte auf das Summen der Insekten und das Rascheln der Blätter über ihnen. Man schaute ins Grüne, so weit das Auge reichte.

»Lass uns zum See gehen«, schlug Oliver vor, und sie schoben die Räder in einen anderen Teil des Parks, wo Schwäne über silbriges Wasser glitten.

»Habe ich dir erzählt, was der Portier vom *Strand Hotel* gesagt hat? Sein Vater hat 1911 in einer Nacht einen Säugling furchtbar schreien hören. Er hatte Nachtdienst.«

»Lange her, um sich genau zu erinnern.«

»Nun ja, der Vorfall ist ihm in Erinnerung geblieben, weil zu der Zeit niemand mit einem Säugling im Hotel abgestiegen war. Als er am Hinterausgang ankam, von wo das Schreien zu hören gewesen war, sah er einen Wagen davonrasen.«

»Hat er das bei der Polizei gemeldet?«

»Seine Frau hat ihn überredet, es nicht zu tun.«

»Es würde sich lohnen, dem nachzugehen.«

»Meinst du?«

Er nickte.

»Dann fahre ich mit dir nach Rangun.«

»Vielleicht kommt gar nichts dabei heraus.«

Sie blickte ihn an. »Oliver, ich glaube nicht, dass ich Burma verlassen werde, ehe ich weiß, was aus Elvira geworden ist, und ich muss auch an mein Haus denken. Ich kann es nicht völlig verfallen lassen.«

»Du darfst nicht mehr ins *Strand* zurück.«

»Da hast du recht.«

»Wohne bei mir.«

Sie musterte sein Gesicht. »Was werden die Leute denken?«

»Obwohl hier ständig skandalöse Dinge vor sich gehen, werden sie sich die Mäuler zerreißen und sich empört geben, manche werden vielleicht aufrichtig schockiert sein. In jedem Fall aber ist deine Sicherheit im Augenblick das einzig Wichtige.«

45

Minster Lovell 1925

Ich habe gelebt, als hätte jener eine Augenblick im Garten in Burma mein ganzes Leben bestimmt. Ich will schreien: Aber das bin nicht ich. Und dann frage ich mich, ob das wahr ist. Vielleicht haben wir alle so einen bestimmenden Augenblick erlebt, der uns gefangen hält?

Der Tag, an dem ich mich davon befreie, ist wie jeder andere. Die Sonne versucht, durch den Wolkendunst zu dringen, und ich sitze in meinem Sessel.

Mir ist, als würde ich ertrinken, als Dr. Stokes mich bittet, mir den Tag vorzustellen, an dem ich Elvira verlor. Er sagt, ich müsse das nicht tun, aber ich weiß, ich muss. Ich schließe die Augen. Immer wieder versuche ich es, doch etwas hält mich zurück, als gäbe es da eine Mauer, die mein Weiterkommen verhindert. Ich stemme mich dagegen, aber sie gibt nicht nach. Er sagt, ich übe zu viel Druck aus, und schlägt mir vor, gar nicht an den Kinderwagen zu denken, sondern an die vielen schönen Dinge in dem Garten. Als ich mich entspanne und meinen Gedanken freien Lauf lasse, erscheint der Pavillon, aber ohne dass ich mich selbst darin sehe. Dann kommen mir andere Bilder. Und als ich den Orchideenbaum vor mir sehe mit seinen herzförmigen Blättern und den weißen und rosa Blüten und die großen Baumkronen, in denen die Affen sich hin und her schwingen, lächle ich. Ich sehe die leuchtend grünen Vögel, rieche die duftenden Blüten: Rosen im Juni und Juli, die Weihnachtssternbüsche im Dezember und die von Schmetterlingen umschwärmten Blumen im Frühjahr. Langsam sinke ich zurück in die Vergangenheit, und es ist, als wäre ich wirklich in Burma und litte unter der feuchten Hitze.

Wie aus weiter Ferne höre ich ihn fragen, was ich außerdem noch sehen kann.

Ich schüttle den Kopf und merke, dass ich schneller atme. »Nur den Kinderwagen unter dem Tamarindenbaum«, antworte ich.

Dr. Stokes sagt nichts mehr.

Dann, als ich glaube, den Anblick nicht mehr zu ertragen, überfällt mich ein verschwommenes Bild. Ich kneife die Augen fest zu, um es scharf zu sehen. Oder auch nicht. Ich bin mir nicht sicher. Das Bild wird klarer, und ich erkenne eine schwarz gekleidete Frau, die mit einem Bündel im Arm vom Kinderwagen wegläuft. Im Nu ist das Bild weg, und ich frage mich, ob es nur eine Fantasie gewesen ist. Doch dann sehe ich sie wieder, als sie sich umdreht und schaut, ob jemand sie beobachtet hat, und ganz kurz ist mir, als würde ich sie kennen.

Nicht ich habe meinem Töchterchen etwas angetan. Nicht ich war es.

Ich öffne die Augen und bemerke, dass Dr. Stokes mich anlächelt.

»Gut gemacht, meine Liebe«, sagt er. »Gut gemacht.«

46

Noch eine Nacht würden sie in Maymo bleiben, und Belle spürte, dass sich etwas Grundlegendes geändert hatte. Ihre Beziehung war jetzt anders. Sie fühlte sich befangen, als sie sich vor ihm auszog, schweigend, mit gesenktem Kopf und voll unvertrauter Empfindungen. Hoffnung? Vorfreude? Möglicherweise auch ein wenig Angst? Dass sie zusammen dem Tod so knapp entronnen waren, brachte sie ihren tiefsten Gefühlen vielleicht näher. Der friedliche Tag, den sie gemeinsam verbracht hatten, hatte das Band zwischen ihnen offenbar gefestigt. Vielleicht weil sie endlich über das Massaker hatte reden können. Oder das alles wirkte zusammen. Wie es sich auch verhielt, sie hatte die Fähigkeit verloren, mit Worten zu kommunizieren, und die Luft im Zimmer schwirrte vor unausgesprochenem Verlangen. Von Anfang an hatte es zwischen ihnen eine starke Anziehung gegeben. Jetzt konnte er die Augen nicht von ihr abwenden, und als sie den Kopf hob und seinen Blick erwiderte, sah sie in seinen Augen tiefe Sehnsucht. Was immer es war, das sie zueinander hingezogen hatte, der rechte Augenblick war gekommen.

Er zog sich auch aus, und als sie nackt voreinanderstanden, war es, als hätten sie unbedacht stillschweigend zugestimmt, ihr Innerstes zu enthüllen, ihre Fehler, ihre Unsicherheit, ihre Wünsche. Leicht zitternd streckte sie die Hand nach ihm aus.

Im Bett befahl er ihr, still zu liegen. Sie rührte sich kaum, als er ihren Körper streichelte, und dabei erlebte sie jeden Moment mit einer gesteigerten Empfindsamkeit, es war wie eine exquisite Folter. Wenn er sie mit den Fingerspitzen berührte – am Hals, an den Brüsten, den Oberschenkeln, am Mund –, ging ihr das durch den ganzen Körper. Wenn er sie mit den

Lippen streifte, keuchte sie auf. Und dann wurde es wieder anders. Als die Intensität plötzlich anstieg, ließ sie die alte Anspannung, die alten Befürchtungen fahren, ließ den Schmerz und die Angst los. Nun wollte sie ihn so sehr, dass sie an nichts anderes mehr denken konnte.

»Liebe mich jetzt«, verlangte sie drängend.

Der Sex war kraftvoll, beglückend und brachte sie zum Weinen, aber nicht vor Traurigkeit, sondern es waren Tränen der Befreiung und Freude, und dann, ehe sie es begriff, stieg Lachen in ihr auf, unaufhaltsam. Solch ein unschuldiges, natürliches Lachen hatte sie noch nie erlebt. Sie fühlte sich wie ein Kind, befreit wie die Vögel, die sie an der Shwedagon-Pagode aus dem Käfig gelassen hatte.

Er lachte mit ihr, dann stützte er sich auf einen Ellbogen und sah sie forschend an, ganz konzentriert. »Wenn du wüsstest, wie lange ich das schon tun will!«

»Wie lange?«

»Hm.« Er tat, als müsste er überlegen. »Seit ich dich zum ersten Mal sah.«

Sie grinste, und die Erregung ging ihr von Neuem durch den ganzen Leib.

»Fühlst du dich gut? Ich habe dir nicht etwa wehgetan?«

Sie stieß ihm in die Rippen. »Wenn das Wehtun war, kannst du es dann bitte noch einmal tun?«

»Sofort?«

»Hm-hm.«

Er lachte. »Das sind schwere Anforderungen.«

Diesmal taten sie es sehr langsam, und hinterher sagte er, dass er sie liebe und immer lieben werde.

Sie nahm seine Hand und küsste seine Fingerspitzen, dann schmiegte sie sich an seine Seite, erschöpft, aber voller Frieden.

Am nächsten Tag verstaute Oliver ihre Koffer in der Gepäckablage über ihren Plätzen im Zug nach Rangun, der keinen

Wagen erster Klasse hatte. Sie saßen bei ein paar schlafenden Indern, und hin und wieder trugen Burmesinnen Obst und Gemüse den Gang entlang. Es roch zwar nach den Stumpen, die manche Leute rauchten, aber davon abgesehen war es gar nicht so schlimm. Erst als ein Fischverkäufer zustieg, hielt Belle es nicht mehr aus und stellte sich ans Fenster. Das klemmte jedoch und ließ sich nur einen winzigen Spalt öffnen. Mit der warmen Luft kam der Geruch von Holzrauch aus den Dörfern und von dem Essen herein, das Verkäufer entlang der Bahnstrecke zubereiteten. Der Rauch brachte sie zum Husten, doch das war ihr immer noch lieber als die Übelkeit, die der Fischgestank auslöste.

Im Abstand von einer Stunde schlugen Essensverkäufer an die Fenster oder liefen durch den Gang und boten klebrigen Reis und Chilinudeln an. Warum der Zug immer wieder auf offener Strecke anhielt, wussten sie beide nicht. Manchmal hatten sie den Eindruck, dass die Gleise noch repariert wurden, dann wieder schien es gar keine Erklärung zu geben, und niemand konnte ihre Fragen wegen der Verzögerungen beantworten. Bei jedem Halt bestand Oliver darauf, dass sie bei ihm blieb, da bekanntlich Diebe in der Wildnis und an einsam gelegenen Bahnhöfen lauerten, um unauffällig in den Zug zu schlüpfen und die schlafenden Passagiere zu bestehlen.

Belle hatte den anfänglichen Schock des Mordanschlags überwunden und fühlte sich glücklich und erleichtert, weil sie mit Oliver wieder zusammen war, auch wenn sie wünschte, die Umstände wären anders. Tief in sich spürte sie seine Nähe. Dass er ihr das Leben gerettet hatte, bedeutete ihr alles, und sie lehnte sich an ihn, schwelgte in dem Geruch seiner Haut und betete, dass sie von neuer Gefahr verschont würden. Oliver blieb jedoch angespannt, beobachtete in einem fort die zu- und aussteigenden Passagiere und die Leute auf den Bahnsteigen. Er hatte sich Sonnenbrille und Strohhut aufgesetzt, damit niemand merkte, wohin er sah. Aber sie spürte seine Nervosität. Auch sie beäugte die Zugestiegenen, doch als ein halbes Dutzend Polizisten in den Zug kam, fühlte sie sich ein wenig beruhigt.

Nach einer scheußlichen Fahrt von knapp vierhundert Meilen, die drei Tage dauerte, viel länger, als der Fahrplan angab, stiegen sie in dem feuchtheißen Rangun aus und fuhren sofort zu Olivers Wohnung. Mit immenser Erleichterung und ohne einen Gedanken daran, was ihnen bevorstehen mochte, legten sie sich beide auf sein Bett und zogen sich nicht einmal um. Er griff nach ihrer Hand und schlief sofort ein.

Belle war ebenfalls zu erschöpft, um noch viel zu denken, wusste jedoch, dass zwischen ihnen Bedeutsames geschehen war, etwas, worauf sie heimlich gehofft hatte, ohne sich über dessen Charakter im Klaren zu sein. Ihre Beziehung war verheißungsvoll, für die Gegenwart, aber auch für die Zukunft. Und sie wusste, die Kraft ihrer gegenseitigen Liebe würde nun ein ganz anderes Leben bringen. Das wusste sie so sicher wie nichts sonst. Dann schloss sie die Augen, schmiegte sich an ihn und schlief ebenfalls ein.

Belle wurde vor ihm wach. Sie lagen eng umschlungen, als hätten ihre schlafenden Körper gewusst, was ihre Seelen brauchten. Sie strich über seine Bartstoppeln, genoss das bequeme Bett, die Nähe, seinen warmen Atem an ihrer Wange, und als er die Augen öffnete, lächelte er sie an. Sie küsste ihn fest auf den Mund und spürte am Bauch, dass er erregt war. Als sie die Konturen seines geliebten Gesichts mit dem Finger nachzeichnete, sah sie, wie schön er war, seine goldene Haut, seine blauen Augen und die Liebe darin. Sie liebten sich von Neuem, zuerst sanft und am Ende so leidenschaftlich, dass sie aufschrie. Er legte die Hand über ihren Mund und flüsterte, sie solle leise sein. Als sie wieder ruhig atmete, löste sie sich aus seiner Umarmung und schlüpfte ins Bad, um sich zu waschen. All ihre Kleidung war schmutzig, daher wusch sie eine Bluse und einen langen Rock durch und hängte sie zum Trocknen über der Wanne auf.

Als sie mit nassen Haaren aus dem Bad kam, stand Oliver mit dem Rücken zu ihr und kochte Kaffee.

Er hörte sie, drehte sich um und lächelte sie so zärtlich an, dass ihr das Herz stockte. So sehr geliebt zu werden, während man so große Angst hatte, war ein unsagbares Glück.

»Entschuldige, ich habe nichts zu essen da. Ich werde uns schnell etwas besorgen.«

»Ich habe eigentlich keinen Hunger. Aber ein Kaffee wäre schön.«

»Komm her«, sagte er und strahlte sie an.

Doch in dem Moment brach die Wirklichkeit über sie herein, und ihre Angst wuchs. Ihr wurde eng in der Brust, und sie flüsterte: »Jemand hat versucht, mich zu töten.« Sie blieb stehen, wo sie war, und betrachtete den Fußboden. Sie wollte nicht darüber nachdenken.

»Alles wird gut«, sagte er.

Sie blickte auf. »Meinst du wirklich?«

Er nickte. »Komm her«, bat er wieder.

Sie ging zu ihm, und er hielt sie an sich gedrückt und strich ihr übers Haar. »Wir werden dafür sorgen. Zusammen.«

Belle fühlte sich sicherer, weil er bei ihr war. Ihr Zusammenhalt war intuitiv, eine ehrliche Verbundenheit, die sagte: Ich weiß, wer du bist, und was ich nicht von dir weiß, möchte ich kennenlernen. Zwei Seelen, die sich gefunden haben, dachte sie, und so klischeehaft das sein mochte, es war wahr.

Als sie sich zum *Strand Hotel* aufmachten und durch die vertrauten Straßen gingen, bekam Belle vor Angst Herzklopfen. Es waren zwar viele Menschen unterwegs, aber wenn jemand sie verfolgte, könnte er im Nu in einen Hauseingang schlüpfen, sobald sie sich umdrehte. Oliver beruhigte sie immer wieder, aber sie fürchtete einen neuen Anschlag und argwöhnte bei jedem Mann, der ihnen entgegenkam, er könnte ein Messer oder eine Pistole auf sie richten. Sie blieb dicht bei Oliver, blickte nervös hierhin und dorthin und konnte ihrer Furcht nicht Herr werden. Da er ihre wachsende Unruhe spürte, lenkte er sie durch die Passanten zum Straßenrand und winkte dann eine Rikscha herbei.

Im Hotel hinterlegte sie ihr Kündigungsschreiben an der Rezeption, und man gab ihr einen Luftpostbrief, der während ihrer Abwesenheit eingetroffen war. Sie steckte ihn in die Handtasche, um ihn später zu lesen, dann eilte sie in ihr Zimmer, um ihre Sachen zu packen. Je eher sie wieder draußen sein würde, desto besser.

Sie benötigte nicht lange, um Kleidung und Kosmetik in den Koffer zu packen, und wollte gerade gehen, als Rebecca hereinkam, wie immer in einem eng anliegenden roten Kleid, das ihre Kurven betonte.

»Belle! Wo bist du gewesen? Du siehst ja schrecklich aus.«

Belle grinste ihre Freundin an und sah, dass sie übernächtigt war und ihre Haare einmal gründlich gebürstet werden sollten. Sie schien die ganze Nacht auf gewesen zu sein. »Das ist eine extrem lange Geschichte«, antwortete sie.

Rebecca warf sich auf ihr Bett. »Dann erzähl mir wenigstens, wo du jetzt hinwillst. Heim nach England?«

»Noch nicht. Ich habe gekündigt und ziehe zu Oliver.«

Rebecca riss ungläubig die Augen auf. »Meine Güte. Na ja, schön für dich. Doch was ist mit den Klatschtanten? Für die wird das ein Fest.«

»Das kümmert mich nicht mehr.«

»Aber warum hörst du hier auf? Du bist eine wunderbare Sängerin.«

Belle sah ihr in die Augen und machte ein trauriges Gesicht. »Es tut mir wirklich leid, dass ich dir das jetzt nicht erzählen kann, aber wenn alles vorbei ist, hole ich das nach. Versprochen.«

»Hat das mit deiner verschollenen Schwester zu tun? Weißt du inzwischen, was passiert ist?«, fragte Rebecca, scharfsinnig wie immer.

»Noch nicht.«

Rebecca nickte traurig. »Du wirst mir fehlen.«

Sie umarmten sich, und dann kehrte Belle zu Oliver zurück, der vor dem Hotel wartete. Der Portier erklärte sich bereit, ihre Koffer zur Gepäckaufbewahrung im Bahnhof befördern zu lassen, und Oliver bat ihn, noch einmal zu erzählen, was sein Vater in jener Nacht gesehen hatte, als er den Säugling schreien gehört hatte. Nachdem sie ihm beide versprochen hatten, ihn nicht zu verraten, ging er ein wenig mehr ins Detail.

»Eines habe ich bisher nicht erwähnt … Kurz nach dem Vorfall wurde mein Vater entlassen. Man warf ihm Dinge vor, die er gar nicht getan hatte.«

»So wurde er zum Schweigen gebracht«, sagte Oliver.

»Warum erzählen Sie das erst jetzt?«, fragte Belle.

Der Portier sah zu Boden. »Er hat sich geschämt. Deshalb fand ich, ich sollte darüber schweigen. Und ich hatte auch Angst um meine Stelle.«

Belle nickte. »Das kann ich gut verstehen.«

»Das alles ist so lange her, aber es hat das Leben meines Vaters ruiniert. Er bekam keine Referenzen und hatte es schwer, wieder Arbeit zu bekommen.«

»Diese *Leute*!«, schnaubte Oliver.

Sie bedankten sich und machten sich auf den Weg. Unterwegs kauften sie Lebensmittel ein. Dann nahmen sie sich eine Rikscha und achteten darauf, dass ihnen niemand folgte. In seiner Wohnung angekommen, sagte Oliver, ihm sei etwas eingefallen, und er wolle in einem anderen Zeitungsarchiv etwas nachsehen. Er brauchte Belle nicht groß zu überreden, in der Wohnung zu bleiben und die Tür abzuschließen.

»Wenigstens weiß niemand, dass du hier bist«, meinte er. »Also wird dich niemand stören.«

Sie zog reumütig die Brauen zusammen. »Rebecca weiß es.«

»Wird sie es für sich behalten?«

»Weiß ich nicht. Vielleicht hätte ich ihr das besser nicht

gesagt. Oder ihr wenigstens einschärfen sollen, dass sie es nicht weitererzählen darf.«

»Daran ist jetzt nichts mehr zu ändern. Alles kein Problem, solange du hierbleibst. Aber bitte mach niemandem die Tür auf. Ich bin bald wieder da.« Dann drehte er sich noch einmal um. »Wäre vielleicht gut, sich vom Fenster fernzuhalten.«

Nachdem er weg war, machte sie sich einen Toast und trank eine Tasse Kaffee und setzte sich anschließend auf die Couch, um Zeitung zu lesen. Ein paar Minuten später konnte sie sich nicht mehr konzentrieren und sprang auf, schlenderte zum Regal, las die Buchrücken, und da erst fiel ihr der Luftpostbrief wieder ein. Sie warf sich in einen Sessel, fischte das verknitterte Ding aus der Handtasche und riss es auf.

Meine liebe Annabelle,
ich hoffe, du bist bei guter Gesundheit, wenn du das liest. Ich wollte dich wissen lassen, dass ich bald nach Burma reise. Schon lange hatte ich mir vorgenommen, eines Tages zurückzukehren, und wenn ich das jetzt nicht tue, dann vielleicht nie mehr. Und nun hoffe ich inständig, dass wir uns sehen können. Natürlich weiß ich nicht, ob du noch in Rangun bist, aber ich werde bei erster Gelegenheit ins *Strand Hotel* kommen.

Nun, mein liebes Mädchen, das war's für heute. Pass auf dich auf.

Liebste Grüße
Simone

Belle las den Brief zwei Mal, dann lehnte sie sich zurück und dachte an Simone. Wie ungewöhnlich. Sie hätte sich nie träumen lassen, einmal Dianas alte Freundin in Burma zu treffen. Was für eine großartige Gelegenheit, mehr über ihre Mutter zu erfahren! Sie war damals elf Jahre alt gewesen, als ihr Vater ihr eröffnet hatte, dass sie sie nie wiedersehen würde. Belle wusste nur noch, dass es an dem Tag geregnet und sie erst seit Kurzem das Cheltenham Ladies' College besucht hatte, wo sie unter der Woche im Internat wohnte. Ein bisschen weinte sie über den Tod ihrer Mutter, doch die Tränen kamen ihr erzwungen vor, ihre Empfindungen waren verworren und nur schwer zu begreifen. Von Diana wurde danach nicht mehr gesprochen. Und heute waren ihre Empfindungen noch verworrener. Obwohl sie inzwischen verstand, wie sehr der Verlust Elviras zur Krankheit ihrer Mutter und ihrer eigenen Vernachlässigung beigetragen hatte, änderte das nichts an ihrem kindlichen Schmerz. Das Kind in ihr konnte trotzdem nicht verzeihen, und das machte sie traurig. Bei aller Einsicht dachte sie doch immer wieder, ihre Mutter hätte sich in der ganzen Tragödie auch anders verhalten, sich mehr Mühe geben können. Was Simone betraf, so war sich Belle nicht sicher, ob sie bei deren Ankunft noch in Rangun sein würde.

In diesem Augenblick klopfte jemand zaghaft an die Tür. Ehe ihr Olivers Warnung einfiel, war Belle schon hingegangen. Mit einer Hand am Schlüssel hielt sie inne und schalt sich. Wie dumm von ihr! Wer auch immer da draußen auf dem Flur stand, er hatte sie längst gehört. Es klopfte wieder, diesmal schon lauter. Belle rührte sich nicht, sie war starr vor Angst. Sie wartete, und nach ein paar Augenblicken sprach der Besucher durch die Tür.

»Belle, ich weiß, dass Sie da sind.«

Gloria. Die Stimme würde sie überall erkennen. Sollte sie etwas sagen? Sie hereinlassen?

»Belle?«

»Ja.«

»Um Himmels willen, machen Sie auf. Ich sorge mich um Sie.«

Einen Moment lang lehnte Belle die Stirn an das kühle Holz, dann schloss sie auf, unsicher, ob sie das Richtige tat. Gloria war immerhin Edwards Schwester, und Belle zweifelte immer mehr an ihm.

Gloria kam herein und musterte Belle von oben bis unten. »Was ist los, meine Liebe?«

Belle war augenblicklich misstrauisch und spürte, dass sie rot wurde. »Ich weiß nicht, was Sie meinen.«

Gloria schaute ehrlich amüsiert. »Kommen Sie. Sie haben die Stelle gekündigt, Sie leben bei einem Mann, vor dem ich Sie immer wieder gewarnt habe. Das ist doch Irrsinn.«

Sie warf sich in den Sessel, in dem Belle eben noch gesessen hatte. »Haben Sie einen Kaffee für mich, Liebes? Ich lechze danach.«

Belle nickte und war froh, sich mit ihrem hochroten Gesicht in die Küche zurückziehen zu können. Ihr war klar, dass die Leute reden würden, sobald es sich herumsprach. Aber warum sollte Gloria sich daran stören? Normalerweise war es ihr egal, was andere Leute dachten, sie brüstete sich sogar damit.

»Hier ist Ihr Kaffee.« Belle rang sich ein Lächeln ab.

Gloria stellte die Tasse auf den Sofatisch, holte ihr Zigarettenetui hervor und bot Belle eine Zigarette an. Als die ablehnte, neigte Gloria den Kopf zur Seite. »Oh, natürlich, Ihre Stimme.«

»Woher wussten Sie, wo ich bin?«, fragte Belle.

»Ein Vögelchen hat es mir gezwitschert. Sollte das etwa geheim bleiben? Ich habe sie ziemlich unter Druck gesetzt, bis sie damit herausrückte.«

»Rebecca?«

Gloria zog eine Braue hoch und lächelte zufrieden. Schon im nächsten Moment wurde sie ernst, und Belle ahnte nichts Gutes. Gloria konnte Oliver nicht leiden, das war klar, doch steckte etwas dahinter? Etwas, das sie wissen sollte?

»Erzählen Sie mir, warum Sie gekündigt haben.« Gloria blickte sie kritisch an, dann plötzlich ungläubig. »Gütiger Himmel, er hat das doch nicht etwa von Ihnen verlangt?«

»Oliver?«

»Liebes, Sie sind recht einsilbig. Natürlich Oliver. Das hier war zumindest bisher seine Wohnung.«

»Ich muss mir nur über einiges klar werden. Nein, er hat mich nicht gebeten zu kündigen. Aber ich gehe vielleicht nach England zurück.«

Gloria schien das zu freuen. »Warum wohnen Sie dann hier? Sie kennen doch seinen Ruf. Wenden Sie sich nicht von Ihren wahren Freunden ab.«

»Welchen Ruf?«

»Die Frauen, Schätzchen. Wie gesagt. Und zwielichtige Machenschaften. Wir sprachen darüber, nicht wahr?«

Belle nickte, zweifelte jedoch immer mehr an Glorias freundschaftlichen Motiven.

»Wer weiß, für wen er wirklich arbeitet?«

»Er ist bloß ein Journalist.«

»Das sagt er. Aber man darf ihm nicht trauen. Und außerdem ist er Amerikaner.«

Belle seufzte frustriert. »Was hat das damit zu tun?«

Glorias Lider flatterten, und ihre Mundwinkel zogen sich nach unten, nur ein wenig, doch es verriet ihre Voreingenommenheit. Hinter ihrem rebellischen Gehabe war sie doch reichlich konventionell.

»Bedenken Sie, welche Konsequenzen es hat, wenn Sie mit einem wie ihm zusammen sind«, sagte Gloria.

»Was für Konsequenzen?«

»Er wird Sie sitzen lassen zum Beispiel.«

»Und was noch?«

Gloria warf die Haare zurück und zuckte mit den Schultern, als wären Olivers Charakterfehler für jeden offensichtlich.

Belle seufzte. »Ich komme zurecht, Gloria. Und übrigens habe ich herausgefunden, dass meine Mutter absolut nichts mit dem Verschwinden meiner Schwester zu tun hatte.«

Gloria blickte in ihren Kaffee und wirkte ein wenig nervös. »Wie das?«

Belle zögerte und entschied, nichts von dem Mordanschlag zu sagen. »Das ist eine lange Geschichte.«

Gloria ließ nicht locker. »Bleiben Sie nicht hier, Liebes. Sie wissen, wie sich die Leute das Maul zerreißen werden. Kommen Sie mit und wohnen Sie bei mir, zumindest bis Sie nach England zurückgehen. Bei mir haben Sie es auch viel bequemer.«

»Ich werde es mir überlegen.«

»Mir ist lieber, Sie kommen sofort mit.«

»Wie gesagt, ich werde es mir überlegen.«

»Dann komme ich später wieder und hole Sie ab. Aber jetzt«, sie schaute sich nach allen Seiten um, »erzählen Sie mir doch von Ihren Abenteuern in Mandalay.«

Belle schwärmte ihr von der Flussfahrt vor und von der Fahrt im Heißluftballon, erzählte jedoch nichts von Mandalay. Bei ihren Erkundigungen über das Paar mit dem Säugling sei nichts herausgekommen, sagte sie. Deshalb und weil es in Rangun unsicher geworden sei, kehre sie nach England zurück. Gloria nickte und bot an, Edwards Einfluss zu nutzen und eine baldige Überfahrt für sie zu buchen, wenn sie wirklich fortwolle.

»Wie immer Sie entscheiden, Edward und ich werden Ihnen nach besten Kräften helfen. Aber, Belle, ich kann es nicht genug betonen: Sie müssen Oliver verlassen. Er ist gefährlich.«

»Wissen Sie etwas über ihn, das Sie mir bisher nicht erzählt haben?«

»Was ist denn noch nötig?«

Glorias selbstgefällige Art, stets vorauszusetzen, dass sie recht hatte, stieß Belle ab, und sie merkte, dass sie schon wieder errötete, diesmal vor Ärger. Sie hatte wirklich genug.

Als Gloria ihren Gesichtsausdruck sah, schüttelte sie den Kopf und hob beschwichtigend die Hände. »Ich bin nur um Sie besorgt.«

Eigentlich war es zwecklos, mit Gloria zu streiten, doch Belle drängte es, Oliver in Schutz zu nehmen. Sie wollte für den Mann, den sie liebte, eintreten. »Sie irren sich, was ihn betrifft. Er ist ein anständiger Mann, und ich vertraue ihm.«

Eine hielt dem Blick der anderen stand, und dann zog Gloria eine Braue hoch und seufzte schwer, als hätte sie ein störrisches Kind vor sich. »Nun, dann meinetwegen. Wir wollen uns nicht streiten. Und mein Angebot gilt. Wie gesagt, wenden Sie sich nicht von Ihren wahren Freunden ab.«

Belle wandte den Blick ab. Sie hatte Gloria gemocht, sie sogar bewundert, sie amüsant und hilfsbereit gefunden, aber damit war es vorbei, und sie gab sich alle Mühe, sich den unterdrückten Ärger nicht anmerken zu lassen.

Als Gloria eine zweite Zigarette aus dem Etui nahm, ließ Belle den Verlauf ihrer Bekanntschaft Revue passieren, bis zu ihrer ersten Begegnung auf dem Schiff. Damals hatte sie sich geschmeichelt gefühlt, weil solch eine Frau ihre Gesellschaft suchte, aber jetzt betrachtete sie das argwöhnisch. War Gloria ohne Hintergedanken an sie herangetreten? Hatte sie den Kontakt gepflegt, weil sie herausgefunden hatte, wie Belles Nachname lautete?

Wütend über die sture Behauptung, dass Oliver nicht vertrauenswürdig sei, schüttelte sie den Kopf. Ihr Vertrauen beruhte nicht auf einer Fehleinschätzung, wie Gloria immer unterstellte, und sie würde sich nicht von ihr umstimmen lassen. Gloria hatte kein Recht, hereingeschneit zu kommen und eine Trennung von Oliver zu verlangen.

»Ich denke, Sie gehen jetzt besser«, sagte Belle schließlich und überspielte erfolgreich das Schwanken ihrer Stimme. Ihr war nun klar, dass sie mit Gloria nichts mehr zu tun haben wollte. Sie wusste nicht mehr, wer Edward tatsächlich war und was er im Schilde führte, und das Gleiche galt für seine Schwester.

47

Minster Lovell 1928

Seit sechs Jahren lebe ich jetzt in Minster Lovell. Im ersten Jahr hat Simone fast immer bei mir übernachtet, und später, als ich stärker wurde, schlief sie zu Hause und blieb nur noch gelegentlich über Nacht. In den vergangenen zwei Jahren habe ich immer allein im Haus geschlafen. Ich gehe inzwischen aus. Ich grüße meine Nachbarn. Jeden Tag, sofern das Wetter es erlaubt, verlasse ich mein Haus, das letzte an der Dorfstraße, und dann gehe ich ein paar Schritte bergan, biege nach rechts ab und spaziere hinunter zur Kirche. In dem alten Pfarrhaus am Fuß der Steigung wohnt Dr. Stokes. Wenn ich ihn die Büsche stutzen oder die verblühten Rosen abschneiden sehe – er hat einen schönen Rosengarten –, lächeln wir einander verständnisvoll zu. Dann wechseln wir ein paar freundliche Sätze, als wüsste er nicht bis ins Kleinste über mich Bescheid. Die Straße endet an der Manor Farm. Dort biege ich nach rechts ab und laufe über den Kirchhof von St. Kenelm. Ich lese gern die Namen auf den Grabsteinen und stelle mir vor, wie die Leute gelebt haben. Beim ersten Mal, als ich sah, wie viele Familien mehr als ein kleines Kind verloren haben, machte mich das nicht trübsinnig. Stattdessen fühlte ich mich mit ihnen verbunden und dadurch in einer Weise mit dem Ort verwurzelt, die mir neu war. Hinter der Kirche gehe ich gewöhnlich durch die Ruine von Minster Hall, dann hinunter zu dem Weg, wo der Windrush fließt, und wenn ich zwischen den Blumen entlanglaufe, höre ich ringsherum die Singvögel, Enten und Blässhühner.

Ich frage mich oft, woran wir es erkennen, wenn wir glücklich sind. Daran, dass wir uns um nichts sorgen? Oder daran, dass man, wie in meinem Fall, einen wunderbaren, sanften Rhythmus für sein Leben gefunden hat? Den richtigen Takt, der einem erlaubt, entspannt zu leben und die erfrischende Einfachheit der Dinge zu genießen? Doch für uns alle ist das Glück zerbrechlich. Ich wäre dumm, wenn ich das nicht anerkennen würde.

In mir war etwas zerbrochen. Vielleicht ist es das noch immer. Aber inzwischen weiß ich, ich kann damit leben. Vorher konnte ich das nicht.

Ich lebe nicht mehr in einer Welt der Geister, allenfalls mit den Geistern von Minster Hall, und die sind nicht meine eigenen. Und obwohl ich manchmal angestrengt horche, bleibt die Stimme stumm. Sollte sie sich je wieder zu Wort melden, dann soll ich mit ihr sprechen, sagt mein vorausschauender Dr. Stokes. Wie ich das tun soll, hat er mir gezeigt. Haben Sie keine Angst, sagt er. Ich bin es nämlich, die Kontrolle über die Stimme hat, nicht umgekehrt. Das ist nicht immer einfach. Manchmal, wenn ich in sehr dunklen Nächten wach bin und das dichte Laub und die gierigen Zweige der Bäume in Rangun spüre, versage ich. Dann hat die Vergangenheit wieder Macht über mich. Wenn dann die Dämmerung in mein Schlafzimmer dringt, es nach und nach in den Ecken hell wird, finde ich wieder auf den Weg zurück. Schwierigkeiten überwinden gehört zum Leben dazu, sagt Dr. Stokes. In den ersten fünf Jahren hier sah ich ihn zwei Mal pro Woche, und viele, viele Male hielt ich das für Zeit- und Geldverschwendung. Jetzt sehe ich ihn nur einmal im Monat. Er hat mich gerettet, und ich kann ihm für seine Freundlichkeit und Hingabe nicht genug danken. Er und meine liebste Simone sind mir die besten Freunde gewesen.

Und nun bleibt nur noch eins zu tun.

So viele Jahre habe ich mich wegen Annabelle schuldig gefühlt und um sie getrauert, und jetzt ist es Zeit, etwas dagegen zu unternehmen. Ich sehne mich danach, sie wiederzusehen, und möchte so gern eine Möglichkeit finden, sie dafür zu entschädigen, dass ich sie früher vernachlässigt habe. Sofern Douglas das erlaubt.

Und deshalb werde ich nächste Woche, mit Bangen und Zittern, nach Cheltenham fahren.

48

Belle lief im Zimmer auf und ab. Ihr war heiß, und deshalb suchte sie nach dem Schalter für den Ventilator. Sie fand ihn und schaltete ihn ein, aber der warme Luftzug half nicht. Sie wartete verzweifelt auf Oliver und hoffte, das Gefühl der Verbundenheit mit ihm würde die Zweifel überwinden, die Gloria erneut gesät hatte. Sie hatte es dringend nötig, Oliver zu glauben, und dennoch war ein wenig von der Saat aufgegangen, obwohl sie ihn verteidigt hatte. Was, wenn Gloria doch recht hätte? Aber nein, das konnte nicht sein. Das war nur ihre Angst, die ihr einen Streich spielte und sie so stark verunsicherte, dass sie nicht mehr wusste, was sie denken sollte.

Als er endlich kam, mit seiner Aktentasche in der Hand, war seine Miene undurchdringlich, und Belle schwankte. Ich habe Angst, dich zu lieben, dachte sie und senkte den Kopf, damit er nicht sah, was in ihr vorging.

»Stimmt etwas nicht?«, fragte er nur.

»Gloria war hier.«

»Aber ich …«

Belle unterbrach ihn. »Sie hat wieder gesagt, ich soll dir nicht trauen.«

Ein Anflug von Ärger huschte über sein Gesicht. »Warum hast du sie reingelassen?«

Sie blickten einander an.

»Belle, nicht ich bin es, den du mit Argwohn betrachten solltest.«

»Ich weiß. Wer dann?«

Er zuckte mit den Schultern. »Das weiß ich noch nicht, aber schau, ich habe etwas gefunden.« Aus der Aktentasche zog er ein vergilbtes Stück Zeitung hervor, das bei näherem Hinsehen an den Rändern verkohlt war.

»Darauf bin ich zufällig gestoßen, als ich nach Hinweisen zum Golden Valley suchte. Das ist nur der Rest von einem längeren Artikel, doch das Datum ist noch zu erkennen. Er ist vor acht Jahren erschienen, nur wenige Wochen, bevor ich nach Burma kam. Offenbar wurde während der Renovierung eines Hauses im Golden Valley das Skelett eines Säuglings gefunden, als man für den Bau eines Gartenpavillons Erde aushob.«

Belle merkte, dass ihr die Farbe aus dem Gesicht wich. »Im Garten meiner Eltern? Da wo meine Mutter gegraben hat?«

Was hatte ihre Mutter gewusst? Und wenn sie das Kind nicht verscharrt hatte, wer dann? In ihre Fragen vertieft, bekam sie nicht mit, was Oliver sagte.

»Hast du mich gehört?«

Niedergeschlagen schüttelte sie den Kopf.

»Da steht nicht, wem das Haus gehörte, Belle. Doch es war die Nummer einundzwanzig, also nicht das Haus deiner Eltern.«

»Aber das übernächste. Das bedeutet doch sicher, dass es sich um meine Schwester handelt?«

Er nickte. »Könnte sein. Wie gesagt, ich war diesmal im Archiv einer anderen Zeitung – ein Freund von mir ist dort Redakteur. Ich habe es zwischen zwei anderen Artikeln gefunden, in denen es um den Bau von Häusern im Golden Valley ging. Sonst war nichts über den Skelettfund zu finden. Ich schätze, die Berichterstattung wurde unterdrückt.«

»Meinst du, mein Vater wurde darüber informiert?«

»Bin mir nicht sicher. Die Akte wurde schon vor Jahren geschlossen. Niemand hat das weiterverfolgt, aber offenbar hat jemand den Rest des Artikels vernichtet ...« Er überlegte. »Das hat etwas zu bedeuten. Auf jeden Fall werde ich noch herausfinden, wessen Garten das war.«

»Wozu?«

»Wenn der Säugling Elvira war, willst du dann nicht wissen, wer für ihren Tod verantwortlich ist?«

Eine Stunde später betraten sie das Grundbuchamt und konnten schließlich ermitteln, wer damals in Nummer einundzwanzig gelebt hatte: George de Clemente, Bezirkskommissar von Rangun, verheiratet mit Marie und Vater einer kleinen Tochter. Oliver stieß einen Pfiff aus.

»Hat Edward jemals dieses Haus vor dir erwähnt?«

Sie schüttelte den Kopf. »Er hat aber gesagt, er würde meins gerne kaufen.«

Oliver zog die Brauen hoch. »Interessant.«

»Dieser George muss ein Verwandter von Edward und Gloria sein. Das ist ein seltener Name.«

»Ich werde nachsehen, wer es geerbt oder gekauft hat.«

Als er weiterlas, fragte sich Belle, warum ihr noch niemand von dem Skelettfund im Nachbarhaus erzählt hatte. War ihr das mit Absicht verschwiegen worden? Oder war das nur das dunkle Geheimnis einer anderen Familie und hatte nichts mit Elvira zu tun? Eine ungewollte Schwangerschaft vielleicht?

»Da haben wir es. Wie es scheint, wurde das Haus vererbt an seinen Neffen, Edward de Clemente. Da hast du deine Antwort.«

»Gloria hat ein Haus im Golden Valley. Ich war nie bei ihr, doch vielleicht wohnt sie dort. Und wenn es sich um dasselbe Haus handelt, warum hat sie mir nicht von dem grausigen Fund erzählt?«

»Genau das frage ich mich auch. Seltsam, nicht?«

Belle nickte. »Was glaubst du, was Edward mit der ganzen Sache zu tun hat?«

»Das weiß ich nicht. Vielleicht gar nichts. Allerdings weiß ich seit einiger Zeit, dass er nicht bloß als Berater des Polizeichefs fungiert.«

»Sondern?«

»Er arbeitet für den Geheimdienst.«

Belle erschrak. »Du meinst, er steckt hinter dem Bombenanschlag in Mandalay?«

»Wir ziehen besser keine voreiligen Schlüsse. Wir brauchen einen unwiderlegbaren Beweis.«

»Was wissen wir denn über diesen George de Clemente?«

Oliver zog die Brauen zusammen. »Nun, wie es heißt, hatte er eine Tochter. Natürlich kann seine Frau ein zweites Kind gehabt haben. Vielleicht waren es Zwillinge, und einer davon ist gestorben.«

»Aber warum ihn im Garten vergraben?«

»Eine Totgeburt?«

»Das erklärt doch nichts. Warum nicht auf dem Friedhof? Es muss doch Elvira sein.«

»Sie können einen anderen Grund dafür gehabt haben. Vielleicht war es das Kind einer Hausangestellten?«

Belle ließ den Kopf hängen.

»Lass uns zuerst ermitteln, was aus diesem George geworden ist. Wo er jetzt lebt.«

Vom Grundbuchamt gingen sie ins Personalarchiv der Verwaltung und schauten in die Akten, die öffentlich zugänglich waren. Das waren freilich nicht viele, aber es war einen Versuch wert. Nach einer halben Stunde wurde ihre Hartnäckigkeit belohnt. Sie lasen einen Vermerk zu dem kurzen Zeitungsartikel über George de Clemente, in dem stand, dass er und seine Familie 1911 nach Kalaw umgezogen waren.

»Das Jahr, in dem Elvira verschwand«, sagte Belle.

»Ich kenne einen Burschen, der jahrelang im Gesundheitsamt in Kalaw gearbeitet hat. Er kann uns vielleicht mehr sagen.«

1884 war ein kleines Post- und Telegrafenamt gegründet worden, und als Journalist hatte Oliver mithilfe seiner Zeitung schon früh einen Telefonanschluss bekommen. Während er ein paar Anrufe tätigte, beobachtete Belle ihn und kaute auf der Innenseite ihrer Wange. Dabei dachte sie über die de Clementes nach. Worin konnte die Verbindung zwischen ihnen und ihrer toten Schwester bestehen? Ihr schwirrte der Kopf von all den Fragen, und sie war erschöpft vom vielen Grübeln, aber auch aufgeregt. Sie wollte endlich genau wissen, was damals passiert war und warum es kaum Informationen dazu gab.

Nachdem Oliver aufgelegt hatte, berichtete er, dass die de Clementes von Burma nach Amerika gezogen waren, und bis dahin hatten sie eine Chinesin als Kinderfrau beschäftigt, die anschließend nach Rangun zurückgezogen war und einen Zeitungsladen eröffnet hatte. »Sie haben zu keiner Zeit in Kalaw gewohnt.«

»Das ist sonderbar.«

»Ja. Warum nach Kalaw gehen, wenn sie eigentlich das Land verlassen wollen?«

»Vielleicht um Urlaub zu machen. Das ist doch ein Luftkurort, nicht wahr? Ein bisschen wie Maymo.«

Er nickte. »Wir sollten noch einmal zum Sekretariat gehen. Ich kenne jemanden im Gewerbeamt. Wenn wir die Kinderfrau finden, erfahren wir vielleicht etwas über den verscharrten Säugling.«

Belle lachte. »Denn Kinderfrauen wissen immer alles.«

»Wenn sie für ihren Zeitungsladen einen Gewerbeschein hat, finden wir sie.«

»Kinderfrauen wissen alles, und du kennst anscheinend jeden.«

Er machte eine spöttische Verbeugung. »Gehört zu meinen Aufgaben, Ma'am. Die Briten halten alles unter dem Deckel, deshalb habe ich meine Informanten.«

Sie sah ihn dankbar an. »Nun, darüber bin ich wirklich froh.«

»Wie britisch du manchmal klingst!«, sagte er grinsend. »Aber mach dir nicht zu viel Hoffnung. Die Kinderfrau kann längst nach China gezogen sein.«

Auf dem Weg zum Sekretariat deutete Oliver auf ein kleines Café, vor dem draußen unter einer Markise ein paar Tische standen.

»Am besten, du wartest da auf mich.«

Sie schüttelte energisch den Kopf. »Ich begleite dich.«

»Liebling, ich kenne den Mann. Alte Schule. Er wird auf eine Frau nicht eingehen. Wenn du bei mir bist, wird er nur misstrauisch. Wenn ich allein komme, wird er denken, ich recherchiere für eine Story.«

»Apropos, solltest du nicht eigentlich arbeiten?«

»Habe mir Urlaub genommen. Also, ich bin nicht lange weg. Aber pass schön auf dich auf. Der Drahtzieher des Anschlags könnte dich hier sehen.«

»O Gott.«

»Das wäre vielleicht gar nicht so schlecht. Könnte denjenigen aufscheuchen. Du bist hier zu sehr in der Öffentlichkeit, als dass etwas passieren wird. Wenn du auch nur den leisesten Verdacht hast, geh in das Café und bitte den Besitzer um Hilfe. Er ist ein Freund von mir.«

Oliver ging, und Belle setzte sich an einen Tisch in der Nähe einiger Frauen und bestellte sich eine Kanne Tee. Es war ein heißer Tag mit der Aussicht auf starken Regen, und sie verging fast in der extremen Luftfeuchtigkeit. Von Weitem hörte man den Verkehrslärm der Hauptstraßen. Nervös beobachtete Belle die Leute, die vor dem Regierungsgebäude standen. Einige, die keine Briten waren, warteten verdrießlich darauf, hereingelassen zu werden, während in einem fort aufgeblasene Wichtigtuer ein und aus gingen. Sie betete, dass Oliver sie nicht so lange warten ließ. Aber wie gewissenhaft er jeden Stein umgedreht hatte! Er erwies sich wirklich als Enthüllungsjournalist.

Je mehr Belle über das Geschehen von damals erfuhr, desto realer wurde es für sie. Wie niederschmetternd musste es gewesen sein, während der Zeit der überwältigenden Trauer auch noch angeklagt zu werden! Sie hatte ihre Mutter so lange verurteilt. Sie war zwar noch ein Kind gewesen, sagte sie sich, und hatte es nicht besser wissen können, doch das half ihr nicht. »Verzeih mir, Mummy, verzeih mir«, flüsterte sie. Aber dafür war es viel zu spät.

Eine Stimme riss sie aus ihren Gedanken, und als sie in die Sonne blinzelte, sah sie Edward auf ihren Tisch zukommen. Sie bekam eine Gänsehaut und hatte Mühe, gefasst zu bleiben. Sein Gesicht war stärker gerötet als sonst. Er sah aus, als litte er auch sehr unter der Hitze.

»Belle«, grüßte er kurz angebunden.

Sie schluckte mühsam. Vor Angst war ihr Hals wie zugeschnürt. Darum deutete sie wortlos auf einen freien Stuhl.

Er setzte sich nicht, sondern betrachtete sie stirnrunzelnd. »Wie ich höre, haben Sie sich über einiges erkundigt. Sie müssen sich sorgfältiger überlegen, mit wem Sie sprechen und wen Sie für sich reden lassen. Um etwas zu erfahren, hätten Sie mich nur zu fragen brauchen.«

»Ich …«

»Lassen Sie den Tee stehen, meine Liebe. Ich möchte, dass Sie mit mir kommen.« Er sprach drängend und in einem Ton, der keinen Widerspruch duldete.

Doch sie schüttelte den Kopf, und während sie einen Fingernagel kräftig in die Handfläche drückte, fand sie die Sprache wieder. »Ich bedaure, Edward. Es ist wirklich nett, Sie zu sehen, aber ich warte hier auf Oliver.«

»Ich dachte, wir seien Freunde, Sie und ich.« Er neigte den Kopf zur Seite, und jetzt lächelte er sie an, jedoch ohne Wärme, und dabei fielen ihr die dunklen Schatten unter seinen Augen auf.

»Sie sehen müde aus«, sagte sie.

»Das liegt an der Jahreszeit.«

Obwohl sie wusste, was er meinte, verriet seine grimmige Miene etwas anderes. Sie wischte sich über die Stirn und flehte zum Himmel, Oliver möge zurückkommen. »Es ist unerträglich heiß, nicht wahr? Aber wie gesagt …«

»Das ist nur eine Bitte, Belle. Ich würde nicht im Traum daran denken, Sie zu zwingen, doch Sie müssen wirklich mit mir kommen. Zu Ihrem eigenen Besten, verstehen Sie?« Er schlug einen anderen Ton an, klang beinahe schmeichelnd.

»Aber Edward, wissen Sie, ich verstehe nicht, was Sie meinen«, erwiderte sie in unbeschwertem Plauderton, obwohl sie Angst hatte. »Worum geht es überhaupt?«

»Mein Wagen wartet auf uns«, sagte er ausweichend. »Hier kann ich das unmöglich erklären. Es ist nur eine kleine Angelegenheit und wird nicht lange dauern. Sie sind im Nu wieder hier. Wir möchten Ihnen bloß ein paar Fragen stellen. Dann lasse ich Sie sofort zurückbringen.«

»Wer ist ›wir‹?«

»Meine Abteilung, wer sonst?«

Belle holte tief Luft und atmete langsam aus. Die Hitze war im Laufe des Tages immer drückender geworden und war jetzt unerträglich.

Während Edward sein Taschentuch hervorholte und sich die Stirn betupfte, sah Belle an ihm vorbei und entdeckte Oliver. Er war noch ein gutes Stück entfernt. Hoffentlich hatte Edward ihr erleichtertes Aufatmen nicht bemerkt. Sie blieb sitzen und spielte auf Zeit, indem sie sich darüber ausließ, wie sehr sie den Monsun herbeisehnte. Innerlich jedoch zitterte sie. Keine zehn Pferde könnten sie dazu bringen, zu Edward in den Wagen zu steigen.

»Wie geht es Gloria?«, fragte sie dann.

»Gut, wirklich gut. Danke der Nachfrage. Wollen wir gehen? Sie sind im Nu wieder hier. Seien Sie ein braves Mädchen.«

Wie herablassend er mit mir spricht, dachte sie, aber er war sehr nervös.

Als Oliver endlich zu ihnen trat, drehte Edward sich um, weil er hinter sich Schritte hörte.

Belle fing Olivers Blick auf, dann stand sie auf und griff nach ihrer Tasche, um den Eindruck zu erwecken, sie würde

Edward den Gefallen tun und mitgehen. Aber sie hatte weiche Knie und musste sich mit einer Hand auf den Tisch stützen. »Edward möchte, dass ich kurz mit ihm fahre. Ich soll befragt werden. Er meint, es wird nicht lange ...«

Oliver unterbrach sie. »Ist das eine polizeiliche Angelegenheit?«, fragte er Edward. »Ist sie festgenommen?«

Edward blieb nichts anderes übrig, als zu verneinen. »Natürlich nicht. Warum sollte sie? Ich versuche nur, sie zu beschützen.«

»Wenn das so ist, bleibt sie bei mir. Das Beschützen kann ich übernehmen. Stimmt's, Belle?«

Sie nickte.

Edward sah Belle an und bedachte sie mit einem harten, bedauernden Blick. »Ich kann Ihnen Ihre Freunde nicht vorschreiben, ich kann nur sagen, Sie machen einen schweren Fehler. Ich wünschte wirklich, Sie hätten auf mich gehört.«

49

Cheltenham 1928

Cheltenham hat sich nicht verändert. Es sind noch dieselben Regency-Bauten, die ich immer so schön fand,
noch dieselben Alleen und weiten Parks. Ich bin es, die sich
verändert hat, und als Simone nah bei meinem alten Haus am
Bürgersteig anhält, drehe ich mich zu ihr.

»Danke. Ich werde jetzt zurechtkommen.«

Sie drückt meine Hand. »Ich gehe für eine halbe Stunde in
den Park, dann warte ich im Wagen.«

Ich steige aus, schließe die Tür und bewege mich langsam
auf das Haus zu, aber mit einem Selbstvertrauen, das ich mir
nicht hätte träumen lassen. Ein paar Augenblicke lang tue ich
gar nichts, sondern lasse es auf mich wirken, dass ich da bin.
Doch dann fällt mir wie aus heiterem Himmel plötzlich der
Abend ein, an dem ich Douglas zum ersten Mal begegnet bin.
Ich war achtzehn. Es war Sommer und ein wunderbarer warmer Abend. Es duftete intensiv nach Geißblatt und Rosen,
und man wünschte sich, er ginge nie zu Ende. Mein Vater
hatte Freunde und Nachbarn eingeladen, wie er es jedes Jahr
tat, als meine Mutter noch lebte.

Ich entdeckte Douglas, bevor er mich sah, und konnte den
Blick nicht mehr von ihm lassen. Er war groß und sah aus wie
ein Wissenschaftler, war also gar nicht der Typ, der Mädchen-
herzen höherschlagen ließ. Als ich mich hinten im Garten auf
eine Bank setzte, ein wenig verborgen vor den vielen Gästen,
kam er herüber und fragte, ob er sich zu mir gesellen dürfe.
Sein Lächeln war ernst und seine Stimme ausdrucksstark. Er
stellte sich vor und fragte mich nach meinem Namen. Mein
Herz schlug schneller, aber es gelang mir, zu antworten und
ebenfalls zu lächeln. Nachdem die ganze Abendgesellschaft in

den Hintergrund gerückt war und wir uns allein fühlten, saßen wir lange auf der Bank, plauderten und lachten, und dann fragte er mich, ob er mich am nächsten Tag besuchen dürfe. Beim Einschlafen schlang ich die Arme um mich und wusste, dass gerade etwas Besonderes passiert war. Wir waren an jenem ersten Abend so begeistert voneinander, dass schnell Liebe daraus wurde, und ich wusste, ich wollte den Rest meines Lebens mit dem Mann verbringen, dessen Augen hinter der ernst wirkenden Brille von verborgener Leidenschaft sprachen.

Gelächter aus dem Park holt mich in die Gegenwart zurück. Ich klopfe an die Haustür und warte. Nach einer Ewigkeit höre ich Schritte. Dann öffnet mir Mrs Wilkes. Mit hochgezogenen Brauen brummt sie einen halbherzigen Gruß und führt mich ins Wohnzimmer. Daher frage ich mich, ob sie Douglas überhaupt ausgerichtet hat, dass ich komme. Dann bedeutet sie mir zu warten. Als ich tatsächlich in meinem alten Zuhause sitze, werde ich nervös, doch ich darf dem nicht nachgeben. Deshalb setze ich mich nicht, sondern gehe zum Fenster. Ich hatte schon vergessen, wie anders die Aussicht aus dem Erdgeschoss ist. Von hier aus sehe ich nicht so viel wie von dem Fenster darüber, das früher mein Fenster zur Welt war.

Als Douglas hereinkommt, fällt mir auf, dass er nicht lächelt und dass er sehr gealtert ist.

»Willst du dich nicht setzen, Diana? Mrs Wilkes bringt uns Tee. Also«, und jetzt schenkt er mir ein flüchtiges Lächeln, »wie ist es dir ergangen?«

Ich lächle ihn an. »Wie ich dir geschrieben habe, ich habe mich außerordentlich gut erholt und sehne mich danach, Annabelle wiederzusehen. Doktor Stokes ist ein Genie.«

Er nickt. »Ich bin immens froh, das zu hören.«

»Und wie geht es unserer Tochter?«, frage ich strahlend.

»Gut. Doch die Sache ist knifflig, Diana. Du erinnerst dich an unsere Abmachung?« Er spricht auffallend langsam, und ich frage mich, was das zu bedeuten hat.

324

»Natürlich. Ich sollte mich von ihr fernhalten«, sage ich noch immer gut gelaunt.

»Genau.«

Ich lächle ihn an und behalte einen unbeschwerten Ton bei. »Aber jetzt geht es mir besser, und das ändert alles.«

Er zieht die Brauen zusammen und wirkt unbehaglich. »Nein, Diana, es tut mir leid, doch das ändert gar nichts.«

Hastig blinzelnd versuche ich, das erste Anzeichen auf einen Fehlschlag zu ignorieren. Das kann er doch nicht ernst meinen? Ich warte, aber er schweigt, und daher beuge ich mich vor, um ihn zum Reden zu ermuntern. Am Ende bin ich es, die spricht.

»Sei nicht albern, Douglas. Ich bin inzwischen ein ganz anderer Mensch, und natürlich habe ich das Recht, meine Tochter zu sehen.« Freudig erregt schaue ich zur Tür. »Ist sie da? Ich habe ja geschrieben, dass ich sie heute gern sehen würde.«

»Sie ist während der Woche im Internat. Also ist sie nicht hier.«

»Aber Douglas …«

Er hebt die Hand, und ich spüre eine Unschlüssigkeit in ihm, die er zu verbergen sucht. »Es ist wirklich ganz unmöglich.«

Mir ist, als hätte ich einen Schlag in den Magen bekommen. »Warum?«

Er neigt den Kopf zur Seite und sieht mich prüfend an, dann spricht er betont sorgfältig. »Lass mich ausreden. Wenn du dich erinnerst: Wir haben abgemacht, dass ich ihr nach einiger Zeit sage, du seiest gestorben.«

»Rede nicht mit mir, als wäre ich dumm.«

»Diana, sie hält dich für tot. Seit vier Jahren. Sie hat sich damit abgefunden. Ist darüber hinweggekommen.« Jetzt redet er sehr bestimmt, entschlossen, unnachgiebig, mehr wie der Douglas in den späteren Ehejahren.

Mein Herz klopft heftig. Lieber Gott, das kann er nicht ernst meinen! Unmöglich. Die Ungeheuerlichkeit trifft mich bis ins Mark, aber ich will mich von ihm nicht einschüchtern lassen. »Um Himmels willen, ich war krank, als ich dem zugestimmt habe.«

»Ich bedaure, meine Liebe. Annabelle ist inzwischen aufgeblüht, und ich meine, es würde alles, was wir für sie getan haben, zunichtemachen, wenn du jetzt plötzlich wieder lebendig würdest. Das wäre für sie zu verstörend.« Er klingt hart, Widerspruch wird er nicht dulden. Aber ich will widersprechen. Ich will. Und ich balle die Hände zu Fäusten.

»Douglas, das ist doch verrückt! Ich bin ihre Mutter. Wir können uns absprechen, was wir ihr sagen. Du könntest fälschlich über meinen Tod informiert worden sein. Es kann ein Irrtum gewesen sein. Es muss eine Möglichkeit geben.«

Er schüttelt den Kopf und spricht leise, wie um mich einzulullen. »Ich muss wirklich darauf bestehen, dass wir bei unserer Abmachung bleiben.«

Als Mrs Wilkes den Tee hereinbringt, kommt der Sinn seiner Worte bei mir an. Ich merke, dass ich mich wieder kleinmache, und um das zu verhindern, stehe ich auf, straffe die Schultern und gehe ein paar Schritte von ihm weg. Ich sehe nach draußen und atme bewusst ruhig. Nach ein paar Augenblicken drehe ich den Kopf und sehe Mrs Wilkes Tee einschenken. Dann verlässt sie das Zimmer.

»Kekse?«, fragt er und hält mir den Teller hin. »Komm doch und setz dich wieder. Das sind Mrs Wilkes' beste.«

»Ihre verfluchten Kekse könnten mir nicht gleichgültiger sein!«, erwidere ich und bleibe stehen. »Ich will Annabelle sehen.«

Er stellt den Teller hin, steht auf und kommt zu mir, aber ich wende mich ab. »Du musst das verstehen. Sie ist jetzt fünfzehn und sehr ausgeglichen. Ich kann ihr Leben nicht derart durcheinanderbringen. Das wirst du doch einsehen?«

Ich drehe mich um. »Nein, das sehe ich nicht ein. Du kannst ihr die Mutter nicht vorenthalten. Ich werde nicht von hier weggehen, und wenn du mich aus dem Haus weist, gehe ich vor Gericht.«

»Du denkst nicht klar.«

Ich schnaube unwillkürlich. »Das hast du immer gesagt, wenn ich anderer Ansicht war als du. Egal, worum es dabei ging. Du hast dich nicht verändert, ich sehr wohl. Und zum ersten Mal in all den Jahren denke ich tatsächlich klar. Du liegst daneben.«

Er schüttelt den Kopf und versteift sich noch mehr, ich sehe es ihm an. Wie stur er ist! Ich hatte es fast vergessen.

»Du warst sechs Jahre lang weg. Du würdest den Prozess verlieren, und denk doch nur mal daran, wie sich das auf Annabelle auswirken würde.«

Wütend blicke ich ihn an und werde laut, obwohl ich von früher weiß, dass ich die Situation damit nur schlimmer mache. »Ich lasse mich nicht von dir einschüchtern. Wenn du es mir verweigerst, schreibe ich ihr ins Internat! Du kannst mich nicht daran hindern.«

Darauf hätte er fast gelacht, das sehe ich ihm an. »Wirklich, Diana, stell dir vor, wie es ihr damit ginge. Und ich kann fremde Post einfach abfangen lassen, wenn es im Interesse des Kindes ist. Und das wäre es. Das muss du begreifen.«

»Keineswegs. Sie ist meine Tochter, Douglas. Ich habe bereits eine verloren.«

»Wir beide haben Elvira verloren«, erwidert er ruhiger, aber darauf will ich nicht eingehen.

»Wie konntest du mir nur das Versprechen abnehmen, für alle Zeit auf mein Kind zu verzichten, als ich so krank war? Das war vollkommen herzlos.«

Nun redet er schnell, erregt, er wird wütend, und das verabscheut er. »Hör mir zu. Es war nicht meine Absicht, grausam zu sein. Ich hielt es für das Beste, und das tue ich noch. Kannst du dir nicht vorstellen, welchen Kummer es Annabelle bereiten muss, wenn ihr plötzlich gesagt wird, ihre Mutter sei doch nicht tot? Es hat so lange gedauert, bis sie so ausgeglichen wurde, wie sie jetzt ist.«

Meine Augen werden heiß, doch ich wahre Haltung. Auf

keinen Fall will ich vor ihm weinen. »Und das ist dein letztes Wort?«

Er nickt. »Ich freue mich, dass es dir so viel besser geht, glaub mir, aber ich fürchte, es muss sein, zumindest solange sie noch ein Kind ist. Es tut mir leid, Diana.«

Ich spüre seine Anspannung, als er fortfährt wie immer, doch die Worte, die ich sagen will, ersterben mir auf den Lippen. Ich denke lange und gründlich nach, bevor ich rede, erinnere mich, wie es in den letzten Jahren für mich in diesem Haus gewesen ist. Wie gefangen ich mich gefühlt habe, wie ich in meinem Zimmer allmählich verrückt wurde. Wie verstörend es war für unsere Tochter. In welchem beklagenswerten Zustand wir alle gewesen sind. Am Ende komme ich zu dem Schluss, dass Douglas wohl recht hat. Das schmerzt ungeheuer. Als hätte ich einen Stein in der Brust, der sich dreht und wendet und mir den Atem abdrückt. Ich beiße mir auf die Innenseite der Wange und hoffe wider alle Vernunft, dass der kleinere Schmerz den großen betäubt. Ich weiß nicht, wie ich das je ertragen soll, aber ich darf meiner Tochter nicht noch mehr Kummer bereiten. Sie hat genug durchgemacht. Wir alle. Und so schrecklich der Gedanke ist, vielleicht muss ich wirklich meine Mutterrolle aufgeben.

»Diana?«, fragt er.

»Nun, ich bin wirklich nicht mehr dieselbe wie früher.« Das ist alles, was ich dann sage. Das drückt nicht im Mindesten aus, was ich gerade gedacht habe, aber es ist wahr. Ich will sagen, dass wir uns alle verändern, vielleicht jeden Tag ein wenig. Ich bin tatsächlich ein anderer Mensch und froh darüber, doch Douglas kann das nicht sehen. Er will, dass alles so bleibt, wie es ist.

Anstatt das auszusprechen, nicke ich, den Tränen nah. »Ich akzeptiere deine Entscheidung ... zumindest fürs Erste. Aber eines muss ich noch fragen.«

Er legt eine Hand auf meinen Arm, und die körperliche Berührung löst einen Schwall von Erinnerungen aus.

»Douglas, warum hattest du eine Affäre, als ich mit Elvira schwanger war? Das habe ich nie verstanden. Wir haben einander geliebt, oder nicht?«

Er schaut beschämt, als hätte ich ihn erwischt. Er wird blass, kneift bestürzt die Lippen zusammen. Er zittert, als er antwortet. »Du ... du hast unser Kind in dir getragen. Da wollte ich dich nicht ... nun, du weißt schon.«

»Mich nicht anfassen? Willst du das sagen?«

»Ich wollte dich nicht verletzen ... oder das Kind.«

»Und doch hast du es getan, auf eine viel schlimmere Weise. Du hättest mir sagen sollen, wie du empfindest. Du hast mir nie gesagt, wie du empfindest.«

»Ich wusste nicht, wie«, flüstert er.

Aber ich bin noch nicht fertig. »Ich habe immer geglaubt, es sei meine Schuld. Ich hätte etwas falsch gemacht. Das hat mich belastet.«

Er antwortet nicht, wirkt jedoch noch gedämpfter und will mich nicht ansehen.

»Aber es war nicht meine Schuld, nicht wahr?«

Er schüttelt den Kopf, und dann sieht er mich gequält an. »Ich bereue es. Das hätte nicht passieren dürfen. Überhaupt nicht. Ich war so arrogant zu glauben, wenn ich ... wenn ich meine Bedürfnisse woanders befriedige, wäre das besser für dich.«

»Du hast mir das Herz gebrochen. Was glaubst du, warum ich so deprimiert war?«

Er schweigt und ringt mit sich.

»Und du gibst mir noch immer die Schuld an meiner Krankheit?«, sage ich, plötzlich wie betäubt vor Trauer.

»Nein, das nicht, Diana«, erwidert er leise. »Nicht daran. Mitleid. Das habe ich empfunden ... das empfinde ich noch.«

»Mitleid?«

»Und beständige Trauer.«

Ich denke darüber nach. »Wir haben beide viel verloren, nicht wahr?«

Er nickt langsam, und als ich die immense Traurigkeit in seinen Augen sehe, lässt mein Zorn nach.

»Hältst du mich für schuldig? Glaubst du, ich habe etwas mit Elviras Verschwinden zu tun?«

Douglas schüttelt den Kopf. »Nein, das habe ich nie geglaubt.«

»Erinnerst du dich gar nicht mehr daran, wie wir beide zu Anfang waren?«

Sein Blick wird noch weicher, und ich sehe etwas von dem Mann, den ich einmal geliebt habe. Aber ich weiß, er wird seine Meinung wegen Annabelle nicht ändern.

»Natürlich, das musst du doch wissen«, sagt er. »Doch nun bin ich sicher, du wirst das Wohl deiner Tochter über dein eigenes stellen, wie ich auch.«

Er berührt mich sanft an der Wange und hat Tränen in den Augen. Ich beschließe, meine Zeit abzuwarten. Eines Tages, wenn meine Kleine älter geworden ist, werde ich sie vielleicht wiedersehen.

»Hast du ein Foto von ihr, ein aktuelles?«

Er geht zum Sekretär und holt eine Mappe heraus, der entnimmt er ein Foto und gibt es mir. Jetzt kann ich meine Tränen kaum zurückhalten. Ich sehne mich umso mehr nach meiner Tochter. Sie sieht genauso aus wie ich in dem Alter. Ich streiche mit der Fingerspitze an ihrer Wange entlang. »Darf ich das behalten, bitte?«

Einen Moment lang zögert er, dann ist er einverstanden.

Ich wende mich zum Gehen, halte inne und gebe ihm die Hand. »Auf Wiedersehen, Douglas.« Ich sehe ihm in die Augen und weiß nicht, wieso, aber der schmerzliche Ausdruck darin sagt mir, dass ich meinen Mann nicht wiedersehen werde.

50

Belle schaute zu Oliver. »Hast du die Adresse der Kinderfrau gefunden?«

Er grinste. »Was denkst du denn?«

Sie lachte. »Im Ernst?«

»Komm.« Er streckte ihr die Hand hin. »Fahren wir zurück. Es sieht nach Regen aus.«

»Sollten wir nicht lieber jetzt zu ihr gehen?«

»Es wird schon dunkel. Wir sind beide müde, und ihr Laden liegt im Chinesenviertel, das sollte man bei Dunkelheit meiden. Aber gleich morgen früh gehen wir hin. Um ehrlich zu sein, will ich dringend unter die Dusche und du sicher auch.«

Belle fühlte sich durchgeschwitzt, und duschen wäre jetzt wirklich himmlisch, aber ...»Wäre es nicht doch besser? Wenn sie etwas weiß, könnte uns jemand zuvorkommen.«

»Stimmt. Essen wir wenigstens vorher einen Happen?«

Sie willigte ein. Nach einer Rikscha-Fahrt zum Chinesenviertel betraten sie ein kleines schummriges Restaurant, das voll besetzt war.

»Es muss gut sein, wenn so viele Chinesen hier essen«, sagte er, als sie zu dem letzten freien Tisch gebracht wurden.

»Hoffentlich dauert es nicht so lange, bis das Essen kommt.«

»Entspann dich. Wir haben Zeit, und das Gewerbeamt hat jetzt geschlossen. Es kann also niemand mehr herausfinden, wo wir hingehen.«

»Edward wusste aber, dass ich Nachforschungen anstelle.«

»Jemand aus dem Grundbuchamt könnte ihm Bescheid gegeben haben.«

»Warum sollten die das tun?«

»Ein Mann wie er hat überall Informanten. Aber bedenke, außer der familiären Verbindung haben wir keinen Grund anzunehmen, dass er mit dem Bombenanschlag oder Elviras Verschwinden zu tun hat.«

Sie dachte einen Moment nach. »Außer dass laut Harry der Geheimdienst dahintersteckt.«

»Stimmt. Aber von denen kann es jeder sein, nicht nur Edward.«

»Warum verteidigst du ihn?«

»Tue ich nicht. Ich sage nur, wir wissen es nicht.«

Sie schwiegen eine Weile und lauschten dem Klang der chinesischen Sprache und dem Klirren und Scheppern aus der Küche. Plötzlich hatte Belle einen Bärenhunger, und von den würzigen Gerüchen lief ihr das Wasser im Mund zusammen. Sie schaute durch das Lokal zu den anderen Gästen, als es draußen plötzlich donnerte und ein Wolkenbruch niederging. Alle Gäste drehten den Kopf zum Fenster, wo die Lampen an der Restaurantfassade den dichten Regenschleier mit rotem Licht überzogen.

»Der Monsun«, sagte Oliver erleichtert. »Der erste Regen in diesem Sommer. Wunderbar.«

Das fand sie auch. Die Luftfeuchtigkeit war unerträglich geworden. Der Regen machte zwar alles schwieriger, aber sie hatten die Abkühlung dringend nötig.

Nachdem sie gegessen hatten, borgte Oliver sich vom Besitzer einen Regenschirm und versprach, ihn am nächsten Tag zurückzubringen.

Die Außenwelt verschwand in den Wassermassen. Der Regen entlud tausend Gerüche in die Luft; einige waren erfreulich wie die von Blumenkästen, andere unerfreulich. Vielleicht von ranzigem Öl und fauligen Abfällen im Abwasser. Der Regen verhüllte alles, was es andernfalls zu sehen gäbe, und trotz des Regenschirms waren sie innerhalb von Minuten klitschnass. Oliver wusste dennoch, wo sie entlanglaufen mussten, und schaute nach Hauseingängen und in Gassen, um sich zu orientieren. Sie bemerkten die Scheinwerferkegel eines Wagens, der die Straße entlanggekrochen kam, und Oliver zog sie in einen dunklen Torweg, bis er an ihnen vorbeigefahren war. Kurz danach gelangten sie in eine Straße, wo die Läden noch erleuchtet waren. In dem Regendunst wirkten sie wie Leuchtfeuer.

»Lass uns nachfragen«, sagte er, als sie schließlich vor einem Zeitungsladen standen. »Ich glaube, das ist er. Ich bin mir ziemlich sicher, dass ich schon mal hier war. Aber er wird nicht von einer Frau geführt. Ich kenne den Händler.«

Er nahm Belle beim Arm und öffnete die Tür. Drinnen strichen sie sich die nassen Haare aus der Stirn.

Oliver erklärte, wen sie sprechen wollten, und der Mann blickte ihn kalt an. »Ich habe schon dem anderen gesagt, dass sie weggezogen ist. Ich weiß nicht, wohin.«

»Ach, kommen Sie. Sie wissen, wer ich bin. Wir sind nicht von der Regierung, und ich glaube, die alte Dame könnte in Gefahr sein. Wir können helfen.«

Der Zeitungsverkäufer schaute ratlos vor sich hin.

»Sagen Sie mir wenigstens, wie der andere Mann ausgesehen hat.«

»Groß. Eurasier.«

Belle und Oliver wechselten einen Blick.

»Aber es war noch einer bei ihm. Ein Brite, schon älter. Nicht sehr groß. Schlank, graue Haare an den Schläfen. Er war der Boss.«

»Kann es doch Edward sein?«, flüsterte Belle. Dann dachte sie, dass die Beschreibung auf viele Briten zutreffen konnte.

»Hören Sie«, sagte Oliver, »wir sind hier, um der Dame zu helfen, nicht um ihr Ärger zu machen.«

Der Mann schüttelte den Kopf, wirkte aber immer besorgter, und Belle überlegte, was sie noch vorbringen könnte. »Wissen Sie nicht vielleicht doch, wo sie ist?« Mehr fiel ihr nicht ein.

»Sie hat mir den Laden vermacht. Ganz legal.«

Belle lächelte ihn an. »Deswegen sind wir nicht hier.«
Er sah sie misstrauisch an. »Was wollen Sie dann?«

»Mit ihr sprechen. Sind Sie mit ihr verwandt?«

Er zögerte, und gerade als Belle glaubte, ihn umgestimmt zu haben, verlangte er, sie sollten gehen. Sie fühlte sich mutlos. Es gab niemand anders, der etwas wissen könnte, und nun sah es so aus, als würden sie nie erfahren, wer den Säugling im Nachbargarten vergraben hatte und wessen Kind er gewesen war. Sie wollte es sich nicht eingestehen, aber tief im Innern war sie sich sicher, dass es ihre Schwester gewesen war.

In dem Moment schlüpfte eine alte Chinesin hinter einem Vorhang hervor. Der Zeitungsverkäufer winkte ihr hastig, sie solle wieder verschwinden, aber Oliver kam ihm zuvor.

»Liu Lin?«, fragte er, und die Frau nickte, ohne zu zögern.
»Sie sind Kinderfrau gewesen?«

Sie nickte zurückhaltend. »Vor langer Zeit.«

»Ich glaube, wir müssen uns unterhalten.«

Der Zeitungsverkäufer sagte zu ihr etwas auf Chinesisch, aber sie winkte ab.

»Ich werde mit Ihnen reden. Oben.«

Sie folgten ihr die schmale Treppe hinauf. Oben zog sie einen Vorhang beiseite, dann drückte sie eine Holzwand auf. Sie gingen durch die Öffnung in ein geheimes Zimmer, das zum Nachbarhaus gehören musste.

»Das Haus meiner Schwester«, erklärte sie. »Sie ist tot. Es gehört jetzt mir und meinem Bruder unten im Laden. Ich verstecke mich hier.«

Sie bot ihnen Platz auf zwei Sitzkissen an.

»Worüber wollen Sie mit mir sprechen?«, fragte sie, nachdem sie sich gesetzt hatten.

Belle ergriff das Wort. »Ich möchte wissen, ob der Säugling, der im Garten von George de Clementes Haus vergraben wurde, meine Schwester war. Sie haben dort als Kinderfrau gearbeitet.«

Liu Lin blickte sie lange schweigend an.

»Bitte, wenn Sie irgendetwas wissen …«, flehte Belle.

»Wer war Ihre Schwester?«

»Meine Eltern, Diana und Douglas Hatton, wohnten zwei Türen weiter im Golden Valley. Meine Schwester, damals noch ein Säugling, verschwand 1911 aus unserem Garten.«

Die alte Frau schüttelte den Kopf. »Sie war es nicht.«

»Wer dann?«

»Sie haben mir Geld gegeben, damit ich schweige.«

»Wer? Bitte sagen Sie es uns.«

»Die Leiche im Garten der de Clementes war das Kind meiner Herrin. Es wurde tot geboren.«

Belle zog die Brauen zusammen. »Aber warum musste das verheimlicht werden?«

Liu Lin biss sich auf die Lippe und wurde blass.

»Die Leute müssen doch gewusst haben, dass sie es tot zur Welt gebracht hat.«

»Nur ich wusste davon. Es kam zu früh, und ich habe bei der Geburt geholfen. Mr de Clemente war auf einer Dienstreise in den Shan-Staaten und kam erst drei Tage später zurück.«

»Und?«

»Mrs de Clemente wurde darüber verrückt. Sie drohte, mich zu entlassen, wenn ich etwas verrate. Sie wollte nicht hinnehmen, dass ihr Kind tot war, wollte mich nicht an es heranlassen. Ich durfte kein Begräbnis vorbereiten, niemand durfte in das Zimmer außer mir. Niemand im Haus wusste von der Totgeburt. Ich sagte allen, es ginge ihr und dem Kind gut und sie bräuchte jetzt Ruhe. Am Tag darauf hörte sie das Kind der Hattons schreien. Es hörte gar nicht mehr auf zu schreien …«

Die Frau stockte, doch Belle, die wie hypnotisiert zugehört hatte, wusste schon, was kommen würde.

»Sie schlich in den Garten von Nummer dreiundzwanzig. Es gab einen Pfad, der hinter den Gärten entlangführte. Sie raubte das kleine Mädchen und kehrte damit zurück. An dem

Abend befahl sie mir, den toten Säugling im verwilderten Teil ihres Garten zu vergraben, dort, wo nie jemand hinging.«

»Du lieber Gott!«, rief Belle aus, als ihr die ganze Geschichte klar wurde.

»Ich habe ein Loch gegraben und den Boden mit Zweigen und Blättern ausgelegt. Ich musste warten, bis die Diener nach Hause oder schlafen gegangen waren.«

»Hat denn niemand Verdacht geschöpft, als die kleine Elvira vermisst wurde?«, fragte Oliver.

»Nein, weil keiner außer mir wusste, dass Mrs de Clemente eine Totgeburt hatte.«

»Und der Arzt?«

»Sie zwang mich, nicht den Arzt anzurufen.«

»Und ihr Mann? Hat sie ihm die Wahrheit gesagt?«

»Nein.«

»Er wusste nichts von alldem?«

»Als die Polizei anfing, nach dem vermissten Kind zu suchen, bekam ich Angst und erzählte ihm, was passiert war. Ich dachte, er würde dann seine Frau bewegen, das Kind zurückzugeben, doch er lehnte das ab. Wenn das bekannt geworden wäre, hätte ihn der Skandal ruiniert. Sie beschlossen, Rangun zu verlassen.«

»Sie sind nach Kalaw gegangen?«

»Und ich mit ihnen. Sie erzählten allen, sie machten dort Urlaub. Nach einer Woche kehrten wir mitten in der Nacht heimlich nach Rangun zurück. Sie gaben mir viel Geld, damit ich nichts verrate, und dann verließen sie mit dem Auto das Land. Ich nehme an, nach Thailand. Jedenfalls wurden sie in Burma nicht mehr gesehen. Sie drohten mir mit dem Tod, wenn ich sie verrate, und so habe ich den Laden und die beiden Häuser gekauft, eines für meine Schwester und eines für mich und meinen Bruder.«

Oliver schaute sie skeptisch an. »Und Sie haben nie daran gedacht, wie die Hattons sich gefühlt haben müssen? Sie haben niemals überlegt, zur Polizei zu gehen?«

»Ich wollte Mrs de Clemente erklären, dass das Unrecht war, doch sie schrie mich an, und ihr Mann war noch schlimmer. Er bedrohte meine Familie. Ich hatte Angst.«

»Sie müssen Hilfe gehabt haben, um das Land verlassen zu können.«

»Wir sind mit nur einem Auto von Kalaw nach Rangun gefahren und haben Mr de Clementes Neffen am *Strand Hotel* getroffen.«

»Edward de Clemente«, sagte Belle ganz leise, und ihr wurde übel.

»Ja, der. Er kam oft zum Abendessen. Sein Onkel half ihm bei seiner Karriere.«

»Ja, jede Wette«, erwiderte Oliver schroff.

»Sein Neffe hielt dort ein anderes Auto für ihn bereit.«

»Also haben sie meine kleine Schwester mitgenommen, und meine arme Mutter wurde beschuldigt, ihr eigenes Kind getötet zu haben.«

»Das tut mir leid.«

»Warum sind Sie jetzt bereit, das zu erzählen?«

»Ich bin krank. Das war eine schreckliche Sache. Ich möchte das nicht mit ins Grab nehmen.«

»Hat Edward de Clemente Sie bedroht?«

Sie nickte. »Meinen Bruder.«

»Vor Kurzem?«

»Es ist ein paar Monate her. Ich war hier oben, konnte aber hören, wie mein Bruder sagte, ich sei nach China zurückgegangen. Und wenn Leute kommen und Fragen stellen, solle er ihm Bescheid geben, sonst bekäme er große Schwierigkeiten.«

»Warum sind Sie daraufhin nicht von hier weggezogen?«

»Ich hatte es vor.«

»Und Ihr Bruder wollte mitgehen?«

»Ja, doch zuerst muss ich die Häuser verkaufen. Ohne Geld können wir nirgends hin. Wenn wir hierbleiben, werden wir getötet, das weiß ich. Aber ich habe noch keinen Käufer gefunden, und wie gesagt, ich bin sehr krank.«

Oliver neigte sich zu ihr und fragte freundlich: »Sind Sie bereit, das alles bei der Polizei auszusagen?«

Die alte Frau schloss die Augen und antwortete zunächst nicht, aber dann erklärte sie sich einverstanden.

Oliver lächelte sie ermutigend an. »Es wäre das Beste, wenn Sie und Ihr Bruder mit uns gehen und sich verstecken, bis Sie Ihre Aussage gemacht haben.«

Sie nickte.

Einen Moment lang war Belle sprachlos. Sie kannte nun die Wahrheit. Und dann erwachte ein Funken Hoffnung in ihr und wuchs und verdrängte schließlich alle anderen Gefühle. Wenn die de Clementes nach Amerika gegangen waren und Elvira seitdem nichts zugestoßen war, dann könnte sie noch leben. Dann hätte sie doch noch eine Schwester. Sie hatte es kaum noch zu hoffen gewagt, und nun taten sich wunderbare Möglichkeiten auf.

Sie sah die alte Chinesin zögernd an. »Wissen Sie, ob das kleine Mädchen am Leben geblieben ist?«

Liu Lin und ihr Bruder wurden in Sicherheit gebracht und machten ihre Aussagen bei der Polizei. Am nächsten Morgen war Belle allein in Olivers Wohnung und lief unruhig hin und her, während er einkaufen war. Es klopfte an der Tür, und nach einem Augenblick hörte sie Glorias Stimme.

»Belle, wenn Sie da sind, lassen Sie mich herein. Um Himmels willen, es ist dringend.«

Belle zögerte. Aber sie war so wütend, als sie die Stimme hörte, sie musste der Frau ins Gesicht sehen.

Als Belle öffnete, war sie verblüfft. Gloria sah verheerend aus. Sie trug offenbar noch das Make-up vom Vortag, und es hatte sich in den feinen Fältchen an den Augen und in den größeren an Nase und Mundwinkeln abgesetzt. Sie roch nach schalem Parfüm, und ihre Augen waren verquollen und gerötet.

»Sie müssen uns unbedingt helfen«, stieß sie hervor und ging geistesabwesend an Belle vorbei, ohne sie anzusehen.

»Was meinen Sie?«

Gloria blickte sie an, als wäre sie nicht ganz bei Verstand.

»Das ist Ihre Schuld. Man hat Edward verhaftet, und er wird angeklagt wegen Irreführung der Justiz. Wenn er verurteilt wird, verliert er alles. Seine Karriere, seinen Ruf, seine Freunde.«

»Sie meinen, wie meine Eltern damals?«

»Es tut mir leid, Belle, doch das ist so lange her. Dies ist die Gegenwart, und Edward steht eine glänzende Zukunft bevor. Das wollten Sie ihm doch sicher nicht kaputt machen?«

Belle staunte, wie Gloria kurzerhand beiseiteschieben konnte, was ihre Eltern durchmachen mussten.

»Sie begreifen wohl nicht, wie sehr meine Mutter und mein Vater gelitten haben. Und wie sehr mich das beeinträchtigt hat.«

»Aber Sie haben Ihre Schwester doch gar nicht gekannt.«

»Meine Mutter hat darüber den Verstand verloren. Sie glaubte irgendwann, sie hätte ihr Kind getötet.«

»Edward hat nur seinem Onkel geholfen. Er hat das Kind nicht geraubt.«

»Er hat es vertuscht. Das ist ein Verbrechen, Gloria. Und wenn es nach mir geht, wird er auch wegen Beihilfe zur Tat angeklagt, und wegen Behinderung polizeilicher Ermittlungen. Genau wie Sie.«

»Ich schwöre, ich wusste damals nichts davon. Erst später ...« Sie stockte, als sie Belles wütenden Blick sah. Sie zündete sich eine Zigarette an und versuchte dann, sich bei Belle einzuschmeicheln. »Hören Sie, was immer Sie von mir verlangen, ich werde es tun. Ich könnte meiner Cousine Emily schreiben ... oder Elvira, nicht wahr? Würden Sie Edward helfen, wenn ich das für Sie tue?«

Belle stand reglos da. *Sie lebt!* Endlich wusste sie es sicher. Ihre Schwester lebte noch!

Und doch wusste sie jetzt kaum, wie sie reagieren sollte. Nach allem, was sie durchgestanden hatte, starrte sie Gloria an, hin- und hergerissen zwischen Zorn und Erleichterung. Dann versteifte sie sich. Gloria und ihr Bruder hatten ihr verschwiegen, dass ihre Schwester noch lebte, und das konnte sie nicht verzeihen.

»Weiß sie es? Weiß Emily, was damals passiert ist?«

Gloria nickte.

»Wann hat sie es erfahren?«

»Nachdem ihre Mutter gestorben war, hat sie einen Brief gefunden ... Marie hat darin alles gestanden.«

»Wann?«

»Erst vor ein paar Monaten.«

»Und?«

»Und was?«

»Weiß sie von mir?«

»Nein.«

Nach langem Schweigen ballte Belle die Hände zu Fäusten und schnaubte. »Und Sie meinen, wenn Sie ihr einen Brief schreiben, dann reicht das, um alles wiedergutzumachen?«

»Nun, was würde denn reichen? Ich habe Geld.«

Belle packte die kalte Wut. »Sie haben mich falsch verstanden«, sagte sie betont deutlich. »Sie wussten, dass ich nach Elvira suche. Sie haben mich glauben lassen, dass meine Mutter sie getötet haben könnte.«

»Ich ...«

Belle hob die Hand. »Nein! Sie sind jetzt still. Sie haben mich ermutigt, eine sinnlose Reise mit diesem Harry zu unternehmen, bei der ich übrigens beinahe ermordet worden wäre. Das hätte Ihnen gut gepasst, nicht wahr? Und ich nehme an, meine Begegnung mit dem Tod hatte nichts mit Ihnen oder Ihrem Bruder zu tun?«

Gloria schüttelte den Kopf. »Ich weiß nichts davon, und Edward ganz sicher auch nicht. Können Sie beweisen, dass er es war?«

»Wahrscheinlich nicht, aber unsere Zeugin kann beschwören, was vor sechsundzwanzig Jahren passiert ist.«

»Bitte, Belle. Edward war damals noch so jung, stand gerade am Anfang seiner Karriere. Ich bitte Sie, wirken Sie auf die Zeugin ein, damit sie die Aussage zurückzieht.«

Belle starrte sie ungläubig an.

Gloria warf sich in einen Sessel, schlug sich die Hände vors Gesicht und weinte. »Das zerstört den Ruf unserer Familie.«

»Ich sage Ihnen, was wir jetzt tun werden, Gloria: Sie geben mir Emilys Adresse, und ich schreibe ihr selbst. Das ist das Mindeste, was Sie mir schuldig sind.«

»Und Edward?«

»Edward bekommt genau das, was er verdient.«

Kopfschüttelnd starrte sie Gloria an, und keine der beiden sagte ein Wort. Aber ein seltsamer Ausdruck in Glorias Blick, ein leises Schuldbewusstsein vielleicht, verriet sie, und Belle riss die Augen auf. Ihr wurde schlagartig kalt. »Sie waren es, stimmt's? Sie haben mir die anonymen Briefe geschrieben. Gütiger Himmel, warum?«

Sie rechnete mit heftigem Leugnen, doch Gloria stritt es nicht ab. Stattdessen leuchteten ihre Augen trotzig auf. »Aus gutem Grund. Sie sollten der Wahrheit nicht zu nahe kommen. Ich war in Sorge, dass es für Sie gefährlich wird, wenn Sie noch tiefer graben.«

»Gefährlich durch wen?«

Gloria überging die Frage, doch Belle wusste, an wen sie dabei gedacht hatte. »Ich hoffte, die Briefe würden Sie bewegen, Rangun zu verlassen.«

Belle stieß einen Pfiff aus. »Meine Güte. Das ist stark! Sie sind auch noch stolz darauf? Sie haben auf mich aufgepasst?«

Gloria nickte. »Deshalb wollte ich, dass Sie nach Mandalay fahren. Ich brauchte Zeit, um zu überlegen, wie ich Sie von den Nachforschungen abbringen kann, vor allem in Rangun.«

»Aber zu Anfang haben Sie mir geholfen?«

»Es wäre zu offensichtlich gewesen, wenn ich Sie da schon behindert hätte.«

»Edward auch?«

Sie nickte. »Wir haben beide nicht geglaubt, dass Sie jemals dahinterkommen.«

»Und darum haben Sie mich auch vor Oliver gewarnt. Sie wussten, dass er die Fähigkeiten und die Kontakte hat. Dass er wissen würde, wo er suchen muss.«

Gloria verzog keine Miene. In ihrem Gesicht regte sich nichts. Belle hatte nicht mehr das geringste Mitleid mit ihr.

51

Belle beugte sich über den Brief, den sie an Elvira schrieb, oder an Emily, wie sie jetzt hieß. Sie hatte schon fünf fruchtlose Versuche hinter sich, da ihr zu viele Fragen durch den Kopf gingen. Würde Emily sie überhaupt kennenlernen wollen? Würde sie sich freuen, dass sie sie gefunden hatte und dass sie ihr schrieb? Oder war sie über die Entdeckung der Wahrheit noch so geschockt, dass ihr eine Begegnung zu viel wäre? Während Belle nach den passenden Worten suchte, hatte sie immer wieder ein Blatt zerknüllt und beiseitegeworfen. Was sagte man zu einer lange verschollenen Schwester, die noch gar nicht wusste, dass sie eine Schwester hatte?

Sie zerknüllte auch diesen Bogen Papier und warf ihn verzweifelt über die Schulter.

Oliver, der gerade hereinkam, fing ihn auf. »Hu! So schlimm?« Er kam und küsste sie auf den Scheitel. »Findest du es schwierig?«

»Es ist furchtbar«, jammerte sie und blickte zu ihm hoch. »Egal, was ich schreibe, es kommt mir unbeholfen vor. Du bist doch Journalist. Sag mir, was ich schreiben soll.«

»Du weißt, das kann ich nicht. Aber ich rate dir, sei schlicht und geradeheraus.«

»Damit ist es kaum getan, oder?«

»Halte dich an die Fakten. Verzichte auf Erklärungen. Gib ihr die Freiheit, so zu reagieren, wie sie es für richtig hält.«

»Was, wenn sie nichts von mir wissen will?«

Er zog die Brauen hoch. »Tut mir leid, Schatz, aber das Risiko musst du eingehen.«

»Soll ich zum Tod der Frau kondolieren, die sich als ihre Mutter ausgegeben hat?«

Er zuckte mit den Schultern. »Das liegt bei dir.«

Belle ließ kurz den Kopf hängen, dann sah sie Oliver wieder an. »Bist du sicher, dass du den Brief nicht schreiben willst?«

Er lachte. »Ganz sicher.«

Als er hinausging, nahm sie ihren Füller, legte ein neues Blatt Luftpostpapier vor sich hin und begann von Neuem. Diesmal floss es ihr mühelos aus der Feder.

Liebe Emily,

du kennst mich nicht, aber mein Name ist Annabelle Hatton, und ich bin deine jüngere Schwester. Ich wurde geboren, nachdem unsere Eltern aus Burma weggezogen waren. Deine »Cousine«, Gloria de Clemente, erzählte mir, dass du kürzlich erfahren hast, was sich kurz nach deiner Geburt zugetragen hat. Ich kann mir vorstellen, wie niederschmetternd das war, zumal unter diesen Umständen.

Und es tut mir sehr leid, dass du deine Mutter verloren hast. Leider ist meine Mutter, Diana (deine leibliche Mutter), auch vor einigen Jahren gestorben, aber sie hätte alles dafür gegeben zu hören, dass du am Leben bist. Ich habe erst nach dem Tod meines (unseres) Vaters von dir erfahren, nämlich als ich zwei Zeitungsausschnitte fand, in denen über dein Verschwinden berichtet wurde. Das ist mir immer verheimlicht worden.

Was mich betrifft, so bin ich nach Burma gegangen, um im *Strand Hotel* in Rangun ein Engagement als Sängerin anzunehmen, doch dann habe ich monatelang herauszufinden versucht, was dir zugestoßen ist. Ich habe mir immer eine Schwester gewünscht und bin überglücklich, dich gefunden zu haben. Aber vielleicht empfindest du ganz anders, und das würde ich verstehen.

Zurzeit lebe ich in Rangun und habe beschlossen hierzubleiben, jedenfalls fürs Erste, hauptsächlich weil ich mit großer Freude das Haus renoviere, in dem du zur Welt gekommen bist. Wenn es nicht zu quälend für dich ist, mir zu schreiben, würde ich mich freuen, von dir zu hören und etwas über dein Leben zu erfahren. Wenn du Lust hast, dich mit mir zu treffen – ich habe hier reichlich Platz, und du kannst gern länger bleiben. Aber wenn du das lieber nicht möchtest, werde ich deine Entscheidung akzeptieren. Ich weiß, auf diese Weise von einer Schwester zu erfahren ist ganz bestimmt erschütternd.

In vier Monaten werde ich Oliver heiraten, einen amerikanischen Journalisten und wunderbaren Menschen. Es gibt so viel mehr, das ich dir erzählen und das ich dich fragen möchte, doch ich halte den Brief lieber kurz und hoffe sehr, von dir zu hören.

Mit den besten Wünschen
Belle

Um nachher nicht bitter enttäuscht zu sein, musste sie ihre Hoffnung und Vorfreude erst einmal unterdrücken, das war ihr klar. Dennoch lächelte Belle freudig, sie konnte gar nicht anders. Sie klebte den Brief zu, um ihn gleich zur Post zu bringen, und als sie dann mit der Straßenbahn in die Stadt fuhr, gewann ein überschwänglicher Optimismus die Oberhand. Ihre Schwester würde sie doch sicher kennenlernen wollen?

52

Rangun, drei Monate später

Belle legte den Pinsel vorsichtig auf den Deckel des Farbtopfs, dann trat sie zurück, um das dritte fertig gestrichene Schlafzimmer zu bewundern. Der Schimmel war verschwunden, die Wände sahen aus wie neu. Dieses Zimmer mit der Veranda, die auf den Garten hinausging, hatte vermutlich ihrer Mutter gehört und sollte nun ihres werden. Allerdings hatte sie für ihr leibliches Wohl zurzeit nur ein Feldbett und einen Hocker. Aber wenigstens hatte sie wieder Wasser und Strom und ein funktionierendes Bad, die Böden waren repariert und das Dach abgedichtet. Einige Wände hatten neu verputzt werden müssen, die rudimentäre Küche war so weit benutzbar, dass Belle sich ein Frühstück zubereiten und Tee aufbrühen konnte, und das Wohnzimmer war zwar noch kahl, verfügte jedoch über ein Sofa und zwei Sessel. Sie hatte jeden Raum selbst gestrichen, und allmählich betrachtete sie ihr neues Zuhause mit großer Befriedigung, nachdem die Wände in frischem Weiß strahlten. Es war nur traurig, dass ihre Eltern das nicht mehr sehen konnten.

Während der Woche arbeitete sie eifrig am Haus, die Wochenenden waren ihrem neuen Engagement vorbehalten, denn sie trat jetzt im *Silver Grill* auf. Damit verdiente sie nicht viel, aber zum Glück reichte das Erbe von ihrem Vater für die Renovierung des Hauses.

Als sie am Becken in der kleinen Spülküche die Pinsel auswusch, hörte sie, dass die nun reparierte Hintertür geöffnet wurde. Oliver kam herein.

»Ihr Wagen wartet, Ma'am.«

Sie grinste. »Du meinst, du hast eine Rikscha gemietet.«

Er lachte. »Du hast es erfasst.«

347

»Ich will mich nur rasch umziehen«, sagte sie und deutete auf ihre farbbekleckste Bluse und die Shorts.

Er kam zu ihr, nahm ihr die Pinsel aus der Hand und küsste sie auf die Nasenspitze. »Du hast da Farbe«, meinte er. Dann küsste er sie auf die Stirn. »Und da.«

Während er sie auf die Wangen, den Hals und schließlich auf den Mund küsste, beugte sie den Kopf zurück und hoffte auf mehr.

»Übernachte heute bei mir«, schlug er vor und spielte den Leidgeplagten. »Ich glaube nicht, dass mein Rücken noch eine Nacht auf deinem Feldbett übersteht, zumal ich es zuerst mit dir teilen und dann auf dem Boden liegen muss.«

Belle drehte ihren Verlobungsring am Finger und strahlte vor Freude. »Aber ich werde früh aufstehen müssen. Ich habe noch so viel zu tun, um das Haus auf Vordermann zu bringen, bis Simone kommt.«

Er neigte den Kopf zur Seite und sah sie schmunzelnd an. »Man könnte meinen, sie wäre die Königin von England.«

Belle lächelte fröhlich, weil sie an Simone geschrieben und ihr alles erzählt hatte. »Sie ist mehr als das. Und übrigens haben wir gerade einen König, soviel ich weiß.«

»Weißt du, was?«, sagte er. »Ich habe in einem der chinesischen Läden in der Nähe meiner Wohnung ein paar hübsche Antiquitäten entdeckt.«

»Teuer?«

»Nein … Mit Antiquitäten meine ich …«

»Gerümpel.«

Er lächelte. »Hübsches Gerümpel.«

Sie hakte sich bei ihm ein. »Ich brauche neue Bettwäsche und eine Zudecke.«

»Dafür geht man ins Rowe's. Aber vergisst du nicht etwas?«

»Ich habe die Betten schon bestellt. Sie werden übermorgen geliefert.«

Belle ging nach oben, um sich zu waschen und umzuziehen, und öffnete danach die französischen Fenster, um in den

Garten zu schauen. Sie dachte an den Tag von 1911, als Elvira von Edwards und Glorias Tante geraubt worden war. Nachdem sie den Brief an Elvira aufgegeben hatte, oder vielmehr an Emily, hatte sie sich zwischen Angst und Freude hin- und hergerissen gefühlt, und als endlich der Antwortbrief eingetroffen war, hatte sie ihn mit zitternden Fingern geöffnet. Jetzt holte sie ihn wieder hervor und las ihn, vermutlich zum zwanzigsten Mal.

Meine liebe Belle,
ich weiß nicht, was ich sagen soll. Ich bin fassungslos, entgeistert eigentlich, aber ich freue mich auch wahnsinnig, von dir zu hören. Auch ich bin ohne Geschwister aufgewachsen und habe mir immer welche gewünscht. Meine Mutter – es tut mir leid, ich muss sie so nennen – nun, sie konnte keine Kinder mehr bekommen. Leider hat sie nur eins bekommen, ein Mädchen, das tot zur Welt kam.

Ich arbeite hier in New York in einem Verlag, bin verheiratet und habe einen fünfjährigen Jungen, Charlie, der natürlich dein Neffe ist. Ich fände es wunderbar, dich in Rangun zu besuchen, aber ich muss erst noch einiges erledigen, bevor ich mich freimachen kann. Ich möchte so viel über dich und Diana wissen!

Du sagst, dass du bald heiratest. Wenn du mir das Datum mitteilst und ich es rechtzeitig schaffe, würde ich liebend gern dabei sein, das heißt, sofern ich eingeladen bin.

Bis dahin liebe Grüße
Emily

Jedes Mal wenn Belle den Brief las, traten ihr Tränen in die Augen. War Emily wirklich froh, von ihr zu wissen, oder war sie bloß höflich und schrieb, was Belle von ihr hören wollte? Ihr war klar, dass es für Emily nicht einfach sein konnte, mit dem fertigzuwerden, was ihre Eltern getan hatten, und auch der unbekannten Schwester gegenüberzutreten. Aber Belle hatte ihr schon geantwortet, dass es wunderbar wäre, wenn sie es zur Hochzeit schaffte.

Sie hatte es für das Beste gehalten, Gloria und Edward in ihren Briefen nicht zu erwähnen. Gloria hatte sich aus dem Staub gemacht, und niemand wusste, wohin. Da hatte wieder jemand die Fäden gezogen, und Belle war wütend, weil es ganz so aussah, als käme Gloria damit durch. Edward dagegen war verurteilt worden wegen Behinderung der Justiz und schmachtete nun im Gefängnis von Rangun, wo er eine Strafe von achtzehn Monaten absaß. Jeder hatte geglaubt, er würde aus der Haft entlassen und nach England zurückgeschickt werden, doch das war nicht passiert, dank eines jungen, gewissenhaften Staatsanwalts, der unbestechlich war. Auf jeden Fall waren Edwards Ruf und Karriere ruiniert.

Belle schloss die Fenster, dann holte sie die hochhackigen roten Schuhe unter dem Feldbett hervor und steckte sich silberne Ohrringe an. Ein letzter Blick in den kleinen Handspiegel, ob die Frisur richtig saß, dann war sie fertig.

Zwei Tage später schritt Belle am Nachmittag durch den Flur und bewunderte den frisch polierten Marmorboden. Sie hatte einen zart bemalten asiatischen Tisch und einen schönen Spiegel in Olivers Trödelladen gekauft, sodass der Flur wenigstens ein bisschen möbliert war und einladend wirkte. Die Wände waren weiß, und es duftete nach den frischen Rosen, die Belle in einer Glasvase auf den Tisch gestellt hatte, sodass es nicht mehr ganz so sehr nach Farbe roch. Es hatte den Nachmittag über geregnet. Jetzt war es zwar trocken, der Himmel sah jedoch noch düster und bedrohlich aus. Sie betete, dass sich Simones Ankunft durch das schlechte Wetter nicht verzögerte.

Oliver stand in der Küche und sang schrecklich schräg vor sich hin. Sie hatte glücklich festgestellt, dass er ausgezeichnet kochen konnte, denn sie selbst hatte keine Freude daran, und sie hatten schon köstliche Mahlzeiten in seiner Wohnung genossen. Nach solch einem Essen war es dann auch passiert. Plötzlich hatte er sich vor ihr auf ein Knie niedergelassen, hatte ihr in die Augen gesehen und sie gefragt, ob sie ihn heiraten wolle. Sie gab sich Mühe, ernst zu bleiben, und als sie sein geliebtes Gesicht betrachtete und bemerkte, wie hoffnungsvoll er zu ihr aufblickte, sagte sie lächelnd Ja. Als er dann aufstand, nannte sie ihn einen sentimentalen alten Knaben, aber sie tranken anderthalb Flaschen Champagner, und dann liebten sie sich überglücklich und waren seitdem unzertrennlich. Belles Abneigung gegen Alkohol war natürlich auch vergessen, und mit dem entspannten Menschen, der sie inzwischen war, fühlte sie sich viel, viel wohler.

Oliver hatte sie außerdem mit einem neuen Herd, Töpfen, Geschirr, Besteck, Gläsern und Vorräten überrascht – alles nagelneu und von Rowe's. Also hatten sie jetzt, was sie brauchten, um für Simone zu kochen. Belle ging nach oben, um zum hundertsten Mal einen prüfenden Blick in das Gästezimmer zu werfen. Das neue, bequeme Bett war mit weißem Leinen frisch bezogen und hatte eine cremefarbene Seidendecke bekommen.

Bisher hatte sie mit Oliver nicht im Einzelnen darüber gesprochen, wie sie ihre Zukunft gestalten wollten. Er war besorgt, dass es zum Krieg kommen würde, und gar nicht sicher, wie sich das auf Burma auswirken würde. Deshalb hatte er vorgeschlagen, sie sollten nach Amerika gehen, wenn alles zu schwierig würde. Aber er hatte keine Einwände erhoben, als sie gesagt hatte, sie würde gern ihr Elternhaus renovieren, um vielleicht darin zu leben, falls sie in Burma blieben.

Während sie an diese Zeit zurückdachte, klopfte es an der Haustür, und aufgeregt eilte sie die Treppe hinunter, um zu öffnen.

Eine schöne blonde Frau mittleren Alters lächelte sie an. Belle strahlte, hocherfreut, endlich die beste Freundin ihrer Mutter kennenzulernen.

»Herzlich willkommen!«, sagte sie und ging mit ausgestreckten Händen die Stufen hinunter. »Ich kann gar nicht sagen, wie glücklich ich bin, dass du kommst.«

Simone trat auf sie zu, und sie umarmten sich, dann hielt Simone sie auf Armeslänge von sich. »So, du bist also Annabelle. Du siehst genau aus wie deine Mutter.«

»Wirklich?«

Simone nickte. »Schau, ich bin nicht ganz ehrlich zu dir gewesen.« Sie sah nach links, und da kam eine Frau in einem eleganten hellblauen Kleid hinter einem Baum hervor.

Zuerst dachte Belle wegen der rotbraunen Haare, das müsse ihre Schwester sein, aber dafür war die Frau zu alt. Belle zögerte, ihre Gedanken rasten. Nein. Das konnte nicht sein. Unmöglich. Völlig unmöglich. Belle konnte die Frau nicht ansehen, konnte aber auch nicht wegschauen. Tief erschüttert und stocksteif stand sie da, und ihr war, als hätte jemand den Ton ausgeschaltet. Träumte sie? Hatte sie sich den Kopf irgendwo angeschlagen? War das real? Die Stille hielt an, und Belle hatte das Gefühl, vielleicht nie wieder zu atmen. Doch plötzlich stürmten die Geräusche auf sie ein, das Blut strömte zurück in ihre Schläfen und pochte. Als erwachte sie aus einem Zauberschlaf, schnappte sie nach Luft, wich einen Schritt zurück und fiel gegen Oliver, der hinter sie getreten war. Ein Kloß wuchs in ihrer Kehle, den sie versuchte hinunterzuschlucken, und dabei wurden ihre Augen immer heißer, und dann brach ein Tränenstrom hervor. Still und schmerzvoll. Ihr war schwindlig, doch Oliver hielt sie aufrecht, dann reichte er ihr ein Taschentuch. Als Belle sich die Augen wischte, schluckte sie immer wieder gegen neue Tränen an. Nun sah sie den gesamten Vorgarten überdeutlich, roch die süßen Düfte nach dem schweren Regen, den lehmigen Geruch des Bodens, das frische Grün der Bäume und der Blumen, die den Wolkenbruch überstanden hatten. Von den Insektenschwärmen über den tropfnassen Büschen abgesehen, war die Luft kristallklar.

Für einen Moment hob die Frau das Gesicht zur Sonne, um die Wärme zu genießen, und Belle erkannte diese Bewegung wieder, sie war ihr zutiefst vertraut. Dann schaute die Frau Belle an, ganz ruhig und vollkommen sicher, mit freundlichen klaren Augen. Es sah aus, als würde sie jeden Moment lächeln und nur auf ein Zeichen warten. Ein Zeichen von mir, dachte Belle. Wartet sie auf mich? Sie wechselte das Standbein, dann starrte sie die Frau wieder an, und in dem Moment begriff sie.

»Mutter?«, flüsterte sie.

Diana nickte und trat einen Schritt auf ihre Tochter zu.

»Aber du bist ...«

»Douglas hielt es für das Beste.«

Belle wartete, ob sie gleich das Chaos obsessiver Gefühle zu sehen bekäme, die früher in ihrer Mutter getobt hatten, hinter dem äußerlich ruhigen Gesicht. Doch da schienen keine zu sein, und Belle war verwirrt. Diese Mutter ... diese Mutter mit dem sorgfältig frisierten Haarknoten, diese Mutter mit den klaren Augen und dem makellosen Teint, die so ruhig und würdevoll dastand – wer war sie?

»Aber du bist nie zu mir gekommen«, platzte Belle zornig heraus.

Ihre Mutter holte tief Luft. »Doch.«

»Wann? Wann bist du gekommen?«

»Als du fünfzehn warst. Ich hatte meine Krankheit überwunden ...«

»Überwunden?« Belle fiel ihr schon wieder ins Wort, aber Wut und Schmerz machten ihr das Reden schwer. »Du bist gesund geworden? Und bist nicht zu uns zurückgekommen?«

»Ich wollte dich sehen, doch dein Vater dachte, es sei zu verstörend für dich, vor allem weil er dir gesagt hatte, ich sei tot, und weil du dich daran gewöhnt hattest.«

Belle schossen Tränen in die Augen, und sie wischte sie hastig weg. »Du hast dich wegschicken lassen? Ich brauchte dich, Mutter. Ich brauchte dich.«

Ihre Mutter machte ein langes Gesicht, und obwohl Belle in ihren Augen sah, wie sehr sie litt, konnte sie ihren Zorn nicht zügeln.

»Es tut mir so leid, mein Liebling.«

»Das reicht nicht.« Mit brennenden Wangen drehte Belle sich zu Simone hin. Früher hatte sie nicht gewusst, wie sie mit dem brachliegenden Leben ihrer Mutter zurechtkommen sollte. War das wirklich dieselbe Frau?

Sie blickte Simone an. »Warum hast du mir nach meinem ersten Brief an dich nicht geschrieben, dass meine Mutter noch lebt?«

»Ich hätte es fast getan. Sie und ich haben darüber gesprochen, und ich habe beschlossen, nach Burma zu reisen und es dir persönlich zu sagen. Das schien mir keine Nachricht zu sein, die sich für einen Brief eignet.«

»Ich habe darauf bestanden mitzukommen«, fügte Diana hinzu. »Ich habe mich ungeheuer danach gesehnt, dich zu sehen, aber ich glaubte, du würdest mich nicht wiedersehen wollen. Darum habe ich nicht gewagt, auf dich zuzugehen. Und dann hat Simone mir erzählt, dass du hier bist.«

»Ich wollte … ich wollte«, stammelte Belle, und die Tränen flossen von Neuem.

Diana ging sofort auf ihre Tochter zu, und Belle fiel ihr in die Arme. Als beide schluchzten, stand die Welt still, und es schien, als könnten sie nicht mehr aufhören zu weinen. Dann taten sie es doch. Diana lächelte unter Tränen und wischte ihrer Tochter über die Wangen, als wäre sie noch ein kleines Mädchen.

»Ich bin so stolz auf dich«, sagte sie. »So stolz. Nach deinem Schulabschluss habe ich dir nach Cheltenham geschrieben und dir alles erklärt. Aber du hast niemals geantwortet, also …«

Belle riss die Augen auf. »Ich habe nie einen Brief zu Gesicht bekommen.«

»Vielleicht hat Douglas …«

»Gedacht, er müsse mich beschützen?«

354

Diana nickte.

Dann, als alle drei Frauen sich die Augen tupften und es still geworden war, meldete sich Oliver zu Wort. »Ich habe Champagner im Kühlschrank. Wer möchte?«

Halb lachend, halb weinend gelang es Belle zu sprechen. »Mutter, das ist Oliver, dein zukünftiger Schwiegersohn.«

Ein Monat war schnell vorüber, und der Tag vor der Hochzeit war fast gekommen. Das Sahnehäubchen, wenn noch eins nötig gewesen wäre, bestand in einem Brief von Emily, die mitteilte, sie werde heute in Rangun eintreffen. Belle hatte ihr bereits die wunderbare Neuigkeit geschrieben, dass Diana noch lebte und derzeit auch in Rangun sei. Olivers Eltern waren inzwischen gekommen und hatten eine Suite im *Strand Hotel* bezogen.

Belle und ihre Mutter waren jeden Vormittag durch den Garten spaziert, da es nachmittags immer regnete, und hatten einander alles erzählt, was während der langen Trennung geschehen war. Manchmal war Belle wütend auf ihre Mutter und dann wütend auf ihren Vater gewesen, und es hatte wehgetan, ihr zu schildern, welche Verletzungen sie als Kind ertragen hatte. Sie konnte nicht verstehen, warum ihr Vater Dianas Briefe an sie abgefangen hatte. Als sie wieder darauf zu sprechen kam, sagte ihre Mutter, sie hätten einander früher sehr geliebt, aber das Leben habe sie beide verändert. Die Traurigkeit in Dianas Blick hielt Belle davon ab, weiter in sie zu dringen. Abgesehen von den nicht erhaltenen Briefen konnte Belle nach und nach akzeptieren, dass alles, was passiert war, seine Gründe hatte. Diana überzeugte ihre Tochter, dass Douglas sich vor allem so verhalten hatte, um sie zu schützen, auch wenn es nicht immer richtig gewesen war.

»Und du bist jetzt wirklich gesund?«, fragte Belle und schaute in die grünen Augen ihrer Mutter. In dem Moment fing es an zu regnen, und sie liefen ins Haus.

»Ja, das bin ich.«

Und als Belle die Klugheit und das Mitgefühl in ihrem Blick sah, wusste sie, es war wahr.

Später, als der Regen nachließ und bevor es dunkel wurde, erkundeten Belle und Diana gemeinsam den hinteren Teil des Gartens, wo Kletterrosen am Zaun hochgewachsen waren und in wilder Fülle herabhingen. Der gesamte Garten war triefend nass und glänzte vom Monsunregen. Tropfen funkelten im Gras, und der Himmel leuchtete in allen Schattierungen von Violett und Rosa. Sie atmeten tief die süße Luft ein. Aber sie sprachen beide nicht von Elvira. Es war, als wagten sie nicht, ihren Namen auszusprechen, aus Angst, sie könnten den Zauber brechen und Elvira würde wieder verschwinden. Stattdessen sprachen sie über die Hochzeit, den Zustand des Landes und dessen künftige Entwicklung. Diana erzählte, wie sie den Prozess ihrer Heilung bewältigt hatte und wie dankbar sie Simone und Dr. Stokes sei, der ihr das Leben zurückgegeben habe. Belle erzählte von Oliver und ihrem Beruf. Sie sei anfänglich voller Begeisterung nach Burma gekommen und habe auf eine Karriere als Sängerin gehofft, aber es habe sich dann alles ganz anders entwickelt. Sie habe eine Mutter und einen Verlobten gewonnen und nun auch noch eine Schwester. Das Singen sei ihr noch immer wichtig, und sie hoffe, weiter aufzutreten, doch nun habe sie auch eine Familie.

»Du hast deine Stimme von mir geerbt«, sagte Diana.

»Und die grünen Augen und die roten Haare«, fügte Belle hinzu.

Diana berührte ihr Haar. »Deine Haare sind ein wenig blonder als meine.«

Aber Belle hörte nicht mehr zu. Stattdessen schaute sie zur Hintertür des schönen alten Hauses, wo Oliver mit einer jungen Frau stand, die Belle noch nie gesehen hatte. Die Frau lächelte, und ihre Haare, auf die die Sonne schien, hatten ein helleres Rot als Dianas und Belles.

»Elvira«, sagte ihre Mutter heiser.

»Geh nur.« Belle gab ihr einen sanften Schubs.

Diana drehte den Kopf und lächelte Belle an, dann lief sie und lief immer schneller. Mit ausgestreckten Armen kam sie bei der Tochter an, die sie vor sechsundzwanzig Jahren verloren hatte, für immer, wie sie geglaubt hatte. Belle folgte ihr langsam, da sie wollte, dass ihrer Mutter die kostbaren ersten Augenblicke allein mit Elvira gehörten. Sie schaute zurück zu dem Tamarindenbaum. Wer hätte je gedacht, dass es so enden würde?

Nach ein paar Minuten ging sie zu ihnen. Ihre Mutter trat einen Schritt weg, sodass die beiden Schwestern nun reglos voreinander standen und sich in die Augen sahen. Belle wollte, aber sie konnte sich nicht bewegen. Sie war wie verhext von dem, was ihr bis vor Kurzem noch unmöglich erschienen war, und doch hatte sie es herbeigeführt. Sie hatte nicht aufgegeben, auch nicht nachdem sie ihr Angst eingejagt hatten. Jetzt konnte sie ihre Schwester nur anstarren, ihren Anblick begierig in sich aufnehmen. Ihr Herz setzte aus und machte Luftsprünge, sodass sie sich an die Brust griff. Und dann war der Zauber gebrochen. Emily trat auf sie zu und breitete die Arme aus, und sie hielten einander fest und lachten unter Tränen.

Es gab so viel zu sagen, so viel zu erklären, und doch konnte Belle nicht sprechen. Keine der Schwestern schien zu wissen, wie sie beginnen sollte. Der Moment hielt an, bis sie sich zu Diana umdrehten, und dann gingen die drei Arm in Arm schweigend auf das Haus zu. Belle war es, als würde die Vergangenheit lebendig, und sie wusste, dass manches erst einmal zu kompliziert war, um es anzusprechen.

An der Tür drehten sich alle drei zum Garten um, der golden in der untergehenden Sonne lag.

»Ich habe den Garten geliebt«, sagte Diana leise.

Belle fand die Sprache wieder. »Das wusste ich, sowie ich ihn sah.«

Emily schaute vor sich auf den Boden, ehe sie Diana ansah. »Mir tut so leid, was hier passiert ist.«

Diana nahm ihre Hand und drückte sie. »Wir haben noch viel Zeit zum Reden. Erst einmal müsst ihr mir glauben, dass das alles der Vergangenheit angehört.«

Darauf schwiegen sie für ein paar Augenblicke.

»Um das Thema zu wechseln«, sagte Belle dann grinsend. »Es ist vielleicht ein bisschen kurzfristig, Emily, doch hättest du Lust, meine Brautjungfer zu sein?«

Nach der Hochzeit beschlossen Oliver und Belle, vorerst nicht zu verreisen. Wie könnten sie, da Emily gerade erst angekommen war und nur drei Wochen in Rangun bleiben konnte? Und sie hatten so viel nachzuholen!

An einem frühen Morgen, als es noch kühl und frisch war, saßen Belle und Emily auf der Bank unter dem Tamarindenbaum, hörten die Blätter über sich rauschen und beobachteten die Vögel, die zwischen den Bäumen hin und her flogen.

»Hier hast du im Kinderwagen gelegen, als du geraubt wurdest«, sagte Belle. »Genau an dieser Stelle.«

Emily nickte, schwieg jedoch.

Sie hatten so wenig Zeit allein miteinander, und Belle wusste eigentlich nicht, wie ihre Schwester über all das dachte. War sie wirklich froh, oder nahm sie es ein wenig übel, dass ihre Lebensgeschichte nun auf den Kopf gestellt worden war? Belle wollte sie gern fragen, zögerte aber, und dann fing Emily an zu reden.

»Marie war auf ihre Art eine gute Mutter, zumindest eine so gute, wie sie sein konnte.«

»Diana auch«, gab Belle zaghaft zurück. »Obwohl ich das damals nicht gesehen habe. Ich habe das alles nicht verstanden und habe sie verurteilt. Ihr Vorwürfe gemacht.«

»Du warst noch ein Kind.«

Belle schloss die Augen, die plötzlich brannten.

»Du hast jetzt die Chance, es wiedergutzumachen.«

Belle nickte und blinzelte die Tränen weg.

»Als ich las, dass Marie mich aus diesem Garten geraubt

hat, das war … ich kann es kaum in Worte fassen. Das war ein Schock, der alles verändert hat. Mit so etwas rechnet man doch nicht.«

Belle erwiderte nichts darauf; sie versuchte sich das vorzustellen.

»Ich war ungeheuer wütend«, erzählte Emily weiter. »Aber auch traurig und verwirrt. Meine Welt war zusammengebrochen, und alles war plötzlich eine Lüge. Vor allem jedoch wollte ich es gar nicht glauben. Ich habe eine Woche lang nicht geschlafen. Aber das erklärte die Depressionen und Ängste, die Marie stets begleitet hatten.«

»Was meinst du?«

Emily zuckte mit den Schultern. »Sie hat wohl immer Schuldgefühle gehabt.«

Wieder schwiegen sie eine Weile.

»Diana war auch jahrelang krank. Man hat sie beschuldigt, dir etwas angetan zu haben.«

Emily schüttelte den Kopf, und ihre Stimme schwankte. »Mir tut sehr leid, was Marie getan hat und wie es deiner Familie geschadet hat. Ich weiß nicht, ob ich das je so ganz akzeptieren kann.«

Belle griff nach ihrer Hand.

»Nach und nach wurde mir klar, dass Marie an ihrer Reue zerbrach. Deshalb ist sie so krank geworden.«

»Diana auch. Aber ich bin heilfroh, dass sie nicht nur am Leben, sondern auch wieder gesund ist.«

»Wir haben sie beide wiedergefunden, nicht wahr?«

Belle dachte lächelnd an ihre Mutter. »Sie sieht wunderbar aus, findest du nicht auch?«

Emily nickte, doch Belle sah etwas in ihrem Blick und wurde nervös.

»Darf ich offen sein?«, fragte Emily.

»Natürlich.«

»Nun, das Problem ist, ich weiß nicht, was ich zu ihr sagen soll. Ich fühle mich zerrissen. Einerseits möchte ich sie kennenlernen und kann gar nicht ausdrücken, wie viel es mir bedeutet, sie getroffen zu haben. Andererseits, und vielleicht sollte ich dieses Bedürfnis gar nicht haben, möchte ich Marie in Schutz nehmen. Was sie getan hat, ist unverzeihlich, aber, siehst du, sie hat mich geliebt.«

Belle nickte und dachte darüber nach, ehe sie darauf einging. »Diana hat so viel durchgemacht, ich bin mir sicher, sie wird das verstehen.«

»Hoffentlich.«

»Was ist mit deinem Vater? Was ist aus ihm geworden?«

Emily holte scharf Luft. »Leider hat sich mein Vater erschossen, ein Jahr nachdem sie Burma verlassen hatten. Ich war noch zu klein und kann mich nicht an ihn erinnern, doch meine Mutter war jahrelang vor Trauer außer sich. Ich bin mir sicher, sie hat sich daran die Schuld gegeben.«

»So viel Schuld.«

»Ja, aber wie gesagt, sie hat sich mit mir viel Mühe gegeben. Ein paar Jahre später hat sie wieder geheiratet, und ich habe einen wunderbaren, fürsorglichen Stiefvater bekommen, und der hat alles wettgemacht.«

»Und jetzt hast du einen kleinen Jungen.«

»Ja. Er ist mein Sonnenschein. Wirklich. Ich kann es kaum erwarten, dass du ihn kennenlernst. Ich hoffe, du kommst uns mit Oliver bald in New York besuchen? Wir leben in einem schönen alten Stadthaus. Wir haben jede Menge Platz.«

Belle grinste. »Und ob wir kommen!«

Emily lachte. »Meine Güte, aus dir wird noch eine richtige Amerikanerin.«

Belle zog die Brauen hoch und lachte ebenfalls. »Man kann nie wissen, vielleicht leben wir eines Tages auch dort – aber es wäre auch traurig, von hier wegzugehen.«

»Das kann ich mir vorstellen.«

»Du wirst bestimmt irgendwann damit zurechtkommen, was Marie getan hat. Ich denke, sie muss damals schrecklich verstört gewesen sein. Sonst wäre sie nicht dazu fähig gewesen.«

»Ja. Sie war kein schlechter Mensch. Eigentlich nicht. Nur eine kranke, fehlgeleitete Frau, die einen schrecklichen Fehler gemacht und dann ihr Leben lang dafür bezahlt hat. Das Schlimme ist, ich kann ihr nicht verzeihen.«

»Das wirst du. Irgendwann.«

Emily ließ den Kopf hängen. »Es tut weh, Belle.«

»Ich weiß.«

Es folgte ein langes Schweigen, und dann sah Emily ihre Schwester an, als überlegte sie etwas.

»Was?«, fragte Belle.

»Ich wollte dir Danke sagen.«

»Wofür?«

»Für alles. Weil du nach mir gesucht hast.«

»Bist du wirklich froh darüber?«

Emilys Augen schimmerten. »Ich habe mir immer eine Schwester gewünscht.«

»Aber da ist noch etwas anderes, oder?«

»Es ist so viel, mit dem ich fertigwerden muss. Das ich begreifen muss, verstehst du?«

Belle sah, wie traurig Emily war, und verstand das. Natürlich, das alles zu akzeptieren würde Zeit brauchen. Emily musste jetzt ihr ganzes Leben mit neuen Augen sehen. Wie Belle es hatte tun müssen.

»Du kannst immer mit mir reden«, sagte sie. »Das verspreche ich.«

»Ja, so etwas habe ich nie gehabt.«

Als sie einander anlächelten, spürte Belle, dass ihr diese Begegnung immer kostbar sein würde. Dieser Moment, das war ein Innehalten in diesem verrückten Lauf der Dinge, durch das die Vergangenheit sich verwandeln und verblassen könnte, während sie zusammen im Garten saßen. Trotz Emilys widersprüchlicher Gefühle war es wunderbar, zusammen mit ihr die vom Regen verstärkten Gerüche der üppigen Blumen zu genießen und die Vögel zwischen den Bäumen fliegen zu sehen. Ihre Schwester war am Leben, und das war ein großes

Geschenk. Welches Glück sie doch hatte! Welch ein Glück es doch war, dass sie einander gefunden hatten! Belle hoffte, dass sie noch viele Jahre vor sich hatten, in denen sie beste Freundinnen werden konnten. In denen sie ihre jeweiligen Hoffnungen und Träume, ihre Fehler und Ängste kennenlernen konnten. Jahre, in denen sie einander unterstützen konnten bei allem, was noch vor ihnen lag, sogar in dem Krieg, der ihnen vielleicht bevorstand. Nichts würde die Einsamkeit, die sie beide durchlitten hatten, wieder aufheben, auch nicht die Grausamkeiten, die Belle mitangesehen hatte. Aber sie wusste, dass das Leben nicht nur nahm, sondern auch viel Wunderbares schenkte, und die Jahre vor ihnen mochten die, die sie verloren hatten, vielleicht doch noch ausgleichen.

Sie würden eine Familie sein, und eingedenk dessen, was sie in ihrer Kindheit entbehrt hatte, konnte Belle sich nichts Besseres wünschen. Sie war Tochter, Schwester, Ehefrau, Tante, und wenn alles nach Plan ging – und Oliver wusste bisher als Einziger davon –, dann würde sie auch bald Mutter werden … in sieben Monaten. Und aus diesem Grund sehnte sie sich nach Diana und gab ihre letzten Vorbehalte auf, die sie wegen der Vergangenheit noch hegen mochte. Sie liebte ihr Kind jetzt schon und fing nun wahrhaft an zu begreifen, wie Diana nach dem Verschwinden Elviras gelitten hatte. Sie seufzte schwer, und dann sang sie gedankenverloren vor sich hin.

Emily berührte sie sanft am Arm. »Was singst du da?«

Belle wandte ihr den Kopf zu und lächelte bei der Erinnerung. »Ach, nur ein Lied aus meiner Kindheit.« Dann sah sie zum Haus.

»Es ist wirklich schön«, sagte Emily, die ihrem Blick folgte.

»Es sollte dir gehören. Du bist die Ältere.«

»Nein, Belle, es ist deins.« Emily drückte ihre Hand. »Du hast es verdient. Wenn du nicht gewesen wärst, wäre keine von uns jetzt hier. Das ist dein Verdienst, und ich bin dir unendlich dankbar. Ich möchte nur, dass wir uns nie wieder verlieren.«

Belles Augen füllten sich mit Tränen, als sie ihre Schwester und dann ihr neues Zuhause betrachtete. Es war nicht nur ein schönes Haus, wie Emily meinte. Es war das Haus, in dem ihre Schwester zur Welt gekommen und aus dem sie ihnen geraubt worden war, und jetzt war es das Haus, in dem sie einander wiedergefunden hatten.

»Ich hatte solche Angst, dass ich dich nicht finde«, bekannte Belle, »oder dass du tot bist.«

»Aber du hast mich gefunden. Und ich werde dich nie wieder verlassen.«

Sie standen auf, gingen Arm in Arm durch den Garten und genossen den Moment, den Belle so lange herbeigesehnt hatte, trotz ihrer Angst, er könnte vielleicht nie kommen. Ihre verschwundene Schwester war endlich heimgekehrt. »Danke«, flüsterte sie, als sich ihr Herz mit Dankbarkeit füllte. »Danke.«

NACHWORT
DER AUTORIN

Manchmal ist es erforderlich, wahre Ereignisse ein wenig umzustellen, damit sie in den zeitlichen Ablauf eines Romans passen und der Geschichte besser dienen. Im Fall von *Die vermisste Schwester* habe ich das Massaker von 1930 nach 1936 verlegt.

Die wichtigste Recherche führte ich durch, während ich Myanmar besuchte (das einmal als Burma bekannt war). Dort hielt ich mich an allen Handlungsschauplätzen des Romans auf. In Yangon (Rangun) war das *Strand Hotel* genauso luxuriös wie in meiner Geschichte, und ich konnte mir meine Figuren dort in den Dreißigerjahren mühelos vorstellen. Ich genoss außerdem eine wunderbare Flussreise den Irrawaddy hinauf von Bagan nach Mandalay, genau wie Belle. Die Zeit wurde bedeutungslos, als ich die Welt an mir vorüberziehen ließ, und ich merkte wohl, dass sie sich dort seit Belles Zeit so gut wie gar nicht verändert hatte. Aber der Höhepunkt kam, als ich eines Morgens, kurz vor Sonnenaufgang, als wir mit einem Heißluftballon aufstiegen, hoch über der alten Stadt Bagan in Zentral-Myanmar dahintrieben, einer der großartigsten Ausgrabungsstätten der Welt. Als die aufgehende Sonne Hunderte von Pagoden rosarot und golden färbte, raubte es mir den Atem: ein wahrhaft unvergessliches Erlebnis. Als Schriftstellerin fand ich die gesamte Reise inspirierend, und Hand aufs Herz, sie war eine der außergewöhnlichsten Expeditionen, die ich jemals bei den Recherchen zu einem Roman unternommen habe.

Von meinem Besuch in Myanmar abgesehen, lieferte wieder einmal das Internet eine Fülle von Informationen, wie auch die vielen Geschichtsbücher und Memoiren, die viel zu zahlreich sind, um sie hier alle zu nennen. Ich freue mich jetzt auf meine Rechercherreise für Buch Nummer sieben, die mich nicht so weit von der Heimat fortführen wird … Behalten Sie wegen der Neuigkeiten meine Facebook-Seite oder meine Website im Auge, und wenn Sie es noch nicht getan haben, treten Sie doch meinem Readers' Club bei, um zu den Ersten zu gehören, die von neuen Veröffentlichungen erfahren, und um an Preisausschreiben teilzunehmen. (Sie können mich auch auf Twitter erreichen.)

www.dinahjefferies.com
www.facebook.com/dinahjefferiesbooks
Twitter: @DinahJefferies
https://twitter.com/DinahJefferies

DANKSAGUNG

Einmal mehr möchte ich dem gesamten Team bei Viking/ Penguin danken und meiner Agentin Caroline Hardman. Es hat mir Spaß gemacht, dieses Buch zu schreiben, meinen sechsten Roman, und sie haben mich alle so fantastisch unterstützt wie jedes Mal. Ich habe großes Glück. Ich danke all den freundlichen und hilfsbereiten Menschen, denen ich während meines Besuchs in Myanmar begegnet bin und von denen ich vieles über die Vergangenheit des Landes und die Schwierigkeiten der Gegenwart gelernt habe. Ich bin auch höchst dankbar für die Buchblogger, die unermüdlich so viel tun, um Autoren zu helfen − wo wären wir ohne Sie? Und abschließend möchte ich mich auch bei meinen Leserinnen und Lesern sehr herzlich bedanken.

Die Community für alle, die Bücher lieben

★ In der Lesejury kannst du Bücher lesen und rezensieren, die noch nicht erschienen sind

★ Gemeinsam mit anderen buchbegeisterten Menschen in Leserunden diskutieren

★ Autoren persönlich kennenlernen

★ An exklusiven Gewinnspielen und Aktionen teilnehmen

★ Bonuspunkte sammeln und diese gegen tolle Prämien eintauschen

Jetzt kostenlos registrieren: www.lesejury.de

Folge uns auf Instagram & Facebook:
www.instagram.com/lesejury
www.facebook.com/lesejury